Ingeborg Bayer

Der brennende Salamander

INGEBORG BAYER

Der brennende Salamander

Roman

Droemer

Die Folie des Schutzumschlags sowie die Einschweißfolie
sind PE-Folien und biologisch abbaubar.

Besuchen Sie uns im Internet:
www.droemer-knaur.de

Umschlaggestaltung: Agentur Zero, München
Satz: Pinkuin Satz und Datentechnik, Berlin
Druck und Bindung: Clausen und Bosse, Leck
Printed in Germany
ISBN 3-426-19482-1

2 4 5 3 1

»Dies sind hier meine Einfälle,
durch die ich nicht Sachkenntnis zu geben suche,
sondern Kenntnis von mir.
Nicht nur wage ich es,
von mir selbst zu sprechen, ich spreche sogar
ausschliesslich über mich selbst.«

Michel de Montaigne: *Essais*, 1580

Inhalt

Teil eins

Teil zwei

Teil drei

Teil vier

Teil eins

Die Macht der Erde

Das Wasser schoß den Berg hinauf.
Ich spürte, wie der Satz sich mit brutaler Gewalt in meinen Kopf hineindrängte, wie er ihn trotz allem Widersinn zu zwingen versuchte, ihn anzunehmen.
Das Wasser schoß den Berg hinauf.
Es stob wie ein ungebärdiger Quell aus der Tiefe einer übersteilten Kuhle von zerbrochenem Gestein und wirrem Geäst von Olivenbäumen hervor, stieg für einen kurzen Augenblick wie ein Geysir, der noch nicht seine volle Kraft entwickelt hat, nahezu senkrecht empor, dann fiel es in einem leichten Sprühregen jenseits der Kuhle hinab und versickerte in unzähligen Rinnsalen.
Ich weiß nicht, wie lange der Vorgang dauerte. Da alles erst kurz vor Einbruch der Dämmerung geschehen war, verwischten sich inzwischen die Konturen, das Licht auf den silbrigen Blättern der Olivenbäume war bereits erloschen, und die Tramontana fegte mit mächtigen Stößen eiskalt über das verwüstete Land.
Ich stand am geöffneten Fenster des Wohnraums der Villa und schaute hinaus. Mit Furcht, mit Grauen, mit Neugier auch. Kaum anders hatten wir als Kinder den Gauklern bei ihren Zauberkunststücken zugeschaut oder jemandem zugehört, der erzählte, er wisse, wie man Gold macht, und dabei aus einem Federkiel ein Pulver in einen mit Blei gefüllten Tiegel rinnen ließ und behauptete, wenn man es jetzt erhitze, werde das Metall sich gewiß alsbald in Gold verwandeln.
Ich stand und starrte in die hereinbrechende Dunkelheit, obwohl mir klar war, daß anderes zu tun in diesem Augenblick wichtiger gewesen wäre.
Zum Beispiel einen Gang durch dieses Haus zu machen, für das ich seit heute verantwortlich war, zu überprüfen, ob es mein Pferd

noch gab, das ich bei meiner Ankunft an der Rückseite des Gebäudes an einen Ring gebunden hatte. Und natürlich das Ausmaß des Erdbebens zu erkunden, bevor es vollends Nacht wurde. Vor allen Dingen aber abzuklären, ob die mir zugedachte Unterkunft neben dem Haus des Verwalters wirklich völlig verschwunden war, wie es nach den ersten Schrecksekunden des Bebens zu vermuten war.
Aber ich tat nichts von alldem.
Ich stand an diesem Fenster des Wohnraums eines Hauses, das ich heute zum ersten Male betreten hatte, und starrte auf das Wasser, das den Gesetzen der Natur zuwiderhandelte. Das sich gebärdete, als wolle es diese einmalige Gelegenheit bis zur Neige auskosten, ein Wasser zu sein, das bergauf floß. Und als seien ihm die Gründe dafür völlig gleich, ja, als wolle es keine Gründe, die diese Einmaligkeit möglicherweise hätten schmälern können. Ich weiß nicht mehr genau, wie lange ich so stand, die Stunde der Vesper mußte längst überschritten sein, obwohl die Glocken in dem unter mir liegenden Dorf dies hätten ankündigen müssen. Aber das Bild, das sich mir zeigte, ließ vermuten, daß diese Glokken nie mehr läuten würden. Weder zur Vesper noch zu einer anderen Tageszeit.
Das Ganze hatte kaum ein paar Minuten gedauert. Zunächst war tief in der Erde ein dumpfes Grollen zu hören gewesen, dann ein Krachen, ein Rütteln wie bei einem Schwerkranken im Schüttelfrost, danach ein Beben, das die schwarzweißen quadratischen Bodenfliesen im Flur vor der Kapelle, in dem ich kurz zuvor meine Malutensilien abgestellt hatte, so grotesk verschob, daß kein Karo mehr an das andere paßte.
Darauf war die Stille gekommen. Eine unheimliche Stille. Sie senkte sich auf mich herab, nachdem ich mich in die Kapelle gerettet hatte, krallte sich an mir fest, als sei das Ende der Welt nahe und als seien mir nur noch wenige Sekunden gegönnt, bevor die Posaunen das Jüngste Gericht ankündigten.

Es war mir klar, daß ich mich aus dieser Lähmung, die mich befallen hatte, lösen mußte, daß ich versuchen mußte, irgend etwas zu tun, egal, ob es Sinn hatte oder nicht. Ich entschied mich also dafür, die Kapelle zu verlassen und zunächst einmal nachzusehen, wieweit die Haustür gelitten hatte. Ich versuchte, sie zu öffnen, bemühte mich, den schweren Holzriegel, der verklemmt war, zu lockern, aber als er sich endlich löste, rastete er nicht mehr ein.

Ich trat ins Freie hinaus – das wenige, was ich erkennen konnte, war eindeutig: Der Pfad, den ich an diesem Spätnachmittag heraufgeritten war, existierte nicht mehr. Und das Haus des Fattore, in dessen benachbarter Kate wir hätten wohnen sollen, ebenfalls; dies war trotz anbrechender Dunkelheit noch deutlich zu erkennen. Von einer Minute zur anderen war ein geruhsamer Auftrag, auf den ich mich seit Wochen gefreut hatte, zu einem Alptraum geworden, und es schien mir wenig wahrscheinlich, daß ich diesen Alptraum abschütteln und auch nur irgend jemandem meine Hilfe anbieten konnte.

Als ich darüber nachzugrübeln begann, ob wirklich alles ohne Vorankündigung geschehen war, fielen mir plötzlich Dinge ein, die ich am Nachmittag, als ich durch das Dorf geritten war, zwar wahrgenommen, denen ich aber kaum Aufmerksamkeit geschenkt hatte: Ein auf der Wiese friedlich grasender Esel zum Beispiel, der plötzlich, als ich an ihm vorbeiritt, die Ohren spitzte, sich mit einem gewaltigen Ruck von seinem Strick losriß und im Zickzack über die Felder davongaloppierte. Die Gänseschar, die mir daraufhin laut schnatternd entgegenstob und meinem Pferd zwischen die Beine rannte, obwohl niemand hinter ihr her war. Der schwarze Hund, der sich mitten auf der Straße mit seinen Jungen balgte und plötzlich wie vom Leibhaftigen gejagt zu seiner Hütte rannte und die Jungen vor sich her trieb. Oder die Katze, die gerade noch voller Gier die Speisen geschlabbert hatte, die jetzt, vier Tage vor Petri Stuhlfeier, für die Toten gerichtet waren, und nun mit einem Male voller Panik die Schüssel umstieß und sich mit kläglichem Miauen unter einem Holzstoß verkroch. Daß bald darauf mein Pferd kurz scheute, obwohl am Boden vor ihm kein Hindernis war, fiel mir ebenfalls ein, aber auch das war kein Vorfall, dem ich irgendeine Bedeutung beigemessen hatte – mein Pferd war noch nie das mutigste gewesen.

Noch während ich solchen unnützen Grübeleien nachhing, die gewiß nichts änderten, hörte ich ein Wiehern. Es kam von der Seite des Hauses, nicht von dort, wo ich das Pferd festgebunden hatte. Ich beschirmte mit der Hand eine Kerze, da ich für den Augenblick keine Fackel finden konnte, verließ das Gebäude durch eine Seitentüre und entdeckte die Stute auf einer abschüssigen Fläche, die es zuvor nicht gegeben hatte. Das Haus stand auf Pfeilern, und da das Beben einen seitlichen Mauerteil zum Einsturz gebracht und die Stützen beschädigt hatte, sah es nun aus wie das schadhafte Gebiß eines alten Mannes.

Ich klopfte dem Pferd beruhigend auf den Hals, versprach ihm Hafer und Wasser, obwohl mir nicht klar war, wie ich mein Versprechen wahrmachen sollte. Die Stallungen, die ich gesehen hatte, lagen hinter der Kate des Verwalterhauses, und an das aufwärtsschießende Wasser konnte ich in dieser Nacht gewiß nicht mehr kommen. Ich war froh, daß das Pferd überlebt hatte. Und daß es überlebt hatte, verdankte es dem Umstand, daß ich Roccos Malsachen, die in den Satteltaschen verstaut waren, nicht im Haus des Fattore hatte lassen wollen und daher mit dem Pferd hier heraufgeritten war.

Ich blieb eine Weile bei der Stute stehen, spürte, wie ihr nervöses Nasenzucken langsam verebbte, und schaute mich genauer um. Das Beben hatte die Villa, die aus *pietra serena* gebaut war, einem für diese Gegend typischen Material, annähernd in einem Kreisrund ausgespart. Hinter dem Haus wuchs eine steile Felswand empor, und weil ich weder nach vorne, wo das Gelände fast unmittelbar vor der Mauer des Hofes abgebrochen war, noch nach den Seiten einen Ausbruch wagen konnte, saß ich wie auf einer Insel fest.

Da ich mir ein Leben lang ein Inseldasein gewünscht hatte – wenn auch gewiß unter anderen Bedingungen –, empfand ich zunächst kaum das Gefühl, mich in einer ausweglosen Situation zu befinden. Irgendwann würde das Wasser wieder talwärts fließen, irgendwann würden Menschen kommen, die mich befreiten, irgendwann würde ich meinen Freunden von diesem Abenteuer berichten. Immerhin hatte ich die Sachen zum Malen gerettet, ich konnte also morgen wie geplant mit dem Ausmalen der Kapelle und des davorliegenden Flurs beginnen.

Ich befestigte mein Pferd von neuem an dem Ring, da die Rückwand des Hauses unbeschädigt war, und ging in den Innenhof, in dem sich, wie ich bei meiner Ankunft festgestellt hatte, die Küche befand. Zunächst allerdings hatte ich Mühe, diesen Raum zu betreten: Der Architrav des Portals war herabgestürzt, hatte sich als Steinhaufen vor dem Eingang breitgemacht. Daneben lagen zwei mächtige Ölkrüge aus Terrakotta, und das ausgelaufene Olivenöl hatte bereits eine breite fette Lache auf dem gepflasterten Hof entstehen lassen.

Die Küche war groß. Hier hätte man jeden Tag leicht für zwanzig Leute kochen können, was allerdings nie geschah. Wenn ich recht informiert war, gab es genau drei Personen, die außer den Dienstboten zum Haushalt des Messer Orelli gehörten: den Seidenhändler selbst, seine Frau Ginevra und Brigida, die Tochter seiner ersten Frau, die an der Cholera gestorben war. Daß es früher große Feste in diesem Haus gegeben hatte, wußte ich, und offenbar war die Größe dieser Küche eher diesen Festen angemessen als dem derzeitigen Leben, das schon seit geraumer Zeit vom Geiz der Hausherrin geprägt war. Wahrscheinlich hätte sie diese Villa am liebsten verkauft, da sie ohnehin nur im Sommer und zu Pestzeiten bewohnt wurde, während der jedermann, der es sich leisten konnte, die Stadt verließ.

Ich beschloß, die gründliche Besichtigung der Küche zu einem späteren Zeitpunkt durchzuführen und mich zunächst auf die Suche nach Hafer und Stroh für mein Pferd zu machen. Daß ich den Hafer sehr schnell entdeckte, verdankte ich dem schrillen Schrei eines Pfaues, der sich in einen Stall am anderen Ende des Innenhofes geflüchtet hatte. Bei meinem Näherkommen verließ er unter weiteren grell ausgestoßenen Protestrufen den Ort seiner Zuflucht und suchte das Weite. Ich besichtigte den Stall, aber da sein Boden tiefe Risse zeigte, war er wohl kaum geeignet, mein Pferd aufzunehmen. Das dort gelagerte Stroh und zahlreiche Hafersäcke waren mir jedoch sehr von Nutzen.

Auf dem Rückweg in das Haus entdeckte ich dann den Brunnen. Vermutlich wäre er zu benutzen gewesen, wenn nicht die Halterung des Eimers mitsamt der Kette und der Abdeckung so verquer in den Schacht gerutscht wäre, daß es unmöglich war, Wasser zu schöpfen.

Nach dieser wenig ermutigenden Entdeckung schwankte ich, was wichtiger war: zu überprüfen, wie lange die Eßvorräte reichen würden, oder die Überlegung, wo ich die Nacht verbringen konnte. Da ich diese Villa nie zuvor gesehen hatte, entschied ich mich zunächst für einen Rundgang durch das Gebäude.

Ich stieg eine enge Treppe empor, zögernd, weil ich das Gefühl hatte, ein Eindringling zu sein, der seine Aufgabe vergessen hatte: Ich hatte mich ursprünglich ums Malen zu kümmern, um mehr nicht. Aber um diese Aufgabe erfüllen zu können, war Schlaf nötig, ermutigte ich mich und stieg weiter. Die Treppe endete in einem Halbrund, und ich überlegte, ob ich mich nach links oder rechts wenden solle, aber vermutlich spielte das keine Rolle. Ich ging also den linken Flur entlang, blieb vor der ersten Tür stehen, weil ich nicht wußte, was mich erwartete. Und ich gestand mir ein, daß ich Angst hatte. Zwar war ich neugierig, wie Brigidas Schlafkammer aussehen würde, aber ich wollte sie nicht als erstes finden. Weshalb, war mir unklar, aber es war nun einmal so.

Das Zimmer, das ich zunächst betrat, war ein Schlafraum. An den Wänden standen kunstvoll geschnitzte Truhen, in eine der Seitenwände war ein riesiger Schrank eingelassen. An Haken hingen Perücken, seidene Perücken in nahezu allen Farben. Da ich weder Brigida noch ihre Stiefmutter je mit einer Perücke gesehen hatte, vermutete ich, daß es sich um die Räume ihrer leiblichen Mutter handelte. Das Bettgestell war mit weißen Tüchern abgedeckt, die Matratzen zum Lüften hochgestellt, Decken und Pfühle lagen auf Stühlen ausgebreitet. Und die Füße des Bettes standen in kleinen Kübeln mit einer eingetrockneten Flüssigkeit – vermutlich waren diese einst gegen Ungeziefer mit Bier gefüllt worden.

Der nächste Raum, den ich betrat, war eine kleine Bibliothek. Sie lag drei Stufen tiefer als die übrigen Räume. Die Regale waren voller Bücher, sowohl Handschriften wie gedruckte Bände. Brigidas Vater mußte ein belesener Mann sein, falls er dies alles gelesen und nicht nur von einem Vorbesitzer übernommen hatte. Durch eine schmale Öffnung gelangte man, wieder einige Stufen tiefer, in einen Raum mit einer Harfe. Auf Truhen lagen Noten und weitere Instrumente: eine Laute, ein Krummholz, eine Trompete und eine Posaune. Die Familie Orelli hatte offensichtlich nicht sehr darunter gelitten, daß sie einst jenem Mönch Savonarola, der die Stadt vier Jahre lang regiert hatte, und seinem »Feuer der Eitelkeiten« viel opfern mußte – sie hatte alles geradeso wieder angeschafft, wie man es ihr weggenommen hatte.

Ich ging weiter und fand drei andere Schlafkammern hintereinander, von denen jede deutlich kundtat, wer hier genächtigt hatte: In der ersten waren Fechtmasken und Degen, die vermutlich einem der beiden verstorbenen Brüder Brigidas gehört hatten, in der zweiten waren auf verschiedenen Tischen Seidenstoffe in allen Farben und Mustern ausgebreitet, und in der dritten entdeckte ich Puppen und ein geräumiges Puppenhaus. Ich nahm eine der Puppen aus einer Weidenwiege in die Hand. Sie trug ein kostbares blaues Damastgewand und einen Umhang aus rotem Samt, ihre kleinen Füße steckten in winzigen Seidentaftschuhen.

Als ich die Puppe in ihre Wiege zurücklegte, nahm ich das Bett wahr. Es unterschied sich von den übrigen Betten, die ich hier bisher gesehen hatte, und wies ihnen gegenüber vor allem einen Vorteil auf: Es war bezogen, mit kostbarem, spitzenbesetztem Linnen, und ein seidenes kleines Schlafkissen in Hellblau lag auf einem anderen großen Seidenkissen.

Die nächsten Minuten vergingen damit, daß ich – ich war ohne zu überlegen ein paar Schritte zurückgewichen, vermutlich um einen gebührenden Abstand zwischen mich und das Bett zu bringen – auf diese seltsame Schlafstätte starrte: Das Bett war aus Eisen. Es hatte am Kopfteil überladene Bildmotive, die vermutlich ein Kunstschmied gefertigt hatte. Es gab eine Vorrichtung für einen Baldachin, der aber nicht aufgesteckt war. Das Bett wirkte zierlich trotz des ungewöhnlichen Materials. Und als ich genauer hinsah, stellte ich fest, daß man es auseinandernehmen konnte, also mußte es wohl einst ein Reisebett gewesen sein. An seinem Fußende hing ein seidenes, blaues Band unter dem Pfühl hervor, das vermutlich zu einem Nachtgewand gehörte.

Ich stand da und starrte auf dieses Bett, so wie ich zuvor von einem der Fenster des Wohnraums auf das zerstörte Dorf geschaut hatte. Zumindest bildete ich mir das ein. Aber wenn ich ehrlich war, hatte es mit jenem Starren nicht das geringste gemein. Dieses Bett war ein Bett, kein Dorf. Es war ein Bett, das mit großer Wahrscheinlichkeit der Tochter des Hauses gehörte. Und dieses Starren, mein Starren, gab mir das Gefühl, etwas Verbotenes zu tun, obwohl mir nicht klar war, was dieses Verbotene sein sollte. Ich befand mich auf der Suche nach einem Bett. Und ich hatte eines gefunden. Hier in diesem Zimmer. Und es gehörte – da war ich mir jetzt sicher – Brigida.

Was ich mit diesem Bett zu tun beabsichtigte, war mir unklar, und ich verwarf einen Gedanken nach dem anderen, wie damit umzugehen war. Selbstverständlich konnte ich mich hier in diesem Zimmer niederlassen, niemand würde davon wissen, aber es erschien mir, solange ich auch darüber nachdachte, nahezu unmöglich. Ich konnte dieses Bett natürlich auch ausweiden und mich mit dem Bettzeug in einen anderen Raum begeben, zum Beispiel in die Bibliothek, die besser zu mir zu passen schien. Ich konnte dort im Kamin ein Feuer anzünden und dort übernachten. Oder ich konnte mich mit dem Inhalt des Bettes in die Kammer mit den Fechtmasken legen. Oder zu den Instrumenten.

Nachdem mein Magen hörbar knurrte und mir klar wurde, daß ich seit dem frühen Morgen kaum etwas gegessen hatte, entschied ich mich schließlich, dieses metallene Bett auseinanderzunehmen und es in die Küche zu transportieren, da es dort am wärmsten war. Außerdem würde ich auf diese Weise nicht unnötig Holz vergeuden, auch wenn ich bei meiner Ankunft hinter dem Haus unter dem Dach eines Schuppens beachtliche Vorräte gesehen hatte. Zwar befriedigte mich auch diese Entscheidung nicht restlos, da in der Küche möglicherweise Gerüche in das Bettzeug eindringen würden, aber ich beschloß, mich darüber hinwegzusetzen – jedermann würde gewiß Verständnis haben für diese ungewöhnliche Situation.

Ich zerlegte also das Bett und trug die einzelnen Teile in die Küche, wo ich sie wieder zusammensetzte. Ich stellte das Eisenbett in einer Ecke auf, in der zuvor eine Reihe von unterschiedlichen Körben gestanden hatte, und machte dann Feuer im Herd.

Und ich war stolz auf mich.

Ich hatte das Bett ohne große Gefühlsaufwallungen abgebaut und wieder aufgebaut, als wäre ich ein Händler, der soeben seine Ware an einen Käufer geliefert hat. Es ist ein Neutrum, dieses Bett, sagte ich mir, und es ziemt sich nicht, mehr Gedanken zu verschwenden, als dies auch ein Händler tun würde.

Als mein Magen ein zweites Mal sein Recht forderte, setzte ich mich an den großen Küchentisch, nahm meinen Schnappsack zur Hand und begann, meine Wegzehrung auszupacken. Vermutlich war es auch gut, mich gleich daran zu gewöhnen, daß ich mich selbst zu versorgen hatte, denn obgleich auf dem Zettel, auf dem ich meine Anweisungen bekommen hatte, stand, daß die Frau des Fattore für uns kochen würde, war doch kaum anzunehmen, daß dies in der nächsten Zeit der Fall sein würde.

Ich setzte mich bewußt so, daß ich das Bett im Rücken hatte, weil ich nicht ständig daran erinnert werden wollte. Ich schnitt also meine Speckseite auf, trank Wein, den ich aus einem kleinen Fäßchen in der Küche gezapft hatte, und säbelte eine dicke Scheibe von meinem Brotlaib. Die Kerzen, die ich angezündet hatte, waren billige Talgware, nicht aus Wachs, sie flackerten, und ich stellte sie nach einer Weile an eine andere Stelle. Aber nun warfen sie den Schatten des Bettes riesengroß an die gegenüberliegende Wand, und es sah aus, als erwartete das Bett einen Riesen als Schlafgast.

Ich fand mich albern und drehte den Stuhl wieder in die frühere Richtung. Weshalb sollte ich dieses Bett nicht betrachten, nachdem ich es doch in Kürze besteigen würde. Und ich befahl mir, mich nicht wie ein kleiner Junge zu benehmen, der soeben sein Sündenbekenntnis vorbereitet.

Irgendwann stellte ich dann fest, daß das Linnen nicht glattgezogen war, was mir zuvor nicht aufgefallen war, und es schien mir, als ströme ein sanfter Duft von Lavendel zu mir herüber. Es konnte also erst kurze Zeit vergangen sein, seit Brigida hier geschlafen hatte. Bringt Zink und Fideln mit, hatte sie gesagt, und eure Flöten, wenn ihr kommt, dann können wir die Nächte durchmusizieren und tanzen, da wir allein im Haus sind. Und es hatte geklungen, als sei alles wie immer – und nie eine Hochzeit geplant. Eine Hochzeit mit einem Menschen, den keiner von uns bisher kannte. So saß ich bei Kerzenlicht an diesem großen Holztisch und hatte dabei ein mehr als seltsames Gefühl. Wie gesagt, wir – Rocco, Daniele, Lazzaro und ich – hätten eigentlich in der kleinen Kate neben dem Haus des Fattore wohnen sollen. Wir wären dann jeden Morgen zu unserer Arbeit heraufgestiegen und am Abend wieder hinunter. Unser Auftrag war exakt umrissen, die Wände der Kapelle und des Flurs waren bereits grundiert, und Rocco hatte die Miniaturskizzen schon mit Hilfe vergrößerter Schablonen und Rötel auf den Wänden vorgezeichnet. Lazzaro und ich sollten – nachdem Rocco als unser Meister wie üblich die »fleischlichen« Teile der Figuren gestaltet hatte – den Rest der Gemälde übernehmen, wie es Brauch war, wenn man in einer *compagnia* zusammenarbeitete. Aber Rocco hatte auch entschieden, daß ich diesmal den Arm der Madonna und vor allem ihre Hand malen durfte. Eine große Auszeichnung für einen Maler, der noch Geselle war und die vorgeschriebene Zeit als *lavorante* noch nicht abgeleistet hatte. Bis jetzt hatte ich meistens Landschaften in ein Bild einzufügen, hier ein Stückchen Wiese, dort einen Wasserfall, einen Baum oder eine Baumgruppe. Daniele, der früher als Matratzenmacher gearbeitet hatte, war im übrigen unser *garzone.* Er mußte den Leim kochen, Gips mahlen und Farben anrühren. Und er band unsere Pinsel.

Ich spürte, wie die Müdigkeit ganz langsam in meine Glieder zog. Das Feuer war fast heruntergebrannt, ich legte noch ein paar Scheite auf und sah zu, wie die Funken sprühten. Ich sehnte mich nach einem Bett, aber ich konnte nicht über die Hürde springen: über meine eigene Hürde.

Ich war im Gegensatz zu Rocco nie ein Mensch der raschen Entschlüsse gewesen. Ich war stets das geblieben, was ich bereits als Kind war – ein Zauderer. Ein Mensch, der eine Sache so lange hin und her bewegte, bis es oft keiner Entscheidung mehr bedurfte und Rocco nur noch spottend sagen konnte: Wie gut, daß du es wieder einmal verpaßt hast.

Nun also Brigidas Bett, das mich jetzt, nachdem ich den Mut besessen hatte, es hierherunterzutragen, in tausend Gewissensbisse stürzte, obwohl ich vorsichtshalber das seidene Nachtgewand mit den blauen Bändern gleich gar nicht mitgenommen hatte.

Allein mir vorzustellen, daß sie hier gelegen hatte, in der gleichen Bettwäsche, auf dem gleichen Kopfkissen, nahm mir nahezu den Atem. Ich sehnte mich nach Träumen – ich fürchtete mich vor Träumen. Ich wollte Brigida in diesem Bett spüren – ich verbot mir derlei Anwandlungen. Die Aufgabe, die wir in diesem Haus zu erfüllen hatten, war, das Haus für die Hochzeit vorzubereiten und nicht, Träumen nachzuhängen, die ganz gewiß nicht wahr werden konnten. Nicht mehr jetzt. Und auch wenn ich nicht der große Zauderer gewesen wäre, hätte ich diese Träume vermutlich nie leben können.

Ich schob also den Zeitpunkt des Schlafengehens immer weiter hinaus. Ich füllte aus einer abgedeckten Regentonne, die ich hinter dem Haus entdeckt hatte, einen Eimer Wasser für mein Pferd, gab ihm ein paar Möhren aus einem der Körbe in der Küche, säuberte den großen Tisch mit einem Tuch, obwohl es nach meiner kargen Mahlzeit kaum etwas zu wischen gab. Ich suchte mir über die aufgeworfenen Fliesen im Flur hinweg den Weg zur Kapelle und verrichtete in dem leeren Raum mein Abendgebet. Dann ging ich in den Wohnraum zurück und öffnete nochmals das Fenster, aus dem man einen wunderschönen Blick über das Tal haben mußte. Aber selbstverständlich gab es zu dieser Stunde der Nacht nichts mehr zu sehen, und es drang lediglich die Nachtkälte in das ohnedies schon erstarrte Haus.

Ich ging wieder in die Küche und überlegte mir, wie ich schlafen sollte, da ich normalerweise unbekleidet schlief. Aber ich scheute mich, mich nackt in dieses Bett zu legen – aus mir völlig unverständlichem Grund. Daß ich mich schließlich – Mitternacht mußte längst vorüber sein – mit Strümpfen und meinem Kamisol niederlegte, um der Schicklichkeit Genüge zu tun, fand ich mehr als grotesk. Wenn ich es Rocco erzählen würde, bekäme er nur wieder einen seiner unbändigen Lachanfälle, für die er bekannt war. Aber immerhin war ich nunmehr so müde, daß ich nicht einmal mehr einen Traum zuwege brachte, und schlief, bis ich am anderen Morgen halb erfroren erwachte.

Ich hatte mich ganz offensichtlich die ganze Zeit bemüht, die seidene Bettwäsche nicht allzusehr zu verknäulen, und nahezu starr vor Ehrfurcht verkrampft auf einer Seite gelegen, jener, die ohnehin schon verknittert gewesen war.

Nachdem ich aufgestanden war, ging ich als erstes in den Wohnraum, um aus dem Fenster zu schauen. Nebel, der nach aufgebrochener Erde roch, war aus dem Tal emporgestiegen. Er schien aus der Ebene emporzuwachsen wie ein tropisches wildes Gewächs, das in dieser Landschaft nur den Bruchteil der Zeit benötigte wie anderswo, um zu seiner vollen Größe heranzuwachsen. Er krallte sich wie ein urweltliches Tier in einer raschen Drehung um den Olivenbaum, der seitlich des Hauses gestanden hatte und nun wie ein auf den Rücken gefallener Käfer seine Wurzeln hilflos in die Luft streckte. Er umhüllte den Verlorenen mit seinen Tentakeln, öffnete sein gefräßiges Maul und ließ den Baum darin ganz langsam verschwinden – wie ein Riesenkrake, der sein Opfer verschlingt. Und er versagte mir – worüber ich fast froh war – festzustellen, ob das Wasser noch immer den Berg hinauffloß.

Auf dem Fenstersims lag zwischen den Gitterstäben, die vor Einbrechern schützen sollten, ein abgebrochener, seltsam geformter, fast verkrüppelter Ölbaumzweig mit einigen Oliven, den ich am

Abend nicht gesehen hatte. Ich hielt ihn zögernd an meinen Kopf, tauchte für einen winzigen Augenblick ab in eine andere Welt, in eine andere Zeit, dann stellte ich ihn in einen Becher mit Wasser, da seine Blätter noch saftig grün waren. Und ich beschloß, nachdem ich mein übliches Morgenmahl, einen Becher Wein, einen Kanten Brot, zu mir genommen hatte, mich endlich meiner Arbeit zuzuwenden.

Zum Auftakt einer Arbeit, wenn sie mir allein übertragen ist, verrichte ich ein Gebet, damit sie gelingen möge. Dann male ich die Konturen des Gemäldes auf die grundierte Wand, korrigiere, trete vor, zurück, korrigiere nochmals, was meist geraume Zeit in Anspruch nimmt. Normalerweise obliegen diese Arbeiten, wie ich bereits sagte, Rocco, auch wenn ich mir einbilde, daß ich nicht schlecht bin beim Skizzenmachen, und ich nach Roccos Meinung bei Entwürfen auf Leinwand, Seide oder Pergament schon jetzt ein beachtliches Talent aufzuweisen habe. Das Anrühren der Farben ist mir – leider – als Geselle nicht mehr erlaubt, dazu haben wir Daniele. Aber manchmal, wenn er aus irgendwelchen Gründen nicht in unserem Atelier in der Stadt ist, tue ich es dennoch selber. Ich zerkleinere zunächst die Tonerde für den Ocker, zerreibe die Pigmente dann mit dem Spachtel auf dem Reibstein, füge Spuren von Leinöl hinzu, prüfe die Farbe, die nicht verlaufen darf, und lasse nicht zu, daß auch nur ein einziges grobes Korn zurückbleibt. Ich mache diese Arbeit mit großer Freude, kann dabei meinen Gedanken nachhängen und denke auch manchmal an die zurückliegende Zeit, in der ich als Färber tätig war und den Umgang mit Farben erlernt hatte.

Führe ich endlich den ersten Pinselstrich aus, bin ich voller Glück. Und ich vergesse Zeit und Raum. Ob meine Füße vor Kälte erstarren, mein Magen rebelliert, meine erstarrten Hände den Pinsel kaum mehr halten können, ich nehme es nicht mehr wahr. Und wenn ich es schließlich wahrnehme, befehle ich Füßen, Händen, Magen stillzuhalten, ich sage ihnen, daß es sie nicht gibt, jetzt nicht gibt. Später. Vielleicht. Aber sie wissen inzwischen längst, daß es sehr wohl sein kann, daß ich sämtliche Mahlzeiten auf einen Haufen werfe und keinerlei Lust empfinde, sie zu entwirren, und daß ich bisweilen mitten in der Nacht aufwache und mich dann wie ein Wolf auf irgend etwas stürze, was gerade an Eßbarem herumliegt, ohne jedoch zu wissen, was ich da in mich hineinschlinge. Wäre das Erdbeben während dieses Zustands der Versunkenheit losgebrochen, ich bin nicht einmal sicher, ob ich es überhaupt wahrgenommen hätte.

Dieses chaotische Dahinleben ist natürlich nur möglich, wenn ich irgendwo unterwegs bin, allein. In Messer Orellis Haus in Florenz sind wir alle dem exakten Tageslauf unterworfen, der von Mona Orelli vorgegeben wird. Verspätet sich einer von uns zum Mittagsmahl, würde sie ihn vermutlich am liebsten aus dem Raum weisen. Bin ich allein, auf mich selbst gestellt in irgendeiner fremden Stadt, in der wir vielleicht eine Kapelle auszumalen, ein Tafelbild fertigzustellen haben, stört es mich, wenn ich morgens bei diesem ganz und gar heiligen Zustand der ersten Pinselstriche unterbrochen werde.

Und genau dies trat an diesem Morgen ein.

Ich fühlte mich hinausgeworfen aus meiner Versunkenheit, brutal, so als schlage mir jemand mit einem Brett auf den Kopf. Ich fuhr aus meiner Arbeit hoch, benommen, unwillig und quälend zugleich, weil es etwas gab, das ich klären mußte, etwas, das keinen Aufschub duldete. Es mußte jetzt sein. Ich wischte mir in aller Eile die Hände an einem Tuch sauber, sprang auf und rannte in die Küche. Zu Brigidas Bett. Ich griff langsam unter das Kopfkissen, tastete die Matratze ab und zog dann einen Gegenstand hervor: einen kleinen runden Handspiegel, mit Perlen und Rubinen eingefaßt. Ein kostbarer Spiegel, der bereits die ersten Spuren des Erblindens zeigte.

Brigidas Spiegel.
Mein Spiegel.
Brigidas Spiegel.
Es stimmte also, ich hatte es nicht geträumt, als ich in der Nacht wach wurde und plötzlich etwas Hartes unter meinem Kopf zu spüren glaubte. Ich hatte danach gegriffen, mehr im Schlaf als im Wachen. Und mußte danach sofort wieder eingeschlafen sein.
Ich wiege den Spiegel in meiner Hand, betaste behutsam die Perlen, von denen eine beschädigt ist, was man vermutlich mir anlasten würde. Ich schaue in diesen Spiegel. Ich sehe einen nicht mehr ganz jungen Mann von unbestimmbarem Alter, die Haare exakt gekämmt – auch dies ein Relikt aus meiner nicht normalen Kindheit –, die Augen stets leicht verkniffen, weil meine Sehschärfe bereits nachzulassen beginnt und ich zum Lesen bei schlechtem Licht ein Augenglas benötige. Meine Haut ist nicht eben rein, sie hat Pickel. An manchen Tagen mehr, an manchen weniger; je nachdem, wie ich mich fühle.
Ich sehe mich. Ambrogio Innocente. Einen, der zu den *gettatelli* gehört. Zu den »weggeworfenen« Kindern.
Und obwohl mir klar ist, daß in diesem Augenblick keinesfalls der rechte Zeitpunkt ist, alten Geschichten nachzuhängen, kann ich es nicht verhindern, daß diese alten Geschichten in diesem Augenblick ungewollt über mich hereinbrechen. Mit Gewalt. Nicht anders als dieses Wasser, das gestern ungefragt den Berg hinaufschoß.

Ich erinnere mich.
Ich sehe ein rundes Gesicht über mich gebeugt, darüber eine weiße Haube. Das Gesicht gehört einer Frau, ich vermute, daß es Haare sind, die sie unter der Haube versteckt. Aber vielleicht besitzt diese Frau auch gar keine Haare, und sie trägt diese Haube, um zu vertuschen, daß ihr Kopf kahl ist. Die Frau sitzt in einer

Reihe mit anderen Frauen, die ebenfalls ihre Haare unter Hauben versteckt haben, auf einer langen Bank. Eine neben der anderen wie Hühner auf einer Stange, wenn die Nacht hereinbricht.
Die Frauen, die auf der Bank sitzen, haben außer der weißen Haube ein anderes hervorstechendes Merkmal: halbrunde Gebilde, die wie Gewächse auf ihren Rippen sitzen, Gebilde, die die Männer nicht haben. Es sind Brüste, und sie haben unterschiedliche Formen: Sie sind zitronenförmig, apfelprall, manche sehen wie Birnen aus. Bei einigen scheint es, als seien sie bereits seit Jahrzehnten benutzt worden. Zumindest behauptet das Sebastiano, von dem wir dies alles wissen und den wir dafür auf unsere kindliche Art und Weise bezahlen, damit er uns sein Wissen preisgibt.
Die Brüste sind nackt, was heißt, daß jeweils eine von ihrer Hülle befreit wird. Die Frauen nehmen sie in die Hand, pressen sie sanft, jedoch nicht so heftig wie das Euter einer Kuh, die gemolken wird. Die Brüste sind verschlossen, eine Art Stöpsel verhindert, daß sie sich ungewollt entleeren. Aber während die Frauen auf der Bank sitzen und auf unsere Köpfe herabschauen, öffnen sich die Brüste, und es fließt ein weißer warmer Strom in unsere Münder, die sich gierig um die Stöpsel schließen. Der Strom, der sich in uns ergießt, heißt Milch.
Die Frauen reden nicht, während sie auf dieser Bank sitzen. Sie lassen die Milch in uns hineinfließen, als seien sie stumme Wesen von einem anderen Stern, die herabgestiegen sind, um sich unser anzunehmen.
Das heißt, daß wir eigentlich an den falschen Brüsten saugen – die Brüste sind nicht die unserer Mütter. Es sind fremde Brüste, die uns nähren. Es sind auch fremde Stimmen, die mit uns reden, wenn wir, gesättigt und müde irgendwann vom Schlaf übermannt an diesen Brüsten hängend, einschlafen. Manchmal flüstern sie uns Namen ins Ohr. Aber es sind nicht die Namen, die uns unsere Mütter gegeben haben, falls sie es überhaupt getan haben. Es

sind die Namen von irgendwelchen Heiligen, die wir bei unserer Ankunft im Ospedale degli innocenti, in dem zu leben wir gezwungen sind, bekommen haben: Agata, Antonio, Simone, Tomaso, Rinaldo, Lorenzo.

Mir hat man den Namen Ambrogio gegeben, weil ich am Tag des heiligen Ambrosius diese Erde »betreten« habe. Das heißt, es ist nicht ganz sicher, ob es wirklich an diesem Tag war, es mag auch in der Nacht zuvor gewesen sein. Sicher ist nur, daß ich am Ambrosius-Tag des Jahres 1482 in die *pila* gelegt worden bin, jene Marmorschale, wie sie in Kirchen ansonsten mit geweihtem Wasser für die Taufe bereitsteht. Und sicher ist auch, daß ich aus diesem Anlaß eine Nummer bekommen habe: die Nummer 329.

Meine Geschichte beginnt also mit dieser *pila,* die im Ospedale degli innocenti an der Piazza della SS. Annunziata in Florenz steht. Mein zweiter Name ist daher Innocente – nach den Unschuldigen, wie man uns nennt. Man hätte uns selbstverständlich auch *gettatelli* nennen können, die Weggeworfenen, aber sicher hätte das manchen Leuten nicht gefallen. Wir können also froh sein, daß unser Leben nicht in irgendeiner Latrine geendet hat oder unser erdrosselter Säuglingskörper vom Arno fortgeschwemmt wurde, wie üblicherweise die Ungeliebten zu enden pflegen. Froh und dankbar – zumindest sagt man uns das sofort, wenn wir einmal wegen irgendeiner Sache aufbegehren.

Meine Erinnerungen, meine *ricordanze,* die ich hier niederschreibe, sind aber nicht nur meine Geschichte, sie sind zugleich die Geschichte der Brigida Lucrezia Maria Orelli, die allerdings bei ihrer Geburt nicht in eine *pila,* sondern in eine bequeme Wiege gelegt wurde und, da sie in einem Palazzo zur Welt kam, auch gleich drei Namen bekommen hat. Ich vermute auch, daß man Brigida bei ihrer Geburt wohl kaum in ein altes Hemd gewikkelt, sondern in seidene Gewänder gehüllt hat. Als wir beide später einmal darüber sprachen, lachte sie und sagte, was das denn schon für eine Bedeutung habe – ob *pila* oder Wiege mache für das spätere Leben wenig aus. Aber ich greife vor, es dauerte eine ganze Weile, bis sich unsere Wege berührten. Ich sage berührten, weil es zunächst nur eine sehr einseitige Begegnung war, die von Brigida in der ersten Zeit nicht einmal wahrgenommen wurde. Und wenn ich hinzufüge, daß unser allererster Berührungspunkt der war, daß wir an den gleichen Brüsten genährt wurden, so muß ich natürlich erklären, daß dies nicht zur gleichen Zeit war – Brigida ist einige Jahre jünger als ich, aber wir hatten die gleiche Amme.

Die gleiche Amme hatten wir deswegen, weil wir beide aufs Land, in die Toskana, gegeben worden waren. Hier überlappen sich unsere Geschichten für einen winzigen Augenblick. Danach jedoch gehen sie wie eine Schere weit auseinander: Brigidas Vater galt als einer der reichsten Seidenhändler der Stadt, und es war üblich, daß die wohlhabenden Florentiner Bürger ihre Kinder in den ersten beiden Jahren einer Amme anvertrauten, bei der sie blieben, bis ihre Eltern sie nach Ablauf dieser Zeit wieder zurück nach Florenz holten. Und auch wenn es selbstverständlich war, daß die reichen Stadtkinder eine eigene Amme hatten, so verhinderte doch oft irgendeine Widrigkeit, daß das Kind diese zwei Jahre bei der gleichen Amme bleiben konnte: Die Frau konnte fortziehen, sich neu verheiraten, in Armut geraten, erkranken, sterben. In diesem Fall wurden die Kinder an eine andere gerade verfügbare Amme weitergereicht und dies auch manchmal ohne Benachrichtigung der Eltern; eine Botschaft brauchte Zeit, und Boten kosteten Geld.

Was Brigida anbetraf, so war sie nach dem Tod ihrer ersten Amme zu meiner Amme gegeben worden, die neben der Verstorbenen wohnte, und da die Eltern Orelli sich zu jener Zeit gerade auf einer langen Reise befanden, erfuhren sie von dem Wechsel erst nach ihrer Rückkehr. Nachdem meine Amme neben zwei *inno-*

centi – Rocco und mir – noch fünf eigene Kinder zu versorgen hatte, wuchsen Brigida und ich wie Geschwister auf, wobei ich zur »Kindsmagd« der Jüngeren ernannt wurde, da sie mich am meisten liebte. Als die Eltern von ihrer Reise zurückkehrten, waren sie von der neuen Situation nicht eben angetan, zumal sich bei ihrer Ankunft in unserem Dorf die Pflege ihrer Tochter nicht gerade im günstigsten Licht darstellte: Unsere Amme hatte gerade ihren großen Waschtag, und so waren wir Kinder uns selbst überlassen. Rocco hatte eines seiner stets lustigen Spiele angeordnet: Wir sollten alle Schweine sein und er der Schweinehirt, der uns zu füttern hatte. Brigidas Eltern entdeckten also ihre zweijährige Tochter in wenig sauberen Gewändern im Schweinestall, mit den Händen voller Gier im Schweinetrog wühlend und sich dabei die Reste des Fressens in den Mund schiebend, obwohl das Spiel keinesfalls so wirklichkeitsnah hätte sein brauchen.
Der Abschied war dann mehr als dramatisch. Da Brigida ihre Eltern während dieser beiden Jahre kaum gesehen hatte, verspürte sie auch keinerlei Lust, mit diesem fremden Mann und seiner fremden Frau in einer Kutsche wegzufahren. Und sie tat dies mit lautem Weinen kund. Als sie der Kutscher dann – es war klar, daß die Eltern ihre Tochter in dieser Situation nicht berühren wollten – aus meinen Armen riß, ging das Weinen in ein ohrenbetäubendes Gebrüll über, und Brigida umklammerte mich wie ein Äffchen mit Händen und Füßen. Als dies alles nichts nutzte, biß sie den Kutscher in die Hand, so daß der nun auch brüllte. Das zweifache Gebrüll verfolgte mich nächtelang, und da es verständlicherweise keinerlei Nachricht mehr von Brigida gab, bedrückte meine Trauer die ganze Familie. So lange, bis Rocco mich zu trösten versuchte und sagte, daß Brigida später gewiß meine Braut würde, da sie mich ja bereits als Kind geliebt habe, und ich mich im übrigen nun wieder voll und ganz dem Füttern meiner Seidenraupen mit Maulbeerblättern widmen könne. Was ich in Er-

mangelung anderer Menschen, die ich hätte lieben können, auch glaubte.
Als ich Brigida Jahre später zum erstenmal wiedersah, war sie neun und wollte gerade eines der vier Pferde des Neptunbrunnens auf der Piazza della Signoria heiraten. Ein Wunsch, der mein ohnehin recht schwach ausgeprägtes Selbstwertgefühl nicht eben stärkte, da es sich um das zweite Pferd von rechts handelte, ein wildes ungebärdiges Tier, und nicht das zweite von links, das aussieht, als komme es soeben vom Kindersonntagsgottesdienst und falte die Vorderhufe zum Beten.

Der Nebel hat sich inzwischen gelichtet. Er wirkt nicht mehr wie ein dickes, undurchdringliches Wattepolster, sondern er läßt wieder spärliches Licht auf die Bäume fallen, von denen es auf dieser Anhöhe eine Menge gibt. Es sind Maulbeerbäume, sie sind das Gold der Familie Orelli. Und Mona Orelli hat dafür gesorgt, daß sie überall sind. Da, wo es früher einmal einen wunderbaren Park gegeben haben soll, wachsen sie inzwischen ebenso wie rings um die Villa, und selbst das Rosarium vor der Auffahrt des Hauses mußte der Geldgier dieser Frau weichen.
Ich sehe vom Fenster des Wohnraums Teile des Dorfs nun etwas deutlicher als am Abend zuvor. Ich sehe eine Turmspitze im Gras liegen, die zum Kirchturm gehört haben dürfte. Ich sehe den Teil eines Rades, eines vermutlich gewaltigen Rades, aber ich kann dieses Fragment nicht zuordnen. Ich sehe auch, daß die einzige Brücke über den Fluß, der durch das Dorf fließt, geborsten ist. Ich sehe, daß die Pfirsichplantage, die sich am Hang entlangzog, verwüstet ist, verwüstet wie die neugepflanzten Olivenbäume, von denen mir Rocco, der hier schon öfter gearbeitet hat, berichtete. Das Dach der *colombaia,* die einst Brigidas Bruder gehörte und unterhalb der Villa stand, liegt zusammengequetscht auf der Erde; die Tauben müssen davongeflogen sein bis auf zwei, die of-

fensichtlich nicht rasch genug waren und nun tot in einem eisernen Netz hängen. Im Fischteich liegen die Fische mit weitgeöffneten Mäulern auf dem schlammigen Grund, da der Weiher geborsten und das Wasser abgelaufen ist.
Vom Tal herauf höre ich das Brüllen von Kühen, die vermutlich nicht gemolken wurden, ihr jämmerliches Muhen fräst sich in meinen friedlichen Tag wie der Lärm einer Säge. Aber ich weiß genau, daß ich den Kühen nicht helfen kann, ich kann sie nicht einmal orten. Noch verdeckt der Nebel den Teil des Abhangs, an dem gestern das Wasser den Berg hinaufschoß, aber ich hoffe, daß es inzwischen wieder seinen normalen Weg gefunden hat.
Ich schließe das Fenster, in dessen klemmenden Rahmen ich, damit die Flügel nicht aufgehen, zwei Nägel gehauen habe, und gehe zu dem Tisch, auf den ich den Becher mit dem seltsam verkrüppelten Ölbaumzweig gestellt habe. Die Oliven, die an ihm hängen, sind schwarz, sie sind voll ausgereift und vermutlich bei der späten Ernte vergessen worden. Ich schiebe eine von ihnen in den Mund – sie schmeckt wie alle rohen Oliven gallebitter.
Ich gehe wieder an meine Arbeit. Und ich stelle fest, daß ich Rocco vermisse, den einzig wirklichen Freund, den ich habe. Früher haben wir oft mit der Idee gespielt, daß wir möglicherweise Zwillingsbrüder sein könnten, da eine ganze Reihe der *innocenti* im Ospedale Zwillinge waren.
Vielleicht hat sie dich am ersten Tag abgeliefert und mich einen Tag später, mutmaßte Rocco.
Und weshalb sollte sie das getan haben? fragte ich, leicht verärgert darüber, daß ausgerechnet ich zuerst abgeschoben worden sein sollte.
Rocco zuckte mit den Achseln. Vielleicht hat sie festgestellt, daß ein Kind fast genausoviel Arbeit macht wie zwei.
Die Vorstellung, Zwillinge zu sein, hat damit zu tun, daß wir – um nur ein Beispiel zu nennen – ohne Schwierigkeit einen Ge-

genstand gemeinsam malen können, wie dies bei unserer Arbeit des öfteren notwendig wird: Der eine kann genau dort fortfahren, wo der andere aufhört. Einen grünen Überwurf mit Falten würde er ganz gewiß nicht in einen roten umwandeln oder gar den Faltenwurf verändern. Eine Tatsache, die uns außerordentlich zustatten kommt: Rocco, der bereits Meister ist, macht die Skizzen und führt dann die Gesichter, die Arme und Beine aus, falls sie nackt sind, ich male den Rest. Wenn manche Käufer später herumrätseln, wer was gemalt hat, erfüllt uns das stets mit leichter Bosheit, da sie nicht nur bei uns rätseln, sondern auch bei anderen Malern wie etwa Raffael.

Daß unsere Haarfarbe fast identisch ist, wir die gleiche Augenfarbe haben und unser Wuchs so ähnlich ist, daß man uns von hinten ohne weiteres verwechseln könnte, darf ebenfalls nicht übersehen werden. Aber während ich dies schreibe, muß ich zugeben, daß Rocco, dürfte er je lesen, was hier steht (was aus ganz bestimmten Gründen, die später zu erörtern sind, gewiß nie der Fall sein wird), protestieren würde. Er würde gewiß sagen, daß es kaum unterschiedlichere Wesen gibt als uns. Er würde als Beispiel anführen, wie er am Vorabend mit diesem Bett, Brigidas Bett, umgegangen wäre. Er hätte sich auf dieses Bett geworfen, Laken, Decken und Pfühle zu einem großen Knäuel geballt und unter sich begraben, um dieses Gebilde dann zu beschlafen. Dabei hätte er wollüstige Laute ausgestoßen wie ein Hirsch in der Brunft.

Und so bin ich wieder bei Brigida, der Tochter eines der reichsten Seidenhändler der Stadt, Brigida, die wir alle bewundern und begehren. Brigida, die ganz gewiß nicht unschuldig daran ist, daß wir – Rocco, Lazzaro, Leonello, der die *bottega* leitet, Daniele und ich – dank des Mäzenatentums ihres Vaters in dem großen Haus am Arno wohnen dürfen und dort unser Atelier, unsere Unterkunft und unsere Mahlzeiten haben.

Daß uns ihr Vater allerdings den Auftrag erteilt hat, diese Villa hier für ihre Hochzeit, die in Kürze stattfinden soll, herzurichten, weiß sie vermutlich nicht. Ich habe sogar den starken Verdacht, daß sie nicht einmal den Tag der Hochzeit weiß, weil er sie nicht interessiert. Und daß wir diesen Auftrag mit großer Wahrscheinlichkeit nicht zur rechten Zeit erfüllen können, dürfte klar sein – auch ohne Erdbeben hätten wir damit Schwierigkeiten gehabt. Lazzaro hatte nämlich außerdem bereits den Auftrag, drei Pferdeschabracken zu bemalen, Rocco sollte zusätzlich eine Statue für die Loggia ausbessern und Leonello den Kamin im Wohnraum in Ordnung bringen, da er etwas davon verstand.
Und bei der Aufzählung dieser Arbeiten fällt mir ein, daß ich noch immer nicht im Keller gewesen bin. Ich säubere also meine Hände und gehe in die Küche, wo mich das Bett nun plötzlich sehr stört. Es erscheint mir ein Sakrileg, daß es hier steht und benutzt wird. Und außerdem frage ich mich gereizt, ob ich nicht ebenso wie Rocco in der Lage wäre, Pfühle, Decken und Laken unter mich zu knäulen und wild zu beschlafen.

Die Vorratskammer im Keller, zu dem ich auf einer steilen Steintreppe hinunterstieg, war üppiger, als ich mir hätte vorstellen können, auch wenn es mir in dieser Beziehung an Erfahrung mangelte: Im Institut waren wir dort nicht geduldet und im Haus am Arno noch viel weniger. Diese hier schien mir den Inbegriff der Völlerei zu verkörpern. Hier hatte jemand, vermutlich die Frau des Fattore, mit einer Sorgfalt ohnegleichen die Regale mit Dingen gefüllt, deren Zubereitung Wochen und Monate gekostet haben mußte. Da gab es die unterschiedlichsten Fleisch- und Fischsorten in getrocknetem Zustand, von der Decke herab hingen geräucherte Würste und Speckseiten, eingesalzene Fische, die man als Fastenspeise verwendete, waren in kleinen Holzkistchen aufbewahrt, gebeizte Fleischstücke in Essig eingelegt, die Töpfchen

mit Rindsblasen zugebunden. Daneben standen Amphoren mit Maulbeersaft, Wacholdersaft, in Ingwersirup eingelegten Früchten und diversen Latwergen, alle mit kleinen Schildchen versehen. Ein ganzes Regal enthielt die unterschiedlichsten Liköre wie Quittenlikör, Schlehenlikör, Nußlikör, Zitronenlikör sowie Dinge, von denen ich nie zuvor gehört oder gelesen hatte; so kündete eine Aufschrift von »Pfirsich-Ratafia«, und ein Wandbrett beherbergte Töpfe mit unterschiedlich dick eingekochten Zuckerlösungen, was ich den Zetteln, die an den Gefäßen hingen und mich an Alchimie erinnerten, entnehmen konnte: »1. Grad: Breitlauf«, »2. Grad: der kleine Faden«, »3. Grad: die große Perle«, »4. Grad: der leichte Flug«, »5. Grad: die große Blase«. Das Brot, das auf hohen, an Seilen aufgehängten Gestellen lag, um es vor den Mäusen zu schützen, schien mir frisch gebacken; offensichtlich hatte die Frau des Fattore oder wer auch immer mit unserem Kommen gerechnet. Es gab also alles bis auf Molke und Milch, auf die ich wohl würde verzichten müssen. Und die eingelegten Eier wollte ich weitgehend für meine Malerei aufsparen.
Wir hätten riesige Feste feiern können mit all diesen Vorräten, aber es war bekannt, daß solche Feste nur zu Lebzeiten der ersten Ehefrau des Messer Orelli stattgefunden hatten. Ich nahm Brot und eine Speckseite mit nach oben und setzte mich an den großen Küchentisch, aber so, daß ich nicht das Bett im Blickfeld hatte.
Im April, an Ostern, würde also die Hochzeit stattfinden, hatte Brigidas Mutter gesagt. Bis dahin mußte die Kapelle fertig sein, hatte sie befohlen, obwohl klar war, daß es besser gewesen wäre, die Arbeiten in der warmen Jahreszeit vorzunehmen, so daß wir nicht der strengen Februarkälte ausgesetzt gewesen wären. Aber Brigidas Mutter hatte sich nie sonderlich um das Wohlergehen von Menschen gekümmert. Sie äußerte ihre Wünsche klar und deutlich, und sie wäre auch über Leichen gegangen, ihre Wünsche durchzusetzen. Das Mäzenatentum ihres Mannes störte sie

ohnehin, wäre es nach ihr gegangen, wäre das Atelier vermietet und nicht kostenlos fünf jungen Männern überlassen worden, von denen man kaum erwarten durfte, daß sie jemals an Michelangelo oder Leonardo da Vinci heranreichten. Solche Meister hätte sie gern in ihrem Haus gesehen und es selbstverständlich als große Ehre betrachtet, wenn hier Kunstwerke entstanden wären, die alle Welt bewunderte. Und vermutlich hätte sie es nicht gestört, wenn diese großen Männer ihre Tochter verehrt hätten und nicht fünf junge Männer, die ihr lediglich den Kopf verdrehten und sie in all ihren – aus der Sicht der Mutter – unnatürlichen Neigungen auch noch unterstützten: Zu wissen, wer Dante, Petrarca, Boccaccio waren, war schlimm genug, sie gemeinsam mit jungen Männern zu lesen, schien Mona Orelli schon ein Werk der Vorhölle zu sein – sie hätte in ihrer Jugend nicht einmal gewagt, diese Bücher in die Hand zu nehmen.
Und ich bin mir heute sicher, daß sie Brigida vermutlich noch länger bei der Amme in der Toskana gelassen hätte, wenn dies möglich gewesen wäre. Diese Tochter aus zweiter Ehe hatte ihrem Herzen nie nahegestanden, und daß sie klüger war als ihre älteren Söhne, hatte sie ihr nie verziehen. Sie kann ja schon lesen! hatte sie eines Tages voller Entsetzen gesagt, als Brigida ihr voller Stolz von einer Tafel die ersten Sätze vorlas. Sie ließ daraufhin ihre älteren Söhne in das Zimmer rufen, legte ihnen ein Buch vor und forderte sie auf, den Text zu lesen. Garcia fing bei dem strengen Tonfall der Mutter sofort zu weinen an, und Michele bekam einen seiner Hustenanfälle, die er stets dann hatte, wenn ihm etwas nicht behagte.
Wir liebten sie also alle nicht, diese Mona Orelli, und wenn sie gar gewußt hätte, welchen jungen Künstlern ihr Mann seine Gunst schenkte, so wäre sie gewiß fähig gewesen, uns noch am gleichen Tag aus dem Haus zu werfen, zumindest Rocco und mich. Aber sie wußte es – Gott sei gelobt – nun einmal nicht. Was

in Florenz während jener denkwürdigen Tage vor dem »Feuer der Eitelkeiten« geschah, hatte sie nicht erlebt, weil sie auf Reisen gewesen war. Und das war gut so. Denn wenn sie gesehen hätte, wie wir beide damals in ihr Haus einbrachen und den Tand, den Savonarola für sein großes Autodafé gefordert hatte, in großen Säcken zu dem *talamo* schleppten, wären wir ganz gewiß nicht der Gnade teilhaftig geworden, später einmal im Haus des Messer Orelli zu wohnen. Aber dies alles lag weit zurück, auch wenn wir Jungen, die Savonarola einst mit Haut und Haaren gehörten, es nicht vergessen hatten und – ich bin sicher – es nie vergessen werden, weil wir nie wieder in unserem ganzen Leben diese wilden Gefühle, die zum Himmel stürmten, haben würden. Nie wieder würde es jemanden geben, der stark genug war, uns ähnliches zu vermitteln. Wir waren damals nicht mehr wir selbst, wir waren andere, von Kopf bis Fuß. Ich hatte auch eine andere Frisur, die Haare kurz bis zu den Ohren, wie der Mönch es von seinen Jungen forderte, und über Roccos Stirn lief bereits jene Narbe, die – aus seiner Sicht – eine Opfergabe an Savonarola war. Sie verleiht heute seinem Gesicht diesen dämonischen Ausdruck, der sämtliche Frauen in seinen Bann zieht.

Heute früh der Morgen der Nebelfetzen.
Sie hängen über dem Tal, berühren an einer Stelle den Himmel, schneiden Streifen aus der Landschaft, man kann sehen, wie es oben aussieht, wie unten, die Mitte bleibt schemenhaft verhüllt.
Ich sehe nun, daß das rätselhafte Radfragment der Teil eines riesigen Mühlrades ist. Es ragt mit seinen zerborstenen Schaufeln wie ein Mahnmal aus dem Geröll heraus, als wäre es der Ankläger wider dieses Naturereignis.
Aber heute berührt mich dies alles nicht. Heute ist, als hätte es kein Beben gegeben, als lebte ich im luftleeren Raum. Irgendwo und überall, aber nicht in diesem zerstörten Tal.

Heute gehe ich nach Jerusalem.
Ich schreite in mein Bild hinein, das ich gestern begonnen habe. Ich lasse die Mauern der Stadt vor mir emporwachsen, einen schmalen sandigen Pfad zwischen das saftige, helle Grün schlängeln, ich ahne die Regenwürmer unter der aufgeworfenen Grasnarbe. Ich spüre die Erregung, die mich ergreift, je tiefer ich mich in das Bild versenke. Ich atme die klare Luft der Höhe, schmecke sie auf meiner Zunge, rieche den Frühling. Ich bewege mich in dieser fremden Landschaft, die ich im Geiste schon hundertmal durchschritten habe, lasse mich in sie hineinfallen, mache sie zu meiner Umgebung, als sei ich nicht weit entfernt im Norden, sondern höre hier in diesem Augenblick die Vögel singen.
Ich bin in der Heiligen Stadt. Ich sehe vor mir ihre blauen und goldenen Kuppeln, ein Bild, das ich schon seit Jahrzehnten in mir trage. Oder seit Anbeginn aller Zeiten. Die Sonne wirft lange Schatten. Es ist früh am Morgen.
Ich lasse die Mauer nun schrumpfen; je weiter sie sich vom Betrachter entfernt, desto kleiner wird sie. Dagegen sind die Felsen im Vordergrund, an der Bildkante, wuchtig; ich kann sie berühren, wenn es mich danach verlangt. Ich spüre ihre runde Wölbung unter meiner Hand, es fühlt sich an wie ein samtiges Tier, das die erste Sonne genießt. Die Mauer dagegen bleibt weit entfernt, sie verläuft irgendwo im Unendlichen. Ich lasse die Linien sich treffen nach ihrem Gesetz. Schon lange denkt mein Kopf nicht mehr an bestimmte Worte, sie haben sich losgelöst, als gehörten sie schon immer zu uns. Es gelingt uns, all das sichtbar zu machen, das sichtbar werden soll, und dies gelingt uns ohne eine Übungstafel, die wir im Geist abhaken. Diese *prospettiva* gehört uns, ist ein Teil von uns geworden.
Und wenn ich ehrlich sein soll, ich brauche die Bilder, die eines Tages die Kapelle schmücken werden, schon jetzt nicht mehr. Die Kreuzigung, die Kreuzabnahme, die Pieta, die Grablegung – für

den Augenblick habe ich genug an diesem winzigen Bildausschnitt, in dem ich versinke, einem unbedeutenden Fleckchen Erde, das für heute mein Tagewerk sein wird.

Ich mische die Farben auf meiner Palette, grüble über die verschiedenen Grüntöne, mache Proben auf der Rückseite von alten Kontobüchern. Das macht noch keinen Michelangelo, spottete Lazzaro eines Tages, als er mich mit einem Packen dieser alten Bücher aus dem Keller auftauchen sah. Ich frage mich ohnehin, fuhr er fort, weshalb gerade er alte Kontobücher für seine Versuche benutzt hat.

Wir fragen uns natürlich ständig irgend etwas, was wir nicht wissen, obwohl wir Zeitgenossen und Landsleute der Großen sind, um die uns so viele beneiden. Kommen die Meister von weit her wie zum Beispiel Dürer, so erweisen wir ihnen unseren Respekt, aber das ist auch alles. Sie gehören nicht zu uns. Und wie wir unsere *prospettiva* gestalten, verraten wir ihnen schon gar nicht. Es heißt, Dürer habe sich darüber in einem Brief mißmutig geäußert, weil die Maler in Italien nicht bereit waren, ihre Geheimnisse preiszugeben.

Über dem Eingang zur Kapelle sollen später eine Reihe von Heiligen stehen, angeführt von einer Marienfigur. Diese soll durch Ornamente von einem großen Bild von Gottvater getrennt werden, darüber dann ein blauer Himmel, im Hintergrund Luzifer und die Hölle.

Vor zwei Tagen malte ich den Arm der Jungfrau, die das Jesuskind hält. Ich malte ihn mit einer Andacht, daß mir die Tränen kamen, und stellte mir vor, wie es sein muß, so gehalten zu werden. Ich schäme mich der Tränen nicht, heißt es doch, daß Fra Angelico nie ein Kruzifix gemalt habe, ohne Tränen dabei zu vergießen. Das Kreuz in dieser Kapelle wird mir mehr als Mühe bereiten: Sie wollen die Nagelung exakt, zwei Leitern aufgestellt, darunter die Schergen mit ihren groben Gesichtern, mit Händen, die voller Wollust die Nägel durch das Fleisch hauen. Der Schmerz wird nicht nur im Gesicht des Gekreuzigten sichtbar sein, sondern auch im Gesicht des Malers, auch wenn ihn dort niemand sieht. Ich weiß, daß ich nie sonderlich gut war für diese Art von Bildern, daß ich stets das Gefühl hatte, ich nagle Jesus persönlich ans Kreuz. Aber ich habe Rocco ganz bewußt nie von diesen Schwierigkeiten erzählt, da ich weiß, daß er es nicht schätzt, wenn einer Schwäche zeigt, schon gar nicht einer, der die gleiche Herkunft hat, denn bei Rocco scheint diese Herkunft in den Urschlamm hinabgesunken zu sein, ins Vergessen. Ihn störte bereits, als ich einmal ein Jesuskind zeichnete, das mir angeblich ähnlich sah, obwohl ich nichts weiter tat, als eines der Findelkinder abzuzeichnen, die der Maler und Bildhauer Andrea della Robbia in den Medaillons unseres Ospedale gestaltet hatte. Sachlichkeit also ist gefragt, keine Sentimentalität. Wenn wir neben einem fremden Bild stehen und es analysieren, dann gebärdet sich Rocco, als löse er eine Dreisatzaufgabe oder ein geometrisches Problem – seine Gefühle hält er versteckt. Er ist, wenn er skizziert, ein Rötelstift, nichts weiter als dies, ein Stift, der zu funktionieren hat, nichts anderes sonst.

Am späten Nachmittag stellte ich fest, daß es außer den aufgeworfenen Fliesen im Flur noch weitere Zerstörungen im Haus gab. In einer großen Vitrine im Wohnraum lagen die Scherben kostbarer Gläser, die bei dem Beben zu Bruch gegangen waren, daneben eine Weinkaraffe, die ihr Schnäuzchen verloren hatte. In der Bildergalerie war eine ganze Reihe von Bildern zu Boden gestürzt, bei einem war die Farbe an einer Ecke abgeplatzt.
Ich verbrachte den Abend damit, die Bilder, die im Flur hingen, zu überprüfen, und ging dann in die Küche, um mit Genuß ein Mahl einzunehmen, für das ich mir besondere Mühe gemacht hatte, da Sonntag war: Ich hatte mir aus den Vorräten im Keller ein

Ochsenschwanzragout zusammengestellt und dazu heiße Fladen gebacken, die ich mit Schmalz bestrich. Zum Nachtisch genehmigte ich mir ein kleines Töpfchen mit Latwerge.
Ich hatte mich auch entschlossen, die Kleider zu wechseln, obwohl ich mir dabei lächerlich vorkam. Ich holte mir eine Schüssel voll Wasser aus der Regentonne, wärmte es auf dem Herd und wusch mich dann gründlich, als erwarte ich Besuch. Ich kämmte mir sorgfältig die Haare und zog ein sauberes weißes Hemd an. Das Buch, das ich mir dann aus der Bibliothek holte, die »Ars amatoria« von Ovid, stand allerdings im krassen Widerspruch zu diesem symbolischen Akt der Reinheit, über deren Verlust ich auch heute noch grüble, ohne recht zu wissen, weshalb.

Ich gehe durch die Stadt, meine Heimatstadt Florenz. Es ist Palmsonntag. Wir sind viele, die an diesem Sonntag durch die Stadt ziehen, es heißt, wir seien achttausend. Eine Zahl, die niemand begreift, schon gar nicht die jüngsten von uns, die soeben sechs Jahre alt sind. Manche haben sich auch unter uns geschmuggelt, die erst fünf sind, damit sie teilhaben dürfen an diesem Fest, das wir nie vergessen werden.
Wir sind weiß gekleidet, allesamt. Auf dem Kopf tragen wir Kränze aus Olivenzweigen, unsere Haare sind abgeschnitten bis an die Ohren, in der Hand schwenken wir ein rotes Kreuz. Die Banner der Stadtviertel, aus denen wir kommen, werden vorangetragen. Wir, die *innocenti,* sind mehr als die aus den übrigen Stadtvierteln, allein in diesem Jahr sollen mehr als fünfhundert in die *pila* gelegt worden sein, wobei man nie weiß, ob es auch stimmt.
Wir führen den Zug an, marschieren gleich hinter dem Tabernakel, auf dem Jesus Christus zu sehen ist. Die Jungen als erste, dahinter die Mädchen, von denen die jüngsten ebenfalls erst sechs Jahre alt sind. Dann kommen die Priester und die *priore,* die

Zunftvorsteher von Florenz. Mit Abstand dann die Eltern derer, die das Glück haben, welche zu besitzen.
Wir rufen: Lang lebe Christus, unser König! Wir schwingen das rote Kreuz, obwohl unsere schwachen Arme bald erlahmen, aber wir halten durch. Wir sind die Jugend, die, auf die es ankommt in dieser Stadt, die von Savonarola, dem *frate*, regiert wird. Auf uns werden eines Tages alle Lasten ruhen, wir werden sie tragen mit Stolz. Wir gehören Savonarola, er hat es uns gesagt.
Am Straßenrand tanzen Männer und stimmen in das Loblied auf unseren Herrn ein: *Vivo Cristo! Vivo Cristo!* Ich spüre, wie mein Gewand an meinem Rücken festzukleben beginnt, ich spüre, daß ich nicht so kräftig bin, wie ich immer geglaubt habe, ich spüre, wie ich das Kreuz nicht mehr hoch in der Luft schwenken kann, sondern daß es, je länger wir gehen, ganz langsam nach unten sinkt.
Trotzdem würde keiner von uns zugeben, daß wir nicht stark genug sind, diese Kreuze zu tragen. Nicht einmal die Kleinsten. Einer der Fünfjährigen, ich kenne ihn, er gehört zu den *innocenti*, trägt sein Kreuz wie die Größeren auch.
Wenn ich mich umwende, kann ich Brigida sehen. Sie läuft in der zweiten Reihe der Mädchen, hat offensichtlich Mühe mit ihrem Kreuz, dessen Farbe sich bereits aufzulösen beginnt. Sie schaut auf ihre Hände, sieht sich dann erschrocken um, versucht eine Hand an der anderen abzuwischen. Aber die Hände bleiben rot, als ob das Blut des Gekreuzigten über sie hinunterrinne. Ich spüre ihre Angst, gehe zwei Schritte zurück, reiche ihr mein Kreuz und übernehme das ihre.
Ich sehe, wie auch meine Hände sich langsam rot färben. Ich schließe die Augen. Wir sind vereint. Wenn es Blut wäre, wäre es unser Blut, unser gemeinsames.
Wenn ich mich später an diese Szene erinnerte, tat ich dies nie ohne Lächeln. Ich sagte mir, es waren Schwärmereien unserer Ju-

gendzeit. Aber ich wußte ganz genau, daß es mehr war als das. Wir waren bereit, Savonarola zu folgen, wir wollten ihm gehören, ganz und gar. Wir waren bereit, für ihn durchs Feuer zu gehen, und als sie dies später von ihm forderten, erklärten sich viele dazu bereit, es für ihn zu tun. Auch bei uns sagten einige – ich gehörte nicht zu ihnen –, daß sie dazu bereit wären, zu diesem Durchsfeuergehen.

Und da es Savonarola war, der mit uns diese Prozession durch die Stadt veranstaltete, war es ganz gewiß auch kein Teufelswerk, wie diese Spektakel zu seinen Zeiten bezeichnet wurden.

Heute bereits der zehnte Tag meines Inseldaseins.

Der Nebel ist inzwischen voll und ganz zurückgekehrt und noch dichter als am ersten Tag. Er zieht nun nicht mehr in Fetzen über das Land, er hüllt alles ein und reicht jetzt bis an die Villa heran, so daß ich heute kaum mehr mein Pferd sehen konnte, als ich es füttern wollte. Es scheint mir sogar, als dringe er auch in das Haus, als erweitere er Stunde um Stunde sein Terrain, mißachte Mauern und Wände, tue so, als gehöre ihm alles, wovor er bisher noch Respekt zeigte. Öffne ich ein Fenster, so schlüpft er blitzschnell herein, wabert sich dann ganz langsam durch die Räume, liegt auf dem Boden, den Fluren. Ich frage mich, ob dies überhaupt noch Nebel ist und nicht irgendein weißlichgrauer Zauberteppich mit einem seltsamen Muster. Oder ein überdimensionales Haustier, ein Geisterhund vielleicht, der schon immer hier lebt und nun mir gegenüber seine älteren Rechte deutlich machen will.

Aber eigentlich stört mich der Nebel nicht allzusehr. Es ist fast so, als gäbe er mir Gelegenheit, noch tiefer in meine Arbeit zu versinken. Ich spüre, daß er mir Geborgenheit gibt und mich damit auch unerreichbar macht. Doppelt unerreichbar.

Ich habe mich eingelebt in dieses Haus, in mein Inseldasein. Ich esse, wann immer ich Hunger habe, ich schlafe, wenn ich müde bin, ich trinke, sobald ich Durst verspüre. Ich bin dem ewig gleichmäßigen Tagesrhythmus des Hauses am Arno entronnen, ich lebe wieder mein eigenes Leben, das manchmal morgens, noch ehe der Tag kommt, beginnt, und das bis spät in die Nacht hinein dauern kann, wenn ich eine bestimmte Stelle an dem Wandbild noch zu Ende malen möchte. Und ich komme mir auch nicht sündig vor, wenn ich nicht nur die Essenszeiten des Tages mißachte, sondern auch die Fleischtage mit den Fasttagen verwechsle. Was interessiert mich schon ein Quatember, ein Bittag vor bestimmten Festen oder die Regel, daß an bestimmten Tagen keine Eier, kein Käse, kein Quark und keine Milch verzehrt werden dürfen. Ganz davon abgesehen, daß ein Erdbeben ohnehin seine eigenen Gesetze nach sich zieht und ich das essen muß, was der Keller mir bietet. Und ich werde alles mit Lust essen. Und mich nicht kasteien mit sonderbaren Überlegungen: Was ein Fisch ist, bestimme ich. Und selbst einen Biber, falls ich einen treffen sollte, werde ich zu den Wassertieren rechnen, schließlich hat er einen geschuppten Schwanz.

Ich habe mich so gut eingelebt in dieses Haus, daß ich ganz anders durch die Räume gehe als in den ersten Tagen. Ich fühle mich nicht mehr von ihnen ausgeschlossen, zurückgewiesen, und ich lasse sie dies wissen. Ich gestatte mir, die Bilder an den Wänden anders zu betrachten als zuvor. Nicht mehr unterwürfig, sondern so, als hätte ich sie soeben selber gekauft und erfreue mich an ihrem Hiersein. Bin ich ganz mutig, und gefällt mir ihre Nachbarschaft nicht, hänge ich sie sogar um.

Ich erlebe diesen Ausnahmezustand inzwischen auch nicht mehr als mögliche Gefährdung. Ich trete selbstbewußter auf, nicht mehr so zögerlich, als sei der Boden durch das Beben so brüchig, daß er bei jeder stärkeren Belastung unter meinem Gewicht einbrechen könne.

Ich ertappe mich sogar dabei, wie ich den Gang von Messer Orel-

li nachahme. Ich halte den Kopf leicht nach der Seite geneigt, ziehe die Stirn in Falten, als müsse ich tiefgründige Entscheidungen treffen. Ich probiere sogar, seine Stimme zu imitieren. Ich lasse seine Frau ihm antworten. Ich lasse Brigida lachen. Ich bin keiner der *innocenti* mehr, ich bin der reiche Seidenhändler Orelli mit den fehbesetzten kostbaren Gewändern, in denen er sich kürzlich hat malen lassen, um zu zeigen, wer er ist.
Ich führe also Selbstgespräche und weiß, könnte Rocco sie hören, er würde nur den Kopf schütteln. Manchmal frage ich mich wirklich, sagte er einmal stirnrunzelnd, weshalb du Maler geworden und nicht zu den Gauklern gegangen bist.

Heute abend dann das Klopfen an der Haustür.
Ich saß bei Kerzenlicht und Wein in der Küche, aß von meinem Hasenpfeffer, den ich in einer Essigbeize vorgefunden und mir dann zubereitet hatte. Und ich erschrak bei diesem unerwarteten Geräusch so sehr, daß mir der Becher aus der Hand rutschte und der Rotwein sich auf den Fußboden ergoß. Zunächst dachte ich, ich hätte mich verhört und es sei ein Ast, den der Wind ans Haus trieb. Aber dann war das Klopfen ein zweites Mal zu hören und diesmal um eine Spur ungeduldiger.
Ich schloß mein offenes Wams, strich mir über die Haare, dann schlich ich mich im Dunkeln – den Weg durch die aufgeworfenen Kacheln kannte ich inzwischen so gut wie die Tasche meines Wamses – zur vorderen Haustür, deren Riegel ich notdürftig repariert hatte. Dabei gingen mir tausend Geschichten von Dieben, Plünderern, Strolchen und anderem unlauteren Gesindel durch den Kopf.
Ich öffnete die Tür also zunächst nur einen Spaltbreit und hielt die Fackel zur Seite, um zu sehen, wer da stand. Aber weder vor der Tür noch auf dem winzigen Streifen von Gras, der am Haus entlanglief, war jemand zu entdecken. Dagegen wieherte plötz-

lich hinter dem Haus mein Pferd. Und es waren Schläge gegen die Hauswand zu hören, es konnten Hufe sein, die an die Wand schlugen. Dann wieder ein Wiehern. Ich rannte zum rückwärtigen Eingang und riß im Laufen rasch noch eine Flinte von der Wand. Jetzt plötzlich ein menschlicher Schmerzenslaut und ein Fluch. Ich riß die Hintertür auf und sah, wie ein Mann versuchte, mein Pferd loszumachen. Die Stute mußte ihn gerade gebissen haben, obwohl sie das sonst nie tat. Ich legte die Flinte an, mit der ich so gut wie keine Erfahrung hatte, sah aber nun, daß der Mann nicht unbedingt wie ein Pferdedieb aussah. Seine Kleidung war zwar vom Schmutz entstellt, aber es ließ sich dank des Mondlichts erkennen, daß der Mann ein äußerst farbenprächtiges Gewand trug, so farbenprächtig, daß es aussah, als habe jemand sämtliche Farben meiner Palette auf einem kostbaren Samt zu wundersamen Mustern verteilt.
Ich stand einen Augenblick reglos, wir starrten uns an. Es war Vollmond. Und ich war mir ganz sicher, daß ich diesen Mann nie zuvor in meinem Leben gesehen hatte.

Ihr schlaft in Brigidas Bett?
Der Fremde stand vor mir. Ich hatte ihn in die Küche geführt, da er behauptete, eine Nachricht von Messer Orelli für mich zu haben. Er starrte auf das zerwühlte Lager, betrachtete mich belustigt.
Das Haus des Fattore ist zerstört, erwiderte ich und ärgerte mich zugleich, da ich den Mann nicht einmal nach seinem Namen gefragt hatte und ihm wohl kaum eine Antwort schuldig war. Trotzdem fügte ich hinzu: Irgendwo mußte ich schlafen.
Und weshalb gerade in diesem Bett?
Ich zuckte mit den Achseln. Weshalb nicht in diesem? Es war bezogen, was bei den anderen Betten nicht der Fall war. Und es war ein leicht zerlegbares Reisebett.

Er betrachtete mich noch immer, warf einen Blick auf meine Malkleider, die auf dem Stuhl lagen, dann ging ein amüsiertes Lächeln über sein Gesicht. Und Ihr habt Euch gewaschen, bevor Ihr in dieses Bett gestiegen seid?
Ich wandte mich um, ging zu der Karaffe mit Wein und goß mir ein. Es gibt keinen Brunnen, der intakt ist, sagte ich. Auch für Euch nicht. Es gibt nur eine Regentonne seitlich vom Haus.
Es gibt eine Zisterne im hinteren Keller, sagte der Mann und warf seinen purpurnen Umhang lässig auf einen Stuhl.
Natürlich. Es gibt auch eine Quelle irgendwo da draußen. Wenn sich der Nebel verzieht, werdet Ihr sie ganz gewiß finden, spottete ich.
Ihr meint die, die den Berg hinaufläuft? fragte er mißtrauisch, als wolle ich ihm Unheil an den Hals wünschen und als sei diese Regelwidrigkeit des Wassers eine vom Teufel gewollte Bosheit, die ich freudig unterstütze.
Ich hob die Schultern. Vielleicht läuft sie inzwischen nicht mehr den Berg hinauf, sagte ich und holte einen zweiten Becher aus dem Wandregal. Woher wißt Ihr überhaupt davon?
Er nahm mir den Becher aus der Hand und die Karaffe, als wolle er damit kundtun, daß nicht ich der Hausherr war, sondern er, auch wenn wir es ganz gewiß beide nicht waren.
Man erzählt es sich im Dorf, sagte er. Ich hab es nicht mehr gesehen. Was wollt Ihr eigentlich in dem Haus? fragte er dann, während er sich im Raum umsah und erneut meine farbbedeckten Kleider auf dem Stuhl musterte.
Ich sollte malen, gab ich kurz zur Antwort.
Malen? Ausgerechnet jetzt, mitten im Februar?
Die Arbeit muß fertig sein bis zum Frühjahr. Bis zur Hochzeit.
Er nickte, wobei ein kaum wahrnehmbares Lächeln über sein Gesicht ging. Ach so, das erklärt natürlich alles. Dann ist die Sache doch nicht mehr so ganz ungewiß.

Was meint Ihr damit, mit dieser »Sache«?
Er trank einen Schluck, wischte sich mit der Hand über den Mund, öffnete unter dem Tisch eine Schublade und nahm ein Mundtuch heraus. Wenn der Ringtag bereits zweimal verschoben wird, dann sind die Dinge nicht eben mehr sicher, sagte er dann und wischte sich behutsam den Mund ab.
Woher wißt Ihr das?
Ich denke, der Bräutigam sollte doch wohl über den Ringtag Bescheid wissen, sagte er mit einem schiefen Lächeln. Es ist meine Hochzeit, für die Ihr Eure Knochen der Kälte aussetzt.
Ich stellte meinen Becher ab und starrte ihn an. Ihr wollt Brigida heiraten?
Etwas an mir auszusetzen? fragte er spöttisch.
Nein, gewiß nicht. Ganz gewiß nicht, sagte ich und versuchte den Blick von seinem nahezu kahlen Kopf abzuwenden. Weshalb sollte ich, schob ich rasch hinterher, wobei mir die Zahl der Runzeln in seinem Gesicht auffiel – er war wohl fast doppelt so alt wie Brigida.
Die Glatze – das liegt in der Familie, sagte er mit einem spärlichen Lächeln. Sie kommt nicht von der Neapolitanischen Krankheit.
Das dachte ich auch nicht, sagte ich hastig.
Doch, doch, das dachtet Ihr schon! Jeder würde das denken. Aber es interessiert mich nicht, was Ihr denkt, fuhr er dann fort und hängte sein Barett an den Haken. Auch wenn Ihr Brigida schon von Kindesbeinen an kennt.
Dabei zog er das Wort »Beine« so in die Länge, daß es sich nicht wie die harmlose Bezeichnung eines Körperteils anhörte, sondern wie eine Obszönität. So zumindest hat sie es mir erzählt, erklärte er dann freundlich. Daß Ihr sie vor den Augen ihrer Eltern gerettet, aus der Jauchegrube gezogen und ihr das Leben ein zweites Mal gerettet habt, als sie in den Fischteich fiel. Gerechterweise sollte Euch dieses Leben dann doch für den Rest aller Zeiten gehören, oder etwa nicht?

Ich nahm die Flinte, die ich auf den Tisch gelegt hatte, und schob sie wieder in die Halterung an der Wand. Kann ich Euch behilflich sein beim Auswählen des Bettes? fragte ich dann höflich.
Er zog die Brauen hoch. Ich kenne mich aus. Auch wenn Ihr mir vermutlich nicht glaubt.
Ihr wißt auch, wo die Laken sind?
Er stellte seinen Becher auf das Kaminsims. Nicht nur die Laken, ich weiß sogar, wo die Lavendelbeutel aufbewahrt sind, und auch, wo sich die getrockneten Rosenblätter befinden, die man in der Hochzeitsnacht über das Bett streut, sagte er dann mit verschwörerischer Stimme. Und er sagte es genau so, daß ich annehmen mußte, er habe bereits dutzende Male die Lagerstatt mit Brigida geteilt, obwohl ich das nicht glauben konnte.

In der Nacht lag ich wach. Ich hörte, wie Brigidas Bräutigam, der es nicht einmal für nötig erachtet hatte, mir seinen Namen zu nennen, über mir auf dem knarrenden Holzboden hin und her lief. Es schien mir, daß es stundenlang währte. Dann wurden ganz offensichtlich Möbel verschoben, auch wenn ich mir nicht recht vorstellen konnte, was er wohin rückte. Irgendwann wurde dann ein Fenster geöffnet, und ich fragte mich, ob es ihm im Haus nicht kalt genug war, so daß er auch noch die eisige Nachtluft hereinlassen mußte.
Dann plötzlich das Knarren des Bettes, das Schlagen des Bettpfostens – es hörte sich an, als werfe sich jemand auf den breiten Rücken eines Ackergauls und stapfe schwerfällig mit ihm davon. Und irgendwann zwischen Wachen und Schlaf hörte ich plötzlich Trompetenklänge. Zumindest schien es mir so.

Am anderen Morgen hielt ich es für höchste Zeit, Grenzen zu ziehen zwischen uns. Ich war weder sein Diener noch ein Hausknecht, noch hatte ich vor, die Köchin zu ersetzen. Wollte er essen, so mußte er sich selbst darum kümmern. Ich hatte mir vorsorglich mein übliches Morgenmahl, einen Becher mit Wein, auf einen Schemel neben die Wand im Flur gestellt und aß das trokkene Brot, während ich zu malen begann.

Ich hoffe, Ihr habt etwas für mich übriggelassen, sagte er mürrisch, als er gegen Mittag unrasiert und trotz der Zisterne im Keller offensichtlich ungewaschen erschien.

Ich habe es überschlagen, sagte ich bissig, es reicht bis zur nächsten Sintflut.

Er schaute mich grimmig an.

Also bis zur nächsten Pest ganz gewiß, schwächte ich ab. Es ist alles da, vom gepökelten Seefisch bis zur Pfirsich-Ratafia.

Pfirsich-Ratafia? wiederholte er. Hab ich noch nie gehört. Was ist das?

Ich schüttelte den Kopf. Das weiß ich nicht. Es steht neben dem Schlehenlikör, Ihr könnt es probieren. Allein die Liköre reichen uns für die nächsten vier Wochen. Und bis dahin wird uns gewiß jemand aus dem Dorf entdecken.

Nicht, wenn der Satan das Wasser bergwärts fließen läßt, sagte er zornig. Da kommt ganz gewiß niemand herauf.

Wenn der Nebel schwindet, könnt Ihr sehen, daß es vermutlich längst wieder zu seinem normalen Lauf zurückgekehrt ist.

Er näherte sich meinen Malutensilien und nahm ein Stück der dünnen Leinwand, die ich zum Reinigen meiner Pinsel benutzte. Ihr erlaubt?

Wozu?

Damit ich hier nicht wie ein abgerissener Wandersmann herumlaufen muß, sagte er mürrisch und versuchte, den Schmutz von seinem purpurnen *farsetto* zu entfernen.

Mich stört's nicht, wie Ihr herumlauft.

Aber mich. Schließlich könnte es ja sein, daß Brigida hier auftaucht.

Meint Ihr, sie liebt Euch weniger, wenn Euer Wams wegen des Erdbebens beschmutzt ist, spottete ich.
Er bemühte sich, mit dem Lappen einen silbernen Knopf zu polieren, dann den Stoff von dem Schmutz zu befreien, und er fluchte vor sich hin, als er feststellen mußte, daß sein kostbares *farsetto* dadurch keinesfalls besser wurde. Falls Ihr es genau wissen wollt, sie liebt mich überhaupt nicht.
Ich spürte, wie der Pinsel in meiner Hand erstarrte und wie die Farbe an der Wand in einer Schliere nach unten tropfte.
Ihr habt recht gehört, sagte er mit einer Spur von Genugtuung in der Stimme, als er sah, wie ich ihn anstarrte. Sie liebt mich nicht. So etwas soll doch vorkommen, oder?
Und weshalb wollt Ihr sie dann heiraten?
Ich will sie gar nicht heiraten. Ich bin ihr aufgezwängt worden. Gewissermaßen.
Aufgezwängt? Von wem?
Nun, von wem wohl? Von meinem Vater natürlich. Er hat Pech gehabt in den letzten Jahren, viel Pech. Glaubt Ihr im Ernst, ich würde sonst eine *virago* heiraten?
Eine *virago?* Ihr müßt verrückt sein, wenn Ihr sie für das haltet, sagte ich empört.
Er hielt inne mit seiner Wischerei und schaute hoch. Wißt Ihr es etwa besser? Ist sie vielleicht gar keine und tut nur mir gegenüber so? Keinerlei Berührung, kaum daß sie mir die Hand reicht, geschweige, daß ich etwas anderes an ihr berühren darf, ihren Mund schon gleich gar nicht. Von einem Kuß scheint sie noch nie gehört zu haben.
Ich tauchte den Pinsel in die Farbe, streifte ihn ab. Aber ich hatte nicht vor, ihm zu antworten.
Er lachte. Ach ja, fast hätte ich es vergessen. Ihr kennt Ihren Mund doch entschieden besser als ich.
Ich starrte ihn an. Wie bitte?

Nun ja, ich habe mich immer gefragt, wie es wohl ist, wenn man die Lippen eines Menschen berührt, der soeben in die Jauchegrube gefallen ist. Was man dabei empfindet.
Man empfindet gar nichts, sagte ich zornig, nur Angst, daß alles umsonst sein könnte. Und deswegen stört es einen auch nicht, daß man selber den Mund voller Jauche hat, nachdem man sie mit einem Strohhalm abgesaugt hat. Begreift Ihr das?
Um Himmels willen, regt Euch nicht auf! beschwichtigte er mich. Brigida hat diese Geschichte nur so oft erzählt, immer wieder, vor allen möglichen Leuten, so daß ich am Schluß unsicher war, ob sich überhaupt alles auf diese Weise zugetragen hat. Schließlich erinnert man sich nicht mehr an Dinge, die geschehen sind, als man kaum zwei Jahre alt war. Irgendwer muß es ihr erzählt haben, und weil sie die Geschichte so schön fand, hat sie sie weitererzählt. Und ausgemalt, da bin ich ganz sicher.
Ich wußte nicht mal, daß man ihr die Geschichte überhaupt erzählt hat. Von mir hat sie sie ganz gewiß nicht.
Nein, von Euch gewiß nicht, bestätigte er. Was solltet Ihr ihr auch erzählen? Daß Ihr bereits ihren Mund genossen habt? Ihr habt ihr ja nur Olivenzweige ins Haar gebunden, damals in Eurer Kinderzeit. Und vermutlich würdet Ihr das am liebsten heute noch tun, spottete er und legte den fleckigen Lappen zwischen meine Farben auf den Schemel.

Ich wußte nicht, was er getan hatte, seit er mich am Morgen verlassen hatte. Ich stellte nur zur Mittagszeit zu fest, daß aus meinem Topf mit dem Hasenpfeffer, den ich in die Speisekammer gestellt hatte, die besten Stücke fehlten. Aber er mußte sie kalt gegessen haben, da in der Küche kein Feuer brannte. Als ein angenehmer Holzgeruch durchs Haus zog, nahm ich an, daß dieser aus dem Kamin der Bibliothek kam und dieser sich dorthin zum Lesen zurückgezogen hatte.

Am anderen Morgen hörte ich Klopfgeräusche aus der *limonaia*, die hinter dem Haus lag. Vermutlich gedachte er, den Tag im Treibhaus zu verbringen. Als nach einiger Zeit ein seltsamer Geruch zum Haus drang, überlegte ich, ob es nicht besser sei nachzuschauen, da dies der Raum war, den man einst Brigidas Vetter Nardo für seine Arbeit zur Verfügung gestellt hatte. Dies allerdings erst, nachdem er mit seinen diversen Versuchen, Gold zu machen, einen Turm am Arno halb in die Luft gesprengt hatte. Aber dann ließ ich es sein in der Hoffnung, daß Brigidas Bräutigam nicht ebenso verantwortungslos mit den Gerätschaften und Materialien der Goldmacherei herumexperimentierte.

Was macht Ihr eigentlich abends? wollte er wissen, als die Dämmerung herabfiel und ich in der Küche ein Feuer machte.
Ich zuckte mit den Achseln, weil ich ihm keinesfalls verraten wollte, daß ich mich stets möglichst früh mit einem Buch in Brigidas Bett zurückzog: Nichts.
Nichts?
Nichts. Ich spiele Schach, manchmal, fügte ich lasch hinzu, als ich merkte, daß er es nicht glauben wollte. Ich hatte keine große Lust, mit ihm über irgend etwas zu philosophieren.
Allein?
Mit wem sonst?
Ich füllte zwei Teller, stellte sie auf den Tisch und schob ihm den Weinkrug zu. Er schien einen Augenblick zu überlegen, dann setzte er sich zögernd und widerwillig auf den groben Holzstuhl. Ich habe nicht vor, drinnen im Eßraum aufzutragen, wo es selbstverständlich bessere Stühle gibt, sagte ich, als er den Teller ins Licht hielt, um ihn auf seine Sauberkeit zu inspizieren. Und, fuhr ich fort, ich habe auch gleich gar nicht erst versucht, das Geschirr zu überprüfen. Spülen kann man es ohnehin nicht, da zu wenig Wasser vorhanden ist. Und ich bin hier, um meine Arbeit zu tun.

Einen Augenblick schien es, als warte er, bis ich ihm den Teller füllte, dann erhob er sich und nahm den Schöpflöffel. In meinem Bett war Sand, sagte er mißmutig, deswegen habe ich den Teller betrachtet.

Er wird von der Decke herabgerieselt sein, im Wohnraum knirscht es auch überall.

Ihr könnt gut kochen, sagte er nach einer Weile. Woher könnt Ihr es?

Woher wohl? Ein Maler, der unterwegs ist, muß kochen können. Er hat keine Bediensteten.

Nun, so lange seid Ihr ja wohl nicht unterwegs gewesen, sagte er bedächtig. Immerhin weiß ich, daß Ihr bereits seit langem die Füße unter den Tisch von Brigidas Vater streckt, dem ihr vier Burschen doch beachtliches Geld wert seid.

Florenz ist voll mit Mäzenen, wir sind nicht die einzigen, die von der Gunst eines reichen Mannes abhängig sind.

Aber es ist Geld, das eines Tages Brigida gehören würde, beharrte er, und damit mir. Und Ihr dürft ganz sicher sein, daß dieses sogenannte Atelier, ein Raum, der die schönste Aussicht zum Arno hat, einmal für anderes verwendet werden wird.

Ich lächelte ihn freundlich an. Gewiß. Einmal. Aber nicht jetzt. Noch lebt Brigidas Vater, und Ihr seid noch nicht verheiratet.

Noch nicht, aber bald, sagte er grimmig. Es wird keine weitere Verschiebung des Ringtages mehr geben. Und ich bin ganz sicher, daß Ihr und Eure Freunde Schuld seid an diesem Aufschub.

Ich fürchte, ich kann Euch nicht folgen.

Er beugte sich über den Tisch und stieß mit seinem Zeigefinger Löcher in die Luft. Nun, es dürfte doch für jeden klar sein, wem sich seit jeher ihr ganzes Sinnen und Trachten zuwandte. Sie gehörte Euch doch schon seit langem, mit Haut und Haaren. Bei jedem Besuch, den ich machte, mußte sie gerade noch dieses Buch zu Ende lesen oder jenes, damit sie mit Euch darüber diskutieren konnte. Manchmal hatte ich den Eindruck, sie beabsichtige, mit Euch zusammen wieder eine Platonische Akademie zu eröffnen, wie es Cosimo der Alte einst getan hat. Ihr Kopf hat Euch gehört, all die Jahre hindurch. Er trank seinen Becher mit einigen raschen Schlucken leer und stellte ihn hart auf den Tisch. Aber ihr Körper wird mir gehören, mir ganz allein, da dürft Ihr sicher sein, sagte er dann erregt. Und zwar so bald wie möglich.

Und was macht Ihr dann mit diesem so ganz und gar überflüssigen Kopf? spottete ich.

Er füllte seinen Becher und trank ihn mit verkniffenem Gesicht in der gleichen Geschwindigkeit aus wie zuvor. Für den werde ich schon Verwendung finden, wenn es an der Zeit ist, sagte er und stand schwerfällig auf. Mich wird er nicht weiterhin stören. Und im übrigen gibt es in dieser Familie jemanden, der mich stärker interessiert als dieses kleine Mädchen, das ich heiraten muß.

Ach ja, fragte ich verblüfft, und wer sollte das sein?

Er lachte. Der Mann, der es nicht nötig hat, sich um den schnöden Mammon zu kümmern. Der Mann, dem alles zufällt, was er in die Hände bekommt. Der Mann, der mehr von den geheimen Dingen des Lebens versteht als alle anderen. Damit verließ er den Raum. Ich hörte, wie er stolpernd die Treppe hinaufstieg und hin und her lief. Dann war wieder das Rücken von Möbeln zu hören und wie er das Fenster öffnete.

Nardo. Er konnte nur Nardo gemeint haben. Brigidas Vetter, der mit irgendwelchen Experimenten diesen Turm halb in die Luft gejagt hatte.

Eine halbe Stunde später hörte ich, wie er die Treppe wieder herabstieg, und ich war froh, daß ich mich noch nicht ausgezogen hatte.

Es muß unter diesem Haus eine Wasserader durchlaufen, sagte er mürrisch. Ich konnte letzte Nacht kaum schlafen. Ich habe das

Bett von einer Ecke in die andere gerückt, aber ich konnte trotzdem nicht schlafen.
Man hat es gehört, sagte ich und legte mein Buch zur Seite.
Und dann fand ich im Wohnraum auch noch diesen Olivenzweig, über Kreuz! sagte er vorwurfsvoll und warf einen Zweig auf den Tisch.
Ich starrte auf den Zweig, es war der, den ich am ersten Abend in den Becher gestellt hatte. Und was stört Euch an diesem Zweig?
Nun, erst vor kurzem hörte ich von einer Hexe, die einen gekreuzten Olivenzweig vor die Haustür eines Pächters gelegt hat. Dieser Pächter ist kurze Zeit später von seinem Gut vertrieben worden, sagte er erregt.
Seid Ihr immer so abergläubisch?
Nein, das bin ich keinesfalls, sagte er heftig, aber man muß sich vorsehen.
Gut, wir werden uns vorsehen, sagte ich, nahm den Zweig, ging in den Wohnraum und warf ihn aus dem Fenster. Ist es recht so? fragte ich dann freundlich, als ich zurückkam.
Er nickte, zog einen Würfelbecher aus seinem Rock und warf ein Spiel Karten auf den Tisch.
Ich hasardiere nicht, wehrte ich ab.
Er zog die Brauen hoch, während er die Karten zu mischen begann. Ach ja, sagte er dann lächelnd und schob den Kartenstoß zu mir herüber, es ist natürlich verboten: Aber Ihr dürft ganz sicher sein, daß es hier niemand sieht und verbieten kann.
Ich schob die Karten zu ihm zurück. Es interessiert mich aber wirklich nicht. Ich habe keine Lust auf die *stinche.* Und ich will auch keinesfalls ein zweites Mal mit Wasser getauft werden.
Er lachte auf. Aber nicht doch! Man wirft die Delinquenten ja nur einmal, ein einziges Mal, in den Arno.
Wenn ich sage, daß ich nicht hasardiere, dann tue ich es auch nicht. Womit auch sollte ich Euch bezahlen, falls ich verliere?

Man verliert doch nicht immer, man gewinnt auch. Und ich verspreche Euch, daß ich keine gotteslästerlichen Flüche ausstoße, falls ich verliere. Auch schwöre ich Euch, daß ich es bisher noch nie im Innern des Battistero tat oder am Aufgang zum Ponte alla Carraia, wo es in jedem Fall verboten ist.

Und Eure Verluste könnt Ihr bei Eurer Firma als Geschäftsverlust abschreiben, oder? konnte ich mir nicht verkneifen.

Nein, kann ich nicht, sagte er verärgert und schob die Karten zusammen. So bedeutend bin ich nicht, daß man dies tut. Noch nicht.

Ich stand auf. Ihr verschwendet Eure Zeit. Tut mir leid.

Aber ein Schachspiel verträgt Euer empfindsames Gewissen doch, wie Ihr mir verraten habt, sagte er und schaute mich mißmutig an. Nur damit die Nacht ein wenig kürzer wird für mich.

Ich lachte. Ihr wollt mit einem Mann Schach spielen, dem Ihr zutraut, daß er sich nicht wäscht, wenn er zu Bett geht?

Michelangelo wäscht sich auch die meiste Zeit nicht, heißt es. Wenn ihn keine Frau dazu zwingt, läßt er es überhaupt sein.

Ich bin nicht Michelangelo.

Nein, sagte er, zum erstenmal sachlich, das seid Ihr gewiß nicht. Nein, nein, regt Euch nicht auf! beschwichtigte er mich, als er mich ansah. Eure Malerei ist gut. Ihr versteht etwas von der *prospettiva.*

Könnt Ihr das beurteilen?

Ihr meint, weil ich nur der simple *capitano* einer kleinen Bankfiliale bin? In einer Stadt, in der selbst die Eseltreiber Dantes Verse singen, wird doch wohl auch der Sohn eines Seidenhändlers so viel Wissen besitzen, daß er ein Bild beurteilen kann, oder etwa nicht?

Er nahm ein kleines Schachbrett aus einer Tasche und teilte mir die weißen Figuren zu.

Ich denke, man lost die Farbe aus, sagte ich.

Ich wollte Euch die Farbe der Reinheit überlassen, spottete er und baute das Feld auf. Weil ich weiß, wieviel er Euch einst bedeutet hat.
Wer? fragte ich verblüfft.
Nun, wer wohl? Euer Heiliger von Florenz. Ich wette, Ihr denkt heute noch, daß seine Staatsform besser gewesen wäre, als die, die wir danach hatten.
Mag sein, sagte ich gleichmütig, da ich nicht wußte, wohin er das Gespräch lenken wollte, und machte einen Zug.
Aber es ist Euch doch klar, daß er euch Kinder mißbraucht hat? drängte er.
Ich ließ meine Hand mit dem Bauern in der Luft verweilen. Wieso?
Nun, diese ganze Lustfeindlichkeit, bei der schon das Atmen Sünde war, diese absolut unnatürliche Einstellung allem Leiblichen gegenüber, die er euch allen bereits im Kindesalter eingeträufelt hat, sie hat doch ihre Auswirkung auf Euer späteres Leben gehabt. Wenn ich nur Eure Kleidung betrachte – mausgrau, schwarz, dunkelbraun, vor jeder Farbe nehmt Ihr Reißaus –, so scheint sie mir immer noch aus der Zeit zu stammen, als dieses kleine Mönchlein von San Marco das Sagen in der Stadt hatte und jedwede Freude am Leben verbot. Und dieses seltsame Keuschheitsideal, zu dem er euch verpflichtete, verfolgt Euch doch bis heute, oder habe ich unrecht?
Ich schob das Brett zurück und stand auf. Ich bin müde. Spielt allein weiter!
Weshalb so empfindlich? spottete er. Habe ich etwas Falsches gesagt? Ich gehörte nun mal nicht zu seinen Getreuen, die ihm die Worte aus dem Mund sogen, bevor sie noch gesprochen waren. Ich gehörte zu denen, die nicht mehr länger mit ansehen wollten, wie ein Verrückter mit einem Haufen fanatischer Kinder jahrelang eine Stadt tyrannisierte.
Er hat dieser Stadt eine demokratische Verfassung gegeben, nach-

dem die Medici verjagt worden waren, stieß ich hervor. Er hat uns Ideale geschenkt, die abgesunkenen Sitten reformiert, zur Keuschheit erzogen, ja, ja, ja, ja und tausendmal ja. Wir gehörten ihm. Weil wir ihm gehören wollten.
Er deutete auf das Bett, das in der Ecke der Küche stand. Keuschheit? Er lachte auf. Ich wette, Ihr habt darin nichts anderes gemacht, als was jeder Mann machen würde, wenn er im Bett einer Frau schläft, die er begehrt und von der er genau weiß, daß er sie nie besitzen wird.
Was wißt Ihr überhaupt von ihm? fragte ich zornig. Ich weiß nicht, wo Ihr gelebt habt, als Savonarolas große Zeit war. Vermutlich in Hinterindien oder irgendwo in der Wüste.
Ich lebte bei meiner Familie in Prato, weil ich dort geboren bin, danach einige Zeit in Florenz, genau wie Ihr. Aber natürlich gab es einen Unterschied zwischen uns beiden: Meine Mutter hätte mich nie und nimmer in die Häuser fremder Leute gelassen, um sie wie gemeine Diebe auszurauben, auch wenn man dieses Einsammeln der »Gegenstände der Eitelkeiten« religiös zu beschönigen versuchte.
Er hatte inzwischen das Brett umgedreht und zog voller Hektik mit einer weißen Figur. Etwas anderes als Raub war es ja wohl kaum, was Euch dieser große Heilige befohlen hat. Aber euch *innocenti* hat das ja ganz offensichtlich nicht gestört. Da ihr nie etwas besessen hattet, konntet ihr euch nicht vorstellen, wie es ist, wenn sich jemand von seinen Büchern trennen sollte, seinen Handschriften, seinen Bildern. Für euch war es nahezu ein Rachefeldzug gegen die Reichen. Und selbstverständlich ging es euch dabei um nichts anderes als um die nackte Macht, die ihr zuvor nie besessen hattet und jetzt zum erstenmal in eurem Leben ungehemmt ausüben konntet. Ihr, die ewig Machtlosen, die ständig gehorchen mußten, die Niemande, wart plötzlich keine Niemande mehr. Und dies alles auch noch im Namen Gottes!

Endlich konntet ihr alles über Bord werfen, was euch im Weg war, alles, was ihr je gelernt hattet, interessierte euch nicht mehr.
Meint Ihr im Ernst, sagte ich erregt, man hat uns nicht beigebracht, was Recht und Unrecht ist? Ich setzte mich wieder an den Tisch und drehte das Brett nochmals um, so daß das Spiel nun zur Groteske wurde. Und überhaupt, das alles liegt schon ewig zurück, schon fast in grauer Vorzeit. Ich verstehe nicht, weshalb Ihr es wieder hervorholt. Niemand erinnert sich mehr daran.
Er lachte auf. Glaubt nur das nicht! Ihr werdet es nie aus Euch herausbekommen, so wie Ihr konstruiert seid. Bis an der Welt Ende nicht. Und im übrigen – ich spreche Euch ja gar nicht ab, daß Ihr zur Gerechtigkeit erzogen worden seid. Nur dank was? Dank des Gelds der Seidenhändler. Zwei Lire für jeden Meter Seidenstoff, der verkauft wurde.
Nicht nur die Seidenhändler haben Geld gegeben, die Stadt auch, korrigierte ich ihn. Und ich denke, es war ein Akt der Menschenliebe. Man übergab den Seidenhändlern diese armen Kinder in ihre Obhut, und zu Beginn des letzten Jahrhunderts entschied man sich für ein Haus, in dem sie leben konnten oder …
Nicht alle entschieden sich dafür, unterbrach er mich und nahm mit freundlichem Lächeln einen Läufer vom Brett. Ganz gewiß nicht alle. Messer Noldani, mein Großvater väterlicherseits, zum Beispiel stimmte dagegen. Und mit ihm noch eine ganze Reihe anderer Bürger.
Ja, ja, man hat es uns erzählt, sagte ich leise, einundzwanzig waren dagegen. Gut, daß ich endlich jemanden kennenlerne, dessen Vorfahren kein Mitleid mit denjenigen hatten, deren »Väter und Mütter den Gesetzen der Natur abtrünnig waren«, wie das so schön hieß.

Seht das, wie Ihr wollt, sagte er, stand auf und nahm die Weinkaraffe mit die Treppe hinauf.
Auf der letzten Stufe blieb er plötzlich stehen. Was wißt Ihr eigentlich von mir?
Wie bitte?
Ja, was erzählt man sich im Hause Orelli von Brigidas Bräutigam?
Ich fürchte, gar nichts, sagte ich kurz, da ich keinerlei Lust verspürte, ihm von all den Verdächtigungen zu erzählen, die bei uns kursierten: daß die Medici wiederkämen und ihre Spitzel bereits überall in der Stadt hätten, daß Brigidas Bräutigam zu ihnen gehöre, auch wenn er ständig vehement das Gegenteil behaupte. Und daß sie alle von einer Stunde zur anderen aus ihren Löchern kriechen würden, wenn sie die Zeit dafür für reif hielten – was noch für dieses Jahr erwartet wurde. Aber Noldanis Frage zielte offensichtlich in eine völlig andere Richtung.
Es hat Euch also noch niemand erzählt, daß ich falliert habe, spottete er, daß mein Vater falliert hat, mein Großvater falliert hat, daß wir eine Familie von *falliti* sind, aber trotzdem immer wieder auf die Beine fallen? Und daß ich nun Brigidas Mitgift brauche, um Sozius zu werden, hat Euch auch niemand erzählt?
Von diesen Sachen verstehe ich nichts, sagte ich steif.
Er lachte. Ach ja, ich weiß. Die Ausdrücke *aggio, cambio, delega* und *portafoglio* gehören natürlich nicht zum Wortschatz der Heiligen. Wie klug, daß Ihr Euch nichts aus dem schnöden Mammon macht, mit dem Florenz aber immerhin an die Spitze des Bankwesens in Europa gerückt ist. Wie gut, daß es in dieser Welt immer noch die reinen Toren gibt, die nur dem Geiste leben. Er lachte wieder und schlurfte dann weiter den Gang entlang.
Später hörte ich ihn abermals über mir hin und her stampfen, dann waren schrille Töne auf einer Fiedel zu hören und noch später die aus einer Posaune. Er probierte jetzt offensichtlich alle

Instrumente durch, die er in den Kammern gefunden hatte, und da er keines spielen konnte, hörte es sich an, als wolle er einen Vorgeschmack auf den Lärm der Hölle geben.

Das »Feuer der Eitelkeiten«.
Sie hatten den *talamo* bereits Tage zuvor errichtet. Auf dem großen Platz vor der Signoria. Die Holzpyramide maß in der Höhe dreißig Ellen, ihr Umfang betrug etwa einhundertzwanzig Ellen. Sie sollte mit den Gegenständen bestückt werden, die wir Jungen aus den Häusern der Bürger herausholen würden. Gewaltsam, wenn man sie uns nicht freiwillig gab und wenn unsere Höflichkeit an der Starrheit der Bürger abprallte.
Als Rocco und ich in das Haus des Messer Orelli eindrangen, nachdem wir den Türklopfer gegen das Tor hatten fallen lassen, wußten wir nicht, daß es das Haus war, in dem Brigida wohnte. Wir wußten auch nicht, daß es sich um das Haus eines der reichsten Seidenhändler der Stadt handelte. Was wir aber sehr rasch wußten, war, daß in diesem Haus ein Spitzel Savonarolas sein mußte. Der Diener bat uns unterwürfig ins Haus, als kämen wir zu einem Besuch am Nachmittag, wobei allerdings die Gastgeber fehlten. Seine Herrschaft sei über Land gefahren, verkündigte er uns freundlich, aber er wisse Bescheid, wo sich die Dinge befinden.
Normalerweise bekamen wir sehr rasch, was wir forderten. Wenn wir mit der Hölle drohten oder dem Fegefeuer, genügten meist zwei oder drei Sätze, und jedermann war bereit, alles abzugeben, was er an Tand besaß – oder was Savonarola dafür hielt. Bei Büchern war es allerdings am schwierigsten. Werke von Petrarca zu verbrennen und von Boccaccio oder die Schriften der Humanisten fiel niemandem leicht, und manche drückten ihre Kostbarkeiten an die Brust, als seien dies Kinder, die man ihnen entreißen wolle.
Weshalb Petrarca? fragte einmal ein alter Mann mit Tränen in den

Augen und versteckte das Buch hinter seinem Rücken. Weshalb ihn?

Weil er nun mal Dinge schreibt, die Savonarola nicht gefallen, sagte Rocco sanft und entwand ihm die Handschrift aus den verkrampften Händen. Und weil bestimmte Bücher zu den »unehrenhaften« Gegenständen gehören und die Euch zur Sünde verleiten. Wollt Ihr Eurer Seele das antun?

Als wir nun in Messer Orellis Haus eindrangen, mit forschen Schritten die breite geschwungene Treppe hinaufstiegen, dem Diener auf den Fersen, um uns umzusehen, wo die Schätze verborgen waren, trat uns Brigida entgegen. Ich hatte sie seit ihrem Wunsch, jenes wilde Brunnenpferd zu heiraten, nicht mehr gesehen, und sie konnte mich kaum wiedererkennen nach dieser langen Zeit. Innerhalb eines Augenblicks – der Diener hatte Rocco bereits in einen seitlichen Gang zu den Schlafkammern geführt – bildeten sich tausend Sperren in mir.

Sie streckte mir einen kleinen silbernen, mit Perlen besetzten Handspiegel entgegen: Mehr habe ich leider nicht, flüsterte sie. Es ist das einzige Wertvolle, was ich besitze. Es stammt von meiner Großmutter.

Ich streckte die Hand aus, zog sie wieder zurück, als ich ihr Gesicht sah. Du mußt ihn nicht hergeben, sagte ich leise, es wird sich genug anderes finden lassen.

Sie schüttelte den Kopf. Ich gehöre Savonarola genauso wie ihr. Ich will ihm dienen genau wie ihr.

Du bist zu jung, um ihm zu dienen, sagte ich zögernd, wobei ich mir nicht sicher war, ob sie inzwischen acht oder neun war, also längst in dem Alter, in dem sie ihm hätte dienen können.

Ich bin neun, sagte sie, als habe sie meine Gedanken erraten, und ich will es.

Rocco kam bereits wieder zurück, sein Sack beulte sich nach allen Richtungen, und ich vermutete, daß er in aller Eile zusammengerafft hatte, was es zu raffen gab. Der Diener schleppte eilfertig einen Korb mit Büchern hinter ihm drein, und ich las im Vorübergehen die Autorennamen Aristophanes, Ovid und Anakreon. Lauter heidnische Autoren, erklärte mir der Mann mit blasiertem Gesicht, so als hätte ich den Namen Ovid noch nie gehört und müsse von ihm aufgeklärt werden.

Beeil dich! drängte Rocco, als er befremdet meinen leeren Sack registrierte. Wir müssen diese Straße so rasch wie möglich durchsuchen. Das »Feuer der Eitelkeiten« findet in drei Tagen statt.

Ich komme gleich, sagte ich hastig. Geh voraus!

Es ist aber besser, wenn wir weg sind, bevor ihre Eltern zurückkommen, sagte Rocco und starrte verwundert auf Brigida, die zärtlich über ihren Spiegel mit dem halbblinden Glas strich, als wolle sie von ihm Abschied nehmen. Gibt es Schwierigkeiten?

Nein, sagte Brigida fest und schob den Spiegel in meinen leeren Sack. Es gibt keine. Dann wandte sie sich um und rannte die Treppe empor, als sei der Leibhaftige hinter ihr her.

Rocco war inzwischen am Haustor und rief zu mir herauf: Wir haben das Musikzimmer dir überlassen. Aber beeile dich! Ich habe keine Lust auf Prügel, wie wir sie gestern bekamen. Und bewaffnete Wächter mag ich ebensowenig an meiner Seite.

Ich nickte, rannte in die Richtung, die er mir gewiesen hatte, betrat in aller Eile den Raum und raffte nun wie ein Dieb eine Trompete, zwei silberne Flöten, eine Fiedel, ein Krummhorn und ein Ölgemälde von der Wand.

Ich stopfte alles in meinen Sack, wobei es mir gleich war, ob das wertvolle Gemälde beschädigt wurde oder nicht, da es ja ohnehin verbrannt werden würde.

Dann kramte ich Brigidas Spiegel aus dem Sack und legte ihn auf die Treppe. Und ich hoffte, sie würde ihn vor dem Diener finden, der katzbuckelnd und mit tiefer Befriedigung auf seinem Gesicht unten an der Tür stand.

Nicht immer ging es so problemlos wie in diesem Haus. Manche Bürger warfen uns die Tür vor der Nase zu, wenn sie uns erkannten, andere öffneten gleich gar nicht, und wieder andere empörten sich lautstark über die Zerstörung der Kunstwerke, und sie wünschten wortreich die Medici zurück, unter deren Patronage so etwas nie hätte stattfinden können. Sie fragten sich – dies ebenfalls lautstark –, ob Savonarola überhaupt fähig sei, diese Stadt zu regieren.

Und damit stürzten sie auch mich über die Rechtlichkeit dessen, was wir hier taten, in Zweifel, die Rocco nie hatte. Wir sind die Soldaten Gottes, pflegte er mit tiefer Überzeugung zu sagen, und er fühlte sich den Kreuzrittern ebenbürtig, wenn sie ins Heilige Land zogen, um das Grab unseres Herrn aus den Händen der Ungläubigen zu befreien.

Ich fühlte mich keinesfalls so. Erst recht nicht, als ich einige Tage später – es war die Nacht zum Fastnachtsdienstag und wir schrieben das Jahr 1497 – mit Tausenden von Menschen vor der mächtigen Pyramide stand, die mit all dem sogenannten Tand den Flammen übergeben werden sollte. Ich sah sie also wieder, die »unehrbaren« Gegenstände, die wir und die anderen aus den Häusern der Bürger zusammengetragen hatten. Sie hingen auf dem dreißig Ellen hohen Holzgerüst, das sich wie ein gigantischer Finger Gottes symbolisch in sieben Stufen gegen den Himmel reckte: auf der ersten Stufe kostbare Gewänder und Masken für die Zeit des *carnevale,* als nächstes die mißliebigen Bücher heidnischer und christlicher Autoren, dann wertvolle Handschriften aus Pergament, es folgten Schönheitswässer, Cremes und Spiegel, weiter oben dann die Glücksspiele, Karten, Musikinstrumente, Bilder, Marmorstatuen und auf der Spitze der siebenstöckigen Pyramide Götterbilder der Antike und eine Figur mit Ziegenfüßen und wildem Bart. Ein Kaufmann aus Venedig hatte zwanzigtausend Goldflorin für all das Teufelsgut geboten, was er jedoch

für dieses Angebot eingehandelt hatte, war sein eigenes Bild zuoberst auf dem Stoß.
Dann irgendwann – es war nicht zu erkennen, wer das Zeichen dazu gegeben hatte – loderten die Flammen empor. Manche Gegenstände wie zum Beispiel die Perücken aus Seide und die Pergamenthandschriften brannten rasch, andere waren schwer entzündbar und glosten bis spät in die Nacht hinein vor sich hin. Dabei lastete der Geruch des Teufels über der Stadt wie eine Mahnung Gottes, sagten die Frommen und bekreuzigten sich.
Aber noch war der endgültige Höhepunkt des Geschehens nicht erreicht. Denn während die Flammen loderten, stießen die Trompeten schrille Töne in den Himmel, und der Gesang Tausender Menschen mischte sich mit ihren Gebeten. Über dem Platz war ein Dröhnen, als tobe ein Sturm über ihn hinweg.
Mir lief es eiskalt über den Rücken, ein Schüttelfrost erfaßte mich. Ich spürte Tränen auf meinem Gesicht, und ich wußte nicht, weshalb ich weinte. Weil ich dabeisein durfte? Weil wir in dieser Minute den Satan besiegten? Weil ich Savonarola gehöre? In dieser Stunde glaubte ich wirklich, daß ich ihm gehöre. Ich fühlte mich aufgesogen von irgend etwas, von dem ich nicht wußte, was es war. Aber ich wußte, daß es existierte. Daß ich existierte. Daß ich mich fühlte und daß ich lebte, wie ich nie zuvor gelebt hatte. Es war, als stünde ich tausendfach neben mir und hätte nicht nur ein einziges armseliges, unbedeutendes Leben, von dem ich an manchen Tagen nicht einmal wußte, ob es überhaupt ein richtiges Leben war.
Als das Feuer heruntergebrannt war, zogen wir durch die Stadt. In einem schier endlosen Zug näherten wir uns dem Kloster San Marco, in dem Savonarola Prior war. Wir tanzten in einem gewaltigen Kreis um das Kloster, die Jungen im inneren Kreis, dann die Mönche und Prioren und ganz außen das Volk. Was dieses Volk in dieser Nacht dachte, wußte ich nicht. Aber in dieser ungewöhnli-

chen Stunde war es mir gleichgültig, was es dachte, ob es überhaupt dachte. Wichtig waren mir nur meine eigenen Gedanken, sie flogen aus meinem Kopf heraus, stoben zum Himmel empor. Also war ich.

Ihr dürft sicher sein, daß ich Euch nicht mehr allzu lange belästigen werde, sagte Messer Noldani am vierten Tag nach seiner Ankunft, als er um die Mittagszeit mißgestimmt in die Küche kam. Dieses Haus ist ein langweiliges Haus. Wenn man es nicht verlassen kann, bleibt man am besten den ganzen Tag über im Bett. Ich werde es einmal auf jeden Fall umbauen lassen.

Vielleicht eine kleine Spielhölle in der Bibliothek? Für Würfelspiele, für Fanzösische Dame oder *parigi?*

Vielleicht, sagte er freundlich. Vielleicht auch nur eine Vergrößerung der *limonaia.*

Aber gewiß nicht für Limonen und Orangen, wie es früher üblich war?

Nein, natürlich nicht. Er nahm eine Nuß aus der Schale, warf sie in die Höhe und fing sie geschickt wieder auf. Das dürfte wohl klar sein. Aber besser wäre sicher ein Turm im vorderen Teil dieses Hauses. Oder ein völlig anderer Ort, murmelte er dann vor sich hin.

Ich lachte auf. Ach ja, ein Turm. Also noch mehr Leute in der Familie, die sich am Goldmachen versuchen wollen. Soviel ich weiß, hat eben der Mann, den Ihr offensichtlich so sehr bewundert, dieser Nardo, in Messer Orellis Haus am Arno bereits den Turm halb in die Luft gesprengt.

Doch nicht dort! korrigierte er mich milde. Den Turm seines eigenen Hauses. Das war ja der Grund, weshalb man ihm danach die *limonaia* hier überlassen hatte. Sie liegt ab vom Haus und ist ebenerdig. Aber er war dann selten hier. Ich nehme an, er hat alles mitgenommen, was er einst hierhergebracht hat. Manche behaupten ja, er sei es gar nicht gewesen, dem das passiert ist. Aber es sind ja alles nur Gerüchte, wehrte er ab. Ihr müßt es nicht weitererzählen. Mich interessiert eben die Alchimie, schon in meiner Kindheit glaubte ich an den Erfolg des Goldmachens. Deswegen bin ich ja auch nicht zu den Seidenhändlern gegangen wie mein Großvater und mein Vater. Ich weiß nicht, wieviel Seide man verkaufen muß, bis man den Wert einer einzigen Unze Gold gewinnen kann. Dazu sitzt man dann tagaus, tagein in seinem Kontor und betrachtet die vier Wände. Irgendwann klappt der Deckel zu, und man fragt sich, wozu man dieses schöne Leben denn genutzt hat. Er schaute aus dem Fenster und schüttelte sich. Wenn das Wetter nicht besser wird, werde ich mich so bald wie möglich aufmachen.

Wie denn? Bei dem Nebel? Ohne Pferd?

Nein, sagte er grinsend und ging zur Tür, ganz gewiß nicht ohne Pferd.

Wobei ich wieder vergaß zu fragen, wo er das seine gelassen hatte und wie er zur Villa gekommen war, nachdem ringsherum alles zerstört war.

Der Nebel verschwand an dem Morgen, an dem Messer Noldani ausnahmsweise früh aufstand. Ich war bereits im Flur bei meinen Malarbeiten und hörte ihn im Keller fluchen. Dann fielen irgendwelche Gegenstände auf den Boden, schließlich verließ er das Haus, ohne mir einen guten Morgen zu wünschen.

Ich malte sicher drei oder vier Stunden, ohne mir eine Pause zu gönnen, und stellte mit Befriedigung fest, wie das Bild langsam wuchs, wie vor allem selbst in meinen winzigen Details das sichtbar wurde, was uns allen am Herzen lag: die *prima regula,* die *seconda regula* und die *prospettiva.* Meine Maria im Vordergrund war nun genau um den Grad größer, der es ermöglichte, daß man in den Raum hineinschreiten konnte wie in eine wirkliche Landschaft. Ich verharrte vor dem Bild, nahezu verliebt. Und ich stellte mir törichterweise vor, daß Masaccio, der diese neue Form des Sehens vor fast einem Jahrhundert zum erstenmal zur Anwendung gebracht hatte, mich aus seinem Grab zu dieser Arbeit beglückwünschen würde.

Das Geräusch hörte ich erstmals, als ich eine kurze Pause machte, um meine Palette neu mit Farben zu versorgen. Es kam von der Decke über mir, ein heftiges Nagen, das von einer Maus oder einer Ratte im Fußboden herrühren konnte. Ich nahm einen Schürhaken vom Kamin und stieg die Treppe hinauf. Das Geräusch kam aus einem der hinteren Zimmer, und als ich näher kam, stellte ich fest, daß es sich um Messer Noldanis Zimmer handeln mußte, das ich, seit er hier war, nie betreten hatte. Ich öffnete rasch die Tür und sah gerade noch eine große Maus in einem Loch im Fußboden verschwinden. Ich wollte sehen, wohin das Loch führte, und dabei entdeckte ich auf einem kleinen Tisch neben dem Bett von Brigidas Bräutigam ein geöffnetes kleines Kästchen, nicht viel länger als ein Zeigefinger, das mit Seidenstoff ausgelegt war. Über dem Deckel des Kästchens hingen winzige Kleider, die ganz eindeutig für das Alraunenmännchen gedacht waren, das an das Kästchen gelehnt war. Zum Trocknen vermutlich. Genauso wie seine winzigen Kleider.

Ich weiß nicht, wie lange ich da stand und die Alraune betrachtete. In die Hand nahm ich sie nicht. Nicht, weil ich abergläubisch gewesen wäre wie ganz offensichtlich Messer Noldani, sondern weil ich unten bereits Geräusche hörte, die seine Rückkehr ankündigten.

Als ich die Treppe hinunterkam, sah ich ihn stehen – beladen mit drei Käfigen voller ängstlich flatternder Krammetsvögel. Er mußte die Leimruten bereits in aller Frühe ausgelegt haben, als ich ihn im Keller rumoren gehört hatte.

Könnt Ihr sie zubereiten? fragte er, zum erstenmal gut gelaunt.

Ich esse keine Vögel, sagte ich frostig, ich höre sie lieber singen. Er lachte auf. Es muß Euch recht gutgegangen sein in Eurem Ospedale, wenn Ihr solche Leckerbissen verschmäht habt. Aber macht Euch nichts draus, ich kann sie allein zubereiten!
Als ich das aufgeregte Piepsen der Vögel, die er der Reihe nach umbrachte, nicht mehr ertragen konnte, verließ ich den Flur und ging in den Wohnraum.
Der Himmel hatte endlich aufgeklart, so daß man nun die Folgen des Bebens in vollem Ausmaß erkennen konnte: Das einstmals blühende Tal war zu einer unübersichtlichen Geröllhalde geworden, in der die zerborstenen Häuser weitgehend in tiefen Kratern versunken waren, so daß mir das Ganze wie ein riesiges Begräbnisfeld für Häuser erschien. Das Wasser, das bergwärts geflossen war, hatte sich eine schmale Rinne gegraben und vertröpfelte nun über dem Geröll. Eine Gänseschar zog schnatternd zwischen den Steinbrocken umher, ein paar Schweine schnüffelten in den Resten eines Misthaufens. Immer wieder brüllten die Kühe, die vermutlich immer noch nicht gemolken waren. Ein Hund kratzte winselnd an einer noch stehenden Hauswand – wahrscheinlich der Ort, an dem er früher gelebt hatte – und versuchte dann in einem kühnen Schwung durch die Fensteröffnung ins Haus zu springen, das es nicht mehr gab.
Ich hoffe, Ihr seid mit Eurer Arbeit bis zum Osterfest fertig, sagte Messer Noldani plötzlich hinter mir und klopfte mir jovial auf die Schulter. Ich mag keine Arbeiter im Haus, wenn ich eingezogen bin. Und im übrigen gefällt mir die Skizze im Schlafzimmer nicht.
Was hättet Ihr denn gern?
Er zuckte mit den Achseln. Etwas mit Rosen vielleicht. Oder mit Rehen oder Hirschen. Auf jeden Fall etwas Heiteres.
Tut mir leid, sagte ich, nicht ohne Triumph in der Stimme. Ich oder wir malen das, was uns aufgetragen wird. Wenn Mona Orelli anordnet, daß hier eine Kreuzigung abgebildet sein soll, malen

wir eine Kreuzigung, will sie eine Madonna, machen wir eine Madonna. Und schließlich muß man sich an jedes Bild gewöhnen, das neu ist. Und außerdem gibt es auch noch Brigida, die Ihr befragen könnt wegen der Bilder in der Schlafkammer. Ich machte eine Pause und schaute ihn prüfend an. Ihr seid doch sicher, daß Ihr sie bekommt – diese *virago* – oder?
Er sah mich an und überlegte wohl, ob er mir diesen Ausfall durchgehen lassen solle.
Ich werde sie schon bekommen, sagte er nach einer Weile und beobachtete mich mit verkniffenem Gesicht. Auf dem Papier gehört sie mir schon – fast. Aber dennoch verhandeln wir weiter.
Bei wieviel seid Ihr denn? fragte ich boshaft. Wieviel ist sie Euch wert?
Er zögerte einen Augenblick, schwankte vermutlich zwischen Prahlen und Stillschweigen, dann entschied er sich für Offenheit. Im Augenblick sind wir bei fünfhundert Goldflorin, sagte er mit Nachdruck.
Ihr könntet aber ohne weiteres auf achthundert gehen, schlug ich mit ernsthafter Miene vor, wobei ihn meine Ironie kaum erreichte. In Anbetracht dieses total überflüssigen Kopfes ist es sicher nicht unangebracht, noch höher zu gehen.
Er lachte kurz auf, ohne mißtrauisch zu werden. Dann sagte er: Die müßigen Gedanken, die sie wegen ihres bisherigen Umgangs noch in ihrem Kopf herumschleppt, werde ich ihr irgendwann schon austreiben.
Ich lachte. Soll etwa ich schuld sein an diesem Kopf?
Zumindest nicht Ihr allein. Aber euer aller Einfluß ist nicht zu übersehen. Sie sagte mir einmal, daß sie überhaupt erst zu leben begonnen habe, seit es dieses Atelier im Haus ihres Vaters gibt. Endlich habe sie die richtigen Menschen gefunden für Gespräche, die sie immer suchte und in ihrem Elternhaus nie fand, bestimmt nicht bei ihrer Mutter. Endlich könne sie über ihre Can-

zonen reden, ihre Lieder, ihre Fabeln. Er hielt inne und schaute mich hilflos an, so daß ich fast so etwas wie Mitleid mit ihm empfand. Ich sagte ja, fuhr er fort, daß ich ganz gewiß keine *virago* heiraten würde, wenn ich nicht dazu gezwungen wäre.
Vielleicht solltet auch Ihr Canzonen schreiben, dann könntet Ihr Euch mit ihr darüber unterhalten, schlug ich mit ernstem Gesicht vor.
Er lachte. Ich habe weder Boccaccio gelesen noch Petrarca, aber irgend etwas wird mir schon einfallen, womit ich sie unterhalten kann, sagte er dann und versuchte, mir einen Blick zuzuwerfen, wie ihn Männer untereinander tauschen, wenn sie von ihrem letzten Besuch in einem Frauenhaus reden.
Noch habt Ihr ja Zeit, in den nächsten Wochen kann sich viel ändern.
Mag sein, räumte er ein, aber auf jeden Fall keine Kreuzigung in meinem Schlafzimmer! Habt Ihr gehört? fragte er noch einmal. Ich mag kein Blut sehen, das heruntertropft. Alles voller Blut, das tropft, Hände, Füße, Bauch. Und der Christuskopf womöglich wieder so, daß er mich an meinen Abakusmeister erinnert, von dem ich stets nur Prügel bezog.
Ich lachte. Jeder Christus erinnert an irgend jemanden. Ich male auch nie einen, der mich nicht an jemanden erinnert, den ich kenne.
Egal, wie er aussieht. Ich will nicht, daß er zuschaut, daß er beobachtet, was wir im Bett machen, wie wir es machen und wie oft. Und wie sie sich dabei verhält und wie ich. Es ist, als würde einer eine Leiter ans Haus stellen und zum Fenster hereinschauen. Ich weiß, daß ich sündige, aber ich will nicht jeden Tag daran erinnert werden, denn selbstverständlich werde ich nicht nur bei meiner Frau liegen, um Nachkommen zu zeugen, ich werde es auch sonst tun. Und ich will es oft tun, begreift Ihr das?
Ich hatte inzwischen genug von seinen Intimitäten und warf den

Pinsel erbost auf den Stuhl. Dann verließ ich den Flur und hoffte, daß er dieses Haus so rasch wie möglich verlassen würde.

Mein Wunsch ging schneller in Erfüllung, als ich dachte.
Nachdem ich in der Nacht wieder hörte, wie die Möbel hin und her geschoben wurden – er hatte die Wasserader wohl noch immer nicht gefunden –, und nachdem im Anschluß an das Rumoren wieder die Trompete geblasen wurde wie einst in Jericho, hatte Messer Noldani offenbar genug von diesem Haus.
Ich sah am Morgen, wie er seine wenigen Sachen zusammensuchte, eine Speckseite und einen Laib Brot in seinen Schnappsack steckte und eine Flasche mit Wein füllte.
Vom besten, den ich im Keller finden konnte, sagte er spöttisch und machte einen Kratzfuß. Ihr erlaubt doch gewiß?
Dann machte er sich daran, das Haus zu verlassen.
Das Pferd bleibt aber hier, sagte ich ruhig, als er die hintere Tür öffnete. Es gehört nicht nur mir.
Ich weiß, ich weiß, besänftigte er mich heiter. Es gehört auch Eurem Milchbruder, nicht wahr, wobei er »bruder« so dehnte, daß jedermann hätte annehmen müssen, daß ich mit Rocco *florenze*, wie das bei den Fremden hieß. Ich bekomme im nächsten Dorf ganz gewiß ein Pferd, fuhr er zuversichtlich fort und lief mit ausgebreiteten Armen auf die Felswand zu. Man braucht einen Zauberspruch, sagte er dann augenzwinkernd, kennt Ihr ihn?
Da ich keinerlei Lust hatte, länger in der Kälte zu stehen und mir seinen Hokuspokus anzusehen, ging ich zu meiner Arbeit zurück. Ich malte bis in den späten Nachmittag hinein und war glücklich, daß ich die Hand der Jungfrau Maria einigermaßen hinbekommen hatte. Dann ging ich hinter das Haus, um wie üblich mein Pferd zu füttern.
Aber die Stute war verschwunden. Der Strick, mit dem ich sie festgebunden hatte, hing zerfetzt am Haken.

Ich spürte, wie der Zorn in mir emporstieg. Und obwohl mir hätte klar sein müssen, daß alles nicht so sein konnte, wie es im Augenblick schien, schrie ich diesen Zorn irgendwo in eine Richtung, von der ich annahm, daß Messer Noldani es hören konnte. Und Brigida auch. Einen Dieb heiratest du also, einen miesen kleinen Strauchdieb, für den dein Kopf völlig überflüssig ist. Einen, der dich gar nicht mehr zu heiraten braucht, weil er ein Alraunenmännlein besitzt, das er hegt und pflegt, als sei's ein Kind – und von dem er hofft, daß es ihm all das bringt, wozu deine Mitgift nicht ausreicht. Einen Dieb, den das Eigentum anderer Leute nicht einen Pfifferling schert.

Ich blieb stehen, die Hände zu Fäusten geballt, und schaute in die Runde, weil ich immer noch hoffte, mein Pferd habe sich nur losgerissen und komme, wenn es mich hört, angetrabt. Aber plötzlich spürte ich ein leichtes Beben auf mich zukommen wie die heranrollenden Wellen am Strand. Bevor ich mich recht besinnen konnte, empfand ich das Beben stärker, ich fühlte, wie es einem Strom gleich durch meinen Körper hindurchfloß, als lösten sich dabei Schichten um Schichten. Die Schichten verrutschten in mir, ließen meinen Kopf wirbeln und gaben mir das Gefühl, auf einer schwankenden Eisscholle zu treiben, von der ich nicht sicher war, wo und ob sie sich irgendwo festhaken würde. Dann war alles zu Ende, so rasch, wie es gekommen war.

Ich rannte in das Haus zurück, stolperte über die aufgeworfenen Fliesen im Flur, die nun fast senkrecht in die Höhe standen. Ich sah, daß die Wand, an der ich all die Tage über vom frühen Morgen an gearbeitet hatte, fingerdicke Risse zeigte: Meine Madonna, deren Arm und Hand ich mit so viel Hingabe gemalt hatte, streckte nun den Arm – ihm fehlte jetzt die Hand, als habe man sie, um einen Diebstahl zu sühnen, abgehauen – hilflos nach dem Jesuskind aus. Das Kind aber befand sich jenseits des Risses, als habe die Mutter es aus Unachtsamkeit fallen lassen. Gottvater starrte mit einem zerbrochenen Auge gen Himmel, und Petrus war in die Arme von Luzifer gerutscht, so daß es aussah, als küßten sie sich inbrünstig. Und da die Gesichter aller Figuren nur Skizzen und noch nicht ausgemalt waren, konnte man glauben, eine Schar von Hühnern habe hier im Sand gescharrt. Niemand würde sich je wieder dafür interessieren, wieviel Unzen Aquamarin wir nötig hatten, um Marias Gewand anzulegen.

Ich spürte, wie mir die Tränen kamen. Nicht aus Erleichterung darüber, daß mir nichts geschehen war, sondern weil ich die Zerstörung meines Werkes kaum verkraften konnte.

Ich rannte in den Wohnraum, zerrte am Fenster, das nun noch stärker klemmte als am Tag meines Kommens, und riß es schließlich auf. Ich beugte mich über die Brüstung, und ich wunderte mich nicht: Das Wasser schoß den Berg hinauf. Genau wie am ersten Tag.

Und irgendwo weit in der Ferne wieherte ein Pferd.

Das Haus am Arno

Du hast also in ihrem Bett geschlafen?
Das Tribunal begann am frühen Morgen. Es war Sonntag, und wir saßen außerhalb des zweiten Mauerkreises der Stadtmauer am Arno, wo wir immer zu fischen pflegten. Rocco hatte bereits zum erstenmal das Netz geleert und die gefangenen Fische sortiert, ich hoffte, später ein paar Barben an die Angel zu bekommen, die ich am Mittag Brigida mitbringen wollte, da sie zu ihren Leibgerichten gehörten.
Im Augenblick waren wir mit anderem beschäftigt: Daniele saß mit einem zerfetzten Netz am Ufer, das uns ein Fischer geschenkt hatte und das dringend geflickt gehörte, Leonello und ich versuchten, ein Leck zu reparieren, das der Sturm in unser altersschwaches Boot gerissen hatte, Rocco schlug einen Poller fest, der sich aus der Erde gelöst hatte, und Lazzaro trug Reiser zusammen für unsere Fischmahlzeit.
Ich meine – Leonello suchte nach Worten, die das Ungeheuerliche am besten beschreiben konnten –, ich meine in dem Bett, in dem sie kurz zuvor gelegen hatte?
Ich versuchte, ruhig zu bleiben: Was stört euch daran? Falls es so gewesen wäre? Und was ist »kurz zuvor«?
Es widerspricht unseren Abmachungen, sagte Rocco nüchtern. Keiner von uns sollte versuchen, sich ihr zu nähern, ihr näher zu sein als die anderen. Keiner sollte sich einen Vorteil verschaffen.
Ich schlug einen Nagel so heftig in die Bootsplanke, daß er sich verbog und ich einen zweiten einschlagen mußte.
Habe ich vergessen, euch zu erzählen, daß es ein Erdbeben gegeben hat? sagte ich dann grimmig. Es war ein leeres Bett!
Aber doch ein Bett, in dem sie geschlafen hatte, oder? hakte Da-

niele nach. Zumindest hast du so etwas erwähnt, als du zurückkamst.

Und was ist der Unterschied, fragte ich zurück, zwischen einem Bett, in dem sie geschlafen hat, und einem Bett, in dem sie nicht geschlafen hat – kurz zuvor?

Nun, den Unterschied macht die Bettwäsche aus, erklärte Leonello und versuchte, den zweiten, ebenfalls schief eingeschlagenen Nagel geradezuschlagen. Ich meine, ob es ihre Bettwäsche war oder deine. Im letzteren Fall handelt es sich gewissermaßen um ein jungfräuliches Bett, da gibt es keine Gerüche und keine Dellen, an denen man sehen kann, wo ihr Körper lag, keine zerknäulten Pfühle oder etwas Ähnliches.

Ich habe weder Pfühle noch ähnliches inspiziert, sagte ich zornig und unterschlug das zerknitterte Laken. Es war ein völlig normales Bett. Und dazu das einzige, das ich haben konnte.

Schrei nicht so! sagte Daniele und schaute zu den Leuten hinüber, die soeben in einem Kahn über den Arno gestakt wurden und amüsiert zu uns herüberschauten. Es braucht nicht halb Florenz mitzuhören, in wessen Bett du geschlafen hast.

Aber mich stört es nun mal, stellte Leonello lautstark fest, ohne sich um Danieles Bedenken zu kümmern. Wenn man im Bett eines anderen gelegen hat, nimmt man etwas mit.

Was denn?

Nun, den Geruch des Vorgängers zum Beispiel. Man trägt ihn an sich, kann ihn wieder neu aufleben lassen, in Phantasien schwelgen und ...

Ich sprang auf und kniete vor ihn hin: Rieche!

Seid nicht albern, sagte Rocco nachsichtig. Wir haben das damals geschworen, daß wir sie nur aus der Ferne verehren wollten, ohne sie zu berühren, keiner sollte ihr näher sein als der andere. Damals.

Wäre es vorstellbar, daß ihr dieses völlig lächerliche Gespräch endlich beendet? fragte Lazzaro mit gerunzelter Stirn, während er die Reiser stapelte. Erwachsene Männer, die an einem schönen Sonnentag nichts anderes zu besprechen haben als ein benutztes Bett, in dem irgendwann eine Frau geschlafen hat? Drei Männer, die sich irgendwann in grauer Vorzeit ein Versprechen gegeben haben, das längst überholt ist? Ihr könnt nicht mehr normal sein! Oder seid ihr noch Kinder aus jener Zeit, aus der das Versprechen stammt?

Gab's denn keine anderen Betten als nur dieses? wollte Daniele wissen, ohne sich um irgendwelche Einwände zu kümmern.

Es gab kein bezogenes, und ich wußte nicht, wo die Bettwäsche war, antwortete ich und kippte dabei einen Teil der Nägel in den Sand.

Bettwäsche pflegt normalerweise in Truhen aufbewahrt zu werden, sagte Leonello, stand auf und streckte sich. Dann ging er zu unserem Fischeimer hinüber, nahm eine Plötze heraus, schlug sie mit einem harten Schlag auf einen Stein und begann, sie mit einem raschen Schnitt von den Kiemen bis zum Schwanz aufzuschlitzen.

Die hättet ihr ohne weiteres wieder ins Wasser werfen können, sagte Daniele vorwurfsvoll, die ist viel zu klein.

Rocco stöhnte auf: Bitte nicht wieder das gleiche Zeremoniell wie immer, welcher Fisch groß genug ist, um gegessen zu werden, und welcher nicht! Ich werde gewiß keine Bittschrift abfassen, welchen ich behalten darf und welcher wieder zurück in den Arno muß.

Eure Adoration ist ohnehin mehr als lächerlich, sagte Lazzaro und begann mit dem Schnitzen der Holzspieße. Was wollt ihr eigentlich aus ihr machen? Einen zweiten Leonardo? Einen zweiten Michelangelo? Nur weil sie als Kind irgendwann einmal mit einem Stöckchen ein paar Linien in den Sand gezeichnet hat, die ihr beachtenswert fandet? Habt ihr sie deswegen

unter eure brüderlichen Fittiche genommen, und verschwendet ihr deswegen Zeit und Geld an sie? Für ein Lächeln, oder? Was anderes bekommt ihr gewiß nicht als Lohn, das ist euch vermutlich klar!
Leonello warf ihm zornig einen abgeschnittenen Fischkopf vor die Füße. Sie hat nicht nur ein paar Linien in den Sand gezeichnet, und wir sind auch nicht die einzigen, die sagen, daß sie durchaus fähig wäre, Malerin zu werden. Und weshalb sollte sie diese Kunst nicht ausüben können, wenn Gott ihr diese Gabe gegeben hat?
Gott! spottete Lazzaro und reckte die Hände in die Luft. Sie wird diese Kunst nie ausüben, weil sie eine Frau ist, fuhr er dann fort und blies die Späne von seinen Spießen. Gott hat ihr zu nichts anderem das Leben gegeben als zum Kindergebären und um einen Haushalt zu führen. Und das ist in der ganzen Welt so, überall. Ich sehe nicht ein, weshalb es bei uns anders sein sollte. Und eines dürfte feststehen – Lazzaro richtete sich drohend vor Rocco auf –, meinen Platz im Atelier bekommt sie nie.
Überflüssig, sich darüber aufzuregen, beschwichtigte ihn Rocco, und falls es dich beruhigt: Sie bekommt gar keinen Platz im Atelier. Glaubst du im Ernst, Mona Orelli würde das zulassen?
Ach ja, spottete Lazzaro und deutete auf Daniele, und wer breitet sich jeden Tag ein wenig mehr in meiner Ecke aus, damit mein Revier immer kleiner wird? Mein Licht im Atelier ist das beste, und das wird auch so bleiben. Schließlich war ich der erste in diesen Räumen.
Du vergißt, daß Rocco in unserer *compagnia* derjenige ist, der entscheidet, wer welchen Platz in diesem Atelier bekommt, sagte Daniele und brach das Brot in gleich große Stücke. Auch das ist überall auf der Welt so.
Lazzaro warf die Spieße auf den Boden und wandte sich mit einem wilden Fluch zum Gehen.
Mußtest du ihn unbedingt wieder herausfordern, sagte Rocco,

als Lazzaro sich mit heftigen Schritten vom Ufer entfernte. Schließlich war er wirklich als erster von uns mit Mona Orelli bekannt. Und ich weiß bis heute nicht, wie bekannt er eigentlich mit ihr ist.
Hört auf damit! warf ich ein. Keiner von uns weiß, was wirklich los ist. Und wir leben immer noch von ihrem Geld.
Von seinem, korrigierte ihn Leonello.
Rocco rüttelte prüfend an dem Poller, befestigte das Tau und wusch seine Hände im Fluß. Deine Stute kam allein angetrabt, sagte er dann plötzlich, während er sich einen Platz an der Feuerstelle suchte, wo inzwischen die Fische brieten. Weshalb eigentlich?
Ich weiß nicht, erwiderte ich verärgert, dieser Bräutigam hat sie wohl mitgenommen.
Lazzaro kam mit einem Reisigbündel zurück und ließ es auf den Boden plumpsen, daß der Sand hochspritzte. Mitgenommen? Er lachte. Du hättest dich wie ein Verrückter gebärdet und wild in die Gegend geschimpft, hat er gesagt. Dabei war dieses störrische Pferd lediglich nicht richtig festgebunden. Er sagt, er habe gesehen, wie es nach dem zweiten Beben hilflos in der Gegend herumirrte.
Auf jeden Fall war es spurlos verschwunden, wie von einem Zauberer weggehext.
Leonello sagte: Vielleicht ist er ja auch einer. Es heißt, daß er ein Dukatenmännlein besitzt. Aber ich glaube es nicht.
Er besitzt eines, sagte ich. Ich habe es gesehen. Er hat es sogar gewaschen und mit Kleidern versehen.
Eine Zeitlang unterhielten wir uns über Alraunenmännchen und das Goldmachen, dann fragte Daniele nach dem Ringtag und ob wir es wohl erreichen würden, daß er ein drittes Mal verschoben würde.
Solange Messer Orelli auf Reisen ist, geschieht nichts, sagte Roc-

co und schob sich ein Stück Fisch in den Mund, solange sind wir sicher.

Aber sie ist mißtrauisch, diese Mona Orelli, gab Daniele zu bedenken. Wir wissen nie, ob sie nicht mit diesem Bräutigam am gleichen Strang zieht, und möglicherweise verlieren wir sogar noch unsere Bleibe.

Ein Mann, dem die Klugheit seiner Frau nichts bedeutet, ist nicht wert, daß er sie bekommt, entrüstete sich Leonello und fügte hinzu, er könne sich diesen Bräutigam sehr gut gevierteilt vorstellen.

Wir stöhnten auf, da wir Leonellos Hang zu brutalen Todesarten bisweilen kaum ertrugen. Er hatte eine ganze Sammlung von Flugblättern zusammengetragen, auf denen jeder genau sehen konnte, was es bedeutete, gevierteilt, gehängt, verbrannt, geköpft oder gesteinigt zu werden. Es fehlte ihm nur noch die Darstellung einer Kreuzigung wie im alten Rom, für die er bereit war, einen halben Florin auszugeben.

Sein Kopf ist krank, hatte Rocco einmal gesagt. Ich kann mir nur vorstellen, daß er damals zu lange in der Kälte zugebracht hat, als sie ihn in die *pila* legten, und die Glocke in jener Nacht nicht gehört wurde, so daß sie ihn erst im Morgengrauen fanden.

Mich haben sie auch erst im Morgengrauen gefunden, hatte daraufhin Daniele aufgetrumpft.

Aber du bist nicht die ganze Nacht über draußen in der Kälte gelegen, hatte Rocco erwidert. Und im übrigen bist du überhaupt nie in einer *pila* gelegen und hast auch nie zu uns ins Ospedale gehört. Du bist ihnen davongelaufen, deinen zwei, drei oder vier Müttern. Und zwar in Rom.

Nichts ist uns lieber als Gespräche dieser Art, wenn wir unter uns sind. Dann kann einer den anderen übertrumpfen mit seiner Geschichte, wie es denn damals gewesen sein könnte. Wir können Tage und Nächte darüber diskutieren, wer was wem voraushat, und wir können jeden anderen, der keiner der *innocenti* ist, damit bis ins Mark schockieren. Manchmal ist Sebastiano bei uns, der uns damals alles erzählt hat, was jeder von uns wissen wollte. Und doch wissen wir heute, da wir das Ospedale längst verlassen haben, noch immer nicht viel. Sebastiano, der später das Amt des Schreibers im Ospedale anstrebte, um noch mehr über sich und seine Geburt zu erkunden, erfuhr, als ihm alle Bücher zur Verfügung standen, auch nicht mehr. Damals, als er uns nächtelang Auskunft gab, versuchte einer den anderen mit einer Mutter auszustechen, die er nie gesehen hat. Mütter, die wir uns zusammenphantasierten, aus Bausteinen zusammensetzten, wie es uns gefiel. Mutmaßungen, die höchstens am Rande das berührten, was uns wirklich betraf. Aber das störte uns nicht. Jeder ließ dem anderen das, was er glauben wollte, auch wenn es noch so unwahrscheinlich klang. Und jeder von uns war auch bereit, dafür zu zahlen, da Sebastiano damals ziemlich viel riskierte, um an die entsprechenden Nachrichten zu kommen. Natürlich zahlten wir nicht mit Geld, das wir nicht hatten, sondern mit einem Apfel, einer Handvoll Nüsse, etwas Farbe oder einem Fetzen Seide.

Jetzt, während wir hier am Ufer des Arno saßen und unsere Fische auf langen Spießen über dem Feuer brieten, sahen wir für jeden Vorübergehenden so aus, als seien wir fröhliche junge Männer aus dieser Stadt, Maler vielleicht, Färber, Gürtler, Riemer, Schwertfeger oder wie all die Berufe hießen, die es in Florenz gab. Wir sangen und waren der Meinung, daß wir fünf zufrieden sein konnten. Wir hatten ein Dach über dem Kopf, das uns nichts kostete, wir hatten eine *bottega,* für die Leonello zuständig war, wir waren bis auf Daniele aus dem Lehrlingsalter herausgewachsen und hofften, eines Tages einen Platz zu finden, der uns angemessen war.

Tagsüber wirkten wir nach außen hin so, als habe jeder von uns eine ungestörte Jugend gehabt. Nachts jedoch holt uns die Vergangenheit ein. Heute genauso wie damals.

Wir sehen uns dann in dem großen Schlafsaal sitzen, in einem einzigen Bett. Die Decken um unsere Schultern gezogen, hören wir uns an, was es von uns oder auch von anderen zu berichten gibt. Wir tauschen die kargen Angaben aus den wohlgehüteten Büchern aus, die unsere Geburt umgeben: *Venerdi, die detto 25, fu misa di una donna fasciata* … Dann, ob ein Amulett, welche Kleider oder was sonst noch von Wichtigkeit gewesen war. Die »verhüllte Frau« zog sich durch die Notizen hindurch: *una donna fasciata.*

Eine gewisse Lucrezia zum Beispiel, am gleichen Tag wie ich in die *pila* gelegt, hatte nur einen Eintrag von zwei Zeilen aufzuweisen und dann nichts weiter, als den Tag ihres Todes zwei Monate später. Und ein Kreuz natürlich. In manchen Jahren wurden neun von zehn *gettatelli* vom Tod ereilt, noch ehe sie laufen konnten. Wenn man mit dem Finger die Spalten der Bücher entlangfuhr, gab es Strecken, die nur aus Kreuzen bestanden. Seitenlang mit schwarzer Tinte gemalte Kreuze, die sich ständig wiederholten. Es sei die Zeit der Pest oder der Cholera gewesen, hieß es, aber niemand weiß, ob es auch wirklich stimmt

Rocco steht mit dem, was er über sich weiß, an der Spitze: Außer dem Datum seiner Ablieferung im Ospedale degli innocenti gibt es ein Amulett und eine Schnur aus roter Seide, die er um den Hals trug. Vielleicht ist er also der Sohn eines hohen Würdenträgers, mutmaßen wir. Um meinen Hals lag eine Schnur aus schwarzer Seide. Mein Vater war also nur ein Mönchlein – vielleicht. Die Worte »vielleicht«, »vermutlich«, »wahrscheinlich« nehmen den meisten Raum ein in dem, was es über uns zu berichten gibt. Hinter der Hand wird gemunkelt, es seien von hundert Kindern achtzig die Sprößlinge von Klerikern und Ordensleuten.

Stets aufgezeichnet sind die Angaben über die Ausgaben für unsere Ammen, auch daß sie Gymnastik haben machen müssen, damit ihre Brüste kraftvoll bleiben, und was wir auf dem Land gekostet haben, unser Essen, unsere Kleidung und so weiter. Wieviel Zuneigung wir bekommen haben, ist natürlich nirgendwo aufgelistet, wie sollte es auch. Sie kann weder in Ellen noch in Florinen gemessen werden.

Wenn wir bei der Erörterung der Amulette angekommen sind, ist es in dem Saal so still wie auf dem Grund eines Sees. Wir lauschen gebannt, wenn Sebastiano diese Amulette der Reihe nach aufzählt und beschreibt, wir hören ihm zu, als sei er der beste Geschichtenerzähler dieser Stadt.

Aus Elfenbein also. Bist du sicher?

Sebastiano nickt. Ja, aus Elfenbein.

Und in der Mitte auseinandergebrochen?

Sebastiano nickt wieder.

Schwöre, fordern wir, daß es wirklich aus Elfenbein ist!

Sebastiano schwört. Daß die eine Hälfte des Amuletts darauf wartet, daß die andere Hälfte eines Tages zu ihr zurückfindet, braucht er nicht zu erzählen, wir wissen es.

Rocco ist von seiner Geburt an im Haus der *innocenti* aufgewachsen und brüstet sich damit, daß er vermutlich einen Vater hat, der für ihn eine Stiftung gemacht habe. Aber eine Stiftung nützt wenig, wenn man nicht weiß, woher man kommt. Und vor allem, wer die Mutter ist. Und doch ist Rocco später zu einer Amme gegeben worden – zu der gleichen übrigens wie auch ich –, und niemand weiß, wie alles war, und es bleibt nur die Vermutung, daß das Geld der Stiftung vermutlich eines Tages zu Ende war.

Einige werden zurückgeholt, flüstert Sebastiano manchmal, und jeder klammert sich an diesen Satz, den Sebastiano vom Schreiber gehört hat, weil er den glücklichen Umstand für sich selber erhofft: Zwei *innocenti* seien in einem Jahr zurückgeholt worden von ihren Müttern.

Zwei von wie vielen? will Leonello wissen.

Sebastiano, den wir so ausquetschen, daß wir manchmal das Gefühl haben, er müsse leer sein wie eine ausgenommene Gans, zuckt mit den Achseln. Er könne nicht stundenlang in diesen geheimen Büchern blättern und suchen, es sei ohnehin verboten.
Weil wir so wenig wissen über unsere Mütter, erfinden wir sie uns. Wir gestalten sie, hauchen ihnen sozusagen unseren Odem ein, machen sie groß und schön. Und edel. Sobald sie zu Geld gekommen sind, werden sie uns zu sich holen, ermutigen wir uns gegenseitig, und manche lecken noch Honig aus der Notiz in den Akten: *non e bastardo* oder *nata d'amore di …* und sind stolz, daß sie nicht von Kriminellen abstammen und im Gefängnis geboren wurden. Die, die am Heiligen Abend in die *pila* gelegt worden sind, haben das Gefühl, höher zu stehen als andere. Von unserem Jahrgang kamen sechs an Weihnachten und fünf an Silvester.
Es liegt nicht daran, daß sie kein Geld haben, flüstert einer, es liegt daran, daß sie uns nicht wollen, diese Mütter, uns nicht brauchen können. Sind wir an diesem Punkt angelangt, geht unser Flüstern in lauten Streit über, und es dauert nicht lange, bis sich die Schritte unseres Aufsehers dem Schlafsaal nähern. Wir schleichen in unsere Betten, ziehen die Decken über den Kopf. Irgendwann schlafen wir dann ein.
Ich höre über drei Betten hinweg das Schluchzen von Roberto. Ich schleiche zu seinem Bett, lege mich zu ihm, streichle ihn. Sein Schluchzen verebbt von einer Sekunde zur anderen, er schiebt mich grob aus seinem Bett hinaus und murmelt etwas von Sünde, die er nicht begehen wolle. Und er hält es für eine Lüge, wenn ich ihm sage, daß auch ich diese Sünde keinesfalls begehen will. Er dreht sich auf die andere Seite, zerrt seine Dekke um sich herum, als seien dies noch die Halt gebenden Bänder seines einstigen Wickelballens, mit dem er in die *pila* gelegt wurde. Dabei ängstigen wir uns noch heute alle zu Tode, wenn wir sehen, daß wir einst wie Mumien zusammengeschnürt wurden,

Arme und Beine an den Körper geklebt, nur der Kopf eine Spur beweglich.
Liege ich in solchen Nächten wieder in meinem eigenen Bett, weiß ich, daß mich der Schlaf flieht. Ich sehe diese Mutter dann ganz deutlich vor mir. Ich sehe sie in der Nacht mit verhülltem Gesicht ein Bündel über die Piazza tragen, ich sehe sie die neun Stufen zur *pila* hinaufsteigen, zögernd, den Schritt verhaltend. Ich sehe sie rückwärts wieder hinabsteigen, ich sehe sie ein zweites Mal die Treppen erklimmen, die letzten Stufen zur *pila.* Und ich sehe, wie sie sich mit einer heftigen Gebärde des wimmernden Bündels entledigt.
Ich sehe, wie sie die Glocke zieht.
Ein Geräusch, das ich noch heute zu hören glaube.
Und ihre Tränen vermischen sich mit den meinen. Das einzig Gemeinsame, das wir je hatten.

Wir essen unseren Fisch, trinken Wein, Daniele spielt die Fidel. Wir sind fröhlich. Dann gehen wir alle ins Haus des Messer Orelli, das am Arno liegt, zurück. Was jeder von uns danach in seiner Kammer, die direkt unter dem Dach liegt, tut, weiß keiner vom anderen. Allenfalls von Lazzaro können wir es ahnen: Daniele, der einmal zu ihm hineinging, ohne anzuklopfen, kam verstört wieder heraus. Er wollte nicht erzählen, was er gesehen hatte. Auch am nächsten Tag nicht.
Ich sitze an solchen Abenden gern auf einem wackeligen Stuhl am Fenster und schaue auf den Arno hinunter. Die Möwen fliegen am Fenster vorbei. Ich verfolge ihren Flug. Am anderen Ufer des Flusses spielen Kinder mit einem Ball, zwei Hunde, laufen mit wildem Gekläff um die Wette, ein Junge wirft ihnen Stöckchen zu, die sie brav apportieren, der eine rascher als der andere. Ab und zu stößt eine Rotfeder mit dem Kopf durch die Wasseroberfläche, um Luft zu holen, dann entstehen Kreise auf dem

Wasser. Ich kann die roten Flossen der Fische sehen, ihre Augenringe sind gelb. Wenn die Möwen herabstoßen, um sich einen Fisch zu fangen, vergrößern sich die Kreise, überlappen manchmal zu einem kunstvollen Gebilde, und es sieht aus, als fließe der Arno rückwärts.

Später, wenn das Licht schon halb erloschen ist, spiegeln sich die Uferbäume im Wasser. Es sieht aus wie ein unterirdischer Wald, der mit seinen wabernden Bildern den Eindruck entstehen läßt, als sei nur dort unten das richtige Leben und die Welt oben sei starr und tot.

Und noch später dann, schon halb in der Nacht, schwimmt irgendein Tier von einem Ufer zum anderen. Es hinterläßt eine Kiellinie, die sich verbreitert und sich dann in der Dunkelheit des Flusses verliert. Ich vermute, daß es sich um eine Ente handelt, und schließe das Fenster.

Manchmal höre ich dann über mir Schritte. Ich weiß, es sind Brigidas Schritte. Aber ich weiß nicht, was sie zu dieser späten Stunde noch auf dem *solaio* zu tun hat, da sich ihr Zimmer unter mir befindet.

An manchen Abenden nehme ich meine Posaune und gehe hinunter zum Fluß. Ich löse unser mehr als baufälliges Boot und rudere auf das dunkle Wasser hinaus.

In Mondnächten lasse ich mich manchmal den Arno hinuntertreiben, stelle mir vor, daß ich alle Vernunft über Bord werfe und mich bis aufs Meer hinauswehen lasse. Ich stelle mir vor, daß ich kein Ziel habe, keinen Ort, der mich zum Landen einlädt, daß ich mich im Nirgendwo befinde.

Dann blase ich die Posaune.

Niemand hört mich, niemand stört mich, ich spiele für mich. Oder vielleicht für Gott. Für Gott jedoch nur, wenn ich einen guten Tag hatte.

Manchmal fragen sie mich, was ich spiele. Ich sage, ich spiele eine Handschrift.

Eine Handschrift, wundern sie sich, eine Handschrift kann man nicht spielen.

Sie ist aus dem *Trecento,* und man kann sie spielen.

Zeig sie uns! sagen sie und wollen es nicht glauben.

Ich zeige ihnen die Handschrift und das Bild, auf dem vier junge Leute in einem Boot sitzen: Einer rudert, einer spielt die Gambe, einer flötet, eine junge Frau hört zu.

Wieder allein, erzähle ich eine Geschichte, nur für sie. Manchmal rezitiere ich auch Lorenzo de' Medicis Gedichte, die schon kaum einer mehr kennt. Ich denke, solange sie in der Erinnerung sind, sind sie nicht tot. Ist Lorenzo nicht tot.

Natürlich gibt es welche, die Noten kennen oder gar früher einmal Lorenzos Harmonieschule besucht haben. Aber das interessiert mich nicht. Ich mache meine eigenen Töne, meine eigenen Melodien. Ich lasse die Töne aus meinem Kopf herausquellen, schicke sie in die Welt hinaus, schaue ihnen zu, wie sie davonfliegen, federleicht, wie eine Feder von meinen Fingern geblasen. Die Töne segeln dahin, zerstäuben im Wind wie ein hauchdünnes Gespinst aus Wasser.

An manchen Tagen spiele ich das Jüngste Gericht. Mein Jüngstes Gericht. Ich sage einen Bibeltext vorweg, blase dann die Töne voller Zorn in die Luft, sage wieder den Bibeltext, immer das eine oder das andere. So lange, bis ich mich dem Teufel näher fühle als Gott.

Dann rudere ich zurück. Mit aller Kraft, bevor mich der Fluß dem Meer zutreibt. Ich vertäue das Boot an seinem Poller, schaue dem Kahn zu, wie er dümpelt. Ich sehe ihm gerne zu, wie er dümpelt. Es ist eine Bewegung, die völlig sinnlos ist, aber sie schläfert ein. Wenn ich nicht einschlafen kann, schaue ich zu, wie der Kahn dümpelt, versuche das Bild auf meinen Augen festzuhalten, bis ich im Bett liege. Die Hände klammkalt von der Posaune, die ich unter meiner Decke verberge, schlafe ich dann irgendwann ein. Leonello, der mich einmal des Nachts weit draußen auf dem Fluß hörte, weil er spät nach Hause kam, bedankte sich bei mir für mein rücksichtsvolles Verhalten, da er annahm, ich wolle niemandes Nachtruhe stören.

Ich lächelte schweigend. Und dachte, wie wenig einer doch vom anderen weiß. Im Grunde genommen gar nichts, so viel man auch miteinander redet.

La bottega

Das Gerücht über die Rückkehr der Medici erreichte uns am gleichen Tag wie das Angebot eines Händlers aus Lucca, der uns einen Silberbaum mit Schlangenhörnern und Schlangenzungen verkaufen wollte, angeblich damit der Hausherr und seine Gäste sicher sein konnten, daß ihr Essen nicht vergiftet war. Eine Vorsichtsmaßnahme, die in ungewissen Zeiten von äußerster Wichtigkeit sein würde, wie er behauptete. Außerdem bot er uns ein Dutzend Messer an, deren Griffe aus Haifischzähnen oder dergleichen bestanden – dem gleichen Material, aus dem auch jene Schlangenhörner und Schlangenzungen gemacht waren und das, wie behauptet wurde, zu schwitzen begann, wenn es mit vergifteten Speisen in Berührung kam.
Beide Nachrichten erhielten wir in der *bottega,* was allerdings nichts Besonderes war. Genaugenommen erfuhren wir sämtliche Neuigkeiten, die unsere Stadt betrafen, im Laden, in unserem eigenen Haus des Messer Orelli oder in irgendeinem der hundert anderen im Umkreis des Mercato vecchio und in den engen Gassen, die zum Fluß führten: Ob die Arte della lana wieder einmal in Erwägung zog, jede Bruderschaft zu bestrafen, die mehr als zehn Genossen in ihrer Runde zählte, weil das für sie bereits den Beginn einer Verschwörung bedeutete; wann das nächste Schiff aus Akkon eintreffen würde, damit die *speziali* ihre Gewürze und Farbstoffe oder andere Kostbarkeiten wieder im »Lamm Gottes« oder in der »Sonne« ausstellen konnten (selbstverständlich auch, ob sie vielleicht heimlich irgendwelche Gifte anzubieten hatten, für die es immer Bedarf gab); wen die zwanzig bewaffneten Nachtwächter diesmal beim Einbruch in eines der Geschäfte am Ponte vecchio erwischt hatten; und ob wieder einmal die Haarnetze aus Gold- und Silberfäden, auf die die Florentinerinnen so

stolz waren, durch Luxusgesetze verboten wurden. Welch besonders interessanten Leute zur Maimesse, zur Johannismesse, zur Michaelsmesse oder zur Wintermesse erwartet wurden, wer gerade zu irgendeiner anderen Messe aufbrach – wir durften sicher sein, es brauchte nur einer von uns das Atelier zu verlassen und ein Stockwerk tiefer in die *bottega* gehen, um sich von Leonello in aller Ausführlichkeit über dies alles informieren zu lassen. Hier erfuhr er mehr als aus den zahlreichen Flugblättern, die tagtäglich erschienen und über die großen Katastrophen in der Welt berichteten. Und die Themen waren zahllos: wer gerade von wem erdrosselt oder gevierteilt worden war, ob die Katzen und Ratten wieder einmal die Stadt überfluteten – nichts war so unwichtig oder wichtig, als daß es nicht sofort ein heißdiskutierter Gegenstand in einer der *bottege* gewesen wäre.

Die *bottega* – ein kostenloses gigantisches Flugblatt, jeden Tag überquellend von Nachrichten, die meist ungekaut und bestenfalls halbverdaut in unsere Mägen gerieten wie die Opfer einer Schlange.

Leonello hatte im Laufe der Jahre, in denen er die *bottega* im Hause Orelli leitete, eine geradezu ungeheure Fähigkeit entwickelt, jedem Kunden, der bei ihm auch nur das kleinste Stück Seide kaufte, irgendwelche Neuigkeiten aus der Nase zu ziehen, die er uns dann am Abend oder auch während der Mittagszeit genüßlich offenbarte. Käme ein Fremder in unsere Stadt – eine Stadt, die sich stolz das Schild »Das neue Jerusalem« um den Hals hängt –, der sich darüber informieren wollte, wer mit wem wie gerade verfuhr, er würde es zwischen Seidenstoffen, Tuchen, Azurit, Safran und Reliquien sehr schnell erfahren. Die Reliquien allerdings gab es in einem anderen Stadtteil als dem unseren. Die *bottega* – der Nabel der Welt, hieß es, und wer in keiner zu tun hatte in unserer Stadt, war ein bedauernswerter Mensch.

An diesem Morgen nun hatte Leonello bereits in aller Frühe den

Laden für einen Augenblick verlassen, was er normalerweise nie tat und auch nicht durfte, um uns die beiden Neuigkeiten mitzuteilen. Er war sich nicht sicher, ob er den Silberbaum, den dieser Händler aus Lucca ihm angeboten hatte, kaufen solle.
Für wen kaufen? wollte Rocco wissen. Für uns, für Messer Orelli, für Mona Orelli? Wir Maler haben weder Gäste noch will uns jemand vergiften. Außerdem sollst du Seidenstoffe verkaufen und keine Silberbäume, deren Schlangenzungen gegen Gift feien. Angeblich.
Also, der Bischof unserer Stadt, Antonio degli Orsi, der auf dem Stuhl des heiligen Zenobius ...
Leonello, ermahnte ihn Rocco, ich muß wieder zurück an meine Arbeit!
Also, auf jeden Fall hatte der sieben solche Bäume in seinen Räumen stehen, und er ...
Das war vor zweihundert Jahren, unterbrach ihn Rocco grob. Erzähl uns lieber von den Medici! Welche Neuigkeiten weißt du von ihnen?
Daß er bereits zum zweitenmal das Gerücht vernommen habe, daß sie wieder zurückkommen würden, berichtete Leonello gekränkt.
Von wem weißt du das? wollte Rocco wissen.
Von einem Trödler, der mit gebrauchten Kleidern handelt, erwiderte Leonello, und dann von einem Mann, der zu den *portatori* gehört, aber nicht zu denen mit dem Tragkissen, sondern zu denen mit den Seilen auf dem Rücken, du weißt schon, die mit den Eseltreibern zusammenarbeiten.
Leonello, was sagen sie?
Sie sagen, daß der Papst bald unser Land haben will, spottete Lazzaro. Das pfeifen die Spatzen schon seit Monaten von den Dächern. Dazu brauchen wir weder *portatori* noch Trödler.
Er könne nur sagen, was er gehört habe, wehrte sich Leonello, ob

es stimme, wisse er natürlich nicht, schließlich habe er keinen direkten Draht zu den Medici.
Aber vielleicht kennst du einen Trödler, der einen anderen Trödler kennt, der von irgendwelchen Medici in Rom oder in der Verbannung schon einmal ein paar Kleider über einen dritten Trödler gekauft hat, spottete Lazzaro. Vielleicht kennst du auch eine Zofe, die damals, als die Medici verjagt wurden, Alfonsina, der Frau des letzten Medici-Gonfaloniere, die als Nonne verkleidet mit ihrer kleinen Tochter Clarice nach Rom flüchtete, bei der Flucht geholfen hat. Und daß diese Alfonsina seither immer wieder versucht, ihre Kinder an die Macht zu bringen, auch das pfeifen die Spatzen von den Dächern.
Er kenne keine Zofe der Alfonsina, sagte Leonello verärgert, und wenn ihm niemand zuhören wolle, dann gehe er eben wieder. Und den Kauf des Silberbaums lehne er ab. Solle doch jeder zusehen, wie er nicht vergiftet werde.
Seit sie verjagt worden sind, sind die Gerüchte nie verstummt, sagte Rocco und ging an seine Staffelei zurück. Das ist inzwischen siebzehn Jahre her. Weshalb sollten sie gerade jetzt wiederkommen wollen?
Weil die Zeichen günstig sind, ereiferte sich Leonello, der bereits an der Tür stand. In der Stadt treffen sich Zirkel der Medici-Anhänger in geheimen Gärten und an anderen Orten.
Auch die Anhänger Savonarolas treffen sich in Geheimzirkeln, und die sind in der Überzahl, sagte Rocco. Wo eigentlich?
In den *fondachi* der Calimala, flüsterte Leonello, in der Hügelkirche von San Miniato, in der Via del Gomito dell' Oro, in der Via dell' Ariento, ferner in der Via …
Bevor Leonello sämtliche Straßen um den Ponte vecchio aufzählen konnte, drang das laute Geschrei von Mona Orelli zu uns herauf, ob wir eigentlich überhaupt noch etwas für unser Geld tun würden oder ob wir den ganzen Tag mit unserem Geschwätz ver-

geuden wollten. Und sie werde ganz gewiß in der nächsten Zeit ihren Mann fragen, ob man das Atelier nicht für einbringlichere Dinge verwenden könne als für nichtsnutze Maler. Zum Beispiel zur Erweiterung der Seidenraupenzucht. Leonello rannte die Treppe hinunter, ohne irgendein Wort zu sagen.

Am anderen Morgen ging ich nach langer Zeit wieder einmal in die Stadt, diesmal nicht heimlicherweise wie schon oft, sondern im Auftrag von Rocco, um Farbe zu kaufen.

Der Farbkauf war eine größere Angelegenheit, zumal wir soeben eine Arbeit abgeschlossen hatten und Rocco mitten in den Verhandlungen für den nächsten Auftrag stand, der nicht ganz einfach war: Ein reicher Kaufmann, der in den letzten Jahren wiederholt das Wucherverbot übertreten hatte, hatte zunächst durch häufigen Besuch der Kirche versucht, sich von seinen Sünden zu befreien. Durch Schenkungen hatte er bereits Ablaß erhalten, aber dies alles schien ihm offenbar noch nicht genug, um sich von seiner gewaltigen Sündenlast zu befreien. Nachdem er auch noch die Stiftung einer Gedächtnismesse in die Wege geleitet hatte, ging es nun um die Ausgestaltung einer Kapelle, die er sich besonders prächtig vorstellte. Da er sich und seine Familie für die Ewigkeit festhalten lassen wollte, hatte er zusätzlich einige Porträts von Familienmitgliedern bestellt, die so bald wie möglich fertiggestellt werden sollten. An der Farbe sollte nicht gespart werden, auch an der kostbarsten, dem Azurit, nicht, die es allerdings nicht überall und jederzeit zu kaufen gab.

Ich stöberte also zunächst einmal in den Gassen um den Ponte vecchio herum, weil ich mir vorgenommen hatte, diesen Stadtgang dazu zu benutzen, Brigida etwas Besonderes zu ihrem Namenstag zu kaufen. Und da sie, um nicht der Eitelkeit zu verfallen, noch immer die abgelegten Kleider ihrer Mutter zu tragen hatte, Kleider, die kaum etwas anderes waren als graues und

schwarzes Sackleinen, fand ich es endlich an der Zeit, daß sie etwas zum Anziehen bekommen sollte, das ihr Freude machte, zum Beispiel ein Fehfell als Besatz für eines ihrer Kleider.
Leider hatte Daniele von meinem Plan im Atelier geplaudert, was eine größere Debatte nach sich zog: Würde sich Brigida an die Tugenden der Frauen halten, die da sind Gehorsam, Keuschheit und Schweigen, müßten wir nicht ständig irgendwelche *discorsi* halten, die sich mit ihr beschäftigten, gab Lazzaro zu bedenken, und im übrigen sei er nach wie vor der Meinung, daß Aristoteles recht habe mit seiner Aussage: Wenn eine Frau geboren wird, ist sie ein Fehler oder ein Irrtum der Natur.
Ich ging zunächst bei einem der *cerbolattore* vorbei, deren kleine Häuschen sich zu beiden Seiten des Ponte Rubaconte befanden, Handwerker, die für die weniger Begüterten Ziegenfelle verarbeiteten. Ihre Versammlungen hielten sie in der Kirche San Piero Schieraggio ab, und trotz der geringen Mitgliederzahl hatten sie einen Zunftrat und einen Kämmerer. Die Arte della lana, der diese kleine Zunft unterstand, erlaubte allerdings jedem Meister nur zwei Lehrlinge, was ihre Arbeit nicht eben erleichterte.
Die *pellicciai* dagegen, die Kürschner, hatten eine andere Klientel, und ihr Gewerbe gehörte zu den frühesten und angesehensten Berufen in unserer Stadt. Sie hatten ihre *bottege* in der Parallelstraße der Calimala, der Fra Pellicciai, und nachdem ich bei den *cerbolattore* nichts Passendes entdeckt hatte, suchte ich in dieser Straße weiter. Hier gab es die von den Richtern und Ärzten getragenen Barette, deren sibirische und russische Eichhörnchenfelle von weither kamen und über Konstantinopel, Pisa oder Genua eingeführt wurden. Fehfelle waren auch ein vorzüglicher Besatz für Frauenkleider, und ich wollte eines für Brigida erstehen, obwohl die Händler ihre Ware nur gegen Goldflorin verkauften, was im normalen Geldverkehr, bei dem nur die *fiorini piccoli* gestattet waren, nicht erlaubt wurde.

Der *pellicciaio* zeigte mir zunächst einige billige Ziegenfelle, als ich sie ablehnte, verschwand er hinter einen Wandschirm und kam dann mit einigen sehr schönen hellgrauen Fehpelzen zurück, die er mir allerdings nur zögernd reichte. Als ich sie prüfte, beobachtete er mich mißtrauisch und blieb dicht an meiner Seite, da er offenbar sofort zugreifen wollte, falls ich mich mit seinen kostbaren Fellen davonmachen wollte. Offenbar gehörte ich nicht zu der Art von Kunden, die seiner Meinung nach für so teure Ware paßte. Sie gehören auf die Barette, sagte er kurz angebunden, allenfalls zum Füttern von Männergewändern, wobei er einen prüfenden Blick über mein bescheidenes Gewand gleiten ließ.

Ich denke, man nimmt sie auch für Frauenkleider, warf ich ein, als Besatz, oder etwa nicht?

Er schaute mich erstaunt an. Ja, auch dafür, gab er dann widerwillig zu, wobei er unauffällig versuchte, einem Gespräch zu folgen, das sich dicht hinter seiner Tür abspielte. Ich hörte nur Wortfetzen, keine Sätze, hatte aber das Gefühl, daß dieses Gespräch nicht unbedingt für meine Ohren bestimmt war.

Wer will, kann sie überall hören, sagte jemand mit einer unterdrückten Stimme, die mir bekannt vorkam. Man kann ihnen inzwischen an jeder Hausecke begegnen. Und man muß wachsam sein, um zum rechten Zeitpunkt das Wams wechseln zu können, fuhr die gleiche Stimme dann fort. Und die Ämter würden vermutlich sofort vergeben, vielleicht sogar im geheimen schon jetzt. Da müsse man gerüstet sein und vor allem wissen, welche Ämter man gerne hätte, sagte eine andere Stimme.

Der Händler verschwand für einen Augenblick, kam rasch in seine *bottega* zurück und zog dann die Tür näher zu sich heran. Ich wollte mit ihm über den Preis und die Goldflorin verhandeln, hatte aber den Eindruck, daß der Mann eher an dem Gespräch hinter seinem Rücken interessiert war als an dem Zustandekommen unseres Geschäftes.

Nehmt Ihr auch normale *fiorini piccoli?* fragte ich freundlich.
Der Mann zuckte zusammen und sagte gehetzt: Ja, ja, auch normale.
Also nicht nur Goldflorin?
Wie bitte? fragte er zerstreut.
Ihr laßt Euch soeben das beste Geschäft dieses Tages entgehen, sagte plötzlich die mir bekannt vorkommende Stimme hinter ihm, und aus der Tür trat Messer Noldani. Als er mich entdeckte, stutzte er, blieb dann vor mir stehen und nahm mir das Fehfell aus der Hand. Ihr habt einen guten Geschmack, sagte er gedehnt, so etwas suche ich schon lange. Seid Ihr bereits fest entschlossen?
Ich spürte, wie mir die Röte den Hals hinaufstieg. Vermutlich war ihm von der ersten Sekunde an klar, daß dies nur ein Geschenk für seine Braut sein konnte.
Ja, das bin ich, sagte ich kurz und nahm ihm das Fell abrupt aus der Hand, wobei mir ziemlich egal war, daß er diesen Besatz eines Tages an Brigidas Kleid entdecken würde. Ich hatte nicht umsonst gespart, um diese Kostbarkeit kaufen zu können, und dieser Mann sollte sie mir jetzt auf keinen Fall abjagen.
Hier gibt es auch billige Ziegenleder, sagte er dann freundlich. Wollt Ihr sie Euch nicht anschauen?
Ich nahm die Geldstücke aus meinem Beutel, drückte sie dem Händler in die Hand und wandte mich zum Gehen.
Messer Noldani hielt mich zurück. Wie weit sind die Malarbeiten gediehen in der Villa? fragte er.
Wir sind noch nicht fertig, sagte ich mit einer Spur von Genugtuung in der Stimme. Wir mußten erst noch einen anderen Auftrag zu Ende bringen, der in der Villa war dazwischengeschoben.
Was heißt »anderen Auftrag«? fragte er aufsässig. Seid Ihr nicht verpflichtet, Euch nach den Wünschen von Mona Orelli zu richten?
Es gibt auch noch einen Messer Orelli, sagte ich sanft, und der

hat uns befohlen, zunächst eine Familienkapelle in Fiesole auszumalen, die einem Freund von ihm gehört.
Uns war nie klar, ob diese Art von Verzögerungen ein Mittel war, mit dem Messer Orelli auf seine Art und Weise die Hochzeit hinausschieben wollte. Es wäre dies eine der wenigen Waffen gewesen, die ihm seiner Frau gegenüber zur Verfügung standen, falls er nicht ohnehin das Gefühl hatte, daß es von Anfang an besser war, auf jeden Widerstand zu verzichten.
Ja, ja, ich weiß schon, wer da alles unter einer Decke steckt, sagte Messer Noldani mit verkniffenem Gesicht. Nur um die Hochzeit hinauszuschieben, wärt ihr zu allem bereit. Aber es wird euch nichts nutzen. Wenn das Haus nicht rechtzeitig fertig wird, werden wir eben woanders wohnen.
Ich schaute ihn verblüfft an. Ihr habt ein anderes Haus zur Verfügung?
Kein ganzes Haus, sagte er knapp. Aber einen Teil davon. Das muß dann eben reichen für eure Prinzessin. Er nickte dem Händler zu und verließ den Laden.
Das wird Messer Orellis Tochter gewiß nicht gefallen, sagte ein Mann neben mir, der unser Gespräch ganz offensichtlich mitgehört hatte. Zwei winzige Räume über einer Backstube, in der den ganzen Tag über *biscotti* hergestellt werden. Und nach hinten den Blick auf Hühner und Schweine im Hof.
Und wo soll dies sein?
In Prato. In einem Haus, das dem Bruder gehört und seiner zanksüchtigen Frau. Ich habe mal über einer Essigfabrik gewohnt, und seitdem kann ich keine Gurken mehr riechen.
Ich mußte mich noch eine Weile mit dem Mann über den Unterschied von Essigdünsten und Gebäckgerüchen und welche wohl lästiger seien unterhalten, ehe ich weiter zu den Farbhändlern gehen konnte.
Ich war noch kaum zehn Schritte gegangen, als mir jemand von

hinten auf die Schulter tippte. Ich wandte mich erschrocken um und ärgerte mich sofort darüber, da ich grundsätzlich immer erschrecke, wenn mich jemand berührt. Das, was Ihr vermutlich vorhin durch die Tür gehört habt, war nicht für Euch bestimmt, sagte Messer Noldani und schaute mich verärgert an. Ihr tätet gut daran, es ganz rasch wieder zu vergessen.
Wovon redet Ihr? fragte ich gereizt, obwohl mir klar war, daß bei dem Gespräch nur die Medici gemeint gewesen sein konnten.
Stellt Euch nicht dümmer, als Ihr seid, sagte er und kniff die Augen zusammen, Ihr wißt genau, wovon die Rede war.
Falls Ihr von den Medici gesprochen habt, sagte ich, so dürft Ihr ganz sicher sein, daß sie in jedem Fall wiederkommen werden. Ganz gleich, ob es Euch paßt oder nicht.
Natürlich werden sie wiederkommen, bestätigte er, nun etwas versöhnlich, und dann werden wir alle jubelnd durch die Stadt marschieren, Lorenzos Gedichte, die schon niemand mehr kennt, zu Hymnen machen und sie singen. So stellt Ihr es Euch doch vor, oder?
Wenn ich ehrlich sein sollte, so stellte ich mir gar nichts vor. Das, was in meinem Kopf herumschwirrte, war mehr als vage und stammte aus den Gesprächen, die wir abends in unseren Kammern führten. Allerdings war ich im Gegensatz zu Rocco in die Idee verbissen, daß alles wieder so sein würde wie damals, wobei ich dieses Damals keinesfalls bewußt erlebt hatte, da ich weitgehend noch ein Kind gewesen war. Ich verteidigte etwas, was ich nicht kannte, und daß Florenz wieder zu einem Füllhorn werden würde, das seine Gaben der ganzen Welt darbot wie zu Lorenzo il Magnificos Zeiten, war mehr als unwahrscheinlich. Im Grunde genommen wäre ich schon zufrieden gewesen, wenn Florenz nicht weiter zur Provinzstadt verkam, was manche behaupteten, da die Aufträge in diesen Jahren gravierend zurückgegangen waren und manche Maler auf der Wanderschaft unsere Stadt wegen

der ständigen Unruhen am liebsten rasch umgingen und nichts mit ihr zu tun haben wollten.
Man kann die Uhr nicht zurückdrehen, sagte Noldani so, als nehme er mich auf einmal ernst. Selbst wenn es – was ich nicht glaube – diese Platonische Akademie wieder geben sollte, nach der Ihr Euch vermutlich sehnt, wäre es eine andere Akademie als seinerzeit. Ein anderer Kopf würde sie leiten, und kein Kopf gleicht dem anderen. Und ob Plato immer noch so zugkräftig wäre wie damals, wage ich zu bezweifeln.
Sie werden trotzdem wiederkehren, ob mit Akademie oder ohne, sagte ich störrisch und überlegte mir, ob ich ihm erzählen solle, was Leonello uns Neues berichtet hatte. Aber dann ließ ich es sein. Messer Noldani stand ganz gewiß nicht in unserem Lager, und ein Anhänger der Medici zu sein und sich offen dazu zu bekennen, konnte noch immer gefährlich sein. Wir werden sehen, sagte ich abweisend, irgendwann sprechen wir uns wieder.
Er lachte. Ganz gewiß, junger Freund, meinte er dann gutgelaunt und schlug mir derb auf die Schulter. Ihr dürft sicher sein, daß es dann, wenn sie wieder diese Stadt regieren, tausend Freudenfeuer geben und der rote Wein in Strömen aus den Brunnen fließen wird. *Palle! Palle!*
Ich ging die Straße entlang, mein Päckchen mit dem Fehfell unter dem Arm, und hatte dieses *Palle! Palle!*, den Kampfruf der Adeligen, mit einem seltsam unguten Gefühl im Ohr, obwohl ich Messer Noldani nicht für einen Spion hielt.
Und viele Monate später, als all das Schreckliche geschah, schien es mir im nachhinein nahezu eine Prophetie gewesen zu sein. Aber an jenem Tag zählte für mich nichts außer dem Ruhm und der Größe der Medici, und ich übersah großzügig, daß dieser Ruhm und diese Größe bereits in der Vergangenheit Blessuren erlitten hatten: Im Jahr 1494 war die Medici-Bank zusammengebrochen, und Florenz stand nicht länger im Zentrum des euro-

päischen Finanzwesens. Auch die Verfassung war so kompliziert, daß sie kaum jemand verstand, außer den Medici selbst, die die Ämter mit einer Geschwindigkeit rotieren ließen, daß sie kaum mehr überschaubar waren. Doch dies war selbstverständlich Taktik, gehörte mit zum Machtanspruch dieser Familie, den sie mit aller Klugheit zu verteidigen wußte und den das Volk ihr auch gönnte; es gefiel sich in dem Bild, daß diese Familie unsterblich sein wollte, und es war der Meinung, es komme ihr zu angesichts der Berühmtheit und Einmaligkeit dieses Namens. Und daß ständig irgendwelche Bürger die Stadt verlassen mußten und in die Verbannung geschickt wurden, fanden alle rechtens.

Selbstverständlich gab es auch noch andere große Namen in Florenz: die Strozzi, die Pazzi, die Capponi, die Rucellai, die Pitti, die Tornabuoni, die Sforzi. Und jeder, der einen dieser berühmten Namen trug, galt bereits, auch ohne nur irgendeine Heldentat vollbracht zu haben, als ein halber Gott.

Es sind diese Namen, die sie zu dem machen, was sie sind, hatte Daniele einmal seufzend gesagt. Ein Name, der dich allen bekannt macht, den jeder kennt.

Was willst du nur, spottete daraufhin Rocco, auch wir haben einen Namen, den jeder kennt. Und unserer ist häufiger als der ihre: *innocenti.*

Aber sie erkennt man schon an ihren Kleidern, erwiderte Daniele. Wenn man sie sieht, weiß man genau, das kann nur einer der ganz Reichen sein.

Uns erkennt man auch an den Kleidern, sagte Rocco damals gutmütig, alle haben wir die gleichen dunklen hohen Hüte, die gleichen Gewänder, die gleichen Beinkleider, die gleichen Schuhe. Man erkennt uns schon auf eine halbe Meile – womit er gewiß übertrieb.

Aber ganz falsch war es nicht, und es stimmte natürlich, wenn man sich unsere ständige Demut in Erinnerung ruft.

Teil zwei

Die Hochzeit

Sie haben das Wachs gekauft.
Daniele, der gerade aus der Stadt kam, stürzte atemlos in das Atelier und riß sich den *mazzocchio* vom Kopf.
Welches Wachs? wollte Rocco wissen, ohne seine Arbeit zu unterbrechen.
Das Wachs für die Kerzen. Für die Hochzeit. Sie haben auch die Pferde bestellt für den *palio.* Und jeden Tag gehen neue Aufträge an die Handwerker hinaus für die Vorbereitungen. Mona Orelli läßt bereits das Silber putzen, stellt die Möbel um, gibt das Linnen weg zur Durchsicht, ja, hat schon die Torten ausgewählt. In zwei Wochen soll es endlich soweit sein. Sie sagt, nichts wird sie mehr davon abhalten.
Lazzaro pfiff vor sich hin. Dann werden sie sich hoffentlich auch für uns neue Kleider einfallen lassen.
Rocco kam in die Mitte des Raums, wo Daniele noch immer leicht verärgert stand, weil seine Ankündigung nicht mehr Resonanz hervorrief. Und woher weißt du das alles? wollte er dann wissen.
Ich lachte vor mich hin und streifte den Pinsel ab. Weißt du's wirklich nicht? fragte ich ihn.
Ja, ja, von Sadona natürlich. Rocco seufzte und ging an seine Arbeit zurück. Die Sklaven im Haus wissen mehr als die Herren.
Sie hat gesagt, ich soll es nicht weitererzählen, sagte Daniele, zog seine Arbeitskleidung an und begann, in seinen Farben zu rühren.
Und wem bitte? spottete Lazzaro und zerrte seine Leinwand auf dem Rahmen fest. Etwa der Braut, damit sie endlich aufwacht?
Ich denke, wir sollten sie warnen – wegen dem Wachs –, schlug Daniele vor.
Glaubst du im Ernst, Brigida weiß nicht, daß ihre Mutter die

Hochzeit vorbereitet? Und daß sie es tut ohne die Zustimmung ihres Mannes?
Sie hat außerdem einen Teil der Kokons verdorben, sagte Daniele leise. Also, behaltet es für euch!
Wer hat die Kokons verdorben, fragte Rocco verständnislos. Welche Kokons? Krabbeln diese häßlichen Viecher neuerdings auch noch hier im Haus herum? Und seit wann überträgt man die Pflege von Seidenraupen einem Tatarenmädchen?
Diese häßlichen Viecher solltest du anbeten, sagte Daniele vorwurfsvoll. Ihnen allein verdanken wir, daß wir ein Dach über dem Kopf haben. Und natürlich sind sie nicht hier im Haus. Aber Sardona mußte offenbar irgendwo aushelfen, wo sie gezüchtet werden, und da sie sich mit dieser Arbeit nicht auskennt, hat sie den rechten Zeitpunkt verpaßt. Und dann krochen im ganzen Raum die Schmetterlinge umher, da sie ja nicht fliegen können.
Schmetterlinge, die an Häßlichkeit kaum zu überbieten sind, warf Rocco ein.
Auf jeden Fall hat sie heute morgen bereits den Stock bekommen, berichtete Daniele. Und zu allem Überfluß hat ihr Bruder Daron gestern die Goldfäden verloren, die er beim Goldschmied für den Stoff des Brautgewandes besorgt hat. Jetzt heißt es natürlich wieder, wir seien an allem schuld.
Lazzaro lachte. Ich sehe zwar keinerlei Logik in all diesem Wirrwarr, aber trotzdem wird es vermutlich besser sein, wenn wir heute weitgehend in unseren Gemächern bleiben.

Sadona brachte uns die neueste Botschaft am gleichen Abend, als wir uns bereits in unsere Kammern zurückgezogen hatten.
Es muß eine Nachricht von Messer Orelli gekommen sein, flüsterte sie, nachdem sie uns alle in Roccos Kammer zusammengeholt hatte. Und jetzt sieht es so aus, als müsse die Hochzeit noch mal verschoben werden. Und offenbar will sie Brigida nun ein-

sperren. Sie wird es gewiß tun, es sei denn, Brigida sagt endlich ja zu diesem Bräutigam.
Sie droht nur, mutmaßte Leonello, der wie wir alle über den neuerlichen Aufschub erleichtert war.
Nein, sie macht es wahr, stieß Sadona hervor, und an der Rötung ihrer breiten Narbe im Gesicht konnten wir sehen, wie sehr sie die Sache erregte. Sie zwingt sie zu pausenlosem Beten, und sie wird sie noch härter bestrafen. Sie wird sie züchtigen.
Rocco lachte. Messer Orellis Tochter schlagen?
Er ist nicht im Hause, erklärte Sadona. Natürlich würde sie es nicht wagen, wenn er da wäre.
Und woher weißt du das mit dem Einsperren? fragte Daniele, kaum weniger skeptisch als Rocco.
Weil ich das Gesindezimmer auf dem Dach richten muß, obwohl kein weiterer Diener erwartet wird, erklärte Sadona. Und Brigida bringt bereits heimlich irgendwelche Sachen in ihre Verstecke.
Die Dachkammer ist nicht heizbar, wandte Leonello ein. Sie wird ihre Tochter nicht erfrieren lassen wollen.
Ihre Stieftochter, korrigierte ihn Sadona. Und es geht aufs Frühjahr zu.
Gut, ihre Stieftochter. Trotzdem glaube ich das nicht, sagte Rocco und schaute mich an.
Ich zuckte mit den Achseln. Ich glaube es schon, sagte ich dann. Sie verliert ihr Gesicht vollends, nachdem die Nachbarschaft gesehen hat, daß sie die Hochzeitsvorbereitungen schon zum drittenmal vorantrieb, und nun ist wieder alles unklar.
Kerzen kann man auch für andere Zwecke verwenden, sagte Lazzaro und gähnte.
Aber kaum in solchen Mengen. Sie kann fünf Beerdigungen damit ausrüsten, sagte Daniele.
Vielleicht bekommt sie sie billiger, wenn sie diese Mengen be-

stellt, sagte Lazzaro und stand auf. Ihrer Sparsucht ist alles zuzutrauen.

Als Sadona uns verließ, glaubte außer mir keiner, daß Ginevra Orelli es wagen würde, ihre Tochter zu schlagen, weil diese sich weigerte, einen Mann zu heiraten, der gerne Sozius bei einer Bank werden wollte und dazu dringend eine Mitgift brauchte. Und der dem Alter nach fast ihr Vater sein konnte.

Aber als ich am anderen Abend mit Daniele die steile Dachtreppe zu den Gesindezimmern hinaufschlich, hörten wir Brigidas Lautenspiel durch eine Tür. Wir standen auf dem Treppenabsatz, starr vor Entrüstung, und wir trauten uns nicht zu klopfen. Nach einigen Sekunden verstummte das Instrument, wir hörten Schritte, die zur Tür kamen. Macht euch keine Sorgen, in drei Tagen kommt mein Vater, dann ist es zu Ende, flüsterte Brigida.

Können wir etwas für dich tun? fragte Daniele leise und rüttelte vorsichtig an der Türklinke.

Bringt mir Farben, und gebt sie Sadona mit, wenn sie mir das Essen bringt! Hier ist abgeschlossen.

Welche Farben willst du? fragte ich.

Die Farben für Barnabas' Wiese, sagte sie leise.

Daniele schüttelte den Kopf, als wir die Treppe hinunterstiegen. Weißt du, was sie damit meint?

Ich denke schon.

Zwei Tage später, als ich die *bottega* verließ, in der ich Brigidas Farben gekauft hatte, traf ich Matteo, einen der ehemaligen *innocenti,* der inzwischen in einer Bank arbeitete.

Bevor ich etwas sagen konnte, zog er mich in eine Seitengasse und flüsterte mir zu: Seine Bank wird in kürzester Zeit Konkurs machen.

Ich brauchte nicht lange zu fragen, wessen Bank. Wir wußten inzwischen von den Ambitionen von Brigidas Bräutigam. Und da

er mir in der Villa leichtsinnigerweise erzählt hatte, daß er aus einer Familie von Fallierern stamme, war die jetzige Situation kaum verwunderlich.
Er gehörte zu den einundzwanzig Teilhabern, und sein ungeschicktes Agieren bei Geschäften in Flandern hat letztendlich den Zusammenbruch herbeigeführt, erzählte Matteo. Aber ganz gewiß wird er versuchen, es zu vertuschen, zumindest so lange, bis Brigidas Vermögen auf ihn überschrieben ist. Danach kann er alles machen, was er will. Er kann sogar die Stadt verlassen, das Land verlassen. Er braucht sie nicht einmal zu heiraten, er hat ja bereits die Mitgift.
So etwas gibt es nicht. Schließlich haben wir Advokaten, wandte ich ein.
Matteo lachte. Glaubst du? Weißt du etwa nicht, daß bei uns die gesamte Gerichtsbarkeit bestechlich ist, vom kleinsten Milizbeamten bis zum höchsten Richter? Er will Brigida ja heiraten, sie ist es, die sich sperrt. Und seine Eltern brauchen die hohe Mitgift, damit sie ihrerseits nicht in Konkurs gehen und außerdem ihren drei Töchtern wenigstens zu einer winzigen Mitgift verhelfen können.
Ich konnte es nicht glauben. Jeder Vater möchte, daß seine Tochter, in diesem Fall sogar seine einzige Tochter, den richtigen Mann heiratet und daß ihre Mitgift in die richtigen Hände kommt, sagte ich.
Brigidas Mutter hat offenbar Geld, privates Geld, in die Geschäfte ihres zukünftigen Schwiegersohns gesteckt. Wenn sie ihn nun fallenläßt, verliert sie alles. Also muß er ihre Tochter bekommen, um jeden Preis. Und dazu gibt es nur eine einzige Möglichkeit. Oder fast nur eine, sagte Matteo achselzuckend.
Ich hatte nie viel von Geldgeschäften verstanden, ich wußte nicht einmal, was Fallierer eigentlich waren. Und ich wußte keinerlei Rat, wie Brigida zu helfen gewesen wäre. Und ich kam auch nicht

mehr dazu, Matteo um Rat zu bitten, da er sich hastig verabschiedete: Ich muß gehen, ich muß morgen früh zu unserer Filiale nach Neapel reiten, und vermutlich wäre es besser, Brigida würde einen von diesen beiden anderen ...
Ich erfuhr nicht mehr, was Matteo mir noch mitteilen wollte. Ich sah seinen Prinzipal um die Ecke biegen und konnte mir vorstellen, daß der nicht sehr davon erbaut war, seinen Angestellten am hellen Vormittag beim Schwätzen auf der Straße zu entdecken.

Das Essen war bereits voll im Gange, als ich atemlos in das Speisezimmer kam. Ich entschuldigte mich hastig, dann erst entdeckte ich mir zur Linken und auf dem Platz, auf dem normalerweise Messer Orelli saß, zwei fremde Gesichter: zwei Männer, der eine etwa fünfundzwanzig, der andere mochte etwas älter sein. Beide machten einen seriösen Eindruck, und ich nahm an, daß es sich um Geschäftsfreunde des Hauses handelte.
Um nicht völlig stumm dazusitzen, versuchte ich ein Gespräch in Gang zu bringen, wobei ich wieder einmal feststellen mußte, daß ich nur ein sehr mäßiger Unterhalter war und von der Eloquenz Roccos nicht einen winzigen Teil vorzuweisen hatte. Ich erkundigte mich also höflich nach dem Heimatort des Gastes zur Linken, der meine Frage lächelnd mit einer Handbewegung beantwortete. Er sei in der ganzen Welt zu Hause, sagte er dann freundlich.
In der Annahme, er sei einer der reichen Handelsherren, die bisweilen zu Besuch kamen, fragte ich ihn: Und womit handelt Ihr? Der Mann wischte sich sorgfältig den Mund mit der Serviette ab, dann lachte er. Was nehmt Ihr denn an?
Ich zuckte mit den Achseln und spürte unter dem Tisch einen harten Schlag gegen meinen Fuß, so daß ich diesen irritiert zurückzog. Vielleicht seid Ihr ein Tuchhändler?

Der Mann hob sein Glas an den Mund. Nein, das bin ich nicht.
Vielleicht seid Ihr Sozius in einer Bank?
Der Mann verschluckte sich nahezu. Nein, das bin ich gewiß auch nicht, prustete er dann.
Laß ihn nicht weiter raten! sagte Mona Orelli gereizt und befahl der Köchin, die heute unerwarteterweise auftrug, mit einem harschen Wink, ihr Glas zu füllen. Er handelt mit Menschen. Ja, ja, ja, sagte sie, als sie mein verblüfftes Gesicht sah, es ist so. Er ist Sklavenhändler.
Mir fiel nichts ein, was ich Verbindliches zu einem Sklavenhändler hätte sagen können, und wandte mich dem Mann zu, der auf Messer Orellis Platz saß, da ich annahm, er habe den gleichen Beruf. Aber offenbar trat ich auch hier in den Fettnapf, und Mona Orelli sagte, noch bevor der Mann auf meine höfliche Frage antworten konnte, noch um eine Spur gereizter, er sei *feneratoro* in Mailand. Und damit Ihr Euer armes Hirn nicht noch weiter anstrengen müßt: Das ist die vornehme Bezeichnung für einen Pfandleiher. Ich hoffe, daß damit alle Fragen beantwortet sind – im übrigen sind die beiden Herren meine Söhne, die ich nach langen Jahren endlich wieder einmal sehe.
Der Rest des Essens verlief schweigsam. Daniele tippte sich an die Stirn, als wir das Speisezimmer verlassen hatten und wieder in unserem Atelier waren. *Mamma mia,* du merkst auch wirklich nichts! Nicht einmal, wenn man dich unter dem Tisch mit dem Fuß tritt.
Woher sollte ich wissen, was das bedeutet?
So was weiß man einfach.
Habt ihr anderen über diese Männer Bescheid gewußt?
Von Sadona. Mona Orelli hat ihre Kinder seinerzeit genauso zurückgelassen wie meine Mutter mich, als sie wieder heiratete, sagte Daniele zornig, genauso. Zieht einfach weg mit dem neuen Mann, läßt die Kinder zurück bei irgendwem, kümmert sich nie

mehr um sie und sieht sie vielleicht erst wieder, wenn sie selber wieder Kinder haben. Manche sieht sie auch nie mehr wieder, weil sie weiß Gott wohin gezogen sind. Und falls du noch mehr wissen willst, der Sklavenhändler war es, der Sadonas Gesicht einst verunstaltet hat. Da war er bereits in der Lehre bei einem *maestro,* falls es bei denen so etwas gibt.

Hat deswegen Sadona heute nicht bei Tisch bedient?

Ja, sie ist heute morgen ganz entsetzt zu uns heraufgekommen und hat uns alles erzählt, sagte Lazzaro. Dann wollte sie, daß einer von uns sie mit einem Messer am Finger verletzt, damit sie nicht auftragen kann, und als keiner bereit war, dies zu tun, hat sie ganz einfach mit aller Selbstverständlichkeit die Hand auf den Ofen gelegt. Und jetzt kann sie vermutlich eine ganze Woche nicht arbeiten.

Dann werden sie sie hinauswerfen, befürchtete Daniele.

Das wird Messer Orelli nicht zulassen, erwiderte Leonello.

Wer weiß, was da alles hinter verschlossenen Türen läuft, sagte Daniele.

Und weshalb waren diese Männer überhaupt hier? Hatte es irgendeinen Sinn? wollte ich wissen.

Vermutlich will sie zwei weitere Eisen im Feuer haben, wenn die Hochzeit mit Noldani ins Wasser fällt, sagte Rocco.

Und spätestens hier war mir klar, was Matteo gemeint hatte.

Abends, als ich bereits im Bett lag, mußte ich daran denken, was Sadona gesagt hatte: Immer wenn ich in den letzten Tagen an Brigidas Tür vorbeigegangen war, hatte ich irgendwelche Gebetsfetzen gehört. Einmal war ich stehengeblieben, weil ich genauer wissen wollte, was sie da aufsagen mußte und womit sie gequält wurde: Es waren drei Vaterunser, drei Ave Maria und drei Anrufungen der Dreifaltigkeit – das Ganze dreimal hintereinander. Ich konnte mir nicht vorstellen, daß Brigida bei dieser Überfütterung von religiösen Texten überhaupt noch irgend etwas empfand, aber darum ging es Brigidas Mutter sicher nicht. Sie war eine getreue Schülerin Savonarolas gewesen, und sie war es auch heute noch, auch wenn der Mönch längst tot war. Und bis zu ihrem Lebensende würde niemand sie davon abbringen, daß dieser Mann bis in alle Ewigkeit recht haben würde. Also zwang sie Brigida, die Gebete herunterzuleiern, die sie mit einer Nachlässigkeit abspulte, als memoriere sie die Zutaten für einen Kuchen. Und alles mit einer Geschwindigkeit, als wolle sie einen Preis im Schnellreden gewinnen oder die Sache so rasch wie möglich hinter sich bringen.

Und ich wälzte mich in meinem Bett herum und dachte mir tausend Möglichkeiten aus, wie wir Brigida helfen könnten. Aber von diesen tausend Möglichkeiten taugte beim hellen Licht des Tages keine einzige.

Und Barnabas' Wiese war so fern wie der fernste Stern.

Es war an einem Sonntag gewesen, er lag viele Jahre zurück, und es war weit und breit noch kein Wort von einer Hochzeit gefallen. Zumindest von keiner, die die Familie Orelli betroffen hätte. Wir waren an jenem Tag an den Arno gegangen, Brigida und ich allein, da alle übrigen andere Pläne hatten: Lazzaro war beim *palio,* Rocco wollte eine Kapelle besichtigen, von der wir uns erhofften, daß wir sie eines Tages ausmalen durften, Daniele und Leonello verbrachten den Tag in der Badstube.

Ich hatte meinen Skizzenblock und einen Malkasten eingepackt, dazu wie üblich die alten Kontobücher Messer Orellis, um Papier zu sparen. Brigida hatte einen Korb mit Eßwaren dabei und eine kleine Wachstafel für Skizzen.

Male den Tag! sagte sie plötzlich, kaum daß wir uns auf der Wiese niedergelassen hatten. Male den Tag! Diesen Tag! Diese Stunde!

Ich hatte nicht nachgefragt, als sei dies der selbstverständlichste

Wunsch dieser Welt, den eine Frau äußern konnte. Ich hatte zu malen begonnen, ohne recht nachzudenken. Ich malte eine Wiese, saftiges Gras, pralle, bunte Sommerblumen, Schmetterlinge, die über die Wiese schaukelten, eine Biene, halb versunken in irgendeinem Blütenkelch. Am Rande der Wiese eine Katze, die träge in die Sonne blinzelte.
Und dann malte ich ein Kind.
Ein Kind, das mit schlenkernden Armen lachend zwischen diesen Blumen und Schmetterlingen hindurchlief. Hüpfte.
Wessen Kind ist das?
Ich betrachtete das Kind, kniff die Augen zusammen.
Unseres, sagte ich dann und pinselte weiter.
Sie schaute mir lächelnd zu. Noch war nicht zu erkennen, ob es sich um einen Jungen handelte oder ein Mädchen.
Es wird ein Junge? fragte sie nach einer Weile begierig.
Es wird, was immer du willst, gab ich zurück und malte dem Knaben Haare, die in langen Locken auf seinen Rücken hinabhingen.
Du hast ihm blonde Haare gemalt, sagte sie.
Na und? Du hast doch auch blonde.
Aber ich will, daß er deine Haare bekommt, pechrabenschwarze! befahl sie.
Die passen nicht zu seinem Gesicht, gab ich zur Antwort. Schau, er hat ein sanftes Kindergesicht!
Gut, soll er blonde Haare haben! sagte sie übermütig. Wie nennen wir ihn?
Schlag du einen Namen vor! sagte ich und bevölkerte den Hintergrund des Bildes mit kleinen Schäfchen.
Taddeo, sagte sie und rief laut den Namen. Und dann ein zweitesmal: Taddeo, komm zu mir her!
Sie streckte die Hände nach dem Jungen aus, als müsse er jeden Augenblick aus dem Bild heraustreten und sich in ihre Arme werfen.

Ich legte den Pinsel zur Seite und schaute Brigida an. Ist es dir recht, wenn wir ihn mit dem zweiten Namen Barnabas nennen? fragte ich dann ernst.
Barnabas, sagte sie grübelnd, weshalb Barnabas?
Ich klappte meinen Skizzenblock zu und vertrödelte Zeit mit dem Schließen des Malkastens, der klemmte. Dann schaute ich sie an. Ich möchte ihn nach meinem Vater nennen, sagte ich leise.
Sie verschränkte die Hände im Schoß, schaute mich hilflos an. Und schwieg.
Ich habe ihn immer so genannt, erklärte ich. Wenn ich ihn mir vorstellte, dann nannte ich ihn Barnabas, Sohn des Trostes auf aramäisch.
Sie strich mir über die Hand, legte ihr Gesicht dann sehr sanft an das meine. Gut, nennen wir ihn Barnabas – mit dem ersten Namen.

In der Nacht dann wieder meine übliche Schlaflosigkeit. Barnabas. Schon bereute ich, unserem Kind keinen anderen Namen gegeben zu haben, einen gefälligeren wie zum Beispiel Samuel, Jakob oder Benjamin. Barnabas würde vielleicht andere Kinder zum Lachen bringen oder den Abakusmeister zum Spott anregen: So, so, einen derart großen Namen trägst du. Mußt du dir dann nicht ein bißchen mehr Mühe geben, mit dem Rechnen vor allem?
Wir waren Kinder, manchmal sagte ich mir heute diesen Satz zehnmal hintereinander, Kinder, als dies geschah. Ich wußte nicht einmal mehr, wie alt wir waren, als wir auf jener Wiese saßen. Und selbstverständlich hatte ich kein Recht, daraus abzuleiten, daß heute noch etwas galt, was damals selbstverständlich schien. Aber ich will trotzdem, daß es gilt. Ich will diesen Barnabas oder Samuel oder Jakob. Und ich bin bereit, heute wie damals, alles zu tun, daß es eines Tages so sein wird.

Damals war alles noch offen, damals verbrachte ich meine Tage und Nächte noch im Ospedale, damals fütterte ich meine Raupen. Und tötete sie, wenn es an der Zeit war.
Damals lag mein Leben in aller Ungewißheit vor mir, und Brigida fragte mich eines Tages mehr als ängstlich: Was wirst du tun, wenn du mit achtzehn das Haus verlassen mußt?
Ich schüttelte den Kopf. Ich weiß es nicht.
Aber sie werden euch doch weiterhelfen, sie werden dich nicht auf die Straße setzen. Du wirst wo bleiben müssen, essen müssen, schlafen müssen. Wo soll das stattfinden?
Ich schüttelte wieder den Kopf. Vielleicht kann ich zu meinem Meister ziehen, sagte ich, wenig überzeugt, da ich soeben den Beruf des Färbers hingeworfen hatte – es war bereits mein zweiter – und nun in eine Malerlehre ging.
Willst du das?
Ich werde froh sein, wenn er es mir anbietet. Es wird viele Jahre dauern, bis ich mit meiner Ausbildung fertig bin; es können dreizehn werden.
Dreizehn Jahre! sie schüttelte entsetzt den Kopf. Müssen wir so lange warten, bis wir Barnabas haben dürfen? Wieso dauert es so lange?
Ich muß lernen, Leim zu kochen, Farben anzureiben, Gips zu mahlen, mit Gips zu grundieren, muß lernen zu körnen, zu schaben, zu vergolden und mit Beizen zu ornamentieren. Ich muß wissen, wie man Goldgewänder macht, muß mit Goldpapier arbeiten können, mit Glas, mit Eisen, mit Holz, mit Seide, auf Pergament, auf Papier, auf Leinwand. Man braucht fünf bis sieben Jahre als *garzone,* zwei bis drei Jahre arbeitest du dann als Geselle, als *lavorante,* und dann erst darfst du ein Meisterstück anfertigen und dich irgendwann *maestro* nennen.
Ich habe nicht gewußt, daß dies so lange dauert, sagte sie mutlos. War das bei allen so?

Leonardo da Vinci war vierzehn, als er bei Verrocchio begann, Michelangelo kam mit dreizehn zu Ghirlandaio, und Tizian war sogar erst neun, als er zu Zuccato nach Venedig kam.
Und was ist dann das Höchste für dich? Ich meine, wenn du mit allem fertig bist?
Daß ich eines Tages *pinxit* auf mein Bild schreiben darf. Und meinen Namen. Meinen Namen ganz allein.

Das Haus in der Via nuova degli Spardai

Ich traf Brigidas Bräutigam erst Wochen später, an einem Tag, der kaum dazu angetan war, sich Gedanken um eine Hochzeit zu machen, die nicht die meine sein würde.
Es war der Tag, an dem mich Lazzaro der Lächerlichkeit preisgab. Der Tag, an dem er vor den anderen verkündete, daß er mich noch am selben Abend in die Kunst des *far coppia* einweihen wolle.
Später hätte ich nicht mehr sagen können, was diese mehr als groteske Situation eigentlich heraufbeschworen hatte, woran sie sich entzündete. Und noch weniger erinnerte ich mich, weshalb ich plötzlich bereit war, in dieses Haus in der Via nuova degli Spardai mitzugehen. Ich hätte ablehnen können, wie ich das bis dahin immer getan hatte. Aber an diesem Abend tat ich es nicht.
Es war ein lauer Frühsommerabend, und es gab kaum junge Leute, die diesen Abend allein verbrachten. Wer vor dem Haus saß, auf einem Stuhl oder am Boden, ließ den Becher kreisen, hatte die Laute auf den Knien, lachte, bot den Wein auch denjenigen an, die nicht dazugehörten und auf dem Weg irgendwohin für ein paar Augenblicke hier hängenblieben.
Es war das Wetter, sagte Daniele später, als er mich mehr als verstört und maßlos betrunken spät in der Nacht auf dem Nachhauseweg antraf, und er versuchte, mich vor mir selber zu entschuldigen, indem er mir die Wirtshäuser aufzählte, in denen ich angeblich überall gewesen war; vor allem stundenlang im »Lamm Gottes«.
Ich habe Pinien gemalt, sagte ich, kaum der Sprache mächtig. Nichts als Pinien. Pinienscheiben, Pinienpyramiden, Pinienkinder – auf Kontoblätter. Ich hatte die Farbe gekauft und …
Grüne Farbe hast du gekauft – Daniele nickte – und der *speziale* behauptete, du habest ihm mehr als eine halbe Stunde seiner kost-

baren Zeit gestohlen, um mit ihm über die unterschiedlichsten Grüntöne zu diskutieren, während er sich langweilte.
Und Lazzaro hat gesagt ... Ich mußte lachen, konnte mich nicht mehr beruhigen. Lazzaro hat gesagt, der Händler habe gesagt, es sei ein Verrückter dagewesen und habe alle Grüntöne aufgekauft, so daß er nun ohne jedes Grün war. Eine ganze Woche lang ohne Grün.
Daniele bemühte sich, mir die Schuhe auszuziehen, aber ich war verkehrt herum hineingeschlüpft, und sie ließen sich nicht lokkern.
So war es, sagte er geduldig ohne großen Erfolg, die Riemen zu lösen.
Und dann habe ich Pinien gemalt, sagte ich befriedigt, und jetzt werde ich ...
Jetzt wirst du keine weiteren Pinien mehr malen, die Pinien hast du vorher gemalt, sagte Daniele energisch und preßte mir einen feuchten Lappen auf meine Stirn.
Vorher! schrie ich zornig.
Ja, ja, natürlich vorher, das wissen wir ja bereits. Nachher warst du im Wirtshaus. In den Wirtshäusern.
Ich weiß nicht mehr, wie lange unsere Debatte über vorher und nachher, über die Pinien und die Wirtshäuser dauerte, auf jeden Fall taten wir so, als habe es die Zeit dazwischen nie gegeben.
Es war ein normaler Arbeitstag, sagte ich mühsam. Die *Campana grossa* läutete vom Campanile der Kirche Santa Reparata, die *Campana del clero* rief die Geistlichen von allen Stadtkirchen zusammen, und die *Ferrantina* hörte ich ebenfalls. Dann war die Messe und danach ging ich mit euch allen zusammen hierher zurück in unser Haus am Arno. War es nicht so?
Es war so, versuchte Daniele mich zu besänftigen. Aber eigentlich war Sonntag.
Nun ja, dann war eben Sonntag. Und ich wollte ursprünglich Te-

traeder malen. Weil ihr alle weggehen wolltet, sagte ich vorwurfsvoll: Ihr laßt mich zurück. Und mit weinerlicher Stimme fügte ich hinzu: Wie damals in der *pila*. Es ist immer wie in der *pila*, sagte ich jetzt tonlos. Ich werde sie nie los. Wirst du sie auch nie los?
Daniele stöhnte. Ich war nie in der *pila*, du erinnerst dich doch?
Ich dachte einige Zeit angestrengt über die *pila* nach, dann fand ich den Faden wieder. Ich wollte Tetraeder malen, aber dann fielen mir die Pinien ein. Zeig sie mir! bat ich Daniele. Ich möchte sie sehen. Ich wollte sie in eine Kreuzigungsszene einbauen, wo sie gut hingepaßt hätten.
Daniele verschwand aufatmend aus meiner Kammer und suchte im Atelier nach irgendwelchen Kontoblättern mit Pinienskizzen. Ich hörte ihn fluchen, aber bis er sie gefunden hatte, mußte ich eingeschlafen sein.
Und die Zeitspanne zwischen dem Pinienmalen und dem »Lamm Gottes«, in dem ich Hunderte Becher Wein getrunken haben mußte, stieg vor mir auf, obwohl ich nie wieder in meinem Leben an diese Vorgänge erinnert werden wollte.

An den Anfang erinnerte ich mich erst einen Tag später, als mein Kopf wieder klar und mein Schamgefühl in etwa überwunden war.
Findet ihr das eigentlich gut, daß wir ihm diesen Freundesdienst noch immer nicht erwiesen haben? hatte Lazzaro gefragt und sich vor dem Spiegel nach links und rechts geneigt, um auch die letzten Bartstoppeln zu beseitigen.
Laßt ihn in Frieden! sagte Rocco und setzte seinen *mazzocchio* auf. Es ist seine Sache.
Eines Tages werden sich die Frauen vor dem Dom vor Lachen schütteln, wenn sie erfahren, daß er nicht einmal weiß, was es ist, geschweige denn, wie man es macht.
Er weiß, was es ist, sagte Rocco und wandte sich zum Gehen. Und er weiß wohl auch, wie man es macht.

Was man nie gemacht hat, kennt man nicht, beharrte Lazzaro und nahm einige Skizzenblätter vom Boden. Schaut euch doch an, was euer Malbruder an einem hellen Sonntag macht, an dem andere das Leben in vollen Zügen genießen. Er kann sich als Pinienwaldmaler anbieten.
Leonello warf einen Blick auf meine Bilder, Daniele schob sie zur Seite. Es ist seine Sache. Und außerdem sind die Pinien gut.
Daraus besteht aber nicht das ganze Leben, sagte Lazzaro grob. Er schneidet einen Teil aus diesem Leben heraus und behauptet, es gibt diesen Teil nicht. Weil er Angst hat, sich diesem Lebensteil zu stellen. Und weshalb hat er diese Angst, noch immer? Ich brauche euch das nicht zu sagen. Dir im besonderen nicht, sagte Lazzaro erregt und deutete auf Daniele. Das, was du da noch immer in deiner Kiste aufbewahrst, gehört längst auf den Müll. Es stinkt bereits.
Falls du je so etwas tust, werde ich dir die Kehle durchschneiden, sagte Daniele in aller Ruhe, worauf Rocco, bereits unter der Tür, sich abrupt umdrehte.
Hört auf, sagte er. Ich hoffe, ich kann euch alleinlassen und heute abend trotzdem noch lebend vorfinden.
Das, was nach seinem Weggang geschah, verwischte sich dann ziemlich bald in meinem Gedächtnis zu einem gigantischen Chaos. Ich hatte Wein getrunken, den mir Lazzaro eingeschenkt hatte, viel Wein schon am Morgen. Ich hatte ihn rasch getrunken, entgegen aller Vernunft. Und ich hatte ihn auf nüchternen Magen getrunken, ebenfalls wider alle Vernunft. Ich wollte nichts mehr von mir wissen.
Bring es endlich hinter dich! hatte Lazzaro gedrängt und mich mit einem Blick bedacht, wie er zwischen Männern üblich ist. Mein Vater hatte einst einen Gallenstein, von dem er genau wußte, daß er ihn herausschneiden lassen sollte. Aber er hat so lange damit gewartet, bis es eines Tages zu spät war.

Leonello schaute zur Tür herein und winkte uns fröhlich zu. Bis später dann! Ich bin im »Goldenen Anker«.
Lazzaro nickte ihm zu und schickte auch Daniele weg. Geh! Du stehst seiner Entscheidung nur im Wege.
Du mußt sie dir ebenfalls herausschneiden wie einen Stein. Du bekommst sie nicht, drängte er dann. Und wenn du auch tausend Nächte tausend Träume von ihr hast, sie wird nie mit dir vor dem Priester stehen. Du wirst sie nicht bekommen.
Ich wußte – oder glaubte zu wissen –, daß er recht hatte, aber ich war störrisch. Störrisch zu sein ist meine einzige Kraft, um gegen diese Art von Verlust anzugehen. Ob und wann ich bei einer Frau liege, wollte ich bestimmen, dies gehörte zu meinen immerwährenden Schwüren, die mir heilig waren. Und wann ich es zum erstenmal tun sollte, wollte ich ebenfalls für mich entscheiden. Es sollte keinesfalls ein Zufallsergebnis sein: Der Mond schien hell, die Zikaden sägten, eine Sternschnuppe fiel, der Jasmin duftete, und schon war ich in einer drin, die ich überhaupt nicht kannte, deren Gesicht ich mir zuvor nie hatte einprägen können. Ich wollte es zelebrieren, von der ersten Sekunde an. Eine Stunde, die mir gehörte, die ich ihr schenken wollte. Ganz. Mich sollte sie ebenfalls ganz bekommen, mit Haut und Haaren. Und es gelüstete mich keinesfalls danach, eine Liste an der Wand zu führen, auf der die Frauen, die von mir bestiegen worden waren, fein säuberlich mit ihren Kosenamen aufgezählt sind, wie dies Lazzaro abartigerweise zu tun pflegte.
Vielleicht wäre noch immer alles anders verlaufen, wenn nicht plötzlich sowohl Rocco als auch Leonello und Daniele nochmals zurückgekehrt wären. Eigenartigerweise hatte jeder etwas vergessen, und sie wühlten lautstark in ihren Truhen.
Konntet ihr das nicht vorher machen! sagte Lazzaro grob. Ausgerechnet jetzt, nachdem wir es gerade hinter uns hatten.
Ich ließ sie in ihren Truhen wühlen, ließ Rede und Antwort an

mir vorüberrauschen, als säße ich auf einer sehr weichen Wolke, die unter mir davonschwebte, mit der ich aber nicht im geringsten etwas zu tun hatte.
Ich hörte Zahlen, die vermutlich die Anzahl der gekauften Frauen waren. Ich hörte Lazzaro lautstark wiederholen, daß ich endlich wissen müsse, wie es sei. Das gleiche gelte für Daniele, damit diese endlosen Berichte von seinen Ziegen und Schafen endlich ein Ende hätten.
Wie man's macht, wußte ich schon mit fünf, sagte ich plötzlich und fiel fast von meiner Wolke. Glaubt ihr im Ernst, daß man durch dieses Ospedale geht, ohne zu wissen, wie so etwas funktioniert?
Daniele runzelte die Stirn. Davon hast du nie erzählt.
Weshalb sollte ich, murmelte ich. Damals kannte ich dich nicht.
Aber später, hier im Haus des Messer Orelli, als wir alle unsere Abenteuer offenlegten, hast du auch nie davon erzählt, sagte Rocco vorwurfsvoll.
Abenteuer offenlegen? Ich lachte auf. Wer hat hier Abenteuer erzählt? Lazzaro hat mit seinen Frauen geprahlt, und du hast meist geschwiegen, weil du nicht darüber sprichst, obwohl du die Erfahrung hattest, während Daniele ein Milchgesicht war.
Heute bin ich keines mehr, sagte Daniele mit zusammengepreßten Lippen. Aber ich halte es wie Rocco.
Ach ja, sagte Lazzaro, also, wie viele?
Was wie viele?
Nun, was wohl? Frauen.
Das geht dich nichts an, wehrte Daniele ab, das ist meine Sache.
Gut, gut, es ist deine Sache, spottete Lazzaro. Trotzdem würde mich interessieren, wie herum du es treibst, von hinten oder von vorne?
Auf hintenherum steht die Todesstrafe, sagte Rocco.
Aber nur in Venedig, widersprach Lazzaro. Und trotzdem ma-

chen sie es dort massenweise, weil sie die Frauen dann nicht schwängern.
Ich ließ meine Palette fallen, so daß die Farbe bis zu Lazzaros Platz hinüberspritzte.
Natürlich Grün, das es ohnehin nicht mehr gibt, sagte Rocco kopfschüttelnd. Auf meinen Wald kann ich verzichten.
Also, heute abend! sagte Lazzaro abschließend. Wir gehen in die Via nuova degli Spardai, da gibt es die hübschesten Frauen in ganz Florenz. Du kannst dir aussuchen, welche du willst, vielleicht eine Tscherkessin, weil die besonders beliebt sind. Ich weiß nicht, ob heute welche mit kurzen Haaren und in Männerkleidern anwesend sind, sie sind immer am schnellsten weg, und man muß ständig warten, bis sie wieder frei sind. Angst brauchst du übrigens nicht zu haben, sie werden jeden Samstag vom Wundarzt untersucht.
Wir verließen das Haus miteinander. Ich hatte den Eindruck, von einem vierköpfigen Erschießungskommando zum Richtplatz geführt zu werden.

Das Haus stand in einem Viertel, das von der Stadt diesem Gewerbe exakt zugewiesen war. Bereits im vergangenen Jahrhundert hatte man die Dirnen aus der Innenstadt verdrängt. Auf eine Entfernung von tausend *braccia* vom ältesten Teil des römischen Florenz waren sie verbannt, und in der Nähe von Nonnenklöstern war ihre Anwesenheit, besonders die der Tribaden, generell verboten.
Das von Lazzaro bevorzugte Haus kannte ich. Zu meiner Zeit als *innocenti* war ich jeden Morgen an ihm vorbeigekommen, da es genau auf dem Weg zu der Werkstatt lag, in der ich damals Färberlehrling war. Das Haus hatte ein überhängendes Obergeschoß, und an manchen Fenstern hingen Käfige mit Kanarienvögeln, das untrügliche Zeichen für das Gewerbe, das in solchen

Häusern ausgeübt wurde. Ab und zu hatte ich Frauen in Männerkleidern und mit kurzen Haaren vor dem Eingang gesehen, Mädchen, die mir gefielen, aber damals hatten mich tausend Gründe davon abgehalten, auch nur einen einzigen Schritt ins Innere zu tun.

Als ich jetzt mit Lazzaro vor der Tür stand, bereute ich bereits zutiefst, mitgegangen zu sein. Schließlich hätte ich genausogut allein hergehen oder Rocco fragen können, in welches dieser Häuser er ging. Ob er überhaupt in die Häuser ging, oder ob er sich seine Frauen in einer der zahlreichen Tavernen suchte, die für diese Art von Gewerbe bekannt waren? Seltsamerweise war dieses Thema zwischen uns bisher mit keinem Wort erwähnt worden, und er hatte mich nie gefragt, weshalb ich mich scheute, auf diese Art und Weise Liebe zu machen. Vielleicht weil er die Narbe auf meiner Brust kannte. Er war ja seinerzeit dabei, als im Haus unserer Amme der Kübel mit kochender Waschbrühe auf mich hinunterkippte, und er hatte mich gepflegt, als ich wochenlang krank im Bett lag.

Es kommt auf deinen Bolzen an, würde Lazzaro vermutlich sagen und dazu belustigt grinsen, den wollen sie sehen, nicht deine Narben auf der Brust. Er ließ den Türklopfer gegen das Holz fallen, lachte mich aufmunternd an, und ich konnte mir vorstellen, daß er sich vorkam wie ein Vater, der seinen Sohn zum erstenmal in ein solches Etablissement führt – der Ritterschlag der Liebe gewissermaßen, den er ihm unter seiner Obhut verleihen ließ.

Der Raum, den wir betraten, war voll mit Lachen und mit Musik. Die Mädchen liefen kaum bekleidet hin und her, tranken Wein, begrüßten und umarmten uns. Ich spürte den Geruch eines aufdringlichen Puders in meiner Nase und wandte angewidert den Kopf, was die übrigen zu Lachsalven animierte. Eine Jungfrau! dachten sie, und ich sah es ihren Gesichtern an. Ein Mann, der

Mühe hat, seine Virginität zu verlieren! Sie gebärdeten sich so, als wäre mir dieser Zustand in roten Buchstaben auf die Stirn geschrieben.
Da ich keinerlei Ahnung hatte, wie die Sache ablaufen sollte, blieb ich dicht an der Seite von Lazzaro, und ich hätte mich am liebsten an ihm festgehalten wie ein Kind an den Rockschößen der Mutter.
Irgendwann fand ich mich allein wieder – Lazzaro war bereits mit einem blonden hübschen Mädchen, von dem ich glaubte, es bereits einmal als Modell bei uns gesehen zu haben, eine breite Treppe hinaufgestiegen. Ich hatte das Gefühl, auf einem Schiff ohne Kompaß zu sein. Ich trank Wein, dessen Süße mir bereits nach einem Glas in den Kopf stieg, aber der war ohnehin nicht mehr klar. Ich fühlte den abschätzenden Blick einer Matrone auf mir, die mir freundlich zulächelte, mich aber mir selbst überließ, was bedeutete, daß mich die Mädchen mit Koseworten zu fesseln und mir mit allerlei Gebärden die in Aussicht stehenden Lüste vorzugaukeln versuchten.
Als sich die Haustür wieder öffnete und neue Kunden eintraten, hatte die Matrone offenbar den Eindruck, daß ich genug getrödelt hatte. Sie rief eines der Mädchen herbei und führte es mir vor. Ich könne alles von ihr verlangen, sagte sie dann freundlich und streckte mir die offene Hand entgegen. Ich hielt das für eine freundliche Geste und drückte ihr die Hand. Das Gelächter der Umstehenden machte mir klar, daß diese Geste den Obolus einforderte, und ich zerrte mein Geld so hastig aus meinem Beutel, daß die Hälfte der Münzen auf den Boden rollte.
Inzwischen spürte ich, wie mir der Schweiß den Rücken hinablief und dunkle Spuren auf meinem Wams hinterließ. Ich blickte zu Boden wie einst bei den *innocenti*, wenn ich eine Messe geschwänzt hatte, und traute mich in keines der Gesichter, die mir vorgestellt wurden, länger als eine Sekunde zu blicken, Gesich-

ter, leer, ausgelaugt und fremd, daß mich keines reizte, es auch nur mit den Händen zu berühren, geschweige denn zu streicheln.
Gesichter streichelt man nicht, hatte Lazzaro gesagt, das gehört nicht dazu. Du brauchst überhaupt nichts zu tun. Laß die Frauen nur alles machen, die kennen sich da aus!
Die Matrone führte mir inzwischen bereits das dritte Mädchen vor, ließ sie vor mir tänzeln wie ein Sklavenhändler seine Sklavinnen, für die er einen guten Preis haben wollte. Doch keines der Mädchen hatte kurze Haare und trug Männerkleidung, und ich griff bei dem fünften nahezu in Panik zu, als sei es die letzte Kandidatin, die ich haben könne. Es war die bei weitem Häßlichste, obendrein hustete sie, und ihr Gesicht war voller Narben. Es ist nichts, beruhigte mich die Bordellwirtin, sie hatte nur als Kind die Pocken. Ich nahm sie, nicht zuletzt, weil ich annahm, sie habe vielleicht besonderes Verständnis für mich und meine Blessuren, da sie selber entstellt war.
Aber genau das hatte sie nicht. Sie war weder bereit, die Kerze zu löschen, noch nahm sie sich die Mühe, mir zu zeigen, wie die Sache ablaufen sollte, so daß ich schließlich unsicher und hastig meinen Umhang und mein Wams ablegte und beides ordentlich zusammengelegt auf einem Stuhl anordnete, wie wir das als Kinder im Ospedale gelernt hatten, eine Handlung, die sie zu einem kaum unterdrückten Kichern veranlaßte. Sie schaute belustigt an mir hinunter und meinte dann, das Kamisol und die Beinkleider müßten ebenfalls fallen – eine Aufforderung, die mich beinahe in Todesangst stürzte. Sie beobachtete mich, wie ich mich in aller Unbeholfenheit zunächst des Kamisols entledigte und dann die zweifarbigen Beinkleider abstreifte, die mir Lazzaro geliehen hatte, weil ich nach seiner Meinung nur äußerst langweilige einfarbige besaß. Als ich schließlich frierend vor ihr stand, obwohl es im Raum warm war, schüttelte sie unwillig den Kopf und murmelte

etwas in einem Dialekt, den ich nicht einordnen konnte. Dann, nachdem sie kopfschüttelnd meine entstellte Brust begutachtet hatte, zwirbelte sie heftig an meiner Brustwarze und schaute dabei gelangweilt zum Fenster hinaus. Ich hielt den Atem an. Und spürte den Ekel aus allen ihren Poren. Ich weiß nicht mehr, wie lange ich starr vor ihr stand, ohne daß sich bei mir – weder oben noch unten – etwas regte. Dann gab sie mir mit verärgertem Gesicht ihre Brüste in die Hand, deren Warzen ich nun ebenfalls zu befingern hatte, zumindest nahm ich das an.
Aber es geschah auch hier nichts, auch sie blieben schlaff. Und wenn ich auch bis dahin keinerlei praktische Erfahrung hatte und all mein Wissen über diese Dinge aus zweiter Hand stammte, so hatte ich doch immerhin gehört, daß die Brustwarzen einer Frau sich nach der ersten Berührung steil aufrichteten.
Ich weiß nicht mehr, wie lange dieser Zustand der beiderseits unwilligen Brustwarzen dauerte, für mich schienen es Äonen zu sein. Schließlich drückte sie mit einer mehr als groben Bewegung meinen Kopf zwischen diese Brüste, die mir vertrocknet schienen wie die Sahara, und trieb mich mit einem harten Schlag auf den Hintern wie ein Hirte ein störrisches Schaf zu einem ungemachten Bett, das nach Schweiß und Samen stank, um mich dort niederzuwerfen.
Ich floh in wildem Entsetzen, mein Kleiderbündel unter dem einen Arm, Schuhe und Beinkleider unter dem anderen, zwischen den Zähnen meine Brille, für die es keinen anderen Platz mehr gab. Auf der untersten Treppenstufe hielt ich an, umringt von sprachlosen Frauen, denen das Lachen vergangen war, und zwängte mich mehr schlecht als recht in meine Kleider.
Dann rannte ich zur Haustür, riß sie mit einem gewaltigen Schwung auf und stieß dort mit einem Mann zusammen, der mich verblüfft anstarrte. Er schaute an mir hinunter und hinauf und brach dann in wildes Lachen aus.

Das vierte Mal, daß man mich auslachte, seit ich dieses Haus betreten hatte.
Nein, nein, das glaube ich einfach nicht, rief der Mann dann laut und hatte Mühe, sich zu beruhigen. Die graue Maus aus der Villa mit zweifarbigen Beinkleidern an diesem Ort!
Ich rannte die Eingangsstufen hinunter und wußte, daß ich bis zu diesem Augenblick nie jemanden so sehr gehaßt hatte wie Brigidas Bräutigam.

Il cassone

Ich glaube, ich habe ziemlich früh gelernt, mit Niederlagen fertig zu werden. Ich habe nie gehofft, daß Hilfe von außen kommt, wenn ich in irgendeinem der zahlreichen Sümpfe steckte, in die ich im Laufe meines Lebens gerutscht war. Ich habe mich stets selbst herausgezogen, Stück um Stück. Ich habe mir Brücken gebaut, die begehbar waren, Brücken, die um Untiefen herumführten, Brücken, die mich an festes Ufer brachten.

In der Nacht nach der Niederlage in der Via nuova degli Spardai versuchte ich es auf dem gleichen Weg: Ich rettete mich in die Wärme meiner Kindheit. Ich weiß, dieser Satz mag seltsam erscheinen nach alldem, was ich bisher erzählt habe. Aber ich sehe es trotz aller damaligen Widernisse so und nie anders. Ich suche die Wärmepartikel heraus, reihe sie aneinander und lande immer wieder, wenn auch mühsam, bei irgendwelchen Banalitäten des Lebens, die mir aber für den Augenblick etwas bedeuten: Sie geben mir Kraft, wenn ich über sie schreibe, wobei ich mich stets bemühe, das Pathos zu meiden. Ich versuche dann, dieses Atelier zu vergessen, in dem zu arbeiten ich mir immer gewünscht habe, so als sei der Umgang mit der Palette bereits das Paradies dieser Welt. Wobei ich bisweilen vergesse, dieses Paradies hier im Irdischen anzusiedeln, bei mir schwebt es stets irgendwo hoch oben in den Wolken, unerreichbar für die Niedrigkeiten des Lebens.

Ich versuche also, das Atelier zu vergessen. Ich versuche, meine Zweifel zu vergessen, ob diese Entscheidung, den Beruf zweimal zu wechseln, richtig gewesen war. Ich führe mir diese Entscheidung nochmals vor Augen: Die Chance, Seidenspinner zu werden, wie es alle erwartet hatten, verschenkte ich, weil ich es nicht über mich brachte, die Fäden aufzuzwirbeln, die die Raupen im guten Glauben – wobei ich weiß, daß dies im höchsten Maße lächerlich ist – für ihr zukünftiges Wohlergehen gesponnen hatten: Es war ihr Bett, das ich ihnen wegzwirbeln sollte. Dann machte ich in einer Begeisterung sondersgleichen die erste Begegnung mit Farbe. Mir war, als sei mein Leben bis zu diesem Zeitpunkt nur in einer schwarz-weißen Welt verlaufen. Nun das Wühlen in Farben, das Versinken in ihnen. Also begann ich den Beruf des Färbers, verspürte aber ziemlich bald meine Unzufriedenheit. Es genügte mir nicht, diese Farben in großen Bottichen anzurühren, es war mir bald zu wenig, und dann kam die Malerei. Die Begegnung mit ihr verdanke ich Rocco, mehr oder weniger. Alles Zufall, auch mehr oder weniger. Ich kenne niemanden mit einem exakten Lebensplan, den er von Anfang an verfolgt hätte, selbst wenn ich nicht leugnen will, daß es dies natürlich geben mag.

In dieser Nacht also, der Nacht meiner Niederlage, fliehe ich in die Geborgenheit meiner Kindheit, verkörpert von meiner Truhe, meinem *cassone.* Er ist Teil meines Lebens, ein kostbarer Behälter und eigentlich meiner völlig unwürdig: Es handelt sich um einen stuckierten *cassone,* der eine wunderschöne Bemalung zeigt, einen farbenprächtigen Triumphzug, der rings um die Truhe führt. Ihr Inneres ist mit Damast ausgeschlagen und hat einzelne Fächer für die unterschiedlichsten Dinge. Der *cassone* war ursprünglich eine Hochzeitstruhe. Aber als der Bräutigam die Braut – es war die Tochter eines Kastenmachers in der Via San Giovanni, für den ich gelegentlich arbeitete – sitzenließ, hatte sie keine Verwendung mehr für diese Truhe. Genaugenommen drohte ihr die Zerstörung, das Beil war bereits in der Hand der wild erzürnten Braut. Ich entriß es ihr und versprach, die Truhe für immer aus ihren Augen zu schaffen.

Daniele, dem ich davon erzählte, schlug ein Kreuz und sagte, es klebe Unheil an dieser Truhe. Aber da ich nur mäßig abergläubisch bin, störte mich ihre Geschichte nie.

Ich besaß nun also etwas, das nur mir gehörte, etwas, das ich mir nie hätte kaufen können, weil dafür meine wenigen gesparten Florin nie gereicht hätten. In diese Truhe legte ich meine Schätze, Dinge, die ich sammelte, die mir zufielen, Wertvolles und weniger Wertvolles. Einen kleinen silbernen Suppennapf etwa, dessen Emailboden einst das Lamm Gottes zierte. Da das Tier längst weder Kopf noch Schwanz besaß, wurde der Napf damals weggeworfen, doch das Silber putzte ich immer wieder. Einen halben blinden Spiegel, weil ich verrückterweise blinde Spiegel mehr liebte, als solche, in denen man sich sehen kann. Die blinden erregten die Phantasie, ich konnte mir tausend Geschichten vorstellen, die hinter der blinden Fläche verborgen waren. Spiegel, in denen man sich betrachtete, waren aus meiner Sicht ohnehin überflüssig, da es an mir nichts zu bewundern gab, was mich eitel machen hätte können. Dann ein Amulett, ein winziges Gorgonenhaupt aus Koralle gegen den bösen Blick, dem jedoch ein Auge fehlte, so daß ich bezweifelte, ob es noch wirksam war. Im Zwischenboden eines Hauses, das abgerissen wurde, entdeckte ich die Hälfte eines römischen Ziegelsteins, der seiner Markierung nach in die Zeit Caligula gehören muß. Ein paar ziemlich zerdrückte Seiten eines gedruckten Buches mit Miniaturen aus dem Orient. Ein altes Zunftzeichen der Bäcker mit der Florentiner Lilie neben dem Namenszug, das früher jedem Brot aufgedruckt werden mußte. Zeichnungen, für die ich im Augenblick keine Verwendung hatte. Und ein gigantisches Seidentuch, das aus Versehen in den falschen Farbbottich getaucht wurde und daher aufgrund seiner chaotischen Farbmischung, die ich jedoch äußerst reizvoll fand, nicht mehr zum Verkauf angeboten werden durfte.

Ich griff also nach meinem *cassone,* zog ihn unter dem Bett hervor und wischte den Staub von seinem Deckel. Manchmal gebärde ich mich schlimmer als eine Hausfrau und nehme den Pinsel, um das feine Stuckrelief gründlich zu säubern.

Ich wußte nie vorweg, was ich suchte, wenn ich die Truhe öffnete. Ich ging spielerisch und wahllos vor, wie ein Junge, der von den Wellen glatt geschliffene bunte Steine aus dem Meer sammelt.

Diesmal allerdings wußte ich genau, was ich finden wollte: Ich räumte den Korb mit den bunten Seidenresten zur Seite, legte die übrigen Kostbarkeiten, die alle einzeln in Tücher gewickelt waren, neben die Truhe und nahm dann meine Rötelzeichnungen von Jerusalem heraus, von denen ich eine Rocco schenken wollte, weil ich wußte, daß er sich freuen würde. Aber bevor ich noch eine Auswahl treffen konnte, stieß ich auf ein Bündel mit engbeschriebenen Blättern, an die ich mich kaum mehr erinnerte. Ich mußte bei der Niederschrift dreizehn oder vierzehn gewesen sein, und ich stellte mit Befremden fest, daß sich meine Handschrift seither kaum verändert hatte – sie war nach wie vor kaum besser denn eine Kinderschrift. Unausgeglichen und krakelig, spottete Lazzaro neulich einmal, als hättest du eine Kanne Bier in einem Zug ausgetrunken.

Die Blätter waren ordentlich zusammengeheftet, sauber waren sie nicht. Fast konnte man ihnen ansehen, wo sie beschrieben worden waren: in einer Halle, in der Seidenraupen gehalten wurden. Die Seiten waren grün von zerdrückten Maulbeerblättern, mit denen die Raupen gefüttert wurden.

Ich legte die Mappe mit meinen Rötelzeichnungen von Jerusalem beiseite, stieg in mein Bett und studierte diese Aufzeichnungen von einst. Mit großem Stolz hatte ich sie damals gemacht, stolz daß ich soviel wußte. Und wenn man so will, hatte ich auch alles aufgeschrieben, um im weiteren Sinne zu überleben.

Ich gehörte damals zu denjenigen, die für die Seidenraupen »gebraucht« wurden, für jene Tiere, denen wir letztendlich verdankten, daß wir es so gut hatten. Zumindest wurde uns dies des öfteren vorgehalten. Wenn wir im Ospedale irgendwie aufsässig oder unordentlich waren, machten uns unsere Erzieher sehr rasch dar-

auf aufmerksam, daß wir eine Erziehung erhielten, die nicht jeder in dieser Stadt bekam. In dieser reichen Stadt, die die schönste der Welt sein sollte, auch wenn dies noch andere Städte im Land, wie zum Beispiel Venedig, in Anspruch nahmen.
Die meisten von uns Jungen sind daher später in die Fußstapfen ihrer Gönner getreten und im Seidenhandel geblieben. Mich hatte man zu der Aufzucht der Raupen beordert, weil irgendwer der Meinung war, ich könne gut mit Tieren umgehen. Ein Gerücht, das lediglich auf der Tatsache beruhte, daß ich einmal eine mit Steinen beschwerte Katze aus dem Arno gerettet hatte, eine *gettatella* gewissermaßen, eine weggeworfene Katze, die ich dann heimlich mit einer Flasche großzog, weil sie mich an mein eigenes Schicksal erinnerte. Ich konnte mich damals schlecht weigern, ich wußte, daß wir dankbar zu sein hatten. Bis zu unserem achtzehnten Lebensjahr brauchten wir uns um nichts zu kümmern, bekamen zu essen, zu trinken, Kleider, eine Schlafstätte; es mangelte uns wirklich an nichts, wenn man einmal davon absieht, daß die, die für uns sorgten, nicht unsere Eltern waren. Dafür waren die in der Arte della seta vereinten Seidenhändler unserer Stadt von der Signoria aufgefordert, sich um die *gettatelli* zu kümmern, und sie stifteten für jeden Meter Seide, den sie verkauften, zwei Lire. Dafür hatten sie verständlicherweise auch ein Anrecht darauf, sich unser zu bedienen, was heißt, daß wir in den meisten Fällen nicht gefragt wurden, wie wir unser weiteres Leben gestalten wollten – wir wurden irgendwann einfach »übernommen«, eingegliedert in den Prozeß der Arbeit wie Gegenstände, die herumliegen und darauf warten, daß jemand sie gebraucht.
So wurde ich also ein Raupenkot-Wegmacher, wie einer meiner Bettnachbarn im Ospedale mich verspottete. Eine Einstellung, die er gut vertreten konnte, da er sich frühzeitig für den Seemannsberuf entschieden und das Glück hatte, daß man ihn auch sofort anheuerte.

Ich arbeitete also zunächst in einer Halle des Messer Orelli und sollte später ein Seidenwirker werden, was ganz gewiß ein ehrenhafter Beruf gewesen wäre. Ich freute mich sogar zunächst auf diese Laufbahn, bis mir dann klar wurde, daß dies niemals ein Beruf für mich sein konnte – aber das habe ich bereits erzählt.
Zu jener Zeit ging Rocco schon bei einem Maler in die Lehre, und ich sehnte mich danach, mit Farben zu tun zu haben. Aber vorerst faszinierte mich die Arbeit bei den Raupen, obwohl ich kaum hätte sagen können, weshalb. Erst nachdem ich im Bett diese Blätter wieder gelesen hatte, wurde mir klar, warum mir diese Tätigkeit damals so wichtig gewesen war. Sie hat mir wohl vor allem geholfen, mich mit dem Makel der Weggeworfenen auseinanderzusetzen, den ich damals auf alles und jedes übertrug.

23. März
Sie sind ausgeschlüpft, heute morgen.
Ich hatte das vermutet und mich frühzeitig in der Halle eingefunden. (So als handele es sich um die Geburt eines Kalbes oder eines Pferdes: Ich setze diesen Satz in Klammern, weil er Uneingeweihte gewiß seltsam anmuten muß.)
Ich war auch bereits in aller Frühe in der Maulbeerplantage gewesen, um frische Blätter zu schneiden, die nun für vier Wochen lang die Nahrung dieser Raupen sein würden. Ich habe die Blätter in Körben herbeigeschleppt, da an diesem Tag kein Tragtier zur Verfügung stand, dem ich die Last hätte aufbürden können. Ich habe die Blätter dann mit einem Hackgerät zerkleinert, in winzige Teilchen, da die Raupen mit ihren kleinen Kiefern noch nicht in der Lage sind, die Rippen der Blätter zu zerbeißen; sie wollen alles mehr oder weniger als Brei, so wie man den Säuglingen kein festes Essen vorsetzt.
Die Eier kann man übrigens auf dem Markt kaufen, sie werden

nach Unzen berechnet und brauchen eine ganz bestimmte Wärme, damit die Raupen ausschlüpfen. In manchen Gegenden der Toskana, erzählt man mir, herrscht noch immer der Brauch, daß man die Eier in Säckchen einnäht und den Frauen zum Ausbrüten zwischen die Brüste legt.
Die soeben geschlüpften Winzlinge wiegen fast gar nichts, und es ist kaum vorstellbar, daß sie sich innerhalb von vier Wochen zu gefräßigen, fetten Raupen entwickeln, die man kaum satt bekommen kann und deren Gewicht sich achttausendfach vermehrt.
Jetzt sehen sie noch hilflos aus, krabbeln verloren zwischen dem Blattmus herum, das auf festem Papier in langen Gestellen, die bis zur Decke des Raumes emporreichen, ausgebreitet ist. Ihre Farbe ist nahezu schwarz, und ihre Körper sind stark behaart.
Ich ertappe mich dabei, daß ich eine starke Zuneigung zu diesen nicht eben schönen Lebewesen entwickle, ich will ihnen Vater und Mutter zugleich sein.

28. März

Heute, nach fünf Tagen, die erste Häutung: Die Raupen hängen gekrümmt an einem dünnen Faden einen Tag lang mit dem Kopf nach unten an einem Reisigästchen und häuten sich. Als ich sie zum erstenmal so hängen sah, bekam ich einen gelinden Schreck, da ich annahm, sie seien tot. Am nächsten Tag jedoch fraßen sie dann mit einer Gier sondersgleichen. Ich gehe wieder hinaus in die Plantage und hole ihr Futter, frisch wollen sie es und nach wie vor klein gehackt.
Noch ist die dunkle Farbe der Raupen nicht ganz verschwunden, noch haben sie die ursprüngliche Behaarung. Aber inzwischen kann man schon deutlich ihre Punktaugen sehen, und wenn sie sich mit ihren Bauchfüßen und Brustbeinen kriechend fortbewegen, atmen sie sichtbar die Luft aus und ein. Daß sie ein Herz

haben, das sich durch den ganzen Körper hindurchzieht, hat mich sehr beeindruckt. Dies erfuhr ich von einem der unseren, der einmal ein *chirurgio* für Tiere werden möchte.

2. April

Heute die zweite Häutung: wieder ein Tag Schlaf und dann wieder das große Fressen. Wir, die mit dem Füttern der Raupen beschäftigt sind – es sind weitgehend Frauen –, haben mehr als zu tun, die gewaltigen Mengen an Futter herbeizuschleppen. Und ohne das Maultier, das uns bei unserer Arbeit hilft, wäre es kaum zu leisten.

Die Raupen sind nun einen halben Daumen groß, die Menge des Kots, den sie unter sich lassen, wächst. Ich ziehe die Papierunterlage unter den Tieren heraus, um den Kot zu beseitigen, die Raupen fallen dabei auf die darunterliegende Unterlage, die bereits mit frischem Futter versehen ist.

7. April

Inzwischen haben sich die Raupen zum drittenmal gehäutet.

Man sieht ihre Kiefer wachsen und ihre Punktaugen werden immer größer. Das Horn, das sie auf dem zweitletzten Ring ihres Körpers tragen, ragt schon einen halben Daumennagel hoch. Wozu es dient, weiß ich nicht. Auch meine Amme, der ich als kleines Kind bei dieser Arbeit helfen mußte, wußte es nicht.

12. April

Die letzte Häutung vor der Verpuppung, die vierte. In den nächsten Tagen werden die Raupen genau doppelt soviel fressen als bisher insgesamt.

Sie sind jetzt Lebewesen, die Aufmerksamkeit erzwingen, und kein undeutliches Gewimmel mehr, das zu Beginn zwischen den zerkleinerten Blättern kaum auszumachen war. Sie sind inzwischen sozusagen Individuen mit winzigen, für den Außenstehenden kaum merkbaren Unterschieden.
Vermutlich war es genau dieses Stadium der Raupen, das mich auf eine Idee brachte, die mir im Ospedale einmal mehr den Vorwurf der Verrücktheit eintragen wird.
Ich hatte in dem Schuppen hinter der Halle auf einem Gerümpelhaufen einen kleinen, zerbrochenen Holzkäfig gefunden, in dem wohl einmal irgendein Tier gefangengehalten worden war. Ich nahm den Käfig mit und reparierte ihn.
Heute nahm ich einige Raupen, die mir besonders klein erschienen – vielleicht weil sie nicht rasch genug an das Futter herankamen, da ihre Kiefer beschädigt waren oder sie sonst irgendeinen Makel trugen –, und setzte sie in den Käfig. Bald entdeckte ich eine, deren Horn mir verstümmelt schien, eine andere hatte eine schmutzige Färbung, die sie von den übrigen inzwischen weißen Raupen unterschied, und eine dritte wartete mit teilweise zusammengewachsenen Punktaugen auf, so daß ich annahm, sie könne nicht gut sehen. (Wobei ich natürlich wußte, daß sie alle nicht gut sehen konnten, und ganz gewiß nicht erwartete, daß auch nur eine von ihnen so etwas wie einen Ambrogio Innocente erkennen würde.)
Und dann trieb ich meine Verrücktheit noch eine Stufe höher: Ich gab meinen Käfigraupen Namen. Von jetzt an waren sie nicht mehr namenlos wie die *gettatelli,* von jetzt an hießen sie Kurzhorn, Schmutzgesicht, Falschauge. Und selbstverständlich habe ich mit dieser seltsamen Arche Noah, die ich mir da in meinem Käfig zusammengeholt habe, etwas ganz Bestimmtes vor.

17. April

Die Raupen haben das letzte Stadium erreicht. Ihre Größe gleicht inzwischen der Länge eines mittleren Fingers.
Es ist an der Zeit, die Reisigbündel vorzubereiten, an denen sie ihren Kokon an einem dünnen Faden festmachen können.
Und dann tanzen sie.
Ein Vorgang, der mich jedesmal von neuem fasziniert. Die Raupen bewegen sich mit ungeheurer Geschwindigkeit vor und zurück und zurück und vor, so daß es wirklich den Anschein hat, als sei dies ein Tanz. Ein ungewöhnlicher ist es gewiß: ihr Todestanz.
Puppenmörder, hat mich mein Bettnachbar neulich verspottet. Macht dir diese Arbeit eigentlich Spaß?
Ich unterließ es, ihn darüber aufzuklären, daß es nicht die Puppen sind, die getötet werden.

20. April

Die Verpuppung hat drei Tage gedauert, nun ist sie vollendet: Die Raupen sind jetzt unseren Augen entzogen. Was sie in ihrem Kokon machen, sehen wir nicht. Wir wissen lediglich, daß dort im »großen Schlaf« die vollständige Verwandlung der Raupe in einen Schmetterling, die Metamorphose, stattfindet.
Die Kokons hängen wie seltsame Früchte an ihren Ästchen und warten darauf, gepflückt zu werden.
Wir säubern die Hallen, bereiten alles vor für die nächste Arbeit, für jene, die ich nicht verrichten möchte, aber verrichten muß.
Und Trost bietet mir nur die Tatsache, daß ich Falschauge, Schmutzgesicht und Kurzhorn vor diesem Schicksal bewahren konnte, das den anderen nun bevorsteht.
Hätte ich vor fünfzig Jahren gelebt, wäre mir die Arbeit, die nun folgt, erspart geblieben. Damals gab es weder Maulbeerbäume

noch Seidenraupenzucht in unserer Gegend. Die Rohseide und das Seidengarn kamen aus China, aber bis die kostbare Fracht am Arno eintraf, mühsam von Maultieren hergetragen, war der Preis durch die hohen Transportkosten und die verschiedenen Zölle ins Unermeßliche gestiegen. Deshalb ging man zur Eigenproduktion über, pflanzte Maulbeerbäume auf dem Land, und die Leute von Florenz, Lucca und Siena stellten ihre eigene Seide her. Sehr zum Zorn der Venezianer übrigens, denen dadurch eine ganze Reihe von Vorteilen verlorenging.

8. Mai

Heute ist der Tag, an dem wir die Öfen heizen. Sie befinden sich unter langen Tischen, in die kleine Becken zum Erhitzen der Kokons eingebaut sind.

Wir werfen die Kokons in das Wasser und lassen sie eine Stunde lang vor sich hin köcheln. Wir warten, bis der Tod der Schmetterlinge im Inneren eingetreten ist.

Im Ospedale lachen sie mich aus, wenn ich diesen Satz sage: der Tod eingetreten ist. Sie verspotten mich ob meiner Sentimentalität.

Über all das kann ich mit niemandem reden, ich kann es nur diesen Seiten anvertrauen, daß ich leide, doppelt leide, wenn ich dann zuschauen muß, wie die Schmetterlinge den Hühnern zum Fraß vorgeworfen werden.

Unmittelbar nach dem Sturz ins kochende Wasser beginnt die Weiterverarbeitung der Kokons: Die Frauen sitzen seitlich neben den Tischen, was nicht sehr bequem ist, und bewegen die Kokons in dem heißen Wasserbad hin und her, bis sich die Fäden voneinander lösen und sie sieben beziehungsweise vierzehn Fadenanfänge zu einem dickeren Faden zusammenzwirnen können.

Einen Platz weiter sitzt eine andere Frau, die dann mit dem Abhaspeln der Fäden beginnt, die später gesponnen werden. Ein solcher Faden ist zwischen sechshundert und dreitausend Ellen lang, wobei Anfang und Ende des Fadens nicht genutzt werden können.

Meine Arche Noah habe ich mit ins Ospedale genommen und unter meinem Bett versteckt – wo sie natürlich Leonello einen Tag später entdeckte, durch Zufall. Ich habe ihn mit einem Stück Seide zum Schweigen gebracht, gibt es doch kaum Gefälligkeiten in diesem Haus, für die man nicht bezahlen muß.
Die Kokons setze ich nach etwa vierzehn Tagen irgendwo am Ufer des Arno aus. Auch wenn die ausschlüpfenden Schmetterlinge nicht fliegen können – ein Vorwurf, der mir den meisten Spott einbringt –, habe ich sie dennoch vor dem schrecklichen Hitzetod gerettet.
Er ist verrückt, hat mein lästernder Bettnachbar bei der Bittprozession am 25. April, die den Segen Gottes für die Raupen herbeifleht, kopfschüttelnd gesagt. So einen wie ihn sollte man nicht in diesem Haus dulden, in dem unser aller Wohlergehen allein von diesen Tieren abhängt.

Ich ließ die Blätter neben meinem Bett auf den Boden sinken. Ich lächelte ein wenig über meine Formulierung »Vater und Mutter zugleich«. Aber ich stand dazu, auch jetzt.
Ich räumte meine Schätze in den *cassone* zurück, löste mich von der Truhe. Und ließ mich in den Schlaf sinken, der stets willig kam, wenn alle Wirrnisse von mir abgefallen waren und ich sicher sein durfte, daß ich keinerlei Kräutersud benötigte, um zu vergessen.

Das Fest der Amme

Die Nächte vorweg schlief ich fast nie.
Ich stellte mir vor, was am Tag darauf sein würde, was geschehen könnte, nie geschehen würde. Was Rocco tun würde, was ich tun würde.
Oder Brigida.
Und all dies – unser gemeinsames Zusammensein für wenige Stunden – erregte mich stets in einem Maße, daß ich mitten in der Nacht aufstand und am Arno spazierenging.
Über mich dachte ich am meisten nach, da ich stets der Unsicherste war. Vermutlich würde ich mir wieder alles zehnmal vorher überlegen, während Rocco es längst getan hätte, ohne viel darüber nachzudenken. Beim letztenmal zum Beispiel hatte er Brigida seinen Weinbecher angeboten. Sie hatte lachend daraus getrunken, während ich mich nie zu einer solch intimen Geste entschließen konnte und mich ohne Unterlaß fragte, ob sie überhaupt bereit wäre, aus dem gleichen Becher zu trinken wie ich. Und ob sie ihn vorher abwischen würde.
Ein anderes Mal hatte Rocco sie mit einem Stück Käse gefüttert, das er mit seinem Messer abschnitt, und ich hatte mir überlegt, ob ich diese Vertraulichkeit nun, da sie schon einmal stattgefunden hatte, wiederholen konnte. Aber dann ließ ich es sein – meine Phantasie war, gemessen an der Roccos, ohnehin meist ärmlich. Und meist hielt sich meine Vorstellung auch an das, was schicklich war oder was ich dafür hielt. Eine Olive zwischen die Lippen zu nehmen und sie dann zärtlich in den Mund einer Frau gleiten zu lassen, wie Lazzaro dies oft bei seinen Modellen tat, gehörte nicht in diesen Bereich. Ganz davon abgesehen, daß ich ohnehin nicht nach lebenden Modellen malte, da mich ihre Nacktheit nach wie vor störte. Noch heute, nach Jahren, noch stört.

Der Tag, dem ich entgegenfieberte, war ein Tag im Herbst. Der Tag, zu dem uns unsere einstige Amme jedes Jahr einmal einlud: ihr Namenstag. Aus diesem Anlaß kamen dann alle ihre »Milchkinder«, wie sie uns nannte, also alle, die jemals aus ihren Brüsten trinken durften, zusammen, sowohl *innocenti* als auch die Kinder aus den vornehmen Florentiner Häusern. Letztere waren natürlich in der Minderzahl, weil für die meisten Vornehmen dieser Umgang mit der ehemaligen Amme für ihre Kinder nicht schicklich war, vor allem nicht für die Töchter: zu schmutzig, zu unsicher, zu vulgär, niemand, der auf sie aufpaßt. Besonders dies, weil die Gäste, wenn das Wetter umschlug, im Haus der Amme dann auch schliefen. Die Burschen wie eh und je im Heu, die Mädchen genauso wie früher zu viert in einem Bett unter dem Dach – was in den Augen der Eltern natürlich kaum passend war. Einmal sei ihre Tochter nach Hause gekommen mit einem Schimpfwort auf den Lippen, beklagte sich einmal eine Mutter, und damit sei dies der letzte Ammentag gewesen, zu dem sie gehen durfte.

Brigida durfte ohnehin nur kommen, wenn ihre Mutter es nicht wußte. Der Namenstag unserer Amme war stets auch der Beginn der Weinlese. Selbst wenn das Wetter in manchen Jahren aus der Rolle fiel, die Weinlese auf dem Anwesen unserer Amme begann an ihrem Namenstag. Dann gingen wir hinaus in die Weinberge, schnitten mit unseren Messern die vollsaftigen Trauben, legten sie behutsam in unsere Kiepen, die wie übergroße Füllhörner aussahen, und trugen sie unter Singen und Lachen zu einem Wagen, der regelmäßig zum Hof fuhr. Dort standen bereits die breiten Bottiche parat, in die die Trauben nach der Reinigung geschüttet wurden. Dann begann das große Stampfen. Jeweils der Stärkste von uns durfte beginnen, und Rocco führte jedesmal seine starken Arme vor und ließ die Muskeln spielen, obwohl sie kaum dafür benötigt wurden; schließlich kam es auf die Beinmuskeln an.

Das erste Stampfen war ein Akt, der Bacchus würdig gewesen wäre: Rocco stieg in den Bottich, als steige er in ein Marmorbekken, die Trauben quollen unter seinen Füßen hervor und quetschten sich zwischen die Zehen. Er trat auf ihnen herum, zunächst behutsam, und wir wichen zurück, da der Saft spritzte.
Für Rocco und mich war dieser Tag stets ein besonderer Tag, vor allem, solange wir noch im Ospedale lebten. Er bedeutete Freiheit, bisweilen sogar Zügellosigkeit, er bedeutete, daß wir andere Kleider tragen durften – unsere Bauerngewänder warteten an Haken in einer Scheune, und ich bezweifle, daß sie jedesmal frisch gewaschen wurden, vermutlich genausowenig wie die Bettwäsche in den riesigen Betten. Kein Wunder, wenn die Mütter diesen Betten, wenn sie sie erst einmal gesehen hatten, nicht trauten, ganz abgesehen davon, daß sie an Orgien dachten, die die Mädchen miteinander feiern könnten.
Gegessen wurde draußen im Freien. Wir saßen unter einem alten, weitausladenden Olivenbaum mit rissiger Rinde, und es gab frischgebackenes Brot, Oliven und Käse.
Dann ging es wieder ums Ernten der Trauben.
Abends, wenn wir müde zurückkamen, den Rücken krumm vom Schleppen der Kiepen, die Hände vom Schneiden der Traube verkrampft, gab es ein Festessen: Meist wurde ein gefülltes Spanferkel auf dem Rost gebraten, dann auf ein Brett gesetzt und mit Pfannkuchen umhüllt, aus denen die Ohren und die Schnauze herausschauten. Dazu gab Weichselkirschensoße und Wein.

Als ich mich an diesem Morgen anzog, hörte ich Rocco bereits an meine Tür klopfen: Beeile dich, sonst kommen wir zu spät! Du weißt nie, ob unsere Stute wieder einmal ihren bockigen Tag hat.
Es war vermessen, »wieder einmal« zu sagen, im Grunde genommen hatte sie nur bockige Tage. Wir hatten dieses Pferd damals

im Dorf unserer Amme dem Schlachter unter der Nase weggekauft, aber es hatte uns diesen Liebesdienst nie gelohnt: Bevor wir es besteigen durften, mußten wir jedesmal zunächst seine Zirkuskapriolen bewundern, die es einst gelernt hatte, erst dann war es bereit, sich mit uns abzugeben. Was jedoch keinesfalls bedeutete, daß es uns auch gehorchte: In Trab oder Galopp zu fallen, entschied die Stute, wann sie es für nötig erachtete, wobei der Galopp ohnehin nicht ihre Stärke war. Aber besser als zu Fuß zu gehen war dies alles immer noch, und deshalb machte es uns auch nichts aus, wenn wir vor Steigungen absitzen mußten, da wir wußten, daß unser altes Pferd bergauf Mühe hatte. Die Stute belohnte unsere Nachsicht, indem sie uns jedesmal mit lautem Wiehern begrüßte, wenn wir in den Stall kamen. Seltsamerweise tat sie dies nur bei uns, nie bei Daniele, obwohl er ihr stets eine Mohrrübe mitbrachte und freundlich mit ihr sprach. Kam Lazzaro, scharrte sie sogar ärgerlich mit den Hufen und fletschte die Zähne, eine Reaktion, die uns jedesmal verwunderte, weil wir dem Tier solch eine Gefühlsäußerung nicht zugetraut hatten.
Heute morgen allerdings schien die Stute bester Laune zu sein, so als wittere sie bereits Landluft. Sie fiel, kaum daß wir die Stadt verlassen hatten, in Trab, und es gelang Rocco, der vor mir saß und die Zügel hielt, erst nach saftigen Flüchen, sie wenigstens an den Stellen, wo Langsamkeit angebracht war – wenn etwa Karren an uns vorüberzogen, die Straße weggeschwemmt worden war oder eine Kuhherde unseren Weg kreuzte –, von diesem Trab herunterzubringen.
Den ganzen Ritt über ergingen wir uns in Mutmaßungen, ob Brigida wohl dieses Mal wieder dabeisein würde. Aber in Mona Orellis Augen waren solche Besuche auf dem Lande verpönt, und sie begleitete die entsprechenden Verbote mit spitzen Schreien des Abscheus. Deine Tochter wird eines Tages einen Schweinehirten heiraten, klagte sie ihren Mann an, wenn du weiterhin erlaubst,

daß sie sich in diesen Kreisen bewegt. Sadona hatte uns diesen Ausspruch noch am gleichen Tag hinterbracht, so wie sie uns ständig auch über die belanglosesten Details dieser Ehe auf dem laufenden hielt.

Die letzten Jahre war Brigida nicht mehr bei dem Namenstag anwesend gewesen, nur einmal, als ihre Stiefmutter zufällig verreist war und niemand Einspruch einlegen konnte. Und was in jener Nacht geschah, werde ich ganz gewiß nie vergessen.

Jetzt endlich näherten wir uns dem Hügel mit dem Dorf, in dem wir einen Teil unserer Kindheit verbracht hatten. Ich spürte jedesmal von neuem die Erregung in mir aufsteigen, wenn der Ort in Sicht kam. Wir hörten bereits von weitem Stimmen, die wir kannten, wir riefen uns die Namen zu, ich hörte Pietro, Francesco, Bianca, Giovanni. Rocco versuchte, die Stute nochmals zu einer rascheren Gangart zu bewegen, aber im Augenblick war sie aus irgendwelchen Gründen für keinen Befehl mehr zugänglich und blieb einfach stehen. Und wieder einmal fragten wir uns, ob sie nicht vielleicht doch an Schwerhörigkeit litt oder ob alles Bosheit war.

Unsere Wege trennten sich meist, wenn wir auf dem Hügel angelangt waren: Während Rocco unser Pferd versorgte, ging ich aus alter Gewohnheit zu den Raupen, auch wenn es zu dieser Jahreszeit so gut wie nichts zu sehen gab.

Ich betrat die Halle und begutachtete die Gerätschaften; ein neues Zerkleinerungsgerät für die Maulbeerblätter war angeschafft worden, dazu ein neuer Tragekorb für das Maultier, mit dem die Blätter herbeigeschafft werden konnten. Und selbst die kleinen Käfige, mit denen ich damals meine Ausgesonderten wegtransportiert hatte, standen noch unter den Tischen. Irgendwie gab es auch noch einen ganz bestimmten Geruch, der sich das ganze Jahr über hielt.

Brigida kam am späten Nachmittag.
Sie stieg hastig aus einer Kutsche, die sofort weiterfuhr, und schaute sich suchend um. Dann kam sie mit wehenden Rockschößen auf uns, die wir bereits nach ihr Ausschau hielten, zugerannt, umarmte uns und schlang vor Freude ihr Tuch um Roccos Hals.
Ich mußte heimlich aufbrechen, sagte sie dann unter Lachen, deshalb bin ich so spät.
Heimlich? Rocco zog die Augenbrauen empor. Sie wird dich bestrafen, wenn sie es erfährt.
Ach, sie bestraft mich nun schon seit Wochen, sagte Brigida übermütig und drehte sich im Kreis. Ich bin es gewöhnt. Und mein Vater weiß, daß ich hier bin, er hat es erlaubt, und sie ist weggefahren, mit meinen Stiefbrüdern, diesen beiden schrecklichen Männern, angeblich, um Frauen für sie zu suchen, nachdem es bei mir nicht geklappt hat.
Sie schaute sich um, lachte wieder, streckte die Arme in die Luft und atmete tief ein. Es ist alles wie immer, sagte sie dann und deutete auf einen kleinen Jungen, der an den Zitzen einer Ziege hing. Ein kleines Mädchen lief schreiend über die Wiese und verfolgte eine andere Ziege, die sich jedoch erst nach einer Weile für diesen Liebesdienst einfangen ließ. Zwei Hunde balgten sich um einen Knochen, und unsere Stute hatte sich offenbar losgerissen, um mit schrägen Schritten auf der Wiese eine Zirkusparade zu tanzen.
Inzwischen war die nächste Kutsche herangerollt. Der Kutscher ließ die Stufe herunter, ein Mann in vornehmer Kleidung stieg aus und ging mit großen Schritten zum Haus der Amme. Eine junge Frau trat aus der Tür, verneigte sich ehrerbietig, und ein etwa ebenso alter bäuerlicher Mann kam dazu und verneigte sich ebenfalls. Er entblößte mit einem raschen Griff die Brüste der Frau und bat den Ankommenden, sie zu betasten.
Ihre Tochter, erklärte Rocco. Sie tritt in die Fußstapfen ihrer

Mutter. Der Fremde betastete ohne jedwede Scheu ausführlich die Brüste, dann drückte er eine Brustwarze und ließ einen Tropfen Milch über seinen Fingernagel laufen.
Wir sahen, wie der Bauer – um dessen Frau es sich handeln mußte – das gleiche tat und die Milch kostete. Der Fremde tat es ihm nach und runzelte die Augenbrauen, worauf der Mann in das Haus rannte und einen Becher holte. Er molk die Brust seiner Frau mit einer Hastigkeit, als handele es sich um eine Milchkuh, die für heute die erwartete Milchmenge verweigert hatte. Die junge Frau ließ schweigend alles mit sich geschehen und verzog keine Miene. Der Fremde trank die Milch und kostete sie zwischen den Zähnen, als mache er eine Weinprobe. Nach einer Weile nickte er zögernd.
Genau wie früher, sagte Rocco verächtlich. Jetzt werden sie ins Haus gehen, dann handeln die beiden Männer den Vertrag aus, und der Käufer wird den Preis drücken – als sei diese Milch nichts anderes als ein Lot Seide, das geschätzt wird. Und die junge Amme sieht ganz gewiß keinen Gulden von diesem Geld.
Wir gingen gemeinsam zum Haus und hörten die beiden Männer lautstark in der Küche reden. Da kam unsere Amme lachend aus dem Keller herauf, lief uns entgegen und umarmte uns. Danach setzten wir uns mit den anderen an die langen Tische, die bereits auf der Wiese unter dem Olivenbaum standen. Es gab mit Käse und Speck gefüllte Krapfen und Wein.
Anschließend stiegen wir mit unseren Kiepen in den Weinberg hinauf. Wir verteilten uns auf die einzelnen Reihen. Zwischen Rocco und mir stand Brigida und schnitt die Trauben, als habe sie nie etwas anderes getan.
Wißt ihr eigentlich, wißt ihr, verhaspelte sie sich vor lauter Aufregung, wißt ihr, daß ich seit drei Jahren nicht mehr hier war?
Natürlich wissen wir das, bestätigte Rocco. Wir haben dich drei Jahre lang vermißt. Wir haben nächtelang geweint und bittere Tränen vergossen, als ...

Du lügst, sagte Brigida ausgelassen, du lügst. Und Tränen sind nicht bitter.
Frag Ambrogio! sagte Rocco mit einer Spur von Boshaftigkeit, da er mich einmal dabei erwischt hatte, wie ich Zornestränen weinte, als man Brigida an einem sommerheißen Tag in die Dachkammer verbannt hatte.
Hör nicht auf ihn! sagte ich mit Verschwörermiene. Er schwindelt. Er schwindelt grundsätzlich, wenn es um dich geht und wir uns nicht einigen können, wer dich mehr verehrt, er oder ich.
Vergeßt Daniele nicht, er verehrt mich gewiß nicht weniger als ihr beide.
Auch Daniele wird Krüge von Tränen vergießen, wenn du heiratest, sagte Rocco ernst. Du bist für ihn wirklich wie eine Schwester, zumal ihr fast gleich alt seid. Und am liebsten würde er dich natürlich selber heiraten – wie wir alle.
Eine Schwester heiratet man nicht, sagte sie ernst. Einen Bruder auch nicht.
Rocco seufzte. Wir müssen also jetzt nur noch ein Mittel finden, wie man aus einem Bruder einen Liebhaber macht. Weißt du eines?
Es würde nicht funktionieren, sagte sie.
Und weshalb nicht?
Brigida leerte ihre Kiepe in den Wagen. Ich weiß nicht. Aber macht euch keine Sorgen, tröstet euch! Ich werde diesen glatzköpfigen, widerlichen Krammetsvogelfänger schon nicht heiraten.
Du wirst ihn ganz gewiß heiraten, sagte Rocco ernst. Deine Mutter wird es nicht erlauben, noch einmal auszubrechen.
Sie nicht, aber mein Vater.
Sie wird alles so vorantreiben, daß irgendwann die Falle zuschnappt. Glaub mir das! sagte ich und schärfte Brigidas Messer am Wetzstein. Und dein Vater hat in dieser Ehe wohl kaum das Zepter in der Hand.

Das hat er nicht, sagte sie ruhig, aber ich werde dafür sorgen, daß es anders wird. Irgendwann. Zumindest, was diese geplante Hochzeit betrifft. Und für den Augenblick scheint die Gefahr zumindest zum Teil gebannt zu sein: Mein Vater hat Messer Noldani eine Frist gesetzt, innerhalb der er irgend etwas nachweisen muß. Was, weiß ich nicht, aber es ist mir auch egal. Und ob es etwas nützt, weiß ich noch viel weniger.

An diesem Abend lagen wir wieder auf unserem Strohlager, Rocco und ich, während Brigida mit den anderen Mädchen in einer Dachkammer untergebracht war. Jeder von uns beiden versuchte, den Anschein zu erwecken, er sei schläfrig, aber jeder wußte, daß der andere nur markierte. Und jeder hoffte – oder befürchtete –, daß vielleicht doch wieder geschehen könne, was damals geschah.
Sie war noch ein Kind, hatte Rocco gesagt, als wir später darüber sprachen, und wir wissen nicht einmal, was sie von all dem überhaupt begriffen hat. Sie hat nicht gewußt, was vorging. Wahrscheinlich hat sie nur geschlafwandelt.
Natürlich, und wir haben sie getröstet, hatte ich gespottet, wie christlich!
Es war keine Sünde, hatte Rocco störrisch gesagt.
Ich hatte gelacht. Keine Sünde? Geh zum Priester und frage ihn, was Sünde ist! Oder schau in deinem Beichtspiegel nach!
Hör auf, es wird nie wieder sein, hatte Rocco versucht, das Gespräch zu beenden
Aber ich bin sicher, daß wir beide seither darauf warteten, daß es wieder geschehen möge.

Am folgenden Nachmittag brachen wir auf, um in die Stadt zurückzukehren.
Brigida sollte von der gleichen Kutsche, die sie gebracht hatte, wieder abgeholt werden, aber das Gefährt kam nicht. Es war noch

früh am Tag und daher zunächst kein Unglück, daß wir warten mußten, aber nachdem die Zeit fortschritt, blieb uns letztendlich keine andere Wahl, als uns von unserer Amme ein Maultier auszuleihen, von dem allerdings bekannt war, daß es unserer Stute an Störrischkeit kaum nachstand.
Wie eigensinnig es war, zeigte sich bereits an der ersten Wegbiegung, die nach Florenz führte: Das Tier hatte keine Lust, die von uns gewünschte Richtung einzuschlagen, sondern trottete gemächlich genau entgegengesetzt davon.
Vielleicht ist das der Weg, den es immer geht, mutmaßte Brigida und versuchte, dem Maultier gut zuzureden. Vielleicht will es zu irgendwelchen Feldern, die der Familie unserer Amme gehören.
Jetzt hat es mit uns zu gehen und nicht zu irgendwelchen Feldern der Bauern, sagte Rocco verärgert und bemühte sich, das Tier in die richtige Richtung zu zwingen. Aber was immer er tat, das Maultier war nur zufrieden, wenn es in die andere Richtung gehen durfte.
Wir könnten ja nachschauen, wie weit die Arbeiten in der Villa gediehen sind, schlug ich schließlich vor. Dann stimmt die Richtung.
In der Villa? fragte Brigida und schaute uns mißtrauisch an. Sie gehe gewiß nicht zur Villa, sagte sie verärgert und fast so störrisch wie das Maultier.
Du hast nicht einmal unsere Wandmalereien begutachtet, erwiderte ich, und das Maultier will aus irgendwelchen Gründen ohnehin in diese Richtung.
Und außerdem könnten wir die beiden Ölkrüge mitnehmen, die uns noch zustehen, sagte Rocco. Beim letztenmal war kein Platz mehr in unserem Gepäck.
Als Brigida schließlich bereit war, mit uns den Weg zur Villa einzuschlagen, war der Abend bereits nahe und die Dämmerung kündigte sich an.

Das Dorf sah aus, als sei ein großer Teil seiner Wunden bereits wieder vernarbt: Die offenen Flächen waren weitgehend mit Gras bewachsen. Vor der Mühle standen Männer in Arbeitskleidern um das reparierte Mühlrad herum, und man hatte den Eindruck, daß sie am liebsten gleich heute ausprobiert hätten, ob es wieder seinen vertrauten Gang aufnehmen würde. Selbst die Abbrüche bei den Straßen waren notdürftig geflickt, so daß wir gut vorankamen.
Die Villa sah aus, als sei ihr Mauerwerk sorgfältig instand gesetzt worden, und die zerborstene Haustür war durch eine neue ersetzt. Hinter dem Haus waren die Haken erneuert, an denen wir unsere Tiere festbanden, der Schlüssel für das Haus lag an der gleichen Stelle wie damals.
Im Inneren roch es feucht und nach Farbe.
Ihr habt nicht mal gelüftet, sagte Brigida vorwurfsvoll, und ich wußte in der gleichen Sekunde, daß der Geruch nicht der Geruch meiner Farben war.
Ich dachte, du hättest den Flur ausgemalt, sagte Rocco verblüfft, als wir durch den hinteren Eingang das Haus betraten.
Das habe ich auch, sagte ich grimmig. Aber offensichtlich ist wieder abgeblättert, was ich gemalt habe. Und man hat es erneut übermalt.
Nach ein paar Monaten bereits? zweifelte Rocco.
Brigida schaute sich um und schüttelte sich, obwohl es nicht eigentlich kalt war.
Ich gehe nach oben, sagte sie dann lahm, das muß ich ja wohl.
Oben ist nichts verändert worden, sagte ich.
Sie zuckte mit den Achseln. Und die Schlafkammer?
Ich habe dort nichts gemacht, beruhigte ich sie.
Geh ihr nach! drängte Rocco, als wir sahen, daß Brigidas Schritte immer langsamer wurden, je höher sie hinaufstieg.
Aber ich stand wie festgewachsen, und irgendwie mußte ich be-

reits gespürt haben, was kaum eine Minute später eintraf: Ein gellender Schrei drang zu uns herunter, und im ersten Augenblick dachten wir, dort oben lauere ein Wolf oder ein Bär oder es drohe eine andere schreckliche Gefahr.

Wir rannten die Treppe hinauf, liefen zu der großen Schlafkammer und blieben abrupt neben Brigida stehen, die mit weit aufgerissenen Augen, die Hände zu Fäusten geballt, die Wand gegenüber dem großen Himmelbett anstarrte: Die gesamte Breitseite war mit einem gewaltigen Höllenbild ausgefüllt. Ein Bild von solcher Realitätsnähe, daß man annehmen konnte, zwei dieser schrecklichen Ungeheuer, die dort die Menschen mit Zangen und Spießen quälten, seien im Anmarsch auf jeden, der das Zimmer betrat.

Sie hat es wahrgemacht, flüsterte Brigida. Sie hat die ganze Zeit über gedroht, wenn ich mich nicht endlich unterwerfe, dann werde ich schon sehen, was geschieht. Aber ich habe nie geglaubt, daß sie so grausam sein würde.

Ich weiß nicht, wie lange wir die Wand anstarrten – soviel stand fest, daß hier ein Maler sein Handwerk verstanden hatte, wenn auch nicht mit letzter Perfektion. Ich prüfte die Fluchtlinien, sah, daß die *prospettiva* zwar nicht an allen Punkten stimmte, aber immerhin an den meisten, was die Realitätsnähe des Bildes ausmachte.

Hier ist sie falsch, sagte Rocco und deutete mit dem Finger auf die Stelle, an der die Teufel mehrere Menschen aufspießten.

Ich nickte und deutete auf eine andere Stelle, die ähnlich fehlerhaft war.

Brigida war in ihrem Schreck so gefangen, so daß sie nicht merkte, wovon wir sprachen. Sie starrte wie gebannt auf den anderen Rand des Bildes, wo der Tod sich mit seinen knochigen Krallen soeben eine junge Frau holte, die dem Kindbett entstiegen war; das Neugeborene schmorte bereits im Höllenschlund. Die Frau

hatte kurzgeschnittene Haare und trug Männerkleidung. Brigida trat einen Schritt näher an das Bild heran und strich dem Kind zärtlich über den flaumigen Kopf, der bereits angesengt war.
Es ist ein junger Maler aus dem Dorf. Ein Anhänger von Savonarola, flüsterte sie dann.
Und die Frau eine Hure? fragte Rocco.
Nein, keine Hure. Nur ein junges Mädchen, dem es passiert ist. Die Tochter des Fattore, ich kenne sie, ich habe früher manchmal Eier bei ihr geholt. Sie hatte nur gewagt, einen anderen zu nehmen als diesen Maler, der sie unbedingt haben wollte. Das hier ist seine Rache. Seine und Savonarolas Rache.
Savonarola ist tot, sagte ich beschwörend.
Brigida schüttelte den Kopf. Nein, das ist er nicht. Er wird nie tot sein. Auch in fünfhundert Jahren nicht. Sie wandte dem Bild den Rücken zu und ging zur Tür. Ich kann hier nicht leben, sagte sie dann nahezu lautlos, während sie die Treppe hinunterstieg. Versteht ihr? Und ich kann diesen Mann nicht heiraten.
Ich legte den Arm um ihre Schulter. Das mußt du nicht. Du hast uns.
Sie schluchzte auf. Ich mag keine Pastete von Apfelwürfeln, sagte sie dann leise. Auch kein Ragout dazu. Und noch viel weniger mag ich Gallerte.
Wir starrten sie verblüfft an.
Es ist das Brautessen, erklärte sie widerwillig, Sadona mußte es neulich auf Befehl meiner Mutter zubereiten, damit auch alles klappt, wenn es soweit ist.

Ich hatte die Ölmühle nie zuvor gesehen noch je etwas von ihrer Existenz gewußt, und so war mir noch immer unklar, auf welche Weise sich Brigidas Bräutigam damals im Februar aus dem Staub gemacht hatte.
Als Brigida nun einen mächtigen, rostigen Schlüssel in das Schloß

der dicken eichenen Tür in der Felswand hinter dem Haus steckte und wir dann miteinander die schwere knarrende Tür öffneten, drang uns ein eiskalter Luftzug entgegen. Wir sahen im Schein unserer Fackel einen engen Tunnel, der schräg nach unten führte. Als wir wieder auf ebener Erde standen, hatte ich das Gefühl, in einer Kathedrale zu sein: Wir befanden uns am Eingang einer zweigeschossigen Halle, deren zwei Ebenen in den Fels geschlagen waren. Die obere diente offenbar als Lagerplatz für die frischen Oliven, die untere barg eine kreisrunde Mulde mit drei mächtigen waagerechten Mühlsteinen, die über eine Deichsel von einem Pferd oder Maultier in Bewegung gesetzt werden konnten. Die Abflußrohre führten in eine tiefer gelegene Ausbuchtung. Am Rand einer Zisterne stand ein Eimer. Hinter der Mulde gabelte sich der untere Raum und führte in Magazinräume, wo auf in die Wand gehauenen Borden Krüge und Amphoren mit Öl standen.

Diese Ölmühle gibt es schon seit Jahrhunderten, erklärte Brigida, nachdem ich mich lange umgeschaut hatte. Es heißt sogar, daß sie bereits von den Römern benutzt worden ist. Aber genau weiß es offenbar niemand. Als mein Vater die Villa kaufte, war hier alles vollgestellt mit altem Gerümpel, aber dann hat er die Ölmühle wieder in Betrieb genommen. Jetzt ist ja ein Großteil der Felder mit Maulbeerbäumen bepflanzt, weil die Seidenraupenzucht im Vordergrund steht.

Ich nahm einen Geruch wahr, der mich an eine Küche erinnerte, und entdeckte an einem Deckenbalken einen Zopf mit Knoblauch und mehrere Bündel mit Zwiebeln. Darüber war ein kleines Bild an den Balken genagelt, das die Errettung eines Kindes zeigte.

Wir haben hier oft Verstecken gespielt, erklärte Brigida, als sie meinem Blick folgte, und einmal ist dabei der kleine Sohn des Fattore in die Zisterne gefallen. Gott sei Dank konnte er gerade noch rechtzeitig gerettet werden.

Also glückliche Kindheitserinnerungen an diese Mühle, sagte ich und trat mit geducktem Kopf in einen Seitengang.
Nicht nur glückliche, antwortete Brigida leise. Als Kind hat mich meine Mutter nämlich des öfteren hier unten eingesperrt, und ich habe manchmal vor Angst nicht gewußt, was ich tun soll. Nicht einmal eine Kerze hat sie mir dagelassen.
Und dein Vater?
Brigida hob die Schultern. Er war nie da, wenn es geschah.
Und du hast es ihm nie erzählt?
Wozu? Er hätte es mir vermutlich nicht geglaubt. Er war zwar immer auf meiner Seite, aber wenn er unterwegs war, hatte er keinen Einfluß auf das, was meine Mutter anordnete.
Auch Brigida verließ den Hauptraum und spähte in eine kleine Seitennische. Hier will er es machen, flüsterte sie dann und schaute sich um, als würde in der nächsten Sekunde eines der Ungeheuer aus dem schrecklichen Höllenbild über uns herfallen.
Wer will was hier machen?
Mein Bräutigam Gold. Gold will er hier machen, fügte sie hinzu, als ich sie verständnislos anschaute.
Gold? Hier, in diesem geschlossenen Raum? Ohne jeden Abzug für einen Ofen?
Es ist schon einer da, sagte Brigida und deutete um die Ecke. Hier führt ein Weg nach oben, sagte sie dann, und ich sah enge Stufen, die in die Felsen gehauen waren und halsbrecherisch steil nach oben führten. Man kommt auf einer Wiese heraus und kann dann in Richtung Florenz gehen, ohne durch das Dorf zu müssen.
Das also war die Erklärung für das mysteriöse Verschwinden des Messer Noldani, der diese Stufen hinaufgestiegen sein mußte, als er spurlos verschwand und ich annahm, er habe mein Pferd gestohlen.
Wie kommt er überhaupt auf die Idee, Gold zu machen?
Es steckte schon immer in seinem Kopf, meinte Brigida achsel-

zuckend. Er sagt, er habe von Kindesbeinen an davon geträumt. Und als es seiner Familie dann eines Tages schlecht ging, hat er sich nahezu besessen auf diese Idee gestürzt. Und ist dabei nicht eben seriös verfahren.

Was heißt das?

Nun, zunächst einmal hat er Golddukaten zermahlen, das Pulver dann mit irgendwelchen geriebenen Wurzeln vermischt, die es auf dem Markt zu kaufen gab, und das Resultat von Goldschmieden prüfen lassen. Die natürlich feststellten, daß sie so etwas wie Gold vor sich hatten. Aber das Ganze war nichts weiter als ein Schwindel, den ihm ein anderer Schwindler aufgedrängt hatte.

Und er ist nie angezeigt worden?

Einmal, aber sie konnten ihm nichts nachweisen. Und so hat er weitergemacht, immer wieder. Und jetzt sieht er sich endlich an dem Punkt, wo er in großem Stil in das Geschäft einsteigen kann.

Mit deinem Geld?

Natürlich mit meinem Geld. Er sagt, ohne meine Mitgift braucht er erst gar nicht anzufangen.

Weshalb haben sie eigentlich ausgerechnet diesen Mann für dich als Bräutigam ausgewählt? Es muß doch hundert andere geben, solche, bei denen es vielleicht nicht nur um die Mitgift geht.

Brigida hob wieder die Schultern. Es heißt, meine Mutter sei ihm einen Gefallen schuldig – von früher her. Was das ist, weiß ich nicht. Und um die Mitgift geht es immer, um nichts sonst: Euer Acker grenzt an meinen Acker, sollten wir sie nicht zusammengeben?

Und dein Vater? Nimmt er das einfach so hin?

Mein Vater ist ein frommer Mann. Und ein sehr duldsamer Mann. Er kommt nicht gegen sie an. Zumindest glaube ich das. Und außerdem hat sie ihm einmal sehr geholfen, als es ihm geschäftlich nicht eben gutging.

Ich denke, du solltest dich beizeiten von deinem sonderbaren Bräutigam trennen.
Wie denn, sagte sie mutlos. Es ist zu spät. Neulich sagte er, daß er mich für ein paar Tage nach Prato zu seiner Mutter mitnehmen will, damit ich sie endlich kennenlerne. Und die *biscottini* könne ich auch noch nicht richtig backen. Schließlich müsse ich seiner Schwägerin in der Backstube helfen können, falls wir finanziell in Verlegenheit kämen wie mein Vater damals.

In der Nacht lag ich wach und überlegte, wie man aus einem Bruder einen Liebhaber machen könne. Die Frage beschäftigte mich ziemlich lange, dann drängte sich eine andere Frage in den Vordergrund, die mich ebenso intensiv bewegte, weil sie nie aufgeklärt hatte werden können, obwohl sie uns damals wochenlang beschäftigte: Was nämlich damals in jener Nacht auf dem Dachboden wirklich geschehen war.
Fest stand nur, daß wir uns geschworen hatten, es dürfe nie jemand etwas davon erfahren, weder was uns betraf noch sie. »Wir« – das waren damals Rocco, Matteo und ich, und wir waren fast noch Kinder. »Sie« war Brigida – vielleicht.
Es hatte damit begonnen, daß wir uns an jenem Fest der Amme wie üblich nach dem Abendessen auf den Dachboden zurückgezogen hatten, wo Matteo, der älter war als wir und im Ospedale schon öfter unsere Neugier befriedigt hatte, was das Wissen um die Dinge zwischen Mann und Frau anging, wieder einmal bereit war, uns an dem reichen Schatz seiner Erfahrungen teilnehmen zu lassen.
Ich zeige euch, wie man's macht, hatte er geheimnisvoll angekündigt, kaum daß wir uns auf unserem Strohlager ausgestreckt hatten und ohne daß wir ihn dazu aufgefordert hätten. Dann hatte er Roccos Hemd mit einem geübten Griff nach oben gestreift und sich des Glieds des Jüngeren bemächtigt. Zunächst dachte

ich, als ich sein verblüfftes Gesicht sah, daß Rocco sich wehren würde. Aber sein Zögern dauerte nur kurz, dann lehnte er sich mit einem Seufzer zurück und überließ sein Glied Matteo, der es zu reiben begann.

Ich schwankte zwischen Neugier und Höllenangst. Ich wußte zwar nicht ganz genau, was sich hier abspielte, aber tief in mir hatte ich das Gefühl, daß dies Sünde war. Was mich jedoch keinesfalls daran hinderte, voller Faszination zuzuschauen. Wer dieses, was da geschah, verbot, zur Sünde machte, war mir nicht ganz klar, aber es erschien mir zu jener Zeit, in der ich noch ein sehr inniges und ungebrochenes Verhältnis zu Gott hatte, daß nur er es sein konnte, dem dies nicht gefiel. Daß die Kirche für dieses Tun eine ganze Reihe von Verboten parat hatte, konnte ich nur ahnen, weil ich noch nicht in diesen Sündenkatalog eingeweiht worden war.

Aber Sünde hin oder her – ich lief nicht weg. Noch wendete ich meine Augen ab. Ich saß auf unserem Strohsack und schaute zu, wie Matteo Roccos Glied bearbeitete. Ich beobachtete, wie sich dieses Glied versteifte und langsam aufrichtete, fast wie eine Schlange zu den Tönen eines Schlangenbeschwörers, ein Vorgang, den Rocco mit leichtem Stöhnen begleitete. Wie ein heimtückisches Gewächs, dessen Wachstum nicht mehr zu bremsen war, wurde das Glied immer größer. Als das Stöhnen stärker wurde und Matteo mit einem abschätzenden Blick zu mir herüberschaute und mich anlächelte, dabei aber seine Arbeit mit aller Strenge weiter verrichtete, wobei er seine Bewegungen verstärkte und beschleunigte, vergaß ich nahezu das Atmen. Nach einem heftigen Stöhnen spritzte aus Roccos Glied eine milchig weiße Flüssigkeit, die einen seltsamen Geruch verströmte. Matteo wischte diese Flüssigkeit mit einem Tuch weg, und ich dachte im ersten Augenblick, daß Männer wohl etwas Ähnliches hatten wie Frauen, wenn sie den Säuglingen Milch gaben. Groteskerweise dachte ich

sogar, daß die Milch, die früher in Roccos Mund geflossen war, hier unten nun wieder zum Vorschein kam – ein Gedanke, der natürlich absurd war.
Und während Rocco mit geschlossenen Augen und schwerem Atem neben uns lag, griff Matteo mit dem gleichen geübten Griff, als habe er das alles bereits tausendmal getan, unter sein eigenes Hemd und begann die Zeremonie ein zweites Mal, diesmal allerdings nicht für Zuschauer, sondern im geheimen. Als die Flüssigkeit sein Hemd einnäßte, hörte ich Matteos erlöstes Stöhnen und sah ihn ermattet zurücksinken und die Augen schließen. Er drehte sich zur Seite, als wolle er sich nun in eine Kapsel der Lust nur mit sich selber einschließen.
Ich starrte zu ihm hinüber, dann schob ich hastig mein Hemd hoch und sagte: Jetzt bei mir!
Aber Matteo schüttelte schläfrig den Kopf. Doch nicht bei dir, bei dir geht es noch nicht. Da braucht man ja noch ein Augenglas, um überhaupt etwas zu finden.
Ich hatte das Gefühl, auf einem anderen, sehr fernen Stern gelandet zu sein. Weshalb soll es nicht gehen? sagte ich mit unterdrücktem Zorn.
Weil du noch nicht reif bist dafür, murmelte Matteo schon halb im Schlaf.
Und woher weißt du das?
Weil es von selber geschehen wäre, als du zugeschaut hast.
Du könntest es ja wenigstens probieren, sagte ich verärgert und rückte näher an ihn heran.
Ich bin müde, sagte er und gähnte, vielleicht morgen. Dann wandte er sich ab und kuschelte sich in seine Decke. Ich versuchte, mich in der winzigen Kuhle, die die beiden für mich gelassen hatten, einzurichten, aber bevor ich noch eine bequeme Stellung gefunden hatte, hörte ich ein Geräusch vom Giebel her.
Ich setzte mich ruckhaft auf, Rocco tat es mir nach.

Das ist nur eine Maus, murmelte Matteo ärgerlich. Legt euch hin!
Das ist keine Maus, flüsterte Rocco. O Gott, das ist keine Maus.
Als Rocco ihn schubste, fuhr auch Matteo hoch. Das dürfte etwas zu groß für eine Maus sein. Und wenn, dann wären es zwei Mäuse. Riesenmäuse.
Wir starrten zu dem Giebelfenster hinüber, hinter dem soeben zwei Gestalten in weißen Hemden verschwanden, die eine mit weit ausgestreckten Armen.
Eine Schlafwandlerin, sagte Matteo unterdrückt und ließ sich zurückfallen. Die beiden haben überhaupt nichts gesehen.
Auf jeden Fall war es Brigida, murmelte Rocco. Und natürlich haben sie uns beobachtet.
Bist du da so sicher? Matteo zweifelte. Und wer soll die andere gewesen sein?
Rocco zuckte mit den Achseln. Irgendeine der Traubenpflückerinnen vermutlich.
Matteo lachte unterdrückt. Man wird uns aus dem Ospedale werfen, wenn man davon erfährt.
Wie sollte man davon erfahren?
Nun, ich denke, Rocco wird es beichten.
Du etwa nicht? sagte der gehässig.
Weshalb sollte ich? sagte Matteo. Es ist langweilig, immer das gleiche zu beichten. Ich denke mir ohnehin manchmal andere Sünden aus. Er lachte auf. Und im übrigen bin ich mit dem Priester befreundet.
Rocco starrte ihn an. Du sagst Dinge, die gar nicht stimmen.
Weshalb nicht? Das tun doch alle im Ospedale.

Bei einem der nächsten Gottesdienste saß ich wie üblich neben Rocco in unserer Kirche. Sie war klein, und selbstverständlich hatten nie alle Insassen des Ospedale auf einmal Platz in ihr. Normalerweise wäre ich in die zweite Messe gegangen, aber an diesem Tag wollte ich unbedingt sehen, wie Matteo und Rocco zur Beichte gingen. Schon in den ersten Minuten stellte ich fest, daß Matteo heute als Ministrant diente. Es war also nur Rocco, der zum Beichtstuhl ging. Ich starrte gebannt auf den roten Vorhang, als sei er durchsichtig, und spitzte die Ohren, um irgend etwas zu hören, was mit dieser Nacht auf dem Dachboden zu tun haben könnte. Aber ich hörte selbstverständlich nichts. Wäre Pater Giovanni der Beichtvater gewesen, der eine kräftige, tiefe Stimme hat, hätte ich vielleicht etwas mitbekommen, aber Rocco beichtete bei Pater Jacopo, und der hatte eine Piepsstimme, die man auch sonst nicht richtig verstand. Ich studierte Roccos Gesicht, als er den Beichtstuhl verließ, versuchte jede Nuance zu erfassen, als wolle ich ein Porträt von ihm malen. Ich suchte jedoch vergebens. Um den ganzen Vorfall in der gebotenen Ausführlichkeit zu schildern, war die Zeit, die Rocco im Beichtstuhl verbracht hatte, zu kurz gewesen; vermutlich hatte er ihn verschwiegen.

Als er zu mir zurückkam und sich wieder neben mich kniete, schaute ich ihn noch immer prüfend an. Aber ich sah nur, daß er vor sich hin lächelte, auf eine Art, daß ich seine Überlegenheit deutlich spüren konnte.

Ich verließ die Kirche im Zorn. Und zugleich mit dem sehr starken Wunsch, daß sich bei unserem nächsten nächtlichen Zusammensein auch unter mein Hemd eine eifrige Geisterhand verirren würde. Über lange Zeit hinweg sollte es jedoch keine Geisterhände geben, die mir wohlgesonnen gewesen wären. Nicht einmal in meiner Phantasie.

Später dann, als Daniele als *garzone* zu uns ins Atelier kam, stand ich nicht mehr auf der untersten Sprosse der Leiter. Daniele übertraf mich mit seinem Nichtwissen bei weitem. Auch Leonello war zunächst einer, den ganz offensichtlich keine Geisterhand berührte, aber er verhielt sich wesentlich klüger als Daniele und ich: Niemand wußte, daß auch er unberührt war. Für ein paar Äpfel oder einen halben Florin hatte er in irgendeiner engen Gasse der Stadt von einem verwahrlosten Straßenjungen aus Neapel alles erfahren, was er wissen wollte. Man sah ihn auf irgendwelchen Festen als Zuschauer herumstehen, den Kopf neigen und lauschen. Und alles, was wir von ihm erfuhren, stammte aus zweiter Hand, aber es klang stets so, als habe er es soeben selbst erlebt. Im Laufe der Zeit kannte er alle Begriffe, auf die es ankam, und er erweckte den Anschein eines harten Burschen, der das Leben auf seine spezielle Weise meisterte. Und er war durchaus in der Lage, jedem Fremden genau zu berichten, in welchem der Frauenhäuser man diese oder jene Spezialität haben konnte.

Dieser Dachboden beschäftigte meine Phantasie also über Jahre hinweg und begleitete die Zeit des Wartens, wenn die Nächte heiß und stickig auf mir lasteten und die Zikaden ihr schabendes Geräusch in die Nacht hinausschickten, auf der Suche nach einem Weibchen. Und manchmal stellte ich mir dann vor, wie es wäre, solch ein Zikadenmännchen zu sein, das sein Weibchen ohne wenn und aber fand und nichts anderem folgte als seinem Trieb. Ein Wunsch, der alles andere als genehm war für die gestrengen Aufseher des Ospedale degli innocenti. Keusch sollten wir sein, gottesfürchtig. Aber das Beglückende in all dieser Zeit war, daß unsere Gedanken sich in Gefilden bewegen konnten, die jedem menschlichen Zugriff trotzten.

Ricordanze

1. Natürlich war Savonarola nicht tot.
Brigida hatte recht.
Natürlich gab es Hunderte, Tausende in unserer Stadt, für die er nie tot sein sollte. Sie trafen sich in geheimen Zirkeln, in den Werkstätten der Künstler, in abgelegenen Gärten. Sie lasen sich seine Predigten vor, die aufgezeichnet worden waren, eiferten ihm nach an Tugendhaftigkeit, Fleiß, Sparsamkeit und Geiz, im besonderen an Geiz, was das Beispiel der Mona Orelli Tag für Tag zeigte. Und sie alle schworen darauf, daß man den *frate* in fünfhundert Jahren nicht mehr als Schismatiker und Häretiker sehen, sondern als heiligen Märtyrer verehren würde.
Sie versuchten, sein Andenken in Ehren zu halten, indem sie nach wie vor schmucklose Gewänder trugen. Luxusgesetze, die stets von neuem erlassen werden mußten, hatten sie bestimmt nicht nötig. Wenn ich in der Stadt unterwegs war, sah ich noch immer viele Frauen – meist ältere Frauen –, die mit gesenktem Kopf und niedergeschlagenen Augen durch die Straßen gingen. Angesichts ihrer dunklen, schlichten Röcke vermißte ich die, bei denen eine Hälfte aus Scharlachtuch und die andere aus schwarzer Seide war, die Tuniken mit eingewebten, farbenfrohen Schmetterlingen, die Kleider aus blauem Brokat mit gelben Sternen und die purpurfarbenen Mäntel mit weißen Rosen und flatternden Vögeln. Dies alles gehörte noch immer nicht wieder zum Bild unserer Stadt und vermutlich würde es auch über lange Zeit nicht dazu gehören.
Aber nicht nur die Alten, Männer und Frauen, huldigten Savonarola und trauerten ihm nach. Wer als Fremder vor kurzem Daniele hätte sagen hören, daß er Lazzaro die Kehle durchschneiden würde, hätte sich verblüfft gefragt, was bei Gott diesen sanften,

friedfertigen Jüngling zu solch einem brutalen Satz gebracht habe. Aber dieser Fremde hätte nie den Grund erraten, es sei denn, er hätte so tief in die Herzen der Menschen blicken können, daß er begriff, aus welcher Schicht dieser Satz kam. Und im Verlauf der Zeit würde es von Jahr zu Jahr immer schwieriger werden, diesen Grund zu erfahren, da der Schleier des Vergessens sich mehr und mehr über alle Zacken und Kanten dessen, was vorgefallen war, legte.

Daher also ist es endlich an der Zeit, darüber zu berichten, was war, daher habe ich beschlossen, diese *ricordanze* aufzuzeichnen, Erinnerungen, wie Kaufleute sie niederzuschreiben pflegen, um Kunde von ihrem Leben an die Söhne weiterzugeben. Ich möchte alles festhalten, auch wenn die Gefahr besteht, daß jemand diese Blätter in meiner Truhe entdeckt.

Neulich fragte mich Daniele bereits, was ich eigentlich nächtens immer tue, wenn die anderen längst schlafen.

Wieso? fragte ich zurück, obwohl ich seine Antwort natürlich kannte.

Immer wenn ich an deiner Kammer vorbeikomme, sehe ich einen Lichtschein unter der Tür. Dein Wachsverbrauch muß gigantisch sein, du brauchst bestimmt das Dreifache von dem, was wir alle miteinander verbrauchen.

Bis jetzt hat es noch niemanden von der Familie gestört, sagte ich, ohne von meiner Arbeit hochzublicken. Stört es dich etwa? Im übrigen ist es Talg, kein teures Wachs.

Daniele ging an seinen Platz zurück, um die Farben zu rühren, und murmelte dabei etwas vor sich hin, was ich nicht verstand.

Freunde, sagte Rocco, es wäre schön, wenn wir endlich wieder in Ruhe arbeiten könnten. Mich stört es nicht, wenn Ambrogio bis spät in die Nacht hinein liest. Ich lese auch, wenn ich nicht schlafen kann.

Ich war Rocco dankbar, weil er mich verteidigte, überlegte aber

zugleich, was er wohl gesagt hätte, wenn er gewußt hätte, was ich wirklich tat. Wenn er zum Beispiel gewußt hätte, was ich die Nacht zuvor über ihn geschrieben habe.
Ich weiß nicht recht, weshalb ich Rocco nie davon erzählt hatte. Wir waren Freunde, enge Freunde, seit unserer Kindheit, und doch hatte ich ihm nie erzählt, daß mir diese Blätter an manchen Tagen fast mehr bedeuteten als unsere Freundschaft. Hier mußte ich nie eine Schwelle übertreten, nie überlegen, was ich zurückhalten soll und was nicht. Hier konnte ich mich jemandem anvertrauen, der mich ungeschützt erzählen ließ, nicht unterbrach, der zuzuhören verstand.
Ich will nicht unbedingt sagen, daß dies bei Rocco nicht der Fall war. Natürlich konnte er zuhören, aber trotz allem Vertrautsein blieb bei mir ein Rest Unsicherheit. Was hätte er zum Beispiel gesagt, wenn ich irgend jemandem von jener makabren Prügelei erzählt hätte, die zu seiner Narbe geführt hatte? Oder von jenem unwürdigen Streit, der dieser Prügelei folgte? Wir hatten damals geschworen, daß dies unter uns bleiben sollte und nie über die Mauern des Ospedale hinausdringen dürfe, weil es unserer unwürdig war und dem Ansehen des Hauses draußen geschadet hätte.
Wenn ich des Nachts über meinem Heft saß und die Feder kratzen hörte, wenn ich schrieb, ohne lange nachzudenken, was ich schrieb, wenn ich es aus mir herausfließen ließ, mich nicht mehr wahrnahm dabei, dann hatte ich manchmal das Gefühl, in einer anderen Welt zu sein. Und wenn ich irgendwann erschöpft von meinem harten Schemel aufstand, mich in das Bett fallen ließ und trotz meiner Müdigkeit nicht einschlafen konnte, sondern stundenlang wachlag und grübelte, dann war dies doch etwas, das ich nie missen wollte. Manchmal war ich sogar unsicher, was ich mehr liebte, die Malerei oder das Schreiben. Ich wünschte mir sehnlich, daß es in zehn Jahren noch genauso sein würde, daß sich nichts

verändern würde, was meine Empfindungen betraf, in erster Linie natürlich meine Empfindungen gegenüber Frauen. Daß mit »Frauen« stets nur eine Frau, immer nur Brigida gemeint war, brauche ich nicht zu betonen. Es war so, als sei sie das einzige Lebewesen, das diese Welt belebte, und als brauche ich niemanden außer ihr.

In meiner Adoration reihe ich dann alles aneinander, was zwischen uns war oder nicht war, ich bedränge mein Gedächtnis, damit ihm nichts entwischt, es soll mir alles hervorkramen, was sich in diesen Jahren abgespielt hat, seit wir uns kennen. Es soll eine Rangliste erstellen von Nähe zum Beispiel, eine Rangliste von eins bis zehn. Wie nah waren wir uns, als ich an jenem Sommertag für sie den Kranz aus Margeriten flocht, den sie lachend auf dem Kopf trug, obwohl er an Häßlichkeit kaum zu überbieten war und die verwelkten Stengel bereits kreuz und quer herumhingen, noch bevor ich ihn ihr auf den Kopf setzte; wie nahe, als ich ihr in jener Färberei, in der ich damals arbeitete, den Unterschied der verschiedenen roten Pigmente erklärte, welche schon seit der Eiszeit verwendet wurden und auch daß Plinius und Vitruv sie als Rubrica und Sinopis bezeichneten; was lief zwischen uns ab, als ich mit ihr bei Einbruch der Dunkelheit einst den Ring ihrer Großmutter am Arno suchte, den sie dort verloren hatte, und wir uns beglückt in die Arme fielen, als wir ihn endlich fanden?

Ich nehme jede Nuance wahr, und ich bilde mir ein, daß Rocco unfähig wäre, das zu empfinden, was ich jeweils empfunden habe, von Daniele und seiner Naivität ganz zu schweigen. Und daß Lazzaro ein grober Klotz ist, der nie auf die Idee käme, für ein Mädchen einen Margeritenkranz zu flechten, ist ohnehin klar.

Jetzt also will ich Kenntnis geben, will ich dies alles aufschreiben, diese *ricordanze* anlegen, obwohl es möglicherweise nie jeman-

den geben wird, der sich für sie interessiert. Ich will Geschichten aufreihen wie an einer Perlenschnur, Geschichten, die wahr sind, soweit Geschichten wahr sein können. Ich will Fragen beantworten, die nie zuvor gestellt und nie beantwortet wurden, Fragen, die bis ins Mark gehen, auch wenn sie schmerzen.
Jetzt, da die Sonne noch immer brütendheiß über der Stadt hängt und Mensch und Tier unter der Hitze stöhnen, will ich es tun. Mag sich in den kühlenden Schatten eines Feigenbaumes setzen, wer will, ein Glas Ratafia neben sich oder einen Becher mit Trebbiano, mag er meiner Stimme lauschen, es kostet ihn nichts. Nichts als ein wenig Zeit und die Bereitschaft, in die Vergangenheit hinabzusteigen.

Ich will vor allem gegen das Vergessen anreden, ein Phänomen, das mich stets erstarren läßt, wenn ich es bemerke.
Savonarola – was existiert noch von seinen Ideen, wer erinnert sich an seine Stimme, wer weiß noch die Zahl der Menschen, die zu seinen Predigten kamen, wer kann sein Gesicht beschreiben, ein Gesicht, das vor Eifer glühte, auch wenn es nicht eben schön zu nennen war? Seine Nase zum Beispiel ragte wie ein Schnabel, der gleich zustoßen will, aus diesem Gesicht hervor und seine Lippen schienen mir zu wulstig, um Askese auszudrücken. Am lebendigsten waren seine Hände, sie huschten wie kleine wuselige Tiere durch den Raum, und er holte sie auf die Kanzel zurück, um sie von neuem auszuschicken, als sollten sie Beute nach Hause bringen.
Ich will also von ihm erzählen und von uns, von den »Kindern des *frate*«, wie sie uns nannten. Vielleicht gab es bei uns im Ospedale besonders viele von ihnen, weil man uns, die *innocenti,* besonders streng in der Ehrfurcht Gottes erzog und Savonarola diese Ehrfurcht forderte wie keiner der übrigen Priester sonst. Und von allen Tugenden war gerade die des Gehorsams bei uns in besonde-

rem Maße ausgeprägt, weil wir aufgrund unserer Herkunft zu einer besonderen Kategorie von Menschen gehörten. Eine Zuordnung, die uns mitunter in Zorn brachte, wenn uns irgendwer aus irgendwelchem Grund nach unserem Namen fragte und dann ein kurzes, leicht verlegenes »Ach so« folgte. Dieses »Ach so« war stets ein mitleidiges »Ach so«, es standen viele Sätze dahinter, die nicht gesagt wurden, Sätze, die man aber sehr wohl ahnen konnte, Sätze, die wir als ungerecht empfanden. Denn abgesehen davon, daß wir unsere Mütter und Väter nicht kannten und im Ospedale lebten, unterschied sich unsere Kindheit nicht allzusehr von der anderer Kinder. Manche behaupteten zwar, der Unterschied wäre riesengroß, aber das stimmte nicht, zumindest nicht aus meiner Sicht: Wir aßen, tranken, schliefen, lernten und redeten nicht anders als jene Kinder, die ihre Eltern kannten, unser Unterricht war derselbe, und die Zahlen und Buchstaben, die man uns beibrachte, waren die gleichen, die auch Nicht-*innocenti* lernten.
Oft überhäufte ich nach solch einem mitleidigen »Ach so« jene gleichgültigen Ach-so-Menschen mit einem ganzen Katalog von Fragen, fragte etwa nach dem Beruf des Vaters, der oft nicht gerne genannt wurde, weil es sich um keinen besonders angesehenen Beruf handelte, vielleicht den eines Gefängniswärters im *bargello,* eines Trödlers, eines Kloakenreinigers, eines Henkers. Und so blieb manchem am Ende solch eines Disputs nichts anderes übrig als ein verlegenes Lächeln und die Ausrede, daß nun mal nicht jeder in die *pila* gelegt worden sei. Ein kläglicher Schutzschild, der schnell durchlöchert war, wenn zufällig ein zweiter aus dem Ospedale dazukam oder gar noch mehrere *innocenti,* so daß nun nicht nur einer allein als ein exotisches Tier gebrandmarkt werden konnte. Dann ließen wir in Sekundenschnelle dieses exotische Tier erscheinen. Wir bliesen ihm unseren Odem ein, der es zum Riesen machte, der mit furchterregenden Schritten und gewaltigen Zähnen auf die Betreffenden losging. Mit vereinten

Kräften ließen wir unsere Fragen vom Stapel, und mehr als einmal brachten wir einen dieser Ach-so-Menschen so weit, daß er fluchtartig davonlief und wir nur noch sein Schluchzen von der nächsten Straßenecke her hören konnten.

Wir aber lachten und tanzten dann im Hof unseres Hauses, unseres Palazzo, den immerhin ein Baumeister gebaut hatte, der auch den Dom entworfen hatte: Filippo Brunelleschi. Hinter diesen Mauern waren wir vor allen Unbilden des Lebens geschützt, wie wir glaubten, aufgehoben in einer Großfamilie, deren Bande stärker waren als alle Demütigungen dieser Welt.

Kamen unsere Lehrer oder Aufseher bei solch einem Spektakel hinzu, so rieten sie uns selbstverständlich zur Mäßigkeit und Demut und empfahlen uns, in solchen Situationen lieber zu beten. Aber wir beteten ohnehin schon viel, offenbar immer, wie es uns schien.

Es gibt da ein wunderschönes Bild von den *innocenti* mit einer ernsten Muttergottes, die ihren weiten Mantel über die Kinder breitet, so daß sechzehn von ihnen darunter Platz finden. Sie stehen da, gestaffelt in drei Gruppen: in der untersten Reihe die Wikkelkinder, eingeschnürt von den Füßen bis zum Hals wie Pakete oder kleine Mumien, wollten sie gehen, so müßten sie hüpfen wie in einem Sack; dann kommen die Nächstgrößeren, ihre Hand schützend über die Kleineren gelegt, beide Reihen ganz in Weiß; und direkt unter der Madonna dann die Großen, sie in Schwarz. Den Grund, weshalb man ihnen die Farbe Weiß verweigert hat, kenne ich nicht, sie sind eigentlich nicht so viel älter als die übrigen. Daß sie bereits der Sünde verfallen sein könnten, erfüllte mich immer mit besonderem Mitgefühl. Und alle sind mit gefalteten Händen gemalt, die sie der Madonna entgegenstrecken. Als Kind dachte ich immer, wir müßten den ganzen Tag über mit gefalteten Händen durch das Ospedale laufen, was dann aber zum Glück nicht der Fall war.

Ein anderes Bild zeigt eine weniger ernste Madonna, zu deren Füßen sich die Kinder halbnackt, völlig ungezwungen spielend und mit aufgelösten Wickelpacken ergehen, als habe die Zeit nicht gereicht, sie neu zu wickeln. Oder als komme diese Madonna von einem anderen Stern, auf dem die Kinder fröhlicher sein dürfen als auf dem ersten Bild, auf dem keines der Kinder lacht. Dieses Bild entspricht freilich dem *frate*, der nicht viel vom Lachen hielt, und daß er uns in der Karnevalszeit jenen Korb mit Karnevalsbrezeln nicht gönnte, war etwas, bei dem ich Mühe hatte, es zu begreifen.
Aber trotzdem soll Savonarola nicht vergessen sein, zumindest in meinen *ricordanze* will ich versuchen, ihn vor dem Vergessen zu schützen. Es soll daran erinnert werden, daß er vier Jahre lang die Geschicke unserer Stadt lenkte, nachdem die Medici verjagt worden waren. Er hat eine demokratische Verfassung aufgebaut und auch dem niederen Volk den Glauben an die Obrigkeit zurückgegeben. In Situationen, die Mut und Entscheidungskraft verlangten, hat er das Richtige getan, so etwa, als er die Tore der Stadt öffnen ließ, um Florenz vor der Plünderung durch die Franzosen zu bewahren. Daß er in manchem über das Ziel hinausschoß, mag stimmen; seine Drohungen, daß die christliche Kirche untergehen würde und daß alle Nichtkatholiken für die Hölle bestimmt seien, gehörten gewiß dazu. Was man ihm jedoch später antat, als der Papst ihn in die Knie zwang, ihm das Predigen verbot und ihm eine Demütigung nach der anderen zufügte, ist nicht zu rechtfertigen. Und als man die Tore seines Klosters in Brand setzte, um seiner habhaft zu werden, so daß den Dominikanern nichts anderes übrig blieb, als die Angreifer mit Steinen und glühender Asche zu empfangen, paßte dies natürlich nicht in das Bild, das man sich von friedfertigen Mönchen gemacht hatte. Als man ihn am Ende seines Lebens auch noch der Feigheit beschuldigte, nachdem er sich geweigert hatte, dem Volksspektakel der Feuerprobe zuzu-

stimmen – ein Versuch der Signoria, sich seiner möglichst schuldlos zu entledigen –, traten die Heuchelei der Republik und ihre Korruptheit in aller Offenheit zutage. Wer Savonarola ergriff, sollte ein Kopfgeld von tausend Florin bekommen. Der Umstand, daß sich Savonarola weigerte, seine geistlichen Gewänder abzulegen und in Unterhosen durchs Feuer zu gehen, der Umstand, daß die Stadt auf der Piazza della Signoria bereits ein Gerüst aufgebaut hatte, fünfzig Ellen lang, zehn Ellen breit, vier Ellen hoch, und der Umstand, daß der Branntwein, die Harze sowie das Öl bereitstanden und die Feuerprobe, die die Franziskaner gefordert hatten, trotzdem nicht stattfand, ließ die Wogen in der Stadt über Wochen hinweg nicht zur Ruhe kommen – bis zum bitteren Ende.

Sie haben ihn also gefoltert, der Strickfolter unterworfen. Sie banden seine Arme auf dem Rücken zusammen, zogen ihn empor, ließen ihn in der Luft schweben und dann aus großer Höhe hinabsausen.

So erschlichen sie sich ein Geständnis, aber es genügte ihnen nicht, und er wurde erneut der Strickfolter unterworfen. Aus dem *bargello* konnte man die Unglücklichen, den *frate* und seine zwei Mitbrüder Domenico und Silvestro, schreien hören, vom Nachmittag bis zum Abend. Zwei Beauftragte des Papstes verhörten ihn ein weiteres Mal, sie wollten bestätigt haben, daß er von Gott gesandt und dessen Bote sei, damit das Urteil wegen der Verbreitung »falscher und verderblicher Lehren« gefällt und endlich vollstreckt werden konnte.

Und dies alles im Auftrag des Papstes. Er hatte ihm seine Würde genommen, seine Sprache, nun nahm er ihm auch noch sein Leben, ohne daß es irgendeine Berechtigung dafür gegeben hätte. Und weil die Ausführenden Angst vor ihrem eigenen Mut hatten, weil sie nicht daran glaubten, daß man diesen Menschen ohne weiteres vom Leben in den Tod befördern könne, ließen sie ihn dreimal sterben: Zuerst wurde er zusammen mit den beiden anderen Fratres gehängt, was schwierig war, weil bei Silvestro der Strick nicht gut lief und er nicht sofort erdrosselt wurde. Dann verbrannte man die drei, wobei der Reisighaufen mit Bombardenpulver, Raketen und Büchsenschüssen entzündet wurde und der Henker den Pfahl umfallen und am Boden zu Ende brennen ließ, da er befürchtete, das Volk könne Reliquien an sich reißen. Daher töteten sie Savonarola ein drittes Mal, indem sie die noch rauchenden Reste in den Arno warfen.

Das ist der Punkt, an dem ich unsere Geschichte erzählen muß, die Geschichte der Kinder des Ospedale oder zumindest einiger dieser Kinder.

Es gab bei uns bereits lange Dispute darüber, wer zu der Verbrennung gehen sollte und wer nicht. Ich hatte mich geweigert zu gehen, weil ich dem Leiden des *frate* nicht zuschauen wollte. Andere waren der Meinung, man müsse ihm beistehen in seiner letzten Stunde, man müsse für ihn beten und dem grausamen Spektakel standhalten. Während also Rocco, Leonello und Matteo zum Richtplatz gingen, lief ich quer durch die Stadt, mied die Straßen, die bereits mehr als überfüllt waren von all den Schaulustigen, und eilte hinunter an den Arno. Ich ruderte ein gutes Stück den Fluß hinunter und blies meine Posaune.

Als ich die Rauchwolken aufsteigen sah, kehrte ich zurück, weil ich annahm, alles sei vorbei. Ich hatte also nicht gesehen, wie die Leiche mit Steinen beworfen wurde, was später noch eine Rolle spielen sollte. Aber ich sah die Männer mit ihren rauchenden Karren. Sie hatten Tücher um Mund und Nase gebunden und hasteten in großer Eile ans Ufer, um ihre schauerliche Last loszuwerden. Die Menge rannte hinterher.

Ich sah Rocco und viele andere Zöglinge aus dem Ospedale und erlebte, wie sie sich um die rauchenden Reste des *frate* prügelten, oder um das, was sie dafür hielten.

Ich konnte meinen Augen nicht trauen, aber es war so: Reliquien waren kostbar in unserer Stadt, und eine Reliquie von Savonarola zu besitzen, war sicher etwas vom Kostbarsten, was man sich vorstellen konnte. Sie prügelten sich also und warfen wohl einen der Karren um – genau konnte ich es in dem Gewimmel nicht sehen. Ich rannte hinzu und zerrte Rocco, der bereits heftig an der Backe blutete, am Ärmel aus dem Knäuel der sich Prügelnden.

Du wirst es nicht tun! schrie ich dabei und schlug auf ihn ein, so daß später nie klar war, woher seine Wunde eigentlich stammte. Aber Rocco schien mich kaum wahrzunehmen, er hatte den gleichen starren, verbissenen Blick wie die übrigen, die vermutlich alle zu den »Kindern des *frate*« gehört hatten. Aber es prügelten sich auch Erwachsene.

Daniele stand abseits, als warte er auf irgend etwas. Daß dann ausgerechnet er, der sich nicht geprügelt hatte, ein winziges Stück bekam, das herunterfiel und das er nur aufzuheben brauchte, empfand ich irgendwie als Gerechtigkeit. Dabei war ohnehin keinesfalls sicher, ob das, was er da mitnahm, nicht lediglich ein Stück verkohlten Reisigs war oder doch ein kleiner Rest von einem der drei verbrannten Körper, deren Brandgeruch noch einen halben Tag über der Stadt hing.

Aber immerhin, Daniele hatte eine heilige Reliquie und versteckte sie zunächst. Sie war nicht im Ospedale, und niemand wußte, wo er sie verborgen hatte.

Im Schlafsaal, wo wir Roccos Wunde zunächst versorgten, gab es dann die nächste Auseinandersetzung, diesmal allerdings nur mit Worten. Die Leichen waren mit Steinen beworfen worden, und der Streit, wer dabei mitgemacht habe oder mit anderen, die mitgemacht hatten, nur verwechselt worden sei – vor allem, ob auch welche aus dem Ospedale dabeigewesen seien –, dauerte Stunden, denn schließlich waren auch bei uns nicht alle Anhänger des *frate* gewesen. Zudem wurden aus diesem Anlaß Dinge ausgegra-

ben, die mit diesem Tag und dem Tod Savonarolas gar nichts zu tun hatten: Die Kontrahenten warfen sich eine tote Katze und den Unrat um die Ohren, die einst irgendwer in eines der »Feuer der Eitelkeiten« geworfen hatte, und daß bei den Predigten die Frauen ständig durch ein riesiges Tuch von den Männern ferngehalten wurden, erschien plötzlich ein Argument zur Verdammnis, obwohl das früher kaum jemanden gestört hatte.
Schließlich waren wir alle zu ermattet, um weiter zu streiten, und ob Daniele nun ein Stück von Savonarola oder ein Stück von Silvestro oder Domenico oder nur ein verkohltes Reisigteil ergattert hatte, interessierte auch niemanden mehr. Die meisten weinten sich nun in den Schlaf, als hätten uns unsere Eltern ein zweites Mal verlassen. Und Tage danach waren wir noch verstört, gingen in den Abendstunden zum Richtplatz auf die Piazza della Signoria, wo sie den *frate* ermordet hatten, und beteten für ihn.
Wir haßten den Papst, schworen Vergeltung, wohl wissend, daß unsere kindlichen Rachegedanken niemanden auch nur ein Haar krümmen würden. Und wir legten Gelübde ab: Ich beschloß, die Haare immer kurz zu tragen, so wie es Savonarola gefordert hatte. Ich wollte nie Schmuck tragen, keine prunkvollen Kleider und gelobte, die Fastentage aufs strengste einzuhalten und für immer und alle Zeiten auf Karneval zu verzichten.
Rocco war anders. Er erlebte die Dinge im Augenblick vielleicht heftiger als ich, aber dann machte er einen harten Schnitt. Es war gewiß nicht so, daß er nach Savonarolas Tod sein Fähnchen nach dem Wind hängte, obwohl uns angeraten wurde, alles zu vergessen, da diese Zeit nun einfach vorüber sei und eine neue anbrechen würde. Natürlich konnte niemand in die Köpfe der Bürger hineinschauen, und wenn auch nichts nach außen drang, so bedeutete dies keinesfalls, daß es nicht in den Hirnen weiterwirkte.
Ich zum Beispiel »badete« nach wie vor in den Ideen des *frate,* vor

allem in seinen Keuschheitsvorstellungen. Sie schienen mir exakt auf mich zugeschneidert, so passend, als hätte ich sie selbst erfunden. Mir schien, als hätte ich den anderen, die in der Sünde lebten, etwas voraus, als könnte ich auf sie herabschauen, als sei ich ein *innocenti* im wahrsten Sinne des Wortes.

Rocco also war ziemlich rasch zu einem normalen Leben zurückgekehrt. Über meine Gelübde lachte er. Und während ich über lange Zeit allen Farben abhold war, trat bei Rocco genau das Gegenteil ein: Es war der Zeitpunkt, zu dem er die Malerei für sich entdeckte. Es war wie ein Blitz, der da über ihn kam.

Und ich erlebte es mit.

Wir waren an jenem Nachmittag – vermutlich mehr, weil es hier angenehm kühl war, als um zu beten – in eine Kirche gegangen, die gerade renoviert wurde, und dabei sahen wir einen Maler auf einem Gerüst stehen. Das Gerüst war nicht sehr stabil, und der Mann wollte es offensichtlich mit Schnüren wieder zusammenbinden. Er entdeckte uns, und bat uns, für einen Augenblick seine Palette zu halten, damit er ein Brett, das sich gelockert hatte, befestigen könne.

Rocco hatte die Palette über den Daumen gestülpt und starrte auf die Farben, die ihm da anvertraut wurden. Er deutete auf ein leuchtendes Blau und sagte bewundernd: Das ist wunderschön. Wie nennt man das?

Aquamarin, sagte der Maler freundlich und deutete dann mit dem Pinsel auf eine andere Farbe: Und das hier ist Umbra.

Aquamarin und Umbra, flüsterte Rocco, als seien die Worte ein Sesam-öffne-dich. Und als der Maler anschließend wieder auf sein Gerüst stieg, fragte ihn Rocco nach den Namen der übrigen Farben. Nicht unbedingt zur Freude des Mannes, der sich wohl gestört fühlte und ihm deshalb riet, zu einem *speziale* zu gehen, wenn er sich so für Farben interessiere.

Rocco nickte eifrig. Und wo finden wir einen solchen Gewürz- und Farbenhändler?
Der Maler beschrieb ihm den Weg, ich trottete mit, mehr oder weniger uninteressiert, zumal ich an diesem Abend die Aufgabe des Tischdeckens hatte und nicht zu spät zurückkommen wollte. Komm, wir schauen uns das an! sagte Rocco mit dem gleichen Eifer, mit dem er sonst das Tischgebet zu sprechen pflegte oder den Ministrantendienst verrichtete.
Es dauert zu lang, sagte ich mürrisch, wir kommen zu spät zum Essen.
Essen, essen, erwiderte Rocco abfällig, immer denkst du ans Essen, wenn es um Höheres geht.
Ich gab zu, daß ich ziemlich oft ans Essen dachte, wenn auch nicht immer. Und gerade diesmal dachte ich daran, weil uns die Köchin zum Namenstag unseres Vorstehers Zuppa di colombe versprochen hatte und im Anschluß daran Lumace all'pastella 'uova, die man heiß essen mußte, weil sie sonst nicht schmeckten.
Aber ich ging selbstverständlich mit, und als Rocco zum *speziale* sagte, daß wir uns für Farben interessierten, nickte ich begeistert, obwohl ich noch immer an Savonarola dachte und seine Abscheu vor Buntheit auf allen Gebieten.
Für Farben interessieren? fragte der Mann unfreundlich, dessen *bottega* gerade überfüllt war. Sie kosten teures Geld. Habt Ihr welches?
Ich zog Rocco am Arm und erinnerte ihn noch mal an das Abendessen. Beim letztenmal, als wir an einem anderen Festtag zu spät kamen, hatten die anderen die Taubenstücke bereits aus der Zuppa gegessen, und die Lumace waren kalt gewesen.
Ich könnte Botengänge für Euch erledigen, bot sich Rocco an und schob meine Hand zur Seite. Ich will die Farben nur anschauen. Ihre Namen lernen.

Der Mann schaute uns mißtrauisch an. Vermutlich nahm er an, daß der eine von uns so tat, als wolle er die Namen der Farben lernen, während der andere sie inzwischen unbemerkt abschleppte.
Du willst auch die Namen der Farben lernen? fragte er mich lauernd.
Rocco trat mir auf den Fuß, und so nickte ich wieder begeistert.
Nun, ihr könnt morgen das Hinterzimmer der *bottega* fegen und neu streichen, danach könnt ihr die Namen der Farben lernen, sagte er schließlich und ließ uns stehen.
Ein einträgliches Geschäft für ihn, da kommt ganz gewiß nichts dabei heraus, sagte ich mürrisch, als wir nach Hause rannten, wo wir uns atemlos an den Tisch setzten, auf dem die Schüsseln bereits halb leer gegessen waren.
Weißt du, ich könnte mir vorstellen, daß dies eines Tages ein Beruf wäre, der mir Spaß machen würde, sagte Rocco, ohne sich darum zu kümmern, daß uns nur wenig mehr als die Brühe geblieben war. Da gibt es nämlich ein Bild, das ich sehr bewundere.
Ich häufte mir hastig eine Portion der Lumace auf den Teller. Welches Bild? fragte ich dann mit vollem Mund.
Ein Bild von Masaccio. Es ist in der Kirche Santa Maria Novella.
Ich hatte nie von diesem Masaccio gehört, auch wenn mir Leonardo, Michelangelo und Botticelli ein Begriff waren.
Da gibt es ein Bild, das berühmt ist, sagte Rocco, und ich fragte mich wie so oft, woher er das wußte. Ich gebe zu, daß dies wieder einmal ein Grund dafür war, daß ich eifersüchtig wurde. Ich mochte es nicht gerne, daß er etwas wußte, an dem ich keinen Anteil hatte.
Woher weißt du das? fragte ich, ohne mich allzu interessiert zu zeigen, aber offenbar waren meine Befürchtungen unberechtigt, er übersah einfach, daß ich es am liebsten gehabt hätte, wenn er jegliches Wissen, das er sich angeeignet hatte, sofort mit mir geteilt hätte. Man nannte uns manchmal »unsere Zwillinge«, und ich

war der Meinung, daß man als Zwillinge alles gemeinsam zu besitzen hatte, ganz gleich, ob es den einen interessierte oder nicht.
Dieser Masaccio, was ist mit ihm überhaupt? hakte ich nach, während Rocco ohne Klagen seine kaltgewordenen Lumace vom Teller kratzte.
Er kann machen, daß man das Gefühl hat, in ein Bild hineinschreiten zu können, sagte Rocco mit einem seltsam verklärten Blick.
Ich lachte. Du kannst doch in jedes Bild hineinschreiten, was soll da besonderes dran sein?
Nein, das genau kann man eben nicht, beharrte Rocco, und dies so laut, daß unsere Tischgenossen sich einschalteten und wir uns eine Weile über Bilder unterhielten, in die man angeblich hineinschreiten konnte, und was dies bringen würde, falls man es vermochte. Einer kannte das Bild, von dem Rocco gesprochen hatte und sagte, daß es »Die Heilige Dreifaltigkeit« heiße.
Am nächsten Tag malten wir also in unserer freien Zeit das Hinterzimmer der *bottega* aus, dann ein weiteres, weil auch hier die Farbe abblätterte, und schließlich ein drittes. Dies alles mit einer Farbe, die eigentlich nichts mit jenen Farben zu tun hatte, die wir auf der Palette des Malers gesehen hatten, und die offenbar auch keinen Namen hatte.
Es ist Farbe, sagte der Mann achselzuckend, als wir ihren Namen wissen wollten, Farbe, mit der man Räume ausmalt.
Wir brauchten zwei Abende für diese Arbeit, dann forderten wir unsere Belohnung. Sie sah allerdings anders aus, als wir es uns vorgestellt hatten: Ein Junge, einige Jahre jünger als wir, tauchte auf und erklärte sich bereit, uns die Namen der Farben zu erklären, da sein Onkel in der *bottega* gebraucht werde.
Rocco brauste auf, die Arbeit sei getan, und wir könnten den Anstrich schließlich nicht wieder abkratzen. Also mußten wir hinnehmen, was uns geboten wurde und was, wie sich später herausstellte, nicht unbedingt von Übel war: Der Junge hieß Daniele

und wollte Maler werden. Daher kannte er sich ziemlich gut mit den Farben aus, die er im Geschäft seines Onkels zu verkaufen hatte. Im nachhinein läßt sich sagen, daß wir bekamen, was wir uns erhofft hatten. Oder sogar mehr: Wir bekamen Daniele.

Und wenn auch der Onkel zu den Leuten gehörte, die uns als exotische Tiere betrachteten, sobald sie von unserer Herkunft erfuhren, und wenn er auch wenig davon angetan war, daß wir so oft mit Daniele zusammen waren, weil er hinter allem Sodomie witterte – er war ein Anhänger Savonarolas und nahezu besessen von dieser Idee –, so geschah der Einstieg in unseren späteren Beruf doch ziemlich problemlos. Und es störte uns wenig, wenn dieser Onkel später, als er seine Fittiche nicht mehr über dem Neffen ausbreiten konnte, Daniele ständig in unserem Beisein fragte, ob er auch richtig beichte. Richtig hieß, falls gleichgeschlechtlicher Verkehr stattgefunden hatte, mußte man dies wenigstens in aller Ausführlichkeit beichten, und wir hatten manchmal den Eindruck, als beschäftige sich der gesamte Klerus ständig mit der Sodomie, um sie auszurotten.

Ehe ich zu Masaccio und seinem Bild »Die Heilige Dreifaltigkeit« zurückkehre, muß ich noch sagen, daß wir Daniele später über Jahre hinweg nicht mehr sahen, da seine Mutter eine dritte Ehe mit einem Matratzenmacher in Siena eingegangen war und Daniele in dessen *bottega* Matratzen herzustellen und zu verkaufen hatte, ganz gleich, ob ihm dies gefiel oder nicht.

Als ich zum erstenmal vor diesem Bild stand, das so berühmt sein sollte, fiel mir zunächst nichts Besonderes auf. Ich sah in einer Wölbung mit hohem Himmel Gottvater hoch über dem Kreuz, an dem eine Christusfigur hing, und zu deren Füßen vier Gestalten mit betenden Händen, eigentlich nicht viel anders als ähnliche Bilder. Vage fiel mir ein Bild von Giotto ein, das ich in der Bardi-Kapelle in Santa Croce gesehen hatte und das die Erscheinung des heiligen Franziskus darstellte, ein Bild, das mir

verwandt erschien, was die Räumlichkeit betraf, aber es war rund hundert Jahre zuvor entstanden, und Rocco meinte, ich müsse mich täuschen, es habe mit dem Masaccio gewiß nichts zu tun.
Auf jeden Fall waren die Wochen nach dem Besuch bei dem *speziale* eine aufregende Zeit. Rocco verbrachte jede freie Minute mit Daniele, und als er die Namen der Farben in- und auswendig kannte, gingen die beiden zu Malern und schauten ihnen bei der Arbeit zu.
Ich ging nicht mit. Mehr oder weniger aus dem Grund, weil ich mich vernachlässigt fühlte. Und weil ich den Eindruck hatte, daß Rocco sich nun entschieden mehr für die Malerei interessierte als für mich. Ich fühlte ihn von mir wegdriften, und als Rocco eines Abends wagte, Daniele mit ins Ospedale zu bringen, schäumte meine Wut über.
Was soll er hier? fragte ich zornig.
Ich wollte ihm zeigen, wie wir wohnen, sagte Rocco, nicht ganz so rasch wie normalerweise.
Und was willst du ihm zeigen? Die *pila* etwa? Die Bücher, in denen unsere Geschichten aufgeschrieben sind? Den Schlafsaal? Unsere Ammen?
Rocco lief rot an. Wo wir essen und schlafen und lernen. Was sonst, sagte er dann zögernd.
Interessierst du dich dafür? fragte ich Daniele grob und so, daß er nur hilflos mit den Achseln zuckte. Dann sagte er: Ja, schon. Eigentlich. Ich glaube es.
Und was interessiert dich daran? setzte ich mein Verhör fort. Was ist das hier für dich? Ein Löwenzwinger? Ein Käfig für Papageien? Eine *colombaia?* Oder was sonst?
Ich hatte den Eindruck, daß Daniele bei jeder Frage mehr in sich zusammenkroch. Schließlich legte er Rocco die Hand auf die Schulter und wandte sich zum Gehen. Ich muß meinem Onkel helfen, sagte er hastig und rannte davon.

Rocco blieb stehen und ballte die Fäuste. Gehört es dir, dieses Ospedale? fragte er dann kalt. Hast du es gebaut oder Brunelleschi? Verdienst du etwa das Geld, damit wir hier leben können? Bist du vielleicht der Abakusmeister, der uns die Zahlen beibringt? Die Köchin, die für uns kocht? Der Priester in unserer Kapelle?

Ich ließ ihn stehen und ging langsam durch das Tor hindurch in den hinteren, verwilderten Teil unseres Gartens, den ich sehr liebte. Ich drehte mich nicht mehr um, aber ich wußte, daß er mir nicht folgte.

Am Abend lag Rocco nicht in seinem Bett. Er lag auf der Krankenstube, weil er spät nochmals in die Stadt gegangen war und in einer Kapelle, in der gebaut wurde, vom Gerüst gefallen war, als er ein bestimmtes Bild aus der Nähe betrachten wollte. Er hatte sich den Fuß gebrochen und brauchte Pflege. Und Abwechslung gegen die Langweile wäre gewiß auch gut, sagte die Schwester.

Schuldbewußt, wie ich war, wollte ich ihm beides angedeihen lassen, zumal ich froh darüber war, daß er die nächsten Tage nicht zu all den Bildern gehen konnte, die er sich mit Daniele inzwischen »erobert« hatte. Nun gehörte er für acht Tage zunächst einmal mir.

Ich brachte ihm gleich am nächsten Morgen ein Geschenk, von dem er wußte, daß es kostbar war: ein Wachstäfelchen, auf dem er Skizzen machen konnte. Über die häßliche Szene mit Daniele sprachen wir nie mehr, es war so, als habe es sie nicht gegeben. Und als sei nie Eifersucht zwischen uns aufgebrochen. Auf jenem Marienbild waren alle älteren *innocenti* in Schwarz, keiner anders. So hatte ich es gern. Daß Rocco durch das Zusammensein mit Daniele vielleicht nicht ganz so schwarz sein, vielleicht andere Kleider tragen wollte, falls es erlaubt gewesen wäre, gefiel mir nicht. Aber es gelang mir nicht, über diesen Gedanken mit ihm zu reden. Es gab da eine undurchlässige Ebene, und ich hatte den Eindruck, Rocco komme mit seinen Gedanken genau bis zu dieser ersten Malschicht, das, was darunter lag – ein Kreidegrund, ein Halbkreidegrund, Ölgründe oder andere Grundierungen –, erreichte er nicht.

Eine ganze Weile waren dann die Malerei und die Frage, ob sie je mehr sein würde als ein Wunschtraum, kein Thema mehr: Im Ospedale wurden wir für unsere zukünftigen Berufe »aussortiert«, wie Matteo einmal aufsässig sagte, eine Unternehmung, die wilde Dispute entfachte. Wer was werden wollte oder mußte, darüber gab es mit unseren Lehrern und dem Vorstand des Instituts heftige Debatten. Gefragt waren natürlich vor allem die Berufe für die Arte della seta: Seidenspinner, Seidenwirker, Seidenfärber, Seidenhändler. Aber manchmal hatte ich auch den Eindruck, daß wir dem Dutzend nach angeboten wurden: sechs Matrosen für die Seefahrt, sechs Wollschläger für die Arte della lana, sechs Mann für andere Zünfte. Vielleicht war es ihnen auch gleich, wo wir landeten, egal ob wir bucklig waren oder schlecht sehen konnten, unterkamen wir in jedem Fall, weil man wußte, was man an uns hatte. Wenn ich aber wagte, dieses oder ähnliches zu äußern, lernte ich Rocco von seiner harten Seite kennen. Du bist der undankbarste Kumpan, den ich kenne, pflegte er dann zu sagen. Was willst du eigentlich? Keinerlei Zwänge, nur das tun, was dir gefällt? Etwa zu den Compagnacci gehören?
Ich wäre nicht abgeneigt, sagte ich bissig, um ihn zu ärgern. Die Compagnacci waren eine Gruppe von adeligen Jugendlichen, die sich überhaupt nicht um das scherten, was galt oder nicht galt. Sie lebten nach ihren eigenen Gesetzen, und wenn Savonarola zum Beispiel angeordnet hatte, daß der Faschingsmontag kein Tag der Freude sein dürfe und weder große Essen noch Tanz stattfinden sollten, so hatten sie stets genau das Gegenteil davon getan.
Schließlich kamen, was unsere zukünftigen Berufe betraf, doch etliche Vereinbarungen zustande, und Rocco konnte durchsetzen,

daß er im darauffolgenden Jahr zu einem Maler in die Lehre gehen durfte. War sein Lehrherr auch kein Masaccio, der schon längst nicht mehr lebte, schien Rocco dennoch zufrieden, lernen konnte er überall, und vermutlich rührten sie den Leim bei Leonardo und Michelangelo auch nicht anders an als bei einem weniger berühmten Maler.

Ich hatte gar nicht erst versucht, eine Malerlehre anzustreben, weil es dann vermutlich sofort einen unedlen Wettstreit zwischen Rocco und mir gegeben hätte, und wäre es nur darum gegangen, wer die Farbe gründlicher anrieb oder den Untergrund für ein Fresko sorgfältiger glattstrich.

Ich fand es in Ordnung, daß ich einen Färber fand, der mich haben wollte, einen Seidenfärber, nachdem ich mich geweigert hatte, ein Seidenspinner zu werden. Ich ging also Tag für Tag in seine *bottega*, räumte auf, schrubbte am Abend die Farbreste weg, die beim Umrühren der Farbe auf den Boden spritzten, brachte den Indigo zum Mahlen in die Farbmühle, die der Zunft gehörte, und lernte ebenfalls die Namen und Eigenschaften der Farben, da mein Meister sich auf *zendado* spezialisiert hatte, ein leichtes Seidengewebe, das wir dann als Purpurstoff nach Pisa und bis nach Paris verkauften.

Ich hatte einen freundlichen Meister, der bereit war, mir alles zu zeigen, was mich interessierte, und es interessierte mich vieles. Auch wenn Roccos Beruf als »höher« angesehen wurde, störte mich das nicht. Als *tintore* konnte ich nicht berühmt werden, aber es war auch ungewiß, ob Rocco es als Maler eines Tages würde, vorausgesetzt, daß dieses Berühmtwerden ein wichtiger Grund für seine Berufswahl gewesen war. Es konnte geradesogut sein, daß er als Schabrackenmaler endete oder als Schandmaler und niemand in unserer Stadt sich je an seinen Namen erinnern würde. Viele Jahre später, als Michelangelos grandiose David-Figur mit großem Spektakel durch Florenz gezogen wurde, sagte

er zu mir seufzend: Nun ja, das wär's natürlich schon. Und ich legte ihm tröstend die Hand auf die Schulter und erinnerte ihn an die Götter, die die Unmäßigen stets am härtesten bestrafen.
Es lief also lange Zeit gut zwischen uns. Wir gingen in unsere unterschiedlichen Werkstätten in verschiedenen Stadtteilen, und Daniele verlor an Bedeutung, insofern er nun Matratzenmacher in Siena war und mit Kunst wenig zu tun hatte.
Rocco und ich gingen am Abend regelmäßig in eine der Tavernen, von denen es die meisten am Altmarkt gab. Wir verbrachten unsere Sonntage gemeinsam, meist am Arno mit Angeln, und saßen auch manchmal in jenem verwilderten Teil des Gartens, wo wir uns gegenseitig vorlasen.
Wir redeten nie von dem Tag, an dem wir das Ospedale würden verlassen müssen. Ja, fast sparten wir die Zahl achtzehn bei unseren Gesprächen aus, weil sie uns an jenen Tag erinnerte, der zwar noch fern war, aber wiederum auch nicht allzu fern. Schon waren wir in unsere Berufe eingespannt, schon gehörten wir nicht mehr zu jenen, die sorglos in den Tag hineinleben konnten. Unseren Lohn mußten wir zum Teil im Ospedale abgeben, aber das fanden wir mehr als gerecht, damit die, die nach uns kamen, ebenfalls eine Erziehung erhielten und versorgt wurden.
Wir wollten auch nicht darüber nachdenken, was nach unserem achtzehnten Geburtstag sein würde. Wie in anderen großen Familien – natürlich nicht in solch gigantischen wie der unseren – wußte jeder vom anderen alles, was wichtig war zu wissen, was er erwartete, vielleicht auch fürchtete. Doch während jene, die nicht im Ospedale lebten, auf diesen Tag zulebten, weil sie sich dann frei fühlten und das Elternhaus verlassen konnten, war dies bei uns nicht der Fall. Zumindest sprach keiner davon. Noch fühlten wir uns wie in einer Muschel behütet vor allen Unbilden der Welt und wohlgeborgen hinter den Mauern unseres Hauses.

2. Barnabas. Ich habe dich von dem Augenblick an, als ich die Geschichte des heiligen Barnabas zum erstenmal hörte, Barnabas genannt.
Es war mir damals noch nicht ganz klar, weshalb, erst später, als ich mich genauer mit ihm auseinandersetzte und mehr von seinem Leben erfuhr, wußte ich, warum du in meinen Gedanken Barnabas bist.
Ich hatte nie nach dir gesucht, weil du mich nicht interessiertest. Meine Mutter war mir wichtig, du warst es nicht; zumindest für lange Zeit nicht.
Einmal glaubte ich, deine Spur gefunden zu haben. Sie führte zu einem Priester in einem kleinen Kloster am Rand der Stadt, dessen Namen ich durch Zufall erfahren hatte. Ich besuchte dieses Kloster immer wieder, trieb mich in seiner Nähe herum, versuchte, in das Gesicht unter der Kapuze zu schauen, eine Ähnlichkeit zwischen dir und mir zu entdecken. Ich war nicht mehr ansprechbar für die kleinen Freuden des Alltags, trank nicht einmal einen Becher Trebbiano zur Abendstunde in den Tavernen. Und hoffte törichterweise, daß ich dir irgendwann näherkommen würde. Daß du herauskämst aus diesem Kloster, die Kutte wehend um deine schlanke Gestalt – ich sah dich immer schlank, fast dürr. Und dann ging ich in die Kirche. Ich trat in den Beichtstuhl und wollte bei dir die Beichte ablegen.
Ich habe mir vorher sorgfältig überlegt, was ich dir beichten wollte. Ich wollte dich in Gewissenskonflikte führen, dich quälen, wollte sehen, wie du reagierst auf einen, der seinen Vater nicht kennt und sucht, wollte wissen, wie einer sich fühlt, der soeben erfährt, daß er einen Sohn hat.
Ich versuchte, durch die hölzerne Gitterwand dein Gesicht zu erkennen, stellte mir vor, daß du schwitzt. Ich wollte, daß du schwitzt, auch wenn der Tag kalt war. Ich wollte auch, daß du mich fragst, ausführlich fragst, daß du Details wissen möchtest,

zum Beispiel wissen möchtest, wie die Sache mit der Ziege war, obwohl dies nicht meine Geschichte war, sondern die von Leonello. Ich habe sie mir übergestülpt, weil ich testen wollte, wie du diese Sünde einschätzt. Und ich wollte, daß du anschließend mit schlurfenden Schritten den Beichtstuhl verläßt. Gebeugt von der Sünde, die ich dir vor die Füße gelegt habe.

Um es in aller Deutlichkeit zu sagen: Du konntest es nicht gewesen sein. Du sagtest in aller Sachlichkeit, daß Gott unser aller Vater sei und wir bei ihm geborgen seien. Nicht die Spur eines Zögerns, kein Stottern, keine Verlegenheit, keine Lügen, die so offensichtlich gewesen wären, daß ich hätte sicher sein können, dich als meinen Erzeuger entlarvt zu haben.

Ich sagte also all die schlimmen Dinge nicht, die ich in meinem rachsüchtigen Kopf vorbereitet hatte: Wann, Monsignore, tatet Ihr das, was Euch in die Sünde führte? Wie lange kanntet Ihr Eure Mitschwester schon, diese Nonne, die dann meine Mutter wurde? Wie oft triebt Ihr es mit ihr, bis Ihr mich aus dem Weltall pflücktet? Wie oft, nachdem ich bereits begonnen hatte, im Leib dieser Frau zu wachsen? Und vor allem, wo tatet ihr es? Die Zahl der Stätten der Lust dürfte beschränkt gewesen sein. Kein Gebüsch am Arno, kein Wäldchen in der Umgebung, kein Raum, der Euch je allein gehörte – oder etwa doch? Ich sehe Euch auf einem Dachboden, in einem glutheißen Sommer, die Stiege schmal, die zu den kleinen Fässern mit Vin santo führt. Diese Fäßchen scheinen mir passend für Eure Geschichte, der süßliche Geruch muß Euer beider Gier angeheizt haben, er wird Euch die Kutten von den Leibern gerissen und Eure Hände voller Emsigkeit beschäftigt haben, ohne daß Euer Kopf sie noch lenkte. Manchmal denke ich, es könnte vielleicht in den Tagen der Pest gewesen sein, weil in solchen Zeiten alles anders ist und zügelloser. Dann wiederum meine ich, daß es so nicht gewesen sein darf, ich will kein Mitleid mit Euch haben. Ihr sollt nicht gedacht haben, das Ende stehe bevor und nun sei ohnehin alles egal. Ich will, daß Eure Sünde prall und groß ist. Ihr sollt in voller Verantwortung die Schwelle des Unrechts übertreten haben, auch wenn ich mich frage, ob Ihr überhaupt Lust empfunden habt bei diesen Dingen, die Euch beiden doch fremd gewesen sein dürften, Monsignore.

Manchmal verlege ich die Szene auch in den Klostergarten, hinter das Gewürzbeet, wo Lattich, wilde Zichorie und Bergminze wuchern. Ich überlege mir, ob Ihr fürsorglich eine Decke mitgebracht habt oder ob es Euch gleich war, wie hart oder weich Ihr lagt. Ob Ihr zärtlich gewesen seid oder grob, ob Ihr die Sache so rasch wie möglich hinter Euch bringen wolltet, weil Ihr keine Geduld hattet und es nur auf Euer Vergnügen ankam. Ob Ihr beide vielleicht gar nicht verabredet wart, Euch vielleicht nur zufällig begegnet seid, der Fehltritt dann ein reiner Akt des Zufalls war.

Und später dann – wie habt Ihr Euer Ausgestoßensein empfunden? Wie lange seid Ihr nach jenen Wochen der Angst in irgendeinem Kreuzgang auf und ab gewandelt, habt geflüstert bei Nacht, ratlos, bis Ihr Euch kurz vor der Tagesdämmerung gemeinsam für jene *pila* entschieden habt zur Verbergung Eurer Sünde? Ich nehme doch an, daß Ihr es gemeinsam entschieden habt, daß Ihr meine Mutter nicht feige alleingelassen habt, Monsignore, mit ihrer Entscheidung – oder etwa doch? Ist nur sie im Kreuzgang auf und ab gegangen, Schritt für Schritt, dabei immer langsamer werdend, bis sie schließlich nur noch diesen einen Ausweg sah, falls sie nicht die Todsünde des Ertränkens der Leibesfrucht im Arno auf sich laden wollte? Hattet Ihr vielleicht jene Augenblicke der Lust längst verworfen, die Euch an den Rand der ewigen Verdammnis gebracht haben? Oder habt Ihr am Ende Euer sündiges Tun auch dann noch fortgeführt, nachdem Ihr Euch meiner entledigt hattet und ich in eine andere Welt abgeschoben worden war?

In manchen Nächten habe ich das Gefühl, die Flut dieser Vorstellungen nicht länger ertragen zu können. Ich frage mich, woher all diese sündigen Gedanken kommen, ob ich nicht bereits selber vom Teufel besessen bin und einen Exorzisten nötig habe. Es gelingt mir nicht, diesen Gedankenstrom zu unterbrechen, die Bilder fließen weiter, greifen ineinander, rasten genau dort wieder ein, wo eine Unterbrechung möglich schien.
Ich werde also nie Euren Kreuzgang kennenlernen, werde vermutlich auch nie zu deinen Füßen sitzen, Vater, und deinen Geschichten zuhören, die du mir erzählst von deinen Reisen. Ich weiß nicht, weshalb ich mich stets zu deinen Füßen sitzen sehe, aber es ist dieses Bild, das mich überfällt, wenn ich an dich denke. Habe ich übrigens erzählt, daß sich deine Figur und die des Heiligen an manchen Punkten überschneiden und verwischen? Daß du der Barnabas von heute bist und zugleich jener große Mann der Kirchengeschichte aus Zypern, jener Vetter des heiligen Markus, der Paulus auf seiner ersten Missionsreise begleitet und in der Gemeinde von Antiochien eine wichtige Rolle gespielt hat?
Und immer erfaßt mich Traurigkeit, da ich dir nie etwas von mir zeigen kann. Alles kann nur in meiner Vorstellung stattfinden. Ich nehme dich dann mit in unser Atelier, wenn die anderen beim Fischen am Arno sind oder in der Stadt. Ich zeige dir meine Bilder. Erkläre dir das große Abenteuer der *prospettiva*. Ich lasse dich Fragen stellen, eifrige Fragen, die deiner würdig sind. So willst du wissen, weshalb ich die Kreuzigung an dieser Stelle der Landschaft gemalt habe und die Grablegung an jener. Für einen kurzen Zeitraum haben wir einen *discorso*, als seien wir zwei Männer, die soeben den Auftrag für eine Kirche besprechen. Wieviel Gold, wieviel Azurit. Nein, das dürfte zu teuer sein, sage ich lächelnd, während du in aller Großzügigkeit das ganze Gewand der Mutter Gottes am liebsten mit Goldplättchen unterlegen lassen möchtest.

So treffen wir uns in aller Heimlichkeit in diesem Atelier. Ich werde weiterhin verschweigen, weshalb ich mich mit meinem Vater nur in meiner Vorstellung verabreden kann, du wirst weiterhin deinen Sohn verleugnen, der ein Maler geworden ist. Sollte er eines Tages ein großer Maler werden, kannst du nicht stolz auf ihn sein: Dieser Sohn gehört dir nicht. Er trägt nicht deinen Namen. Er ist ein *innocenti*.

Manchmal in meinen wilden Phasen überlege ich mir, wie ich dich am meisten verletzen könnte. Ich könnte beiläufig den Begriff *gettatelli* einfließen lassen, die Weggeworfenen, ein Wort, das stärker ist als *innocenti*, die Unschuldigen. Ein Wort, das schneidet. Aber dann verzichte ich darauf.

Ich nehme meine Posaune und lasse mich im Boot auf dem Arno treiben. Ich blase so lange, bis keine Luft mehr in mir ist, alle Kraft entwichen bis auf den Grund meiner Seele.

Laß dein Blut nicht so wallen! sagte meine Amme einmal zu mir. Es war an einem der Tage, an denen sie uns alle eingeladen hatte, und sie wurde zufällig nachts Zeuge eines meiner Alpträume, in dem ich voll Zorn deinen Namen rief, Barnabas rief, Barnabas! Und dann verdammte ich dich. Kochendes Blut tut nicht gut, sagte meine Amme.

Ich wachte verstört auf, sah sie neben meinem Strohsack sitzen. Sie strich mir behutsam über das Haar, über meine heißen Hände. Schlaf weiter! Kochendes Blut tut nicht gut, sagte sie dann noch einmal sanft.

Ich ließ mich zurückfallen. Mein Blut wird immer kochen, flüsterte ich schlaftrunken. Kochendes Blut tut gut. Wenn es kocht, weiß ich, daß ich lebe. Und im Halbschlaf ließ ich alle Klöster der Stadt vor mir Revue passieren, die ich noch nach dir absuchen könnte: die Klöster der Franziskaner, der Serviten, der Karmeliter, der Cölestiner, der Augustiner, der Mendikanten, der Zisterzienser, der Benediktiner, der Vallombrosaner, der Basilianer, der

Brüder von der Reue Jesu Christu, der Silvestriner und alle Klöster, die im Norden vor dem zweiten Mauerkreis lagen.
Mein Wunsch ist also, du möchtest eines Tages erfahren, daß es mich gibt. Durch diese *ricordanze* sollst du von mir erfahren, eine *ricordanze* im umgekehrten Sinn, eine Erinnerung, niedergeschrieben vom Sohn für den Vater – wie ich hoffe, eine schmerzhafte Botschaft, die dir eines Tages sagt, wer dieser Sohn ist.
Irgendwann muß alles abgegolten sein. Ich senke meine Fäuste. Ich feßle meine Zunge, damit sie nicht mehr schreit.

3. Ich erinnere mich an meine letzte Nacht im Ospedale.
Ich hatte bereits am Tag zuvor die wenigen Dinge, die mir gehörten, zusammengepackt und in meine neue Behausung gebracht. Der Raum, den mir mein Meister als Schlafkammer anwies, war winzig, aber er machte mich glücklich, weil ich zum erstenmal in meinem Leben für mich allein war. Daß es in diesem Raum im Sommer sicher kaum auszuhalten war, da er unter dem Dach lag, war mir klar, aber das gedachte ich klaglos hinzunehmen – ich hatte ein Reich, in dem ich Gonfaloniere war.
An diesem letzten Abend gingen Rocco und ich noch einmal in die Weinschenke nahe der Porta del duomo, wo wir sowohl den Malvasier fanden, einen Wein aus dem Friaul, den wir gerne tranken, wie auch den Trebbiano aus dem Neapolitanischen. Von dem gekochten Wein, dessen Alkoholgehalt besonders hoch war, hielten wir uns meist fern, bot man ihn Fremden an, so durfte man sicher sein, daß man sie in irgendeiner Sache hereinlegen wollte. Am sichersten war man natürlich bei toskanischem Wein, dessen Preis von der Behörde in jedem Vierteljahr neu festgesetzt wurde. Jetzt, im Frühsommer, war er nicht ganz so teuer wie im Spätsommer, da kostete er doppelt soviel wie im vorausgegangenen Herbst.
Wir hatten uns an diesem Abend beeilt, in die Schenke zu kom-

men, da nach dem Abendläuten jeglicher Weinausschank verboten war. Freitags waren die Schenken zum Gedächtnis an Christi Martyrium ohnehin bis zum Läuten der Terza geschlossen, am Karfreitag völlig.

Es war uns beiden klar, daß wir in Zukunft Mühe haben würden, uns zu treffen, da wir nun beide in entgegengesetzten Stadtteilen lebten. Ich wohnte am Corso de tintori, wo das Gewerbe der Färber seit dem Beginn des Trecento konzentriert war, nachdem die Betriebe früher nahezu über die ganze Stadt verteilt waren. Der Treffpunkt für die Färber war die Kirche Sant Onofrio, zu der auch ein Spital gehörte.

Weshalb ich mich diesem Beruf zugewandt hatte, begriff Rocco vermutlich auch an diesem Abend nicht. Es gibt kaum ein Gewerbe, bei dem es so viele Querelen gibt, sagte er kopfschüttelnd. Denke nur an den ständigen Ärger mit der Arte della lana, deren Meister die Tarife für das Färben ziemlich willkürlich festsetzen und ihren Verpflichtungen dann mit einem Hochmut sondersgleichen nur alle vier bis fünf Jahre nachkommen! Die Färber hatten versucht, mit den Aschenbrennern und Krapphändlern eine eigene Zunft aufzubauen, aber nach einer kurzen Probezeit, die ihnen eingeräumt wurde, blieb alles wieder beim alten, und sie kamen erneut in die Abhängigkeit der Arte della lana.

Ich versuchte, Rocco klarzumachen, daß ich mir diesen Beruf ausgewählt habe, weil ich gerne mit Farben zu tun haben wollte, schließlich hatten wir gemeinsam die Faszination der Farben entdeckt und auf diese Art und Weise Daniele kennengelernt.

Du wirst nie wieder im ganzen Leben saubere Hände haben, widersprach Rocco. Du kannst machen was du willst, du bekommst sie nicht mehr sauber, genauso wie die Wollarbeiter den Uringeruch beim Bearbeiten der Wolle nie aus der Nase bekommen.

Die Haut wächst nach, sagte ich kühn, weil ich das irgendwo mal gehört hatte. Ob damit die Farbe von den Fingern verschwand, war mir unklar.

Viel später, als wir einmal einen wirklich tiefgreifenden Streit hatten, behauptete Rocco, ich sei aus Trotz *tintore* geworden, weil ich die Rivalität als Maler mit ihm gefürchtet hätte – eine Vermutung, die nicht ganz aus der Luft gegriffen war.

An diesem Abend jedoch schwelgte ich in der Vorstellung, die Welt bunt und prall und fröhlich zu machen mit den Seidenstoffen, die bleich wie Gespenster zu uns in die Hallen kamen. Ich stellte mir vor, wie ich Frauen, die sich zu uns in die *bottega* bemühten, für diese Farben begeistern würde, wie ich an manchen Abenden, wenn die Stoffbahnen zum Trocknen auf den Gestellen hingen, zwischen diesen hindurchschlendern würde, als sei ich in einem bunten Märchenwald, und wie ich in unbeobachteten Augenblicken mein Gesicht an diese Seide schmiegen würde – natürlich nur, wenn ich meinen Bart bis zur letzten Stoppel rasiert hatte. Aber selbstverständlich waren dies alles Hirngespinste, die nie wahr wurden. Keine Frau wagte sich je in unsere stinkenden Räume mit ihrem beißenden Geruch und riskierte, am Ende gar noch ihre kostbaren Gewänder mit Farbspritzern zu verderben.

Ich erinnere mich auch an die letzte Nacht im Ospedale. Zum letztenmal in unserem Schlafsaal, der nur mäßig belegt war, weil ein Teil unserer Altersgruppe bereits ausgezogen war und die neuen Jahrgänge noch nicht hier schliefen.

Mir kamen jene qualvollen Nächte von früher ins Gedächtnis, in denen uns Sebastiano die Geschichten unseres Lebens erzählte. Ich fühlte wieder die Angst, daß die winzigen Geheimnisse, die wir unter unseren Betten verwahrten, in unbefugte Hände fallen könnten. Um meine *ricordanze* sorgte ich mich am meisten. Ich rückte jeden Abend heimlich das Bett von der Wand und überprüfte die Leiste, die ich gelockert hatte, um meine Blätter dahinter zu verstecken. Meine Vorsicht war so groß, daß ich manchmal sogar mitten in der Nacht, wenn ich ein Geräusch hörte, die Leiste ein weiteres Mal prüfte. Aber mein Geheimnis blieb unentdeckt, sowohl im Ospedale wie auch später im Haus am Arno des Messer Orelli.

An diesem letzten Abend, die Blätter längst in sicherem Gewahrsam, schlich ich noch einmal zu Roccos Schlafplatz hinüber, ohne zu wissen, weshalb. Vermutlich lediglich um mich zu vergewissern, daß es ihn gab, um seinen Atem zu hören, der wie stets regelmäßig war. Rocco schnarchte nie, nicht einmal wenn er erkältet war und eine verstopfte Nase hatte. Ich schnarchte, wie man mir versicherte, auch nie, vermutlich aus lauter Angst, daß man mir im Streit vorwerfen könnte, ich sei ein unbequemer Schlafgenosse. Schon damals lag ich in manchen Nächten mehr wach als schlafend, und die Vollmondnächte waren mir bereits Tage zuvor ein Alptraum. Ich schlich durch den halbleeren Schlafsaal wieder zurück zu meinem Bett, und mir war, als sei die Welt untergegangen und nur mich habe man aus irgendwelchen Gründen vergessen.

Irgendwann frühmorgens schlief ich dann ein. Als der Aufseher mich weckte, teilte er mir mit, daß Rocco bereits weggegangen sei. Ich wußte nicht, sollte ich traurig sein oder zufrieden, den Abschied verpaßt zu haben. Aber da ich vermutlich doch wieder Mühe gehabt hätte, die richtigen Worte zu finden, und mit großer Wahrscheinlichkeit das Falsche gesagt hätte, war ich im Grunde froh, daß mir die Begegnung erspart geblieben war.

Der Abschied von unserer Köchin war der herzlichste. Sie steckte mir ein paar *biscotti* zu und sagte, daß ich zu jeder Zeit bei ihr in der Küche willkommen sei. Unsere Lehrer entließen mich sachlich, wünschten mir Glück und Segen auf dem weiteren Lebensweg und ermahnten mich vor allem zu Sparsamkeit und Demut vor dem Herrn. Damit machten sie deutlich, zu welcher Partei sie gehörten: Wie so viele hingen sie noch immer Savonarola an.

Als ich die breiten Stufen zur Piazza Santissima Annunziata, von der aus man das Ospedale in seiner vollen Breite sehen konnte, hinabgestiegen war, drehte ich mich noch einmal um. Ich schaute zu den Arkaden empor, unter denen es im Sommer so angenehm kühl war, und mein Blick glitt nach oben zu den Reliefs mit den wie Mumien eingewickelten Kindern, dann auf die linke Seite zu der *pila*. Am Tag zuvor seien vier Kinder eingeliefert worden, hatte Sebastiano uns beiden gewissenhaft berichtet, auch wenn wir uns jetzt nicht mehr übermäßig für Nachrichten dieser Art interessierten, da wir inzwischen schon weitergereist waren in unseren Gedanken. Und so grausam es auch klingen mag, all das, was mit dem Ospedale zu tun hatte, berührte uns nicht mehr besonders – so schien es uns zumindest in diesem Augenblick.

Wir waren abgenabelt. Mit diesem Tag für immer.

Und vermutlich würde die *pila* eines Tages auch für uns nichts anderes mehr sein als ein exotischer Gegenstand, von Fremden mitleidig betrachtet. Oder noch weniger: Alltag, der zum Leben dazugehört.

Die nächsten Wochen vergingen in einem seltsamen Gefühl der Leere und der Unruhe zugleich. Tagsüber verrichtete ich mit aller Sorgfalt meine Arbeit, schob mit den anderen zusammen mächtige Farbkübel an den richtigen Platz in der Halle, rührte in großen Holzbottichen Farben an und schwenkte die Stoffbahnen mit Hilfe einer Winde in den Behältern hin und her. Später wuchtete ich sie wieder heraus, stemmte sie auf hohe Gestelle zum Trocknen hoch, und dann begann alles wieder von vorne, so daß ich mich bald fragte, ob so eigentlich der Rest meines Lebens aussehen würde.

Nach der Arbeit empfand ich mich in einem unwirklichen Zustand, aus der Welt herauskatapultiert, und wußte nichts mit mir anzufangen. Ich kam mir vor wie in einen tiefen Krater hinabgestoßen, ohne zu wissen, wie dies geschehen war. Ich empfand ein

Loch, ein doppeltes Loch: Ich gehörte nicht mehr zu den Kindern des *frate* noch zu den *innocenti*. Und dies gab mir das Gefühl, längere Zeit im *bargello* eingesperrt verbracht und den Anschluß an ein normales Leben verpaßt zu haben.
Und vermutlich wurde mir auch jetzt erst richtig bewußt, was ich, was wir mit dem Tod von Savonarola verloren hatten: Es gab keine Umzüge mehr, bei denen achttausend Kinder durch die Stadt marschierten, keine weißen Gewänder, keine Olivenzweige auf unseren Köpfen, keine Aufgaben, die es zu erfüllen galt, Aufgaben wie Almosensammeln oder die Errichtung des *talamo,* die Mut erforderte. Und vielleicht das Schlimmste von allem: Wir Jungen waren wieder zu dem geworden, was wir immer waren und was man uns gnädigerweise für einen kurzen Zeitraum hatte vergessen lassen. Wir waren in die Bedeutungslosigkeit zurückgestoßen worden. Es gab niemanden mehr, der sich vor uns fürchtete, niemanden, der uns achtete, niemanden, der uns bewunderte, uns gehorchte – die Kinder des *frate* waren obdachlos geworden, hatten ihre Bleibe verloren. Und die wenigsten Erwachsenen bedauerten das. Ich nehme an, den meisten war recht, daß alles so gekommen war und die Signoria wieder allein bestimmen durfte, was in unserer Stadt zu geschehen hatte. Die Macht der Kinder schien für immer gebrochen, nachdem man ihnen über vier Jahre hinweg alle Freude am Leben zu nehmen versucht hatte: Nicht einmal harmlose Kinderspiele waren erlaubt gewesen, Esel- und Pferderennen durch Bittgänge ersetzt worden und besagten Korb mit Karnevalsbrezeln hatte man wegbringen lassen, da man sie für sündig erachtete.
Es war also ein doppeltes Loch, in das ich gefallen war. Nach dem Abschied vom strengen Geborgensein bei den »Kindern des *frate*« vermißte ich nun die warme Kuhle der *innocenti*. Ich hatte keine Freunde mehr. Nicht einmal mehr Rocco, weil dieser gleich zu Beginn seiner Arbeit mit seinem Meister irgendwo bei Lucca

einen Auftrag ausführen mußte. Briefe schrieben wir natürlich nicht, Briefe hätten Geld gekostet. Einmal erfuhr ich von einem jungen Mann, den ich nie zuvor gesehen hatte, daß es Rocco gutgehe und er große Freude an der *prospettiva* habe, was mich damals nicht sonderlich beeindruckte, da ich zu jener Zeit noch kaum wußte, was diese *prospettiva* bedeutete.

Abends lag ich meist ziemlich früh in meinem Bett, auf einem klumpigen Strohsack, von dem ich hoffte, ihn eines Tages gegen einen besseren austauschen zu können. Ich brütete stumpf vor mich hin, vermißte seltsamerweise die Schlafgeräusche meiner Zimmergenossen, die mich früher immer gestört hatten. Manchmal versuchte ich auch, mich an all das zu erinnern, das wir unter Savonarola erlebt hatten. Ich rief mir seine Predigten in Erinnerung, die er jeden Sonntag im Dom vor zehntausend Menschen gehalten hatte, vergegenwärtigte mir seine Visionen und prophetischen Vorhersagen, summte die Melodie der Wechselchöre, die wir gelernt hatten, identifizierte mich voller Inbrunst mit dem verwahrlosten Volk, zu dem er uns abgestempelt hatte und das voller Gläubigkeit auf ein besseres Leben nach dem Tod hoffte.

Wenn es mir ganz schlecht ging, lief ich in der Nacht heimlich zu der Stelle, an der sie ihn verbrannt hatten. Ich stellte mich auf den Platz, auf dem es geschehen war, und sprach mit ihm, nein, schrie seiner Seele zu, die ich da irgendwo über mir in den Wolken vermutete, und beklagte, daß er mich allein gelassen hatte. Nicht anders als meine Mutter und mein Vater.

In anderen Nächten holte ich mir farbige Seidenreste in meine Kammer, die zum Abfall gehörten, zündete eine Kerze an und studierte die Farben. Ich memorierte die Namen, die wir einst bei Daniele gelernt hatten, aber die Farben für die Seiden waren andere und hatten andere Bezeichnungen: zum Lilafärben verwendete man Lackmus, die Rotfärber benutzten das gemahlene Wurzelmark der Krappflanze, für das *sanguigno,* das Blutrot, be-

nötigte man Brasilholz aus Kleinasien und das *azzurro* kam auf einer weiten Strecke über Venedig aus dem fernen Orient.
In die Weinschenken ging ich nie. Einmal hatte ich es versucht, aber ich hatte den Eindruck, daß der Malvasier sauer war und der Trebbiano anders schmeckte als früher, der toskanische Wein aber schien weit über dem Preis zu liegen, den doch die Behörden überwachten. Aber vielleicht hing alles damit zusammen, daß ich allein war und Rocco mir fehlte.
Einmal dann, mitten in der Nacht, ging ich zum Ospedale. Ich hatte nie erlebt, wie ein Kind in die *pila* gelegt wurde, nicht ein einziges Mal in dieser langen Zeit. Jetzt sah ich es. Und jetzt stellte ich auch fest, daß keinesfalls stimmte, was ich bei meinem Auszug gedacht hatte: Dies alles berührte mich doch sehr. Ich sah die Frau, das Gesicht dicht verhüllt, ich sah, wie sie das Bündel in die Schale legte, schaute zu, wie sie die Treppen wieder so hastig hinunterstieg, wie sie sie hinaufgestiegen war. Dann war sie spurlos in der Nacht verschwunden, als habe es sie nicht gegeben. Und das Ganze dauerte kaum mehr als eine Minute. Für einen Augenblick überlegte ich, ob ich ihr nachrennen, sie bitten sollte, sich alles noch einmal gründlich zu überlegen. Aber ich wußte, daß dies töricht gewesen wäre, und ließ es sein. Ich blieb so lange stehen, bis eine Schwester das wimmernde Bündel aus der *pila* nahm, ehe es wieder still wurde.
Einmal erwog ich, ob ich den langen Weg nach Lucca auf mich nehmen sollte, aber dann kam ich mir lächerlich vor – es mußte möglich sein, daß ich allein mit mir zurechtkam und mich nicht an Roccos Rockzipfel klammerte wie ein kleiner Junge. Ein anderes Mal hörte ich direkt unter dem Fenster meiner Kammer eine Katze kläglich miauen. Ich stieg die steile Treppe hinunter, holte in der Küche ein Schüsselchen mit Milch und wollte es gerade vor die geöffnete Haustür stellen, aber es erwies sich als eine völlig überflüssige Geste: Die Katze hatte offenbar inzwischen eine Maus

gefangen, die sie nun genüßlich verspeiste. Zu allem Überfluß öffnete sich eine Zimmertür, und die Haushälterin schaute mich mißtrauisch an, worauf ich unterschlug, daß ich die Milch für die Katze geholt hatte, und Magenschmerzen vorschützte.
Mein Meister kümmerte sich nach der Arbeit wenig um mich, vermutlich wußte er, daß ich früh schlafen ging, und zumal in den ersten Wochen konnte ich am Abend kaum noch stehen, während meine Arme nahezu lahm waren vom Heben der schweren farbgetränkten Stoffbahnen, die ich über die Gestelle zu werfen hatte. Als ich in der Stadt einmal unsere Köchin traf, die mich herzlich begrüßte und sich nach dem Essen bei meinem Meister erkundigte, schlug sie vor, ich könne gerne auch die Abende bei ihr verbringen. Doch als ich ihr verschwörerisches Lächeln dabei bemerkte, hatte ich den Eindruck, daß ich es lieber seinlassen sollte. Über den Mangel an Schlafgeräuschen hatte ich nicht mehr zu klagen, als eine alte Tante des Meisters in die Kammer neben der meinen einzog. Sie bekam jeden Abend nach dem Zubettgehen regelmäßig einen Hustenanfall, der über einen längeren Zeitraum andauerte und dann irgendwann in ein klägliches Röcheln überging, so daß ich öfter als einmal befürchtete, sie müsse am Morgen tot sein, was freilich nie eintraf. Auf jeden Fall hatte ich von da ab weniger das Gefühl der Einsamkeit, zumal das Röcheln immer häufiger in ein gewaltiges Schnarchen überging.
In manchen Nächten gestand ich mir ein, daß ich nichts mehr vermißte als den samtenen Schlaf Roccos, der mir immer heilig gewesen war: Ich hatte Rocco nie geweckt, auch wenn ich stundenlang nicht einschlafen konnte und obwohl er mir des öfteren angeboten hatte, in einem solchen Fall mit mir spazierenzugehen, bis ich müde sei.
Und dann eines Tages alle Einsamkeit aufgehoben in einem Wirbel von Zufällen und Begegnungen: das Fest des San Giovanni, das höchste Fest unserer Stadt zu Ehren ihres Schutzpatrons.

Und als weltlicher Höhepunkt dieses Festes der Palio, das Pferderennen.
Die Vorbereitungen zu dem eigentlichen Fest begannen bereits drei Tage zuvor mit dem Aufruf des Herolds, gemäß dem jeder Junge, der fünfzehn Jahre alt war, im *battistero* seine Kerze zu überbringen hatte. Die Straßen wurden in Festsäle verwandelt, erhielten ein Dach, das gegen die Sonne schützen sollte. Zwischen dem *battistero* und Santa Reparata wurde dieser »Himmel« in zwölf Meter Höhe in den Mauern verankert. In der gesamten Stadt waren die *bottege* festlich geschmückt.
Am Vortag zog dann die Prozession vom Dom zum großen Bittgang mit den Reliquien der einzelnen Kirchen und dem Klerus samt Laienbruderschaften durch die Stadt. Zur Stunde der Vesper wurden die Kerzen entzündet. An der Spitze der verschiedenen Verbände waren die Angesehensten zu sehen, ihnen folgten alt und jung zu Paaren geordnet. Stelzenmänner in bunten Gewändern umrundeten den Zug, Tuba- und Schalmeienbläser zogen über den Ponte vecchio nach San Giovanni.
Für die Färber war das Johannes-Fest stets auch ein gutes Geschäft, da die höchsten Beamten der Stadt statt der Kerzen der Kirche kostbare Seidenstoffe an einer Standarte weihten.
Am eigentlichen Festtag, dem 24. Juni, wurde in der Taufkirche ein besonders feierlicher Gottesdienst gehalten, und am Nachmittag fand dann das von allen mit großer Spannung erwartete Pferderennen statt, der Palio. Ehe das Rennen begann, wurden stets die Siegestrophäen der früheren Jahre durch die Stadt gefahren.
Das Rennen der zwölf Pferde, von *fantini*, Jockeys, geritten oder dem Besitzer, begann bei der Mugnone-Brücke, ging von da zum Mercato vecchio, dann durch die Via del corso und weiter zur Piazza San Piero Maggiore, wo die Sieger, empfangen von festlicher Tubenmusik, von vornehmen, reichgeschmückten Frauen

den heißersehnten Preis, den *palio,* in Form eines kostbaren Tuches erhielten.
Natürlich waren die begehrtesten Zuschauerplätze am Ziel, wo die Preise verliehen wurden. Aber da mir klar war, daß man diesen Platz kaum ungeschoren erreichte – meist mit zerrissenen Kleidern oder ohne Beutel, der gestohlen worden war –, hatte ich mir überlegt, daß ein guter Platz vielleicht in der Nähe des Arno sein würde, weil es dort nicht ganz so heiß und möglicherweise auch nicht ganz so voll war.
Aber ich hatte mich getäuscht, es gab keinen Platz in der Stadt, der weniger überfüllt gewesen wäre als der andere, und obwohl mir durchaus klargewesen war, daß es außer mir noch andere Leute geben würde, die an diesem Fest teilhaben wollten, so hatte ich doch nicht damit gerechnet, daß sich ganz Florenz und die halbe Toskana hier versammelten.
So schlenderte ich am frühen Nachmittag mehr mißgelaunt als fröhlich ziellos durch die Gassen, ging von einer *bottega* zur anderen und traf irgendwann Matteo, der mir sagte, Rocco und Daniele seien in der Stadt, und man wolle sich später in einer Taverne unweit des Doms treffen. Zur Vesperstunde.
Wir hatten uns schon einmal im Ospedale über den Zufall unterhalten, Matteo, Sebastiano, Rocco, Leonello und ich, und wir hatten uns nicht einigen können, was das eigentlich sei. Daß sich an diesem Ort und zu dieser Stunde irgendwelche Fäden überschnitten, mitten im dicksten Gewimmel von schwitzenden Pferdeleibern und Männern, die dieses Rennen ohne Sattel ritten, war in meinen Augen ganz gewiß einer: Der größte Zufall aber war, daß ich hier Brigida wiederfand, Brigida, die ich zum letztenmal gesehen hatte, als sie jenes wilde Pferd vom Neptunsbrunnen heiraten wollte. Mich hatte sie damals nicht wahrgenommen, und wenn ich es darauf angelegt hätte, daß sie von mir Notiz nahm, so hätte sie sich ganz gewiß nicht mehr an den tränenreichen

Abschied bei unserer Amme erinnern können – dazwischen lagen Äonen. Den Tag, an dem ich ihr den geraubten Spiegel zurückgab, hatte ich verdrängt, und die Begegnung bei Savonarolas Umzug, als ich ihr das Kreuz abgenommen hatte, nachdem ihre Hände und ihr weißes Gewand mit der roten Farbe verschmiert waren, die wie Blut aussah, diese Begegnung war gewiß auch nicht in ihrer Erinnerung haftengeblieben. Und bei alldem hatte ich nie die Gelegenheit gehabt, ihr anzuvertrauen, daß ich einst ihre »Kindsmagd« gewesen war und uns die gleiche Amme gesäugt hatte.

Daß sich heute, an diesem wilden Tag, dazu eine Gelegenheit geben würde, bezweifelte ich: Brigida stand neben einer älteren Frau, die ihre Hand wie mit einer Greifzange umklammert hielt, als befürchte sie jeden Augenblick, daß man ihr ihren Schützling entreißen könne. Ich hielt mich seitlich von den beiden auf und starrte Brigida an. Noch hatte ich keine Eile, bis zur Vesper war Zeit. Ich starrte auf Brigida, auf ihre blonden Haare, die große Mode waren, wobei ich aber wußte, daß sie die ihren ganz gewiß nicht färbte.

Das Gedränge glich einem wogenden Meer, dessen Wellen kamen und gingen. Mal war ich Brigida nah und konnte jeden Schweißtropfen sehen, der sich auf ihrer Stirn bildete, mal driftete ich ab und konnte mich nur brutal wieder in ihre Nähe boxen. Ich schaute, ob sie vielleicht ein Tuch trug, das sie in dem Gedränge hätte verlieren können, aber sie trug keines und auch keinen Beutel, den ich ihr wegziehen und anschließend als gefunden zurückgeben hätte können.

Den Beginn des Rennens verpaßte ich, weil ich mich soeben wieder auf einer sehr entfernten Welle befand und mir für den Bruchteil einer Sekunde die Angst durch den Kopf jagte, daß ich Brigida in diesem Gewimmel nicht wiederfinden würde.

Und dann geschah das Wunder: Irgendein guter Mensch drückte

sie im Bestreben, nach vorne zu kommen, gegen mich. Die Berührung dauerte nur einen Augenblick, aber in diesem Moment sah sie mich an. Unwillig zunächst, dann blinzelte sie gegen die Sonne und lächelte. Ich schaute mich um, weil ich dachte, das Lächeln gelte jemand anderem hinter mir, weil ich grundsätzlich annahm, ein Lächeln könne nur anderen zuteil werden.
Ich möchte mich bei dir bedanken, sagte sie freundlich und entzog sich dank der nächsten Welle mit einem heftigen Ruck der Hand ihrer Bewacherin, vermutlich ihrer Lehrerin, die schnell in der Menge abgedrängt wurde.
Bedanken? Du dich bei mir? sagte ich mehr als verblüfft.
Sie legte ihre Hand auf meinen Arm, während wir in die andere Richtung davontrieben. Erinnerst du dich nicht mehr?
Ich starrte sie an, als sei sie soeben vom Himmel herabgestiegen. Daran erinnerst du dich? flüsterte ich dann fassungslos und merkte gerade noch rechtzeitig, daß ein Taschendieb sich meiner Börse bemächtigen wollte.
Sie lachte verhalten. Mein weißes Gewand war voller Farbe, und außerdem hatte ich einen Holzsplitter im Finger, und sehr müde war ich auch. Während sie dies sagte, schob sie mich recht zielgerichtet weiter an den Rand des Gedränges, so daß wir langsam wieder Herr unserer selbst wurden.
Du erinnerst dich daran? fragte ich, noch immer fassungslos. Weshalb?
Sie lachte wieder. Nun, weshalb erinnert man sich an eine Sache? Weil sie so wichtig war, daß man sie nie mehr vergißt.
Ich schluckte und spürte, wie mein Adamsapfel hüpfte, was mich stets störte. Nie mehr? Du meinst das wirklich so?
Nun ja, sagte sie, zum erstenmal verlegen, man sagt es eben so. Und während sie dies sagte, drängte sie mich noch weiter weg vom Geschehen des Palio, so daß wir schließlich in einer engen Gasse landeten, in der ein Händler warme Krapfen anbot. Ich kaufte

zwei Stück, reichte ihr einen und hatte dabei vergessen, daß ich stets versuchte, meine mit Farbe verunstalteten Hände zu verstekken. Natürlich hatte Rocco recht gehabt, und die Haut wuchs ganz offensichtlich nicht so rasch nach, wie ich das gerne gehabt hätte.

Du arbeitest als Färber, sagte sie mit aller Selbstverständlichkeit und deutete auf meine Hand. Ich habe einen Vetter, der das gleiche macht.

Ich überlegte einen Augenblick, dann sagte ich einen Satz, den mir der Teufel in den Kopf gegeben haben mußte: Vorübergehend. Nur vorübergehend.

Du willst also irgendwann etwas anderes machen? fragte sie eifrig, so als sei sicher, daß dieses andere etwas Besseres sei.

Ich nickte heftig. Mein Adamsapfel mußte inzwischen Springhüpfen machen, so aufgeregt war ich. Ja, das will ich.

Und was?

Eine ganze Kavalkade von Gedanken rauschte mir in diesem kurzen Augenblick durch den Kopf. Ich möchte eines Tages Maler werden, sagte ich dann, ohne nachzudenken. Es war das Nächstliegendste, was mir einfiel, aber ich war sicher, daß es Eindruck machte. Und nichts anderes wollte ich in diesem Augenblick meiner Verwirrung.

Ich sah, wie ihr Gesicht sich vor Bewunderung straffte, genauso wie ich mir immer gewünscht hatte, daß mich ein Mädchen anschauen würde. Maler? sagte sie. Das ist ja wunderbar.

Nun, noch arbeite ich bei einem Färber, wie du siehst. Ich will mich zunächst intensiv mit Farben beschäftigen. Man braucht das einfach für später.

Sie nickte. Das ist sehr klug, sagte sie dann, sehr klug. Da meinen viele, sie könnten gleich Porträtist werden, aber im Grunde genommen malen sie dann auch nichts anderes als Kopffüßer.

Kopffüßer? fragte ich verblüfft.

Sie lachte. Nun ja, als Kind habe ich wie vermutlich alle Kinder, wenn sie Menschen malen wollen, immer einen riesigen Kopf gemalt und daran hängte ich dann die Füße und die Arme, den Körper schenkte ich mir. Kennst du das nicht?
Ich schüttelte den Kopf, ertappte mich beim Lächeln. Kopffüßer, das klingt lustig. Ich wüßte gern, wie sie aussehen.
Und so gingen wir an diesem Tag des San Giovanni, an dem die ganze Stadt zusammengekommen war, um den Palio zu sehen, zum Arno hinunter, setzten uns in den Sand und zeichneten unter großem Gelächter Kopffüßer. Fünf, zehn, zum Schluß konnten wir sie nicht mehr zählen. Sie standen in Reih und Glied am Ufer wie die Milizen unserer Stadt bei der Übung zum Krieg gegen die Franzosen.
Schließlich hörten wir auf, und ich schaute sie hilflos an. Die werden dich suchen.
Sie stand auf und schüttelte den Sand aus ihrem Kleid. Hoffentlich werden sie das, sagte sie grimmig. Dann wissen sie vielleicht endlich, daß es mich gibt.
Ich schaute sie fragend an, da ich mit dieser Antwort nichts anfangen konnte.
Das ist zu schwierig, um es jetzt zu erklären, sagte sie abweisend. Aber irgendwann einmal will ich mit dir darüber reden. Es gibt nicht so viele Leute, mit denen ich das kann.
Ich habe sie auch nicht, sagte ich stockend.
Wo wohnst du? wollte sie dann wissen.
Ich gab ihr hastig die Anschrift meines Meisters, wobei mir, schon als ich die Straße nannte, alles mehr als grotesk vorkam. Es war wohl kaum anzunehmen, daß Brigida Orelli eines Nachmittags in die Färberhallen hereinspaziert kam, um mich zum Spaziergang am Arno abzuholen.
Ich kehrte übrigens fünf Tage lang immer wieder an das Ufer zurück, wo wir die Kopffüßer in den Sand gezeichnet hatten. Sie

hielten drei Tage stand, dann verwischten sich die Konturen allmählich, und Hunde und ein Gewitter gaben ihnen den Rest. Aber immerhin brachten mich diese Kopffüßer auf eine Idee. Es wurde mir klar, daß ich meine Lüge, wenn ich vor Brigida bestehen wollte, irgendwann einmal an die Realität anpassen mußte, und ich erinnerte mich an etwas, was ich als Kind an langen Winterabenden gern gemacht hatte: Ich hatte aus Lehm Gesichter geformt, nicht eben zum Brennen im Ofen, aber immerhin auf eine Weise, daß ein Aufseher einmal anerkennend gesagt hatte: Den kann man ja sogar erkennen! Und ich überlegte mir jetzt, daß es eigentlich nicht allzu schwer fallen sollte, diese bescheidene Kunst in etwas umzuformen, was man vielleicht im weitesten Sinne als Malerei bezeichnen konnte. Immerhin unterhielt Andrea della Robbia mit seinen Söhnen schon seit vielen Jahren eine berühmte Werkstatt mit glasierten Terrakottareliefs.

Wo warst du? Sie riefen es mir dreifach entgegen, als ich sie spät am Abend in einer Schenke traf, die so voll war, daß man nur einen Stehplatz bekommen konnte.
Ich begrüßte Matteo, Rocco und Daniele überschwenglich, für einen, der sehen konnte, viel zu überschwenglich, und ich war für den Bruchteil einer Sekunde versucht, vor den Freunden stolz zu triumphieren: Stellt euch vor, Brigida Orelli und ich haben am Arno Kopffüßer gezeichnet, während ihr im Staub der Straßen schwitzenden Pferden zugeschaut habt. Aber dann entschloß ich mich, so zu tun, als sei ich beim Palio gewesen, was gewiß einfacher war und weniger Fragen aufwarf.
Das Ende war ungeheuerlich, sagte Daniele und schüttelte den Kopf.
Ich stimmte begeistert zu, was jedoch offenbar nicht klug war.
Na ja, so überwältigend ist das ja auch wieder nicht, wenn sie da-

bei zwei Männer fast zu Tode schleifen, sagte Rocco und schaute mich mit zusammengekniffenen Augen an. Brauchst du etwa eine neue Brille?

Der Abend wurde ein recht verquälter Abend, besonders dann, als Danieles Onkel zu uns stieß und unsere Männerrunde kritisch beäugte.

Ich unterhielt mich, gab auf alle Fragen bereitwillig Antwort, aber als sie beim Weineinschenken voller Interesse meine verfärbten Hände betrachteten, und als die Fragen, ob es denn Sanguinrot oder Krapprot sei, nicht aufhörten, sehnte ich mich nach unseren Kopffüßern im Sand am Arno. Und ich fragte mich, wie Brigida wohl zu Hause empfangen worden war.

Als ich mich nach Mitternacht von den anderen trennte, hatte ich viel über die Herstellung von Matratzen erfahren und wenig über Roccos Malerei, über die er aus irgendwelchen Gründen nicht ausführlich reden wollte. Welche Gründe dies waren, erfuhr ich drei Tage später, als er mich eines Abends in der Färberei abholte, da er eine ganze Woche in Florenz bleiben konnte.

Es ist so, daß ich dich etwas fragen möchte, fing er unbeholfen an, wie ich es nicht von ihm kannte. Und es ist auch nicht ganz einfach zu erklären.

Wir saßen beim Wein, diesmal in einer Schenke schräg gegenüber dem Ospedale. Ich rieb an meinen Fingern, was mir inzwischen zu einer lästigen Angewohnheit geworden war, obwohl ich die Verfärbung damit keinesfalls zum Verschwinden brachte.

Bist du eigentlich glücklich? fragte Rocco dann abrupt, ohne mich dabei anzublicken.

Ich legte erschrocken die Hände in meinen Schoß. Glücklich?

Ja, glücklich, wiederholte er und schaute zu Boden.

Weshalb sollte ich nicht glücklich sein, sagte ich vage und dachte dabei an unsere Kopffüßer am Arno, die inzwischen der Wind verweht hatte.

Ja, warum solltest du nicht, sagte Rocco gereizt. Ich stelle dir eine Frage, und du stellst eine Gegenfrage.
Ich kann mit der Frage nichts anfangen, antwortete ich und legte die Hände so auf den Tisch, daß sie nun jeder sehen konnte, angefangen von der Schankmagd bis zu dem Jungen, der die Tische abwischte. Vielleicht ist man erst dann glücklich, wenn man etwas erreicht hat, sagte ich vage. Vielleicht.
Vielleicht, gab Rocco gereizt zu. Ja, vielleicht. Vielleicht aber auch nicht. Was mich anbetrifft, brach es dann plötzlich aus ihm heraus, so mahle ich bis jetzt nur Gips, rühre Leim und zerkrümele Gesteinsbrocken. Ich fege den Boden, hole für meinen Meister eine Kanne Bier oder …
Ich starrte Rocco an. Hast du das nicht gewußt, daß es so ist? Das ist doch mehr oder weniger bei allen Berufen so. Berühmt wird man nicht, bevor man Gips mahlt oder Leim rührt. Du verwechselst die Reihenfolge.
Ach ja, was habe ich plötzlich für einen klugen Kumpan bekommen! spottete Rocco. Bisher war das bei uns doch immer umgekehrt. Ich habe dir die Welt erklärt, wenn sie für dich ungenießbar war.
Weil du es so wolltest, sagte ich spitz, aber nicht ohne Genugtuung. Was eigentlich willst du wirklich von mir wissen? Du kannst nach dieser kurzen Zeit nicht den Meister wechseln, du hast einen Vertrag. Aus dem kannst du so wenig heraus wie ich aus dem meinen. Und wir zahlen Lehrgeld. Vorweg.
Es geht nicht um den Vertrag und das Lehrgeld, erregte sich Rocco, es geht darum, daß ich mit Leuten arbeite, die mir nicht gefallen.
Aha, also keine *innocenti*, sagte ich lächelnd.
Rocco hob die Schultern und schwieg. Nach einer Pause sagte er: Ich weiß, es ist lächerlich, aber vielleicht stimmt es.
Natürlich stimmt es, wir sind vorzüglich erzogen, sagte ich und deutete hinüber zu den geschnürten Wickelkindern auf dem Fries

des Ospedale. Schau sie doch an! Umwickelt von den Füßen bis zum Hals wie Mumien. Das waren wir gewohnt. Wir sind willige Burschen, wir mucken nicht auf. Wir haben von der ersten Stunde unseres Lebens an gelernt, uns zu bescheiden. Was störst du dich also an jenen, die diese Werte nicht mit der Ammenmilch mitbekommen haben?

Du, sagte Rocco plötzlich, fehlst mir. Er murmelte es leise vor sich hin, so daß ich zunächst glaubte, mich verhört zu haben. Du fehlst mir.

Was erwartest du, das ich darauf antworte, sagte ich nach einer langen Weile ebenso leise. Danieles Onkel, wenn er dabeigewesen wäre, hätte sofort die Ohren gespitzt.

Rocco lachte. Du weißt, wie ich es meine. Es ist nur so, daß meine Abende leer sind, verstehst du? Ich liege da in meiner Kammer in Lucca, allein auf einem Strohsack, der klumpt und …

Ich liege ebenfalls in meiner Kammer, allein auf einem Strohsack, der klumpt. Und in der Nebenkammer liegt eine alte Frau, die hustet und röchelt und anschließend schnarcht. Eines Tages, wenn wir alt sind, werden wir ebenfalls röcheln und husten, und andere werden uns schrecklich lästig finden.

Du hast nie geschnarcht, stellte Rocco fest.

Du auch nicht.

Dann lachten wir lauthals.

Und was machen wir jetzt mit unserer Erkenntnis, daß wir beide nicht schnarchen und auf klumpigen Strohsäcken schlafen? fragte ich.

Ich weiß es nicht. Vielleicht wollte ich auch nur einmal darüber reden.

Mag sein.

Weshalb, bei Gott, wolltest du eigentlich kein Maler werden? fragte Rocco gequält. Aus Trotz? Weil ich es wurde?

Ich schwieg so lange, bis Rocco aufstand. Komm, laß es! Das war kein gutes Gespräch. Und am Sonntag muß ich ohnehin wieder nach Lucca.

Triffst du Daniele eigentlich oft?

Daniele? fragte er verblüfft. Nie. Einmal kam er mit seinem Onkel nach Lucca, weil er irgendwelche Matratzen abliefern mußte. Der Alte redete mir den ganzen Abend die Ohren voll von den besten Matratzen der ganzen Welt, so daß ich dabei einschlief.

Zwei Tage später trafen wir uns wieder. Diesmal wirkte Rocco so, als habe es diesen trübseligen Abend nicht gegeben.

Eigentlich, sagte er, wollte ich es neulich schon anschneiden, aber dann war ich nicht sicher, ob es gut ist, über ungelegte Eier zu reden.

Und jetzt sind sie gelegt? fragte ich amüsiert.

Noch nicht, aber ich will trotzdem darüber reden. Erinnerst du dich eigentlich an das Haus dieses reichen Seidenhändlers, das wir damals für das »Feuer der Eitelkeiten« ausplünderten?

Ich runzelte die Stirn, beschloß aber, zunächst abzuwarten. Natürlich erinnere ich mich, sagte ich daher kurz und unterschlug meine Begegnung mit Brigida, die nur wenige Tage zurücklag. Aber dieser Messer Orelli war damals über Land gefahren. Was ist mit ihm?

Nun, Rocco zog mit dem Fingernagel Weinspuren über die Tischplatte, er will Mäzen werden.

Er will was? fragte ich verblüfft.

Mäzen werden. Verstehst du mich nicht?

Und weshalb will er das?

Nun, weshalb wohl? Weil es Ansehen bringt. Bis jetzt ist er nichts weiter als ein erfolgreicher Seidenhändler unter hundert anderen Seidenhändlern. Er gibt brav seine Florin für das Ospedale, aber das ist es dann auch schon.

Und?

Nun, ganz offensichtlich genügt ihm das nicht mehr. Er will über den anderen Seidenhändlern stehen, größer sein als sie, über sie herausragen.

Und dazu fehlen ihm ein paar Künstler, die er unterstützt, spottete ich. Ist es so?

Rocco goß mir Wein nach. Genauso ist es.

Und dich hat er unter den Tausenden von angehenden Malern, die noch Leim rühren, ausgesucht, um sich als Mäzen großzutun?

Wenn du es so sagst, klingt es lächerlich, sagte Rocco verärgert.

Ich will dich nicht lächerlich machen, besänftigte ich ihn, aber die Sache scheint doch nun wirklich seltsam zu sein.

Es ist so, daß er an meinen Meister, den er gut kennt, herangetreten ist. Offenbar will er in seinem Haus am Arno ein Atelier ausbauen.

Und was hat das mit dir zu tun?

Rocco schüttelte ungeduldig den Kopf. Ich gehöre zufällig zu der *bottega* meines Meisters, und wenn er dorthin darf, dann ich natürlich auch.

Du und ein paar andere, ergänzte ich.

Natürlich, räumte er ein, schließlich läßt er für einen kleinen *garzone* kein Atelier bauen. Aber ich erzähle es dir deswegen, weil ich dachte, daß es dich vielleicht reizen würde, ebenfalls dort zu arbeiten. Als Maler, sagte Rocco bedeutungsvoll und schaute auf meine Hände, nicht als Färber.

Auch ich betrachtete meine Hände.

Du wärst zwar ein Jahr später *lavorante* als ich, sagte Rocco eifrig, aber das wird dich ja wohl kaum stören.

Ich unterschlug ein zweites Mal an diesem Abend die Wahrheit. Wieso sollte es das? Im übrigen ist es gleich, bei wem ich mein Lehrgeld zahle.

Und so entstand, während wir noch einige Becher Wein miteinander tranken, die verrückte Idee eines Lebensplanes. Eines Plans, den wir zwar ernstnahmen, aber auch wiederum nicht ganz ernst. Als wir uns spät in der Nacht, mehr torkelnd als gehend, verabschiedeten, hatten wir beide das Gefühl, einen wunderbaren Abend miteinander verbracht zu haben, den wir nicht vergessen würden.

Aber es dauerte Jahre, bis wir den Plan in die Wirklichkeit umsetzen konnten, denn immerhin ging es dabei nicht nur um uns beide: Messer Orelli wollte eine ganze *compagnia* fördern, und so stießen noch Leonello und Lazzaro zu uns und später Daniele, der nur zu gern das Leimkochen dem Matratzenstopfen vorzog. Daß wir dann eines Tages wirklich in das Atelier in dem Haus am Arno einziehen durften, hatte auch mit der Unterstützung durch Brigida zu tun, die insgeheim hoffte, eines Tages nicht nur Kopffüßer malen zu können. Hinter dem Rücken ihrer Mutter arbeitete sie ernsthaft an sich, studierte in jeder freien Stunde die Bilder, die unsere Stadt berühmt gemacht hatten und die, obwohl alle über Brigidas Vorhaben den Kopf schüttelten, für eine Frau durchaus ein Ansporn waren.

Teil drei

Vorzeichen

Obwohl der Sommer nicht mehr im Zenit stand, brodelte die Stadt unter der Hitze. Aber wer Augen hatte zu sehen und Ohren zu hören, spürte, daß sie nicht nur unter der Hitze brodelte, die auch in den Nächten noch immer nicht abflaute.

Die Stadt brodelte vor allem unter den Gerüchten. Es gab kaum etwas, was nicht sofort Anlaß gab zu Mutmaßungen aller Art: Gab es da nicht bereits seit Wochen für die Reiter ständig Übungen mit den berittenen Hornisten, und übten nicht den ganzen Tag über die Herolde mit Trompeten und Hörnern Signale ein, eines für den raschen Abbruch des Lagers, eines für die Rüstung der Mannschaft zur Musterung und den Beginn der Schlacht, eines, daß das Heer vorwärts zu stürmen hatte, und ein anderes für den Rückzug? Andere Befehle wurden durch Glocken übermittelt, und die Rauchsignale und Feuerzeichen, mit denen die Wärter der Wachtürme über weite Strecken hinweg den Feind ankündigen konnten, waren zahlreich. Manchmal genügte auch das Schwingen von eisernen Brandkörben, um eine Nachricht zu übermitteln, oder ein hoch emporflammendes Feuer, ein *falo*, das ständig durch Werg, Talg und Pech am Brennen gehalten wurde. Vom Florentiner Priorenpalast zum Beispiel konnte man meilenweit ins Land hinausschauen: Sah man zwei Feuersäulen, so hieß dies, daß die Bürgerreiterei in Prato und die Soldaten durch das Domtor ins Val di Marina ausrücken mußten, um sich dem Feind dort entgegenzustellen.

Innerhalb des zweiten Mauerkreises erweckte die Stadt den Eindruck eines Ameisenhaufens, in dem irgendwer planlos und doch zugleich lustvoll herumgestochert hatte: Maultiere mit Säcken voll Brot verstopften die Straßen, sämtliche Backöfen wurden mit den nötigen Brennmaterialvorräten ausgerüstet, Esel mit Weinfässern oder Getreidesäcken schoben sich an den Fußgängern vorbei, die in alle Richtungen umherschwirrten. Und während neben dem Zeughaus im Erdgeschoß des Priorenpalastes die Munitionskammern aufgefüllt wurden, hackte man direkt daneben einem Dieb die Hand ab, weil er einer Frau ihren Beutel weggerissen hatte.

Unter jeder Kutte, unter jedem Wams, jedem vornehmen Gewand konnten sie stecken – jene, die um jeden Preis die Medici zurückwünschten. Wer sie waren, und wie man sie erkennen konnte, wußte man nicht, und kaum einer konnte noch zwischen den verschiedenen Gruppierungen unterscheiden, zwischen Arrabiati, Bigi, Frateschi, Piagnoni und Compagnacci, die es vermutlich alle noch genauso gab wie zu Savonarolas Zeiten, nur daß sie inzwischen selbstverständlich im verborgenen wirkten. Fest stand auf jeden Fall, daß die Stadt ganz und gar unterwandert war.

Manche sagten natürlich, es sei alles nichts weiter als Gerede. Machiavellis Miliz habe alles im Griff. Hatten sie nicht erst drei Jahre zuvor Pisa ausgehungert und in die Knie gezwungen? Und im übrigen seien die Borgia ruhig und die Medici schon lange nicht mehr auffällig.

Aber nicht jeder glaubte den Beschwichtigungen. Manche sagten, es sei wie beim Ausbruch eines Vulkans: Unter der brüchigen Lava höre man bereits das Grollen. Und überhaupt die Vorzeichen! fügten sie dann unheilschwanger hinzu.

Welche Vorzeichen? wollten die Nüchternen wissen.

Bis jetzt gebe es keine, mußten sie zugeben. Aber schließlich habe es immer Vorzeichen gegeben und ganz gewiß seien welche bereits im Anmarsch: so wie damals bei der Arnoüberschwemmung, jener Sintflut als Strafe Gottes wegen der Sodomie, oder vor der Invasion der Franzosen, als in Apulien bei Nacht drei Sonnen am Himmel gestanden hätten, bei Arezzo tagelang bewaffnete Män-

ner unter Trompetenstößen und Trommelwirbeln auf riesigen Pferden durch die Luft geflogen seien und die Heiligenbilder Schweißausbrüche gehabt hätten, oder wie ein andermal die Balken der Carraia-Brücke zusammengebrochen seien und mehr als zweitausend Menschen in den Arno stürzten, so daß hundert ertranken – ob das alles nichts gewesen sei?
Ja, ja, Brunelleschi wurde vom Blitz getroffen, als er die Kuppel des Doms baute, und nichts ist geschehen, spotteten die Nüchternen, und sie hörten gewiß kein Grollen. Sie lachten und sagten: Erinnert euch an die Freudenfeuer vor drei Jahren, die selbst am hellichten Tag abgebrannt wurden, genauso wird es wieder sein. Das Glück des florentinischen Staates ruhe auf seinen kampffähigen Bataillonen, der Friede sei greifbar.
Aber Julius II., der seit 1503 Papst war, war kein friedliebender Papst. Sie nannten ihn bald den Soldatenpapst, und es hieß, er sei öfter mit seinen Truppen unterwegs als an dem für ihn angemessenen Ort, im Vatikan. Er brachte Spanien, Venedig und Rom auf seine Seite, um die Franzosen, die »Barbaren«, in die Flucht zu schlagen und über die Alpen zurückzudrängen.
Und dann setzte der Papst zum nächsten Schlag an: Florenz. Er verlangte im Namen der Medici hunderttausend Florin, die Rückkehr des Herrschergeschlechts und die Absetzung des Gonfaloniere Soderini. Sein Heer schickte er unter dem Vizekönig von Neapel, Ramon de Cardona, sowie Giovanni de Medici und dessen Bruder Giuliano auf den Weg. Soderini weigerte sich, auf die Forderungen einzugehen. Der Stadt Prato, der letzten Festung vor Florenz, drohte die Belagerung.

Als ich an diesem Mittag naßgeschwitzt von einer Kapelle in Fiesole, wo wir einen Auftrag auszuführen hatten, ins Atelier kam, brodelte es auch dort, wenn auch auf andere Art und Weise. Später sagten sie, es sei für diesen Tag einfach zuviel gewesen, aber

ich denke nicht, daß eine so einfache Erklärung reicht: Vermutlich hatte es auch bei uns bereits seit Tagen Anzeichen gegeben, und keiner hatte sie sehen wollen.
Bereits am frühen Morgen hatte Daniele einen Pinsel falsch gebunden, den Lazzaro bei ihm in Auftrag gegeben hatte und für den Lazzaro in mühsamer Sucharbeit die kostbaren Haare eines sibirischen Rotmarders erworben hatte. Er hatte die teuren Haare Daniele anvertraut, ihm genau erklärt, wie er sie zu binden habe und daß die langen Haare stets von der Schweifspitze genommen werden müssen. Oberstes Gebot war, daß die feinen Haarspitzen unbeschädigt blieben, da der Pinsel sonst seine Fähigkeit verlor, die Farbpartikel zu halten. Aber dann hatte Daniele die Haare für einen anderen Pinsel, den er ebenfalls in Arbeit hatte – diesmal aus Dachshaaren –, nicht sorgfältig genug beschwert, so daß sie beim Zuschlagen der Tür mit den kostbaren Rotmarderhaaren durcheinander gerieten, und der aufgebrachte Lazzaro beschuldigte den *garzone,* er habe auch noch nachgefärbte Ziegenhaare und chinesische Roßhaare unter das Pinselmaterial gemischt, was allerdings ganz gewiß nicht der Fall war.
Dann hatte Sadona, da ihre Herrin für einige Tage außer Haus war, etwas getan, was sie nur wagte, wenn sie in der Küche allein war: Sie hatte am Abend zuvor tatarisch gekocht oder wie man das nennen mochte. Sie machte das nur höchst selten, war aber der Meinung, Rocco liebe diese Art von Essen, was mitnichten der Fall war. Zu allem Überfluß hatte sie diesmal, was die Gewürze betraf, offenbar des Guten zuviel getan, und wir waren am Morgen alle nahezu gerädert an unsere Arbeit gegangen, da wir die ganze Nacht mehr oder weniger auf einem bestimmten Ort verbracht hatten.
Zu allem Überfluß hatte der Schmied unsere Stute falsch beschlagen, so daß sich der Huf entzündete und sie seit Tagen hinkte. Nun schlug der Tierarzt vor, wir sollten sie zum Abdecker bringen.

Und schließlich brach jener widerliche Streit zwischen uns aus, der unsere *compagnia* fast zum Auseinanderbrechen brachte. Es hatte damit begonnen, daß Lazzaro wieder einmal vergessen hatte, seine Ateliérecke zu kehren, was nicht zum erstenmal Anlaß zu Ärger gab. Der Wind wehte die Staubmäuse in Danieles soeben mühsam angerührte Farbtöpfchen, und ein Teil der kostbaren Farbe ging verloren, als Rocco versuchte, die Staubmäuse wieder aus den Töpfchen zu entfernen.
Ausgerechnet Azurit, unsere kostbarste Farbe, sagte Rocco.
Reg dich nicht auf! erwiderte Lazzaro lächelnd, ich hab's mal wieder vergessen. Aber ich kehre gleich zusammen. Es tut mir leid.
Du hast es bestimmt nicht vergessen, brauste Rocco mit solcher Heftigkeit auf, daß wir alle erschraken. Die Wahrheit ist, daß es dir egal ist, ob du hier als einziger Staubmäuse produzierst. Und die zweite Wahrheit ist, daß du es sogar gern hast, wenn sie hier im ganzen Raum herumwuseln. Anders kann ich mir deine ständige Lässigkeit nicht erklären.
Lazzaro schaute Rocco befremdet an. Ich denke, das mußt du mir näher erklären.
Ich habe keine Lust auf Streit, sagte Rocco mit unterdrücktem Zorn. Es genügt, wenn du heute abend kehrst. Für uns alle.
Aber mir genügt es nicht, sagte Lazzaro aufgebracht und verließ seinen Arbeitsplatz. Wenn dir etwas mißfällt, kannst du es mir sagen, dann reden wir darüber. Und zwar vorher. Bevor es Ärger gibt.
Darüber läßt sich nicht reden, sagte Rocco kurz und ging zu seiner Staffelei zurück.
Es läßt sich über alles reden, beharrte Lazzaro. Also bitte, tu's!
Ich denke, das weißt du alles selber.
Ich möchte meine Ruhe, sagte Daniele leise. Hört auf! Wer soll denn eine Madonna malen, wenn hinter ihm die Streithähne zanken.

Auch ich möchte meine Ruhe, stimmte Lazzaro zu, aber jetzt geht es um anderes. Und noch malst du keine Madonnen, sondern rührst Farben und kochst Leim. Und machst Pinsel. Beim nächstenmal hoffentlich die richtigen.
Rocco nahm seine Palette vom Daumen und legte sie auf den Tisch. Dann höre! sagte er zornig. Vielleicht ist es ja auch gut, wenn du es einmal hörst. Von uns hörst. Ich bekomme zunehmend den Eindruck, daß du dir einbildest, aufgrund deiner Genialität keinerlei Rücksicht mehr auf andere nehmen zu müssen, daß du, je mehr du dich in die Idee verrennst, im Rang kurz unterhalb von Michelangelo zu stehen, glaubst, du brauchst nur zu leben wie die ganz Großen und schon bist du einer von ihnen.
Daniele seufzte und stellte seinen Farbtopf auf den Tisch, ich legte meinen Pinsel ab, da Lazzaros Gesicht inzwischen rot angelaufen war und wir uns alle vor seinem Jähzorn fürchteten. Eine Tatsache, die Rocco allerdings nicht zu bekümmern schien.
Du hältst es doch bereits für Genialität, wenn dich beim Malen das Schreien der Möwen, das Gekläff der Hunde oder das Läuten der Glocken stört, sagte er dann mit unterdrückter Stimme. Du schlüpfst in die Rolle des hochbegabten Genies, das ein Leben lang darunter leiden muß, daß es die falschen Eltern, die falsche Umgebung, die falschen Lehrer, die falschen Freunde hatte. Nur eines vergißt du dabei: ob du zum Beispiel wirklich ein Leonardo geworden wärst, wenn du all dies gehabt hättest, was du vom Schicksal anmahnst, ob du die Voraussetzungen zu einem grandiosen Höhenflug überhaupt besitzt. Bist du etwa ein Festungsbaumeister, machst Flugexperimente, studierst den Vogelflug, die Entstehung der Fossilien, sezierst Leichen, beschäftigst dich mit den Strömungsgesetzen der Luft, entwirfst Webstühle, und …
Es reicht, sagte Lazzaro und ballte die Fäuste. Hör auf!
Das tue ich nicht, sagte Rocco störrisch. Du wolltest es hören,

und jetzt wirst du es hören. Ich habe dich in dieses Haus gebracht, ich habe Messer Orelli von dir erzählt und wie gut ich es fände, wenn du dich zumindest für einige Zeit nicht um Essen zu kümmern brauchtest, wenn du ein Dach über dem Kopf hättest und man dir ab und zu ein Geschenk machen würde, damit du in Ruhe malen kannst. Rocco holte Luft, um zum nächsten Schlag auszuholen. Was warst du denn vorher, frage ich dich? Du hast für ein Publikum gearbeitet, das dir keinerlei Risiko abverlangte: Miniaturen für die vornehmen Damen und ähnliches. Wo sind deine Kirchen, deine *palazzi,* deine Kapellen – hast du früher je Figuren gemalt, die größer waren als eine Hand?

Das hat er doch, sagte Daniele empört. Wie kannst du so etwas sagen?

Natürlich hat er das, sagte Rocco verächtlich. Figuren auf Pferdeschabracken, Banner, auf Bettstellen, Truhen und Deckel für Spinette.

Laß ihn ruhig! sagte Lazzaro und setzte sein verächtliches Lächeln auf, das keiner von uns liebte. Laß ihn nur, dann werde ich auch etwas sagen. Was er mir vorwirft, sind solche Schäbigkeiten, daß es sich eigentlich nicht lohnt, darauf zu antworten. Aber ich will es dennoch tun. Ich weiß nicht, welches Verdienst du für Dinge beanspruchst, die für dich selbstverständlich waren. Weil ihr, die *innocenti,* bis zu eurem achtzehnten Lebensjahr die Füße unter den Tisch des Ospedale strecken durftet, weil ihr ein Dach über dem Kopf hattet, Kleider, um die ihr nicht betteln mußtet, weil es Ammen gab, die euch fütterten, bis ihr wie die Raupen aus den Nähten geplatzt seid, glaubst du wirklich, daß dies dir das Recht gibt, mir Vorwürfe zu machen? Mit acht bin ich zu einem Steinmetz in die Lehre gesteckt worden, mit zehn wurde ich auf die Straße gesetzt, weil er starb und seine Witwe das Geschäft nicht weiterführen konnte, mit elf …

Mit elf bist du von einem Landstreicher durch die Stadt geschickt

worden, um dich älteren Männern anzudienen. Das wissen wir alle doch längst, besänftigte ihn Daniele. Du hast es uns ...
Ich habe es euch erzählt, ja, aber offenbar genügt dies unserem Malbruder nicht, der sich ganz offensichtlich mit allem abgefunden hat, worunter wir zu leiden haben.
Und? Worunter hast du so sehr zu leiden, daß du dir zu gut dafür bist, die Staubmäuse in deiner Ecke wegzukehren, damit wir alle ohne Störung malen können? empörte sich Rocco.
Das will ich euch gerne erklären, sagte Lazzaro hitzig, auch wenn's eine Zeitlang dauert. Dich stört ja offenbar nicht, was sie dir alles aufbürden, wenn du einen Kontrakt unterschreibst, oder? Verträgt sich das mit deiner Würde, wenn man von dir fordert, einen Christus zwei Ellen hoch, ein Altarbild sechs Ellen hoch und drei Ellen breit zu malen, wenn du vorweg zwei Entwürfe anfertigen mußt, einen mit Cherubim und einen ohne, weil Cherubim extra kosten, wenn die Zahl der Hauptfiguren vorgegeben ist und du auch nicht eine einzige hinzufügen darfst, auch wenn du das für unbedingt notwendig hältst? Und wenn diese ganzen Festlegungen so schwierig sind, daß selbst eine Notar manchmal mit seinem Latein am Ende ist? Und das Bußgeld, das du zahlen mußt, wenn du aus irgendwelchen Gründen, ganz gleich ob Krankheit oder Krieg, das Bild nicht zur rechten Zeit fertigstellen kannst, dann mehr als die Hälfte des Preises ausmacht, den du dafür bekommen hättest? Und wenn sie dir auch noch in die Schattierungen einer Farbe hineinreden wollen, ob das Rot wirklich das gleiche ist, wie du es auf dem Entwurf angegeben hast, wäre es dann nicht besser, diesen Beruf in den Arno zu werfen? fragte Lazzaro voller Zorn. Ich kann mir einfach nicht vorstellen, daß dir dies alles gefällt.
Es gefällt mir nicht, räumte Rocco ein, aber ich weiß – offenbar im Gegensatz zu dir –, daß ich von der Meisterschaft eines Leonardo noch ziemlich weit entfernt bin. Und ob ich ihr über-

haupt je nahekomme, bezweifle ich. Er machte eine Pause. Und im übrigen widmen sich Leute wie Michelangelo und Leonardo ihrer Kunst – nicht überwiegend Frauen.

Was hat das damit zu tun? schrie Lazzaro.

Vielleicht werden sie weniger abgelenkt, sagte Rocco und deutete auf die Kleider, die das letzte von Lazzaros Modellen auf einem Haken an der Wand hatte hängen lassen. Auf jeden Fall bin ich der Meinung, daß dir dieser Zorn nicht zukommt. Ich mag genausowenig wie du den unwürdigen Zustand, daß meine Arbeit mit Salz und Käse bezahlt wird, mit Gewürzen, mit Kornsäcken oder Weinfässern. Ich mag auch keinen zweiten Beruf neben meinem eigentlichen, etwa als Barbier Leuten die Haare schneiden, und für die Venezianer spionieren, wie dies einige von uns Malern tun, damit sie überhaupt leben können, wenn auch nur notdürftig, mag ich schon überhaupt nicht.

Und wie findest du, daß der Papst Michelangelo Schneemänner bauen läßt, um ihn zu demütigen? warf Daniele dazwischen. Und ist eine *bottega* nicht allemal besser als nicht einmal das Geld für die Hosen zu verdienen wie Verrocchio oder bis über beide Ohren verschuldet zu sein wie Botticelli?

Das interessiert mich nicht, erwiderte Lazzaro. Ich würde keine Schneemänner bauen. Ich bin ein *artista*, und ich will nichts weiter als meine Arbeit machen, wann, für wen und wie es mir gefällt.

Mach das doch! sagte Rocco und kehrte zu seinem Platz zurück. Male auf Vorrat, mache billige Reproduktionen, geh zurück in deine finstere Bude in dieser noch finstereren Gasse, mach weiter deine seltsamen Talismane für Frauen oder deine Terrakottafiguren für die della Robbias, zehn, gleich groß und gleich bunt angemalt! Und vergiß alles, was man dir je über Tafelmalerei beigebracht hat und was du über Freskenmalerei weißt, und suche weiterhin nach Auftraggebern, die dich zum Hofmaler machen! Ich habe mein erstes Bild für einen Harnischmacher gemalt, und

er hat mich ordentlich bezahlt. Ich war mir nicht zu gut dafür. Du warst ein ganz gewöhnlicher Handwerker, dort in deiner Bude, du warst kein Künstler. Aber jetzt gebärdest du dich manchmal, als wolltest du gleich morgen den Platz von Brunelleschi einnehmen und unseren Dom zu Ende bauen.
Zu Ende bauen, daß ich nicht lache, spottete Lazzaro, etwa am Ende der Welt?
Gewiß, vermutlich wird das noch seine Zeit dauern, gab Rocco zu. Aber mir gefällt nicht, daß du immer öfter versuchst, die Großen nachzuahmen: Wenn Leonardo sagt, wie schön es sei, daß Maler in feinen Kleidern arbeiten können, dann ziehst du plötzlich deine Sonntagssachen an, bevor du an die Staffelei gehst. Wenn Dürer von seiner Reise nach Florenz berichtet und von den großen Malern, deren Werke er kennenlernen wollte, dann würdest du am liebsten tags darauf nach Rom gehen und die Sixtinische Kapelle besuchen. Und bei allem, was du tust, hoffst du, dich überkomme gleich der Genius. Wir können nicht alle Michelangelos sein. Und wenn du dich nur noch an denen orientierst, die durch unsere Kunst reich geworden sind, Raffael, Tizian, Mantegna, und gar davon träumst, in den Ritterstand oder in den Adelsstand erhoben zu werden – übrigens die billigste Art eines Auftraggebers, sich der Bezahlung zu entziehen –, dann wird es schwierig sein, hier in diesem Haus noch irgend etwas miteinander zu tun.
Lazzaro ging zu seinem Platz und begann, seine Malutensilien zusammenzuräumen. Er tat dies mit ziemlichem Lärmaufwand, so daß wir gezwungen waren, es wahrzunehmen.
Sagt das etwa auch irgendwer, daß man von Zeit zu Zeit seine ganzen Malsachen in eine Kiste packen muß, damit man als Genie wahrgenommen wird? spottete Rocco.
Lazzaro räumte mit verbissenem Gesicht seine Kleider, die an einem Haken hingen, in eine zweite Truhe. Irgendwann begann er

dabei zu pfeifen, so schrill, daß sich Daniele angewidert die Ohren zuhielt.
Als er beide Kisten gepackt hatte, setzte er sie auf einen kleinen Rollkarren, den wir benutzten, um unsere Bilder zu transportieren, und sagte: Ihr bekommt ihn zurück, keine Sorge! Ich hoffe, ihr verdächtigt mich nicht gleich, ein Dieb zu sein, sagte er dann grinsend in meine Richtung. Ich meine, wie diesen armen Bräutigam damals, als sich das Pferd losgerissen hatte.
Was soll das heißen? fragte Rocco irritiert. Niemand hat dich wegen ein paar Staubmäusen aufgefordert, das Haus zu verlassen.
Vorhin klang es, als sei es eine Armee von Staubmäusen gewesen, sagte Lazzaro grimmig und ging zur Tür.
Er wird schon heute abend zurücksein, sagte ich und ging wieder an meine Arbeit. Ganz gewiß wird er heute abend wieder an seiner Staffelei stehen. Er hat seine Sachen noch in der Kammer.
Rocco blieb mitten im Raum stehen und starrte uns an. Er wird gewiß nicht zurückkommen, murmelte er dann vor sich hin. Das hier war endgültig.

Und Rocco schien recht zu behalten.
Lazzaro erschien weder am Abend noch am andern Morgen, noch in der kommenden Woche.
Er wird wieder in seiner stinkenden Bude wohnen, sagte Rocco abfällig, als wir eines Abends bei der *merenda* zusammen saßen, diesmal ohne die Familie Orelli, die bei irgendwelchen Freunden eingeladen war.
Er wohnt nicht in seiner stinkenden Bude, erwiderte ich, er wohnt überhaupt nicht mehr in der Stadt.
Daniele, Rocco und Leonello legten ihre Messer auf den Tisch. Woher weißt du das?
Ich zuckte mit den Achseln. Matteo hat es gesagt.
Und wo soll er sein?

Ich schnitt mit Bedacht ein Stück meines Brotes ab. Matteo sagt, Lazzaro werde Kunsthändler.
Kunsthändler? Daniele verschüttete seinen Wein. Was soll das heißen?
Nun, das soll heißen, daß er jetzt Bilder verkauft. Keine mehr malt. Und daß er offenbar hofft, gut davon leben zu können.
Du meinst, wir könnten ihm dann auch unsere Bilder anvertrauen? sagte Daniele hoffnungsvoll.
Ich schüttelte den Kopf. Nein. Unsere nicht. Unsere sind ihm nicht wertvoll genug.
Rocco stieß seinen Stuhl zurück, ballte die Fäuste und ging zum Fenster. Sag mir, daß es nicht stimmt! flüsterte er dann. Sag mir, daß du es erfunden hast! Es kann ganz einfach nicht wahr sein.
Es ist wahr, gab ich zurück.
Erzähl mir, wo du Matteo getroffen hast, was ihr geredet habt, was er sonst noch erzählt hat!
Du wirst immer sonderlicher, sagte ich kopfschüttelnd. Genügt dir plötzlich nicht einmal mehr das Wort eines Freundes? Ich habe Matteo auf der Piazza della Signoria getroffen, wir haben uns die Hände geschüttelt, Matteo hat sich nach uns und unserer Arbeit erkundigt, dann kam ein Windstoß und hat uns den Staub der Piazza ins Gesicht geweht. Matteo ist seine Mappe mit den Bankunterlagen auf den Boden gefallen, wir haben alles wieder eingesammelt, eine Frau, die auf dem Mercato vecchio einen Gemüsestand hat, hat uns dabei geholfen, dann hat Matteo …
Hör auf! Du machst dich über mich lustig, sagte Rocco zornig. Ich glaube dir ja.
Und weshalb bist du so nervös?
Messer Orelli hat heute morgen gesagt, er will Lazzaros Platz an einen anderen Künstler vergeben, falls sein Weggang endgültig ist, und ihr könnt euch vorstellen, was das bedeutet.
Daniele stöhnte auf. Madonna!

Eben, sagte Rocco.
Wir werden ihm das nicht verbieten können, warf ich ein, ohne zu erwähnen, daß ich bereits von Matteo gehört hatte, wer bei uns einziehen würde. Und weil ich ganz sicher zu sein glaubte, daß sich damit zwar die Zahl der Staubmäuse verringern, aber anderes ganz gewiß verschlechtern würde, fand ich es besser, diese Tatsache zumindest noch so lange geheimzuhalten, bis wir unsere gemeinsame Arbeit in der Kapelle in Fiesole zu Ende gebracht hatten.
Aber noch bevor es soweit war, sollten Dinge geschehen, die wichtiger waren als der Einzug eines neuen Malerkumpans in unser Atelier.

Das Massaker

Die Medici kehrten zurück mit Feuer und Schwert.
Die Gerüchte, die bereits seit Wochen durch Florenz schwirrten, wurden von einer Stunde zur anderen Wirklichkeit. Die Entscheidung fiel genau an dem Punkt, an dem die große Welt mit unserer kleinen privaten zusammenprallte: in Prato. Brigida befand sich zu jener Zeit in der belagerten Stadt, fast in Sichtweite von Florenz, und Prato stand kurz vor dem Fall.
Sie war dem Aufruf gefolgt, für die Soldaten einen großen Vorrat an Zwieback zu backen, zumal ihr Bräutigam sie gebeten hatte, sich die Wohnung im Haus seines Bruders, des Biskuitbäckers, anzuschauen.
Zunächst hatte man die Gerüchte nicht ernstgenommen, obwohl klar war, daß Alfonsina, die Frau eines der letzten Medici, schon seit geraumer Zeit beim Papst versuchte, ihre Familie wieder in die Stadt zu bringen, über die sie so lange Zeit regiert hatte. Schon lange zuvor hatten einige Familien wie zum Beispiel die Bigi gefordert, daß Florenz nicht mehr von einem Gonfaloniere geführt werden dürfe, der dieses Amt bis an sein Lebensende innehaben wolle. Es müsse ein Ende haben, daß Korruption nahezu selbstverständlich war und daß selbst die Gerichte bestechlich waren. Und wenn auch der Gonfaloniere Soderini aus einer ehrbaren Familie stammte und versuchte, ein ehrbarer Mann zu sein, so war doch seine Macht begrenzt und bisweilen hatte man den Eindruck, es mit einer Marionette zu tun zu haben. Aber die Fäden wurden nicht nur im Inneren der Stadt gezogen, die Einflüsse von außen waren gefährlicher: Hatte nicht Cesare Borgia eine Delegation Soderinis nach Urbino beordert, um mit ihr über die Situation der Stadt zu diskutieren?
Er hatte nicht gebeten, er hatte befohlen. Und vielleicht war es

dieser feine Unterschied, der Soderinis Abordnung, zu der auch Niccolo Machiavelli, der zweite Kanzler und Sekretär des Rats der Zehn gehörte, veranlaßte, dem mächtigen und gefürchteten Cesare die falsche Antwort zu geben. Das alles lag zurück, vergessen war es nicht. Und um die Stadt endlich etwas besser zu sichern, hatte Machiavelli eine Miliz vorgeschlagen, weil sie besser sei als ein Söldnerheer. Da jedoch nicht zu erwarten war, daß die Florentiner Oberschicht bereit sein würde, ihre Söhne für eine solche Miliz zur Verfügung zu stellen, begann man, Bauern zu verpflichten. Und als 1509 bei der Belagerung von Pisa dieses Heer seine erste siegreiche Schlacht geschlagen hatte, war Machiavelli der große Held, dem man huldigte.

Nachdem Papst Julius II. die Franzosen aus dem Land geworfen hatte, so daß Norditalien zunächst vom Joch der Besatzer erlöst war, ließ er die Kriegsmaschinerie keinesfalls wieder einrosten: Noch gab es andere Ziele, die er sich gesteckt hatte. Endlich schien ihm der rechte Zeitpunkt gekommen, die Medici wieder dorthin zu bringen, wo sie seiner Meinung nach immer noch hingehörten: nach Florenz. Die Brunnen sollten endlich wieder Wasser und Wein speien und das Volk *Palle! Palle!* rufen.

An ausführenden Organen fehlte es dem Papst nicht: Der spanische General und Vizekönig von Neapel, Ramon de Cardona, war gerne bereit, dieses Vorhaben auszuführen.

Aber Soderini ließ dem General mitteilen, daß er keinesfalls bereit sei, auf dessen Forderung – die Rückkehr der Medici – einzugehen. Ein Entschluß, der nicht eben von Klugheit geleitet wurde, denn Machiavellis florentinische Miliz konnte dem Ansturm des spanischen Heeres nicht standhalten. Es rückte ohne große Widerstände in Richtung der Hauptstadt der Toskana vor, und bald stand der General der letzten Bastion vor seinem Ziel gegenüber: Prato.

Es gab ein Ultimatum, es gab ein zweites, es folgte die Belage-

rung, dann begann der Sturm auf den Ort, der dafür nur schlecht gerüstet war.
Aber das alles war nicht vorherzusehen gewesen: Brigida war in der Vorstellung nach Prato gegangen, daß sie nach wenigen Tagen in der Bäckerei wieder im Haus am Arno sein würde.
Und wir erlebten Mona Orelli zum erstenmal seit unserem Hiersein in einer Verfassung, die wir bisher nicht an ihr gekannt hatten: Als sie an diesem Nachmittag zu Rocco, Daniele und mir in das Atelier kam, hatte sie Angst.
Sie war allein, da Messer Orelli zu einer seiner längeren Reisen aufgebrochen war, und sie wußte, sollte Brigida etwas zustoßen, würde sie ein Großteil der Schuld zu tragen haben, da sie diejenige gewesen war, die nun schon über Monate diese Hochzeit und die Verbindung zur Familie Noldani vorantrieb. Und um der Sache noch die Krone aufzusetzen, hatte sie bereits in einem Kloster angefragt, ob man dort bereit sei, ihre Tochter aufzunehmen. Wir waren ganz sicher, daß Brigidas Vater von diesem Schritt nichts wußte. Und da seine Tochter offenbar lieber zwei Zimmer in Prato bewohnte und ihrer Schwägerin beim Backen der *biscotti* half, als hinter Klostermauern ihr Leben zu Ende zu bringen, war sie hingefahren.
So kam es, daß wir Mona Orelli zum erstenmal um etwas bitten sahen, und dabei mußte ihr klar sein, was sie von uns forderte: ihre Tochter aus einer dem Untergang geweihten Stadt herauszuholen, in der bereits die Soldateska wütete. Sie stand unter unserer Tür, ihre stets korrekte Haube saß schräg, ihr Gesicht war seltsam verändert.
Er wird mich aus dem Haus weisen, wenn ihr etwas geschieht, flüsterte sie. Diesmal wird er es wahrmachen.
Auf diese Art und Weise erfuhren wir erstmals etwas über die Hintergründe dieser Ehe, vor allem, daß Messer Orelli offenbar nicht so ganz ohne Macht war, wie es uns ständig geschienen hatte.

Würdet ihr versuchen, sie zu retten?
Keiner von uns sagte etwas. Wir nickten nur stumm, und jeder wußte, was dieses Kopfnicken bedeutete: Es konnte unser Tod sein, wenn alles stimmte, was aus Prato zu uns in die Stadt drang.
Waffen liegen im Schrank von Messer Orelli, flüsterte Mona Orelli, als sei sie ihrer normalen Sprache nicht mehr mächtig. Ich hoffe, ihr könnt mit einem Gewehr umgehen.
Wir schauten uns an – ich konnte es nicht. Ich konnte Posaune blasen, aber davon würden sich die Soldaten wohl keinesfalls in die Flucht schlagen lassen. Rocco hatte sich zwar schon immer für Waffen interessiert, doch im Umgang mit ihnen dürfte er wenig geübt gewesen sein. Und Daniele war ganz gewiß zu schwach, um eine Schuß- oder andere Waffe zu handhaben, und auf sein intensives Gottvertrauen, mit dem er gewöhnlich sämtliche Probleme zu bewältigen versuchte, konnte er sich in diesem Fall wohl kaum verlassen. Also entschied er sich bleichen Gesichts für ein langes Messer und einen schartigen Dolch, als wir kurz darauf vor dem Waffenschrank unseres Wohltäters standen. Rocco und ich nahmen uns Gewehre und dazu ebenfalls je einen Dolch.
Ihr könnt seine Pferde nehmen. Wieder flüsterte Mona Orelli und führte uns in den Stall, in dem auch unsere Stute stand. Mit diesem Klepper kommt ihr nicht einmal bis zum Stadtrand.
Und wo, meint Ihr, daß wir sie suchen sollen? fragte Daniele.
Rocco lachte bissig auf. Wir finden sie ganz gewiß beim Bummeln über die große Piazza, oder?
Laß ihn in Frieden! sagte ich zornig. Er war nie zuvor in einer solchen Situation. Und wenn ich dich fragen würde, wohin du in solch einer Situation gehen würdest, würdest du die Kirche wohl auch vergessen, oder?
Da dürftest du recht haben, antwortete Rocco, aber wenigstens sollten wir irgendeinen Anhaltspunkt haben, wo wir sie suchen können.

Mona Orelli zuckte mit den Achseln. Sie kann überall sein. Aber sicher findet ihr sie am ehesten in der *pasticceria* des Bruders ihres Bräutigams. Aber sie könnte sich auch bei irgendwelchen Freunden verstecken oder vielleicht in der Bankfiliale des Messer Noldani. Auf jeden Fall, die *pasticceria* ist in der Nähe des Castello dell' imperatore.

Wir nahmen zunächst den Pfad entlang des Arno, da die Stadt bereits mit allen möglichen Menschen vollgestopft war: Reste von Machiavellis Miliz, Flüchtlinge aus Prato, Kaufleute, die mit ihren Warenladungen vom Krieg überrascht worden waren, Anhänger der Medici, die nunmehr in aller Öffentlichkeit beisammenstanden, bereit, möglichst bald in den Palazzo Pitti einziehen zu können.

Während des Ritts versuchte Rocco, mir die Handhabung eines Gewehrs beizubringen, aber nach einer Weile gab er es auf und meinte, er sei schon froh, wenn ich das Gewehr nicht verkehrt herum halte und mich in die Brust schieße.

Im Ospedale haben sie uns andere Dinge beigebracht, als mit Gewehren umzugehen, sagte ich verärgert. Da halte ich es lieber mit Daniele …

Ja, versuch es einfach mit Beten! unterbrach mich Daniele zuversichtlich. Das ist das einzige, was hilft.

Hört auf! sagte Rocco schroff. Hier hilft kein Beten mehr. Wer das glaubt, ist ein Narr, fügte er hinzu, worauf Daniele ehrfurchtsvoll die Schneide seines schartigen Dolches überprüfte und sich dabei den Daumen blutig einritzte.

Als wir uns Prato näherten – unsere Pferde stellten wir in einer abgelegenen Scheune an einem kleinen See unter –, mußten wir feststellen, daß nichts, was wir uns je unter einer Belagerung und Plünderung hatten vorstellen können, an die Grausamkeit heranreichte, der wir hier gegenüberstanden. Ich habe nie die Pest erlebt, flüsterte Daniele, aber ich glaube, dies hier ist schlimmer. Und die Vorstellung, daß wir in diesem Gedränge von flüchtenden Menschen, Soldaten, schreienden Frauen und weinenden Kindern eine Bäckerei finden sollten, die wir nie zuvor gesehen hatten, war geradezu grotesk. Brigida konnte, genaugenommen, überall sein.

Die Stadttore waren geöffnet, und schon umgab uns ein Gewirr von Szenen: eine Gruppe von Kriegsgefangenen, die an einem Seil in die Stadt hineingezerrt wurden, eine Hühnerverkäuferin, die an einer Stange über der Schulter hängende Wachteln, Wildenten und Hühner zu verkaufen hoffte – ein Pfau, den sie auf einem Karren hinter sich herzog, wurde sofort von den Soldaten mit ihren Messern in Stücke zerteilt und davongetragen –, sowie ein Tuchhändler, dessen Warenballen, vermutlich Pratenser Tuch, die Soldaten von einem Muli zerrten. Es gelang uns trotz dieses kaum überschaubaren Gewimmels, in einer Seitengasse hinter einer umgestürzten Kutsche Schutz zu finden. Aus der Öffnung der herausgerissenen Tür der Kutsche baumelten die spitzenbestrumpften Beine von zwei Frauen, als gehörten sie nicht zu den im Inneren liegenden halb entblößten Leibern.

Sie sind tot, flüsterte Daniele zögernd, oder?

Rocco nahm ihn beim Kragen und schüttelte ihn. Wenn ich dich um eines bitten darf, dann solltest du vielleicht versuchen, nicht bei jedem Toten zu fragen, ob er tot ist. Verstehst du? fragte er dann mit unterdrückter Stimme. Falls hier noch jemand lebt, wird er es dir ganz gewiß sagen und bestimmt, bevor sie ihn in die Hölle schicken.

Daniele nickte, mehr eingeschüchtert als überzeugt. Ich habe noch nie Tote gesehen, sagte er dann hilflos. Ich meine, so viele auf einem Fleck.

Bildest du dir etwa ein, daß solche Szenen zu meinen täglichen Erfahrungen gehören? fragte Rocco grimmig und schob Daniele

wie ein kleines Kind hinter einen Karren mit Mehlsäcken, von denen die meisten geplatzt waren.
Ich weiß nicht, wie lange wir hinter dem Karren ausharrten, aber irgendwann überstieg es unsere Kräfte, hier weiter zuschauen zu müssen: Nonnen, die schreiend und mit wehenden Kutten durch die Straßen rannten, bis man sie auf den Boden warf und die Soldaten sie unter wildem Lachen vergewaltigten, oft mehrmals hintereinander; Frauen, die ihre Töchter in den Brunnen warfen und ihnen hinterhersprangen; Männer, die mit aufgeschnittenen Kehlen zuhauf auf der Straße lagen; andere liefen mit einem Bündel von irgendwelchen Bannern durch die Straßen; einer setzte in Siegespose den Fuß auf eine Leiche, unter der ein Netz mit Spielkarten hervorquoll. Als zwei lange Wagen über das Pflaster ratterten, erkannten wir an den Uniformen der Toten die Leichen des von Machiavelli zusammengezogenen Landsturms – diesem Inferno war wohl kaum jemand entkommen.
Wir hatten uns inzwischen in die geplatzten Mehlsäcke hineingewühlt, in der Hoffnung, so getarnt wenigstens bis zur Dämmerung unerkannt zu bleiben.
Ich möchte wissen, ob sie das gewußt hat, diese Mona Orelli, stieß Rocco irgendwann zwischen halbgeöffneten Zähnen hervor.
Daniele und ich hockten zusammengekauert wie Gipsstatuen und spähten noch immer zwischen den Radspeichen auf den großen Platz hinaus, auf dem das laute Brüllen inzwischen leiser wurde. Feuer flammten auf, Weinfässer rollten auf den Platz, ein quietschendes Schwein wurde eingefangen und geschlachtet: Das Festmahl wurde vorbereitet, der große Rausch kündigte sich an. In der Ferne sahen wir das Schloß aufglühen, aber es war offensichtlich nur eine Rakete, die man abgebrannt hatte.
Auf der Suche nach einem vertrauten Menschen, der uns weiterhelfen könnte, erkannte ich plötzlich einen der Färbergehilfen,

mit dem ich früher zusammengearbeitet hatte. Er kroch auf dem Boden im Schatten der Kutsche, erschrak, als er sah, daß sich die Mehlsäcke plötzlich zu bewegen begannen, und bevor er verschwinden konnte, flüsterte ich ihm zu: Wo, um Himmels willen, ist die *pasticceria* von Antonio Noldani?

Der Mann hielt inne, vermutlich ohne mich zu erkennen, dann kam er näher gekrochen. Diese Straße geradeaus, sagte er, dann rechts um die Ecke. Ob ihr noch jemanden lebend antrefft, weiß ich nicht. Bei mir zu Hause sind alle tot. Ich versuche, nach Süden durchzukommen, falls mir das noch gelingt. Ihr tätet gut, das gleiche zu tun.

Wir blieben in unserem Versteck, bis es dunkel wurde und ohne daß das Wüten ein Ende nahm. Immer wieder zogen Gruppen von Soldaten mit ihrer Beute vorbei: Kleider, Seidenballen, Halsketten, Perücken; einer trug eine Kette aus Würsten um den Körper gewickelt, ein anderer hatte eine Trompete erbeutet, der er nun die schrillsten Töne entlockte.

Und noch immer ging das Morden weiter: Die Leichen lagen übereinandergetürmt auf den Straßen, das Blut floß, als habe ein Metzger soeben seinen Schlachttag hinter sich gebracht. Irgendwann schossen mir meine Seidenraupen durch den Kopf und wie sie in kochendes Wasser geworfen wurden. Aber diese Tötungsart schien mir plötzlich weniger schlimm als das, was hier vor unseren Augen geschah: Morden um des Mordens willen.

Irgendwann müssen auch Soldaten schlafen, sagte Rocco leise, irgendwann wird jeder Mensch müde.

Daniele, das Gesicht noch immer mehlüberstäubt, hatte seinen Rosenkranz in der Hand und betete mit geschlossenen Augen vor sich hin, so daß es den Anschein hatte, als nehme er nicht wahr, wo er sich in diesem Augenblick befand.

Der Lärm hatte sich inzwischen auf die Piazza konzentriert, auf der nun das große Schmausen begann. Spielleute spielten zum

Tanz auf, und in Ermangelung von Frauen, von denen wohl die meisten tot oder geflüchtet waren, tanzten Männer mit Männern.
Bäckereien sind meist im Zentrum der Stadt, mutmaßte Daniele. Ich meine nur, wenn die unsere nicht dort ist, wo der Mann gesagt hat.
Hör auf! sagte Rocco mit unterdrückter Stimme. Es gibt eine Menge von Bäckereien, die nicht im Zentrum der Stadt sind, und außerdem haben wir dort, wo sie sein soll, noch nicht geschaut.
Daniele schaute ihn grimmig an und verzichtete für die nächste Zeit darauf, irgendeine Meinung zu äußern.
Und dann endlich gab Rocco das Zeichen zum Aufbruch. Er hatte in der Zwischenzeit Augenschlitze in leere Säcke geschnitten und vorgeschlagen, wir könnten uns notfalls einfach zu Boden fallen lassen, um wie Säcke zu wirken – ein Vorschlag, zu dem ich mich nicht äußerte: Ich fand ihn mehr als töricht.
Wir schlichen also jene Straße entlang, die uns der Färber genannt hatte, bogen nach rechts ab und standen dann in einer schmalen Seitengasse vor einem Steintisch. Das Haus dahinter war bereits zur Hälfte eingeäschert. Auf dem Tisch brannte eine Öllampe, daneben stand eine geöffnete Schmuckkassette, die wohl soeben ausgeplündert worden war.
Ein riesiger Backtrog mit Teig war vor der Tür halb auf den Boden gekippt, Soldaten hatten ihre Notdurft in den Trog verrichtet. In einem Kübel waren Mandeln in eine Masse verrührt, ein Eimer mit Honig war auf einem zerschnittenen Federkissen ausgelaufen. Als Daniele darin ausrutschte, sah er aus, als sei er gemehlt und gefedert und brauche nur noch geteert zu werden. Neben dem Backtrog lagen zwei Frauenleichen halb übereinander.
Eine Weile standen wir stumm am Eingang dieser *pasticceria*, starrten auf das Bild, das wir wohl nie wieder vergessen würden. Ich

spürte, wie mein Magen rebellierte. An der Treppe im Inneren der *bottega* sah ich ein Mädchen mit angewinkelten Beinen liegen. Erst als ich die Öllampe höher hielt, stellte ich erleichtert fest, daß das Mädchen mindestens zehn Jahre jünger sein mußte als Brigida.
Die Piazza um die Ecke war noch immer hell beleuchtet, das Licht drang in unsere Gasse, die an zwei Punkten von Fackeln erhellt war.
Ich rieche eine Kerze, sagte Daniele plötzlich, der sich inzwischen notdürftig gesäubert hatte.
Rocco schnupperte, schüttelte den Kopf. In diesem Haus gibt es wohl kaum mehr Kerzen, sagte er dann.
Ich rieche aber eine, beharrte Daniele.
Du riechst Gespenster, sagte Rocco und stieg die Treppe hinauf.
Mein Großvater war Wachszieher, widersprach Daniele hartnäkkig und daher verstehe er etwas von Kerzen. Aber diese hier rieche nicht nach einer Wachskerze, sondern nach einer billigen Talgkerze, die stinke. Die Handwerker, die Talglichter gezogen haben, fuhr er fort, sind in der Via Sevaiuolo zwischen dem zweiten und dem dritten Mauerring gewesen. Sie haben eine halbe Meile entfernt wohnen müssen, weil der Geruch unerträglich gewesen sei. Aber mein Großvater hat kostbare Wachslichter gemacht, zum Beispiel für das Fest des Täufers, und hat in der Via …
Daniele, sagte ich ruhig und legte ihm eine Hand auf die Schultern, bitte! Es interessiert sich im Augenblick niemand für Talglichter und niemand für Wachslichter und schon gleich gar nicht dafür, wo irgendwann irgendwer gewohnt hat. Ich rieche hier nichts. Nur Blut, Exkremente und Erbrochenes.
Aber Daniele hatte sich inzwischen niedergekniet und suchte den Boden ab. Und dann deutete er mit aller Entschiedenheit auf eine Stelle vor dem Herd. Es ist hier.
Ich kniete mich geduldig neben ihm nieder, aber ich konnte keine Spur im Boden entdecken, die darauf hätte schließen lassen, daß

sich hier ein unterirdischer Raum befand. Immerhin roch ich die Kerze jetzt ebenfalls, allerdings zu leicht, um den Unterschied zwischen einem Talglicht und einem Wachslicht ausmachen zu können.

Das hier ist der neue Ofen, sagte Daniele und deutete auf den Ofen, der ganz offensichtlich erst vor kurzem in Gebrauch gewesen war. Aber dies hier ist ein alter. Und genau unter dem könnte eine Öffnung sein.

Rocco kehrte mit einer Fackel von den oberen Räumen zurück und schüttelte den Kopf. Da brauchst du nicht hinauf, wehrte er dann ab, als ich ebenfalls nach oben gehen wollte. Erspar dir's!

Daniele hatte inzwischen mit einem herumliegenden Nagel eine Ritze ausgekratzt, die unter dem alten Ofen zur Wand verlief. Er schlüpfte mit dem Kopf voran unter den Ofen und verkündete uns dann, daß er eine Platte entdeckt habe. Ich kroch zu ihm, und wir legten die Umrisse einer Platte im Boden frei. Dann schoben wir zu dritt den alten Ofen zur Seite: Die Bodenplatte lag deutlich verschoben, so daß man annehmen konnte, daß sie vor kurzem verschoben worden war.

Geh zur Haustür! befahl Rocco und schob Daniele zur Seite. Suche eine Latte oder sonst etwas zum Anheben.

Wir könnten es mit Danieles schartigem Dolch probieren, schlug ich vor.

Wir versuchten, mit dem Dolch die Platte anzuheben, der Geruch der Kerze drang inzwischen deutlicher zu uns herauf. Ein leichter Lichtschein wurde sichtbar, der jedoch im gleichen Augenblick erlosch, als Rocco die Platte hochhob. Er versuchte, sich durch das Loch zu zwängen, ich schob ihm Daniele nach, dann folgte ich und rückte die Platte über uns wieder an ihren alten Platz. Rocco hielt seine Fackel empor, aber zunächst waren wir geblendet und konnten nichts erkennen. Bis jetzt hatte keiner von uns ein Wort gesprochen.

Der Gang, in dem wir uns befanden, war totenstill, aber der Geruch einer gelöschten Kerze hing immer noch in der Luft. Rocco tastete sich mit der Fackel an der Wand entlang, an einer Abbiegung blieb er stehen und winkte uns zu sich heran. Hier ist niemand, sagte er mit unterdrückter Stimme, aber immerhin könnten wir so lange bleiben, bis es oben völlig ruhig ist und diese Burschen schlafen. Dann sollten wir weitersuchen.
Im gleichen Augenblick löste sich aus einer Nische ein Schatten und warf sich uns entgegen, bevor auch nur einer von uns seine Waffe ziehen konnte – was auch gut war. Denn der Schatten, der uns entgegenstürzte, schluchzte, warf sich in meine Arme, barg seinen Kopf an meiner Schulter und schüttelte sich wie im Fieber. Er tastete mein Gesicht ab, als sei er ein Blinder, der sich aller Konturen vergewissern müsse, dann streckte er den Arm aus und zog Rocco und Daniele zu uns heran.
Meine Brüder sind gekommmen! flüsterte Brigida unterdrückt.
Eine Weile standen wir in stummer Umarmung dicht zusammengedrückt, als wollten wir einander nie wieder verlassen. Dann zog uns Brigida auf eine Bank und legte uns eine Decke über die Beine.
Es ist kalt hier unten, sagte sie fröstelnd.
Wir schwiegen und zogen das Fell über unsere Knie.
Es ist ein Wolf, sagte Daniele dann bewundernd, so als sei dies von Wichtigkeit.
Vermutlich ist es ein Wolf, erwiderte Brigida und streichelte Daniele. Wir müssen hier weg, sagte sie dann. Sie kommen in der Frühe und wollen Brot. Ich werde es ihnen gewiß nicht backen.
Nein, das wirst du nicht, beruhigte sie Rocco.
Niemand sprach von den Toten, und für eine Weile war es so, als sei dieser Wolf das einzige Thema, das uns interessiere und als gebe es nichts Wichtigeres als tote Wölfe, deren Fell ein Kürschner zu einer Decke zusammengenäht hat.

Wir müssen weg sein, bevor der Morgen graut, drängte Brigida. Vorher schlafen sie ihren Rausch aus, fuhr sie dann fort und schlang sich ihre Decke um die Schultern.
Rocco schüttelte den Kopf. Wir können so nicht gehen, wir brauchen irgendeine Uniform, wenn wir nicht auffallen wollen. In den Zimmern oben hat ein Kampf stattgefunden, vielleicht finden wir etwas Passendes. Ich gehe nach oben.
Brigida hielt ihn am Ärmel fest. Du weißt, was dich da oben erwartet?
Rocco nickte. Ja.
Sind alle ...? fragte Brigida zögernd.
Rocco nickte ein zweites Mal. Ja, alle. Die Frau, die deine Schwägerin hätte werden sollen, der Mann, der dein Schwager hätte werden sollen, und ...
Was heißt das, fragte Daniele beunruhigt, findet die Hochzeit etwa nicht mehr statt?
Nein, sagte Rocco ruhig, sie findet nicht mehr statt. Aber ich hätte mir gewünscht, sie hätte aus anderen Gründen nicht stattgefunden. Sie sind alle tot.
Sie haben ihnen die Kehlen durchgeschnitten, flüsterte Brigida, und die Mädchen, die Mädchen ...
Rocco zog Brigida aus meinem Arm und schüttelte sie. Es ist vorbei. Und wir müssen sehen, wie wir hier herauskommen. Komm zu dir!
Brigida schaute ihn verstört an, während Daniele zornig ihre Hand nahm und versuchte, sie zu trösten.
Sicher gestattet dir Brigida, ihre Hand stundenlang zu halten, wenn wir erst hier heraus sind. Aber jetzt ist dafür keine Zeit. Sie können jederzeit zurückkommen. Und da wir die Kerze oben gerochen haben, schlage ich vor, daß wir zunächst diese Fackel ausmachen, sie riecht stärker als eine Kerze.
Sie werden sich keine Zeit nehmen, nach einer Fackel zu suchen,

sagte Brigida stockend. Es geht alles sehr schnell. Ich wußte gar nicht, wie schnell es geht, jemandem die Kehle durchzuschneiden.
Rocco schüttelte sie wieder. Ich warne dich, hör auf damit! Wir müssen hier heraus. Die Platte liegt jetzt offen, der Ofen steht nicht mehr darüber.
Habt ihr etwas zu trinken? fragte Brigida eingeschüchtert. Ich habe seit gestern nichts getrunken. Und hier unten sind nur Fäßchen mit Vin santo.
Dann nimm Vin santo, du mußt trinken! Ich habe *biscotti* eingesteckt.
Wir zündeten Brigidas Kerze an und tunkten unser Gebäck in den Vin santo, den wir in eine angeschlagene irdene Schale abzapften – über dem Fäßchen hingen die Spinnweben von Jahrzehnten herunter. Man hätte meinen können, wir seien nicht zwei Klafter unter der Erde, sondern in einem Palazzo und der Diener habe soeben den Nachtisch aufgetragen.
Es ist mir zu süß, wehrte sich Daniele, dieser schwere Wein und dann die *biscotti* – mir wird schlecht davon.
Mir nicht, sagte Brigida, ich habe zwei Tage und Nächte nichts gegessen, während ich hier unten saß und über mir in bestimmten Abständen die Soldaten in das zerstörte Haus drangen und die Leichen immer wieder nach irgendwelchen Kostbarkeiten durchsuchten. Manchmal waren Schreie zu hören, wenn sie Frauen hereinzerrten und sie vergewaltigten. Ich habe mir die Ohren zugehalten, aber meine Ohren sind leider ziemlich gut.
Rocco winkte ab. Es ist keine Zeit für Mitleid, sagte er. Wir müssen hier heraus, wenn möglich, solange es Nacht ist.
Und wie? wollte Daniele wissen.
Indem wir tun, als gehörten wir zu ihnen.
Zu ihnen gehören? Wie willst du zu ihnen gehören? Zu diesen Mördern?

Oben in den Schlafkammern liegen zwei tote spanische Soldaten. Wir werden ihnen die Uniformen ausziehen, ihre Waffen habe ich vorhin schon versteckt. Und dann werden wir versuchen, nach Hause zu kommen, sagte Rocco.
Natürlich, spottete Daniele. Und unsere Pferde warten ja brav in jener Scheune an dem kleinen See.
Vermutlich tun sie das nicht, erwiderte Rocco, aber dann nehmen wir uns andere. Es laufen genug herrenlose Pferde herum.
Und wer zieht die Uniformen an?
Brigida und ich, entschied Rocco. Ich, weil ich etwas Spanisch kann, und Brigida, weil sie als Frau nicht durchkommt.
Und Ambrogio und ich?
Ihr gehört zu den Marodeuren, zu den *ribaldi*, sagte Rocco amüsiert.
Was soll das heißen, empörte sich Daniele, bedeutet es etwa, daß ich zu den Untersten der Unteren des Trosses gehöre?
Wenn du willst, können wir dich auch ohne weiteres zum *barattiere* befördern, sogar zum *capitano* des Gesindels, dann brauchst du nichts weiter zu tun, als Dirnenwirt und Spielhalter zu sein.
Und das ohne Spanisch, spottete ich.
Ein paar Brocken Spanisch lernten wir dann in der kurzen Zeit bis zur Morgendämmerung: Hierher, hier sind Florin! Wo wohnt der Dirnenwirt? Wo gibt es frisches Brot? Wobei Daniele schon nach kurzer Zeit alles wieder vergaß, da der Vin santo inzwischen seinen Tribut forderte.
Und so schlichen wir dann kurz vor Tagesanbruch aus dem Haus. Wir stiegen über die Leichen neben dem Backtrog, die bereits zu stinken begannen, und versuchten, uns zu geben wie Soldaten nach einer geglückten Raubtour: Rocco hatte ein kleines Fäßchen Vin santo unter dem Arm, Brigida – ihre Hände hatten wir mit Blut eingerieben und ihre Haare abgeschnitten, was sie ohne Klagen über sich hatte ergehen lassen – trug einen Korb mit *biscotti*

am Arm, den sie geschäftig vor sich her schwenkte, Daniele hatte eine Schaufel geschultert, als wolle er Gräber ausheben, und ich hielt ein Banner aus weißer Seide mit einem schwarzen Maultier darauf, das wir in einem umgestürzten Troßwagen gefunden hatten.
Die Haare wachsen nach, hatte Brigida mit aller Selbstverständlichkeit gesagt, als Rocco sie abschnitt, vermutlich dachte sie dabei an die Mädchen, die vor ihren Augen mehrmals vergewaltigt worden waren und sich anschließend in den Brunnen gestürzt hatten.
Die gehören uns, schrie uns eine Gruppe von Soldaten entgegen, die schreiende Nonnen vor sich hertrieben und offenbar annahmen, wir wollten ihnen ihre Beute abjagen.
Nehmt sie, nehmt sie nur! Wir hatten schon welche, schrie Rocco wild lachend zurück. Sie haben uns nicht geschmeckt. Daniele und ich schrien unsere spanischen Brocken hinüber, Obszönitäten und Flüche, die Rocco uns beigebacht hatte, aber der Lärm der um Hilfe schreienden und laut Gebete hervorstoßenden Frauen war so groß, daß die Soldaten uns gewiß nicht verstanden.

Natürlich standen die Pferde nicht mehr in jener Scheune an dem kleinen See, was Daniele allerdings eher zum Aufatmen brachte, da er nicht unbedingt der kundigste Reiter war.
Wir mußten zu Fuß gehen.
Seht zu, daß wir so früh wie möglich nach Hause kommen! drängte Rocco, als wir nicht rasch genug gingen. Das Gesindel lauert immer noch an allen Ecken und Enden.
Und die Soldaten, versprengte Reste der Miliz unserer Stadt, die darauf warten, dieses Gesindel in den Arno zu werfen, ebenfalls, sagte Daniele. Ich fühle mich nicht sicher in dieser seltsamen Verkleidung, die mich an Karneval erinnert.

Die Frauen in der Via nuova degli Spardai tragen auch kurze Haare, sagte Brigida nüchtern.
Du kannst deine Haube später so aufsetzen, daß man es nicht sieht, versuchte Daniele sie zu trösten.
Lauft schneller! drängte Rocco. Unterhalten könnt ihr euch später.
Könnten wir nicht ein Stück auf dem Arno fahren? schlug ich vor.
Wie denn? Dazu müßten wir weiter nach Süden, und das ist ein ziemlicher Umweg. Und überhaupt, wo bekommen wir ein Boot her?
Ich kenne eine Stelle, wo Kähne liegen, sagte ich.
Und woher weißt du das? wollte Daniele wissen.
Ich weiß es eben, sagte ich und verschwieg, daß ich die Kähne bei meinen nächtlichen Posaunenausflügen entdeckt hatte.
Wir könnten vielleicht nach Poggio a Caiano gehen, schlug Daniele vor.
Rocco stöhnte auf. Und natürlich empfangen uns dort die Medici sofort mit seidenen Gewändern und Ambrosia und Nektar.
Du könntest mich wenigstens ausreden lassen, beschwerte sich Daniele. Mein Vetter arbeitet dort in der Küche.
Ich blieb stehen. Vielleicht ist das besser als eine durchschnittene Kehle.
Zumindest könnten wir bei ihm irgendwelche Kleider bekommen, sagte Daniele.
Und uns dazu an dem köstlichsten Vin santo laben, spottete Rocco, nur für den Fall, daß ihr ihn noch nicht über habt.
Seit Lazzaro weg ist, ersetzt du ihn, sagte Daniele. Ich meine, was den Spott betrifft.
Da vorne liegt ein umgestürzter Wagen, sagte Brigida plötzlich. Sieht aus wie ein Haufen voller Leichen.
Nur ein Bündel Kleider, alter Kleider, sagte Rocco, als wir näher kamen. Sieht aus wie von einer Gauklertruppe.

Wieso Gauklertruppe? Fast lauter Mönchskutten, stellte ich fest und wühlte in den Kleiderbergen. Aber von ganz verschiedenen Orden.
Rocco legte sich bereits eine der Kutten um die Schulter und warf Brigida eine andere zu. Da findet jeder von euch eine passende.
Einige der Kutten waren blutig, aber Rocco verbot uns, auch nur einen einzigen Satz darüber zu verlieren. Los, beeilt Euch! sagte er. Deinen Vetter aus der Küche der Medici brauchen wir jetzt nicht mehr, Daniele. Wir gehen so rasch wie möglich zum Arno. Falls Ambrogio die Stelle wiederfindet.
Du kannst sicher sein, daß ich sie finde, sagte ich verkniffen, weil ich wieder einmal das Gefühl hatte, daß er mir nicht traute.
Wir fanden die Stelle, kaum daß der Tag angebrochen war. Wir lösten eines der Boote, dessen Kette nur lose um einen Ast geschlungen war, und stiegen in den schwankenden Kahn. Brigida lachte, als wir beim Einsteigen unsere Kutten zusammenrafften und uns auf den Ruderbänken niederließen. Die seltsamsten Mönche, die ich je gesehen habe, sagte sie dann. Was sind wir eigentlich?
Dominikaner, Benediktiner, Vallombroser und Franziskaner, sagte ich, während ich allein mit aller Kraft gegen den Strom ruderte, da wir nur ein Ruder besaßen. Die Morgenkühle stieg inzwischen vom Wasser hoch, Brigida umfaßte die Schultern mit den Armen, um die klammen Hände zu wärmen.
Nach einer Weile löste mich Rocco ab. Daniele zog ein Stück Papier aus seiner Kutte und begann, es kopfschüttelnd zu lesen.
Was gibt es für Neuigkeiten, und woher hast du sie?
Die Neuigkeiten sind aus dem Lukas-Evangelium, sagte Daniele, und sie stammen von jenem umgestürzten Wagen mit den Mönchskutten. Auf der obersten war ein Zettel befestigt, der offenbar als Amulett dienen sollte: »Aber Jesus ging mitten durch sie hindurch.«

Es scheint nicht viel genutzt zu haben, sagte Rocco und hielt für einen Augenblick mit dem Rudern inne.
Auch Messer Noldani hat sein Amulett, sein Dukatenmännlein, nichts genutzt, warf ich ein. Ich schaute mich zögernd nach Brigida um. Weißt du eigentlich, was genau passiert ist?
Brigida schlug die Kapuze ihrer Kutte zurück, so daß wir zum erstenmal ihre abgesäbelten Haare im hellen Tageslicht erkennen konnten. Er wollte mich retten, sagte sie dann leise, aber es gelang ihm nicht mehr. Sein Bruder konnte mich gerade noch in den Schacht stecken und diesen alten Ofen darüberschieben, aber er ... Habt ihr ihn gesehen?
Ja, sagte Rocco und schaute über das Wasser. Er lag oben in der Schlafkammer, in der er dich vermutlich unterbringen wollte. Über dem Bett war übrigens ein Rosenhag an die Wand gemalt, das war wohl das, was er sich für eure Kammer in der Villa vorgestellt hatte. Aber das hast du wahrscheinlich nicht gesehen.
Es sollte eine Überraschung sein, sagte Brigida leise. Er wollte mir die Kammer zeigen, sobald die Belagerung vorüber gewesen wäre. Und nach einer Weile fügte sie mit einem Blick über den Fluß hinweg hinzu: Wißt ihr, ich werde nie wieder schreien, wenn ich eine gemalte Hölle sehe, nie wieder.
Daniele schaute sie an. Und weshalb nicht?
Weil ich für alle Zeiten wissen werde, was die Hölle ist, sagte Brigida und legte ihre Kutte ab, als wir in der Ferne das Haus am Arno sahen.

Die Rückkehr der Medici

Als ich die Wagen mit den Büchern sah, die ihre Ladung in San Marco abholten und in Richtung der Piazza della Signoria dirigiert wurden, schien es mir, als sei die Zeit stehengeblieben. Ich hatte das Gefühl, als ziehe mit diesen Büchern, mit dieser Bibliothek, die Savonarola einst an sich genommen hatte, nun wieder all das ein, was die Florentiner über viele Jahre hinweg vermißt hatten: Macht, Ruhm und Glanz jener Zeiten, in denen Lorenzo der Prächtige der Herrscher dieser Stadt gewesen war.
Die Medici, Giuliano und sein Neffe Lorenzo, waren am 1. September in die Stadt eingezogen, mit allem Prunk und so, als habe die Welt außerhalb der Stadttore nie in Flammen gestanden. Giuliano legte sofort fest, daß das Amt des Gonfaloniere, das der letzte Gonfaloniere Soderini auf Lebenszeit hatte besitzen wollen, auf ein Jahr befristet wurde. Kardinal Giovanni de' Medici, der vierzehn Tage später eintraf, löste den Großen Rat auf und verkürzte die Amtszeit des Gonfaloniere sogar auf zwei Monate. Er ließ verkünden, daß die Zeit der Korruption vorüber sei, daß endlich wieder Recht und Ordnung in dieser Stadt einziehen sollten, und er ließ durchblicken, daß er weder vorhabe, das Vermögen von irgendwelchen Bürgern einzuziehen, noch jemanden hinzurichten. Mit dem alten Kampfruf der Medici *Palle! Palle!* jubelte das Volk den Zurückgekehrten zu, und es hatte den Anschein, daß es zumindest für den Augenblick keine Feinde mehr gab. Wo sich die ehemaligen Gegner der Medici, vor allem die Anhänger der Familien Pazzi und Neroni, aufhielten, war nicht bekannt.
Soderini wurde – wie üblich in solchen Situationen – in die Verbannung geschickt. Er floh zunächst nach Siena, später nach Castelnuovo. Niemand wollte wissen, wo er geblieben war: Seine Zeit war vorüber.

Und die Zeit des Schreckens, jenes vierzehn Tage und Nächte dauernde Wüten der Spanier in Prato, sollte ebenfalls vorüber und vergessen sein. Die Hunderte von Ermordeten waren in Massengräbern beerdigt worden, denn kaum jemand wußte noch, wer zu wem gehörte, da die, die es hätten wissen können, in den meisten Fällen ebenfalls nicht mehr lebten. Der Geruch der verkohlten Leichen, den der Wind tagelang über das Land getrieben hatte, war inzwischen verschwunden – ein Grund mehr, alles dem Vergessen anheimzugeben.

Und im übrigen waren es die Spanier, wie es hieß, die dies alles getan hatten, die Fremden. Die Spanier waren die Bösen, den Papst traf kaum ein Hauch der Schuld. Die Spuren, die bei denen, die auch nur einen Bruchteil der Greuel miterlebt hatten, zurückgeblieben waren, ließen sich vermutlich nie mehr tilgen. Daniele führte an manchen Tagen wunderliche Selbstgespräche und schreckte manchmal mitten in der Nacht schreiend empor. Wenn Brigida ihn hörte, schlich sie zu ihm in seine Kammer und tröstete ihn, oft stundenlang. An manchen Tagen überlegte ich, ob ich nicht ebenfalls Alpträume vortäuschen sollte, um von ihr getröstet zu werden. Aber seltsamerweise hatten Rocco und ich das Inferno offenbar besser überstanden.

Die Medici waren also eingezogen. Die Regierung zahlte ihnen eine Abfindung von einhundertfünfzigtausend Florin, und damit schien der Weg geebnet, schienen sich die Wogen zu glätten. Wie rasch sie es taten, war für uns alle erstaunlich: Schon bliesen die Parforcehörner wieder zur Jagd, da auch die neuen Medici die Vergnügung mit Falken und Habichten liebten. Musik war überall in der Stadt zu hören, Feste wurden gefeiert, die halben Nächte hindurch wie in früheren Zeiten. Das Goldene Zeitalter wurde heraufbeschworen, Giovanni de' Medici war ein Mann, der in der Kunst und der Literatur einen Namen hatte. Was uns Maler anbetraf, so hofften wir, daß uns nun endlich etwas ermöglicht würde, was wir seinerzeit verpaßt hatten: daß Rocco und ich auf so etwas wie die Platonische Akademie gehen konnten, für die wir damals zu jung gewesen waren. Aber es war klar, daß wir als *innocenti* dort kaum Aufnahme gefunden hätten. Trotzdem erhoffte ich mir irgendwas in dieser Richtung, ohne recht zu wissen, was es sein sollte – es gab keinerlei Anzeichen dafür, daß es je wieder eine solche Akademie geben würde. Und so nahm ich den Spott, den ich deswegen erntete, gelassen hin.

Nun, wann feiert ihr denn Platos Geburtstag in diesem Jahr? spottete Vincenzo, der inzwischen bei uns im Atelier eingezogen war. Wißt ihr überhaupt, wann er war?

Rocco schwieg, vermied jeden Streit und sorgte dafür, daß unsere gemeinsame Arbeit in der Kapelle in Fiesole gut voranging.

Aber der tote Lorenzo il Magnifico war mir inzwischen ständig zugegen, und obwohl ich keine Selbstgespräche führte wie Daniele, so memorierte ich doch Lorenzos Gedichte, auch wenn sie niemand hören wollte.

Brigida hatte sich nach jenem Erlebnis des Schreckens in Prato zunächst seltsamerweise völlig von mir zurückgezogen. Auch mit dem Malen hatte sie aufgehört, so als habe sie sich nie dafür begeistert. Einmal sah ich sie in ihrer Kammer sitzen, Daniele hockte zu ihren Füßen und las ihr aus der Bibel vor. Manchmal band er auch Pinsel, Pinsel aus Bärenhaaren, Fehhaaren, Pinsel aus Ziegen-, Iltis-, Marder- oder Wieselhaaren, eine Arbeit, die er besonders zu lieben schien, vermutlich weil er dabei nicht ins Sinnieren geriet. Wir hatten inzwischen einen solchen Vorrat von Pinseln, daß Rocco ihm irgendwann Einhalt gebot und ihm empfahl, in die Stadt zu gehen, um sich abzulenken. Mir riet er, das gleiche zu tun, obwohl ich die Sache wesentlich besser verkraftet hatte.

Während eines solchen Spaziergangs durch die Stadt kam ich eines Tages am Geschäft jenes Kürschners vorbei, bei dem ich damals den Fehbesatz für Brigida gekauft hatte. Er erkannte mich

wieder und sagte dann bedauernd, daß manche Menschen nie erreichten, was sie sich so über alle Maßen wünschten. Dieser Messer Noldani zum Beispiel habe ja vermutlich nie mit seiner Braut in diesen bescheidenen Kammern über der Bäckerei in Prato wohnen wollen, er habe wesentlich ehrgeizigere Pläne gehabt.
Ich nickte und sagte, daß es jetzt unwichtig war, dies zu überlegen, da es dafür zu spät sei.
Aber auf meinem Heimweg mußte ich dann feststellen, daß sich die Vergangenheit doch nicht so rasch verdrängen ließ. Immer wieder stand in aller Deutlichkeit vor mir, was in jenen zwei Tagen in Prato geschehen war, und mit einem Male hatte ich das Gefühl, ich könne mich von diesen schrecklichen Bildern vielleicht dadurch befreien, daß ich sie auf die Leinwand bannte.
Aber schon bei den ersten Pinselstrichen stellte ich fest, daß dieses Bild nur mißlingen konnte. Die *prospettiva* ließ sich nicht ohne weiteres hervorzaubern, nicht eine der Linien stimmte, und mir machte nicht einmal die Arbeit mit meinem Tetraeder mehr Freude.

Der Tag, an dem ich glaubte, es sei nun genug der Trauer, war jener Tag, an dem ich Brigida in der Stadt bei einem Perückenmacher traf. Sie war soeben dabei, sich einen Zopf auszusuchen, um ihn in ihren kurzgeschnittenen Haaren zu befestigen.
Meine Mutter hat mir Geld gegeben, sagte sie fröhlich, dreihundert Librae. Sie hat gesagt, ich soll mir einen Zopf kaufen und außerdem etwas Schönes zum Anziehen. Kannst du dir das vorstellen? Sie hat mir noch nie im ganzen Leben Geld gegeben für Kleider. Ich habe stets nur die abgelegten Sachen ihrer Schwester getragen, die wie sie eine Anhängerin von Savonarola war und daher ebenfalls nichts anderes trug als Sack und Asche.
Wir gingen miteinander zu einem Kleiderhändler, und ich begutachtete zum erstenmal in meinem Leben Sachen, die eine Frau

anprobierte. Ich gab meine Meinung dazu ab, die mich selbst verblüffte, da ich stets angenommen hatte, daß ich zu so etwas nicht fähig sei. Ich genoß dieses Tun. Und als wir uns unter vielem Lachen und gründlichem Überlegen schließlich für ein geschlitztes Kleid und einen Rock aus Scharlachtuch entschieden hatten und der hartnäckigen Anpreisung des Verkäufers erlegen waren, der diesem Kauf unbedingt ein Paar roter Schuhe aus Stoff hinzufügen wollte, verstieg ich mich in die Vorstellung, wir seien bereits ein junges Ehepaar.

Anschließend gingen wir zu einer Händlerin mit Schönheitsmitteln und kauften all das ein, was Brigida nie zuvor besessen hatte, so auch einen Absud von Bohnen, Lilien und Rosen, um Brigidas blonde Haare noch glänzender zu machen. Die Frau riet außerdem zum Mondlicht, was die blonden Haare angeblich noch heller machen würde. Als wir uns auf den Heimweg machten, war unser Korb voll und Brigidas Beutel leer, aber wir fühlten uns so glücklich wie schon lange nicht mehr.

Ich hoffe, deine Mutter probt nicht das Vorspiel zum nächsten Bräutigam, sagte ich, ohne darauf eine Antwort zu erwarten.

Brigida lachte. Sie hat bereits einen im Auge: diesmal einen Witwer mit drei unmündigen Kindern. Ich könnte, was das Alter betrifft, wirklich seine Tochter sein. Aber ich bin sicher, daß meine Mutter meinen Vater diesmal nicht dazu überreden kann, endlich eine gehorsame Ehefrau aus mir zu machen. Zumal eine mit abgeschnittenen Haaren, die ohne weiteres auch aus der Via nuova degli Spardai kommen könnte.

Du meinst, kaum daß du dem Tod entronnen bist, geht die ganze Prozedur schon wieder von neuem los? fragte ich entsetzt.

Brigida legte ihre Hand beruhigend auf meinen Arm. Bis jetzt ist weder ein Heiratsvermittler im Spiel noch hat mein Vater ein Pfand hinterlegt, noch ist irgendein Zeitpunkt für das Wechseln der Ringe festgelegt. Bis jetzt steht nichts anderes fest, als daß

der Bräutigam diesmal aus dem eigenen Kirchspiel stammt und damit kein Fremder ist.
Ich war nur halb davon überzeugt, daß nicht neues Unheil auf uns zukommen würde. Bin ich für dich etwa ein Fremder? wollte ich wissen. Nur weil ich aus einem anderen *gonfalone* stamme?
Brigida schaute mich prüfend an. Wie könnte ein Mann ein Fremder sein für eine Frau, die ihm ihr Leben verdankt?
Und Rocco?
Brigida besann sich, setzte zu einem Satz an, schluckte ihn dann aber hinunter. Ihr seid meine Brüder, alle, auch Daniele, erwiderte sie dann lächelnd. Habe ich dies nicht schon einmal gesagt?
Am Abend, als ich in meinem Bett lag, grübelte ich über Brigidas Zögern und den verschluckten Satz nach. Rocco hatte sich mehr als einmal über meine hartnäckige Lust zu grübeln amüsiert, selbst wenn keinerlei Anlaß dafür bestehe, würde ich ganz sicher einen Grund dafür finden. Ich sei offenbar besessen davon, mich über Dinge zu beunruhigen, die es überhaupt nicht gab.
Ich löschte meine Kerze und drehte mich auf meine Schlafseite. Aber ich war ganz sicher, daß es irgendeinen Grund gegeben hatte für dieses Zögern. Und daß er mit uns beiden zu tun hatte.

Die Verschwörung

Es war der Abend, an dem wir das Brüllen der Löwen zum erstenmal seit langer Zeit wieder hörten.

Wir saßen wie üblich in der *bottega* und spielten Karten, weil es dort den größten Tisch im Haus gab.

Sie werden ihn zerfleischen, sagte Daniele und teilte die Karten aus. Es hört sich genauso an wie damals, als die anderen Löwen Lorenzos Lieblingslöwen zerfleischten. Und ihr wißt, was es bedeutet.

Wir schon, du nicht, spottete Vincenzo, weil du damals kaum auf der Welt gewesen bist. Und überhaupt brüllen Löwen immer, vermutlich ist Brunftzeit.

Sie brüllen gar nicht immer, widersprach Daniele. So laut waren sie schon lang nicht mehr. Und damals ist Lorenzo gestorben.

Neulich haben die Elefanten trompetet, und niemand ist gestorben, sagte ich. Und überhaupt, wer von der Obrigkeit sollte jetzt schon wieder sterben? Wir können froh sein, daß gerade wieder alles einigermaßen in Ordnung ist.

Dafür sind in Prato genug Menschen umgekommen, sagte Daniele erregt und begann seine Litanei der Scheußlichkeiten, die niemand mehr hören wollte: Sie haben die Frauen und die Kinder …

Hör auf! sagte ich und legte meine Hand auf seinen Arm. Es ist vorbei. Vergiß es! Und es wird niemand mehr sterben, für eine ganze Weile nicht, zumindest hoffe ich das.

Rocco horchte auf, legte die Karten auf den Tisch und gab uns ein Zeichen, zu schweigen.

Und dann hörten wir es alle: Von der Haustür her kam ein Geräusch. Da wir an diesem Abend allein zu Hause waren, stand Rocco auf, nahm eine Fackel und öffnete, noch bevor der Türklopfer gegen das Holz fallen konnte.

Draußen war eine mondlose Nacht.
So könnte man dich wunderbar abschießen, spottete eine Stimme, die uns allen vertraut schien. Stellst du dich immer so als Zielscheibe hin?
Rocco kniff die Augen zusammen und schüttelte ungläubig den Kopf. Lazzaro, sagte er dann langsam ohne übergroße Begeisterung und trat zur Seite. Wo kommst du um diese Zeit her? Wir wissen schon kaum mehr, wie du aussiehst.
Wir sprangen auf und eilten zur Tür. Es waren Wochen vergangen, seit wir unseren Malkumpan zum letztenmal gesehen hatten, und keiner von uns hätte ihn wiedererkannt, wenn wir ihn in der Stadt getroffen hätten: Seine Kleidung war die eines feinen Herrn, nicht die eines Malers. Er trug ein Wams aus einem purpurnen Tuch, dazu ein Untergewand aus englischem Stamford, das mit kostbaren Fehfellen gefüttert war. Um seine Schultern lag ein Mantel aus feinen Seidenstoffen, die Beine zierten knappanliegende Strümpfe, und seine Halbschuhe waren mit silbernen Fibeln verziert, obwohl von der Kommune Silber an der Männerkleidung verboten war. Dazu war das Gewand so eng geschnitten, daß man sich kaum vorstellen konnte, wie er es ohne fremde Hilfe auszog.
Lazzaro weidete sich genußvoll an unserer Verblüffung. Er drehte sich spielerisch um die eigene Achse und streckte uns dann seine Hand entgegen, die verhalten nach irgendeinem Duftwasser roch und von drei auffälligen Ringen mit großen Steinen geziert wurde.
Setz dich! sagte Rocco und schob ein paar Stoffreste von einem Stuhl. Du weißt ja, wie es bei Künstlern aussieht.
Lazzaro lachte. So ganz genau weiß ich es nicht mehr, sagte er dann und hängte seinen Mantel an den Haken. Da ich kein Maler mehr bin, verkehre ich auch nicht mehr ausschließlich in Künstlerkreisen.

Und wo verkehrst du dann? wollte Daniele wissen, während er einen zusätzlichen Becher aus dem Regal nahm und ihn mit Wein füllte.
Bei den vornehmen Herrschaften, sagte Lazzaro mit einem süffisanten Lächeln und nahm einen kräftigen Schluck. Dort, wo man zu leben versteht.
Man sagt, du verkaufst Bilder, sagte Rocco und bedeckte seine Karten, obwohl kaum daran zu denken war, daß wir an diesem Abend noch weiterspielten. Und man sagt auch, du gehst dabei nicht gerade zimperlich vor.
Lazzaro lachte. Man sagt viel in dieser Stadt und in diesem Land. Du mußt nicht alles glauben.
Also, nun sag schon! Woher diese Gewänder? Du kannst die Goldflorin dafür kaum auf der Straße gefunden haben, stellte Leonello fest. Sich nach der Mode der Franzosen, der Neapolitaner oder der Ungarn zu kleiden kostet eine Menge. Woher also das Geld?
Auf der Straße fand ich es nicht, aber beinahe, sagte Lazzaro und goß sich nach. Beinahe. Aber natürlich nur beinahe.
Spann uns nicht so auf die Folter! Erzähl, wie es dazu kam, drängte Daniele. Man wird nicht von einem Tag auf den anderen Kunsthändler, eine Tätigkeit, die gerade in den Anfängen steckt und hierzulande bis jetzt erst von wenigen ausgeübt wird.
Also, sagte Lazzarro und ließ sich gemütlich auf dem Stuhl nach hinten gleiten, ich saß auf einem Rasenstück oberhalb des Ponte alla Carraia in der Nähe der Walkmühle. Ich saß da in aller Ruhe und malte die Stadt.
Wo hast du gewohnt, als du von hier weggingst? unterbrach ihn Leonello.
Bei einem Freund, sagte Lazzaro kurz. Also, ich malte und war versunken in meine Arbeit. Und plötzlich stand eine vornehme Dame hinter mir und schaute mir über die Schulter. Ihr habt mein

Haus falsch abgebildet, sagte sie dann lächelnd, es hat auf dieser Seite acht Fenster und nicht nur sieben.
Welches ist Euer Haus? fragte ich, ohne dabei aufzustehen.
Das zweite hinter der ersten Ringmauer, das mit dem einseitig schrägen Dach.
Das ist ja schon fast ein Schloß, gab ich zurück.
Wohl kaum, sagte sie lächelnd. Es ist nur ein ganz normales Haus.
Aber der Garten sieht aus wie der Garten eines Schlosses.
Mit den paar Bäumen, spottete sie. Außerdem gehört er mir nur zur Hälfte, sagte sie dann und ließ sich neben mir nieder, um mein Bild genauer zu betrachten. Und es ist ein Baum zuviel.
Ich lachte. Nun, ein Baum zuviel und ein Fenster zuwenig, das gleicht sich aus.
Als sich Stimmen näherten, Hunde kläfften und das Wiehern von Pferden zu hören war, stand sie auf. Jemand rief: Ludiova, wo bist du?
Ich sah sie zum erstenmal genauer an und stellte fest, daß sie Reitkleidung trug. Als die Stimmen näher kamen, sah ich, daß es eine Gruppe von jungen Leuten war; ein Mann trug einen Falken auf der Hand, ein anderer hatte Schwierigkeiten mit seinem Pferd.
Er malt die Stadt, rief die Frau den anderen zu. Er malt Florenz. Er malt sogar mein Haus, wenn auch falsch.
Dann sind wir ja schon an der richtigen Stelle! rief einer der jungen Männer. Wie schön, gleich am ersten Tag unserer Reise einen Maler zu treffen, der seine Stadt malt.
Woher kamen sie? wollte Daniele wissen.
Aus Rom, erklärte Lazzaro. Eine andere junge Frau kam herangeritten, warf die Zügel einem Reitknecht zu, der ein zweites Pferd führte, und schaute mir ebenfalls über die Schulter.
Es ist ein gutes Bild, sagte sie dann, könnt Ihr auch eine Madonna malen?
Jeder in Florenz kann Madonnen malen, sagte ich nachsichtig.

Er könnte vielleicht den ersten Stock ausmalen, sagte einer der jungen Männer, und ein älterer fügte hinzu: Er könnte auch den zweiten Stock ausmalen. Und natürlich die Kapelle, schlug ein anderer vor. Und dann unterhielten sie sich zu fünft, so als gebe es mich nicht. Irgendwann wurde mir dann klar, daß sie sich soeben in Rom einen Palazzo hatten bauen lassen und daß es nun um die Ausschmückung dieses Hauses ging.

Und dann bist du Hofmaler in Rom geworden? fragte ich.

Lazzaro schüttelte den Kopf. Nein. Ich habe zwar die Kapelle dieses Palazzo ausgemalt, aber dann fragten sie, ob ich mir zutrauen würde, für dieses Haus auch ganz bestimmte Bilder zu suchen und zu kaufen. Der Vater der jungen Leute war Sammler, hatte aber keine Zeit dafür.

Das heißt also , daß du von da ab nicht mehr gemalt hast, sondern nur noch Kunstwerke gekauft und verkauft. Und so bist du nun also – deinen Kleidern nach zu urteilen – ein reicher Kunsthändler geworden, sagte Rocco leise, und ich konnte mir vorstellen, welche Gedanken dabei durch seinen Kopf gingen. In unserer Gruppe war Rocco stets der Begabteste gewesen, nicht Lazzaro, und aus dieser Sicht hätte das Glück natürlich ihm zufallen müssen. Eine Idee, auf die Daniele gewiß nicht gekommen wäre. Er war inzwischen aufgestanden und betastete Lazzaros Mantel: Der ist ja ganz aus Seide, sagte er dann voller Bewunderung und ohne eine Spur von Neid.

Der Abend wurde also kein Kartenabend, sondern ein Wiedersehen, nach dem wir alle spät in der Nacht betrunken zu Bett gingen, da Rocco einen Krug des besten Weins, den die *compagnia* besaß, aus dem Keller geholt hatte.

Nachdem Lazzaro am meisten getrunken hatte und kaum noch gerade stehen konnte, packten wir ihn in einer der Gesindekammern in ein Bett.

Am nächsten Morgen war er verschwunden, ehe wir anderen auf-

gestanden waren. Auf unserem Tisch lag ein Goldflorin, den Daniele mit Freude betrachtete, Rocco mit Zorn.
Ein Almosen, sagte er dann verärgert, ein Almosen von einem feinen Herrn, der sich herabläßt, mit den Armen an einem Tisch zu sitzen und ihren Wein zu konsumieren. Und der noch nie etwas von Gastfreundschaft gehört hat und diesen Wein deshalb bezahlen möchte.
Weshalb siehst du alles so schwarz? fragte Daniele. Es war doch nett mit ihm. Und einen Goldflorin kann man immer gebrauchen. Das Boot braucht ein neues Ruder.
Rocco hob die Schultern und ging in seine Ecke des Ateliers.

In den folgenden Wochen hörten wir die verschiedensten Gerüchte über Lazzaro: Er sei wieder in Florenz ansässig und schon fast ein reicher Mann. Er kaufe Bilder auf und verkaufe sie an den französischen König. Er handle mit Diamanten. Er züchte Pferde, arabische Pferde für den Palio. Er wohne in einem prächtigen Haus und beschäftige zahlreiche Diener. Er sei an irgendwelchen Sachen beteiligt, die nicht ganz astrein seien, hieß es auch.
Als Daniele eines Tages atemlos in das Atelier gerannt kam, um zu berichten, daß sich Lazzaro von einem bekannten römischen Maler habe malen lassen, legten wir alle unsere Pinsel zur Seite.
Ein Porträt, sagte Daniele, noch immer atemlos, als sei er die gesamte Strecke aus der Stadt bis zu uns gerannt. Und er trägt jetzt einen Bart. Ihr würdet ihn nicht mehr erkennen.
Hast du das Bild gesehen? wollte Rocco wissen.
Natürlich, bestätigte Daniele. Es wurde soeben in sein Haus gebracht, und einer der Diener hätte es fast fallen lassen. Ich sprang hinzu und half ihm, und so konnte ich einen Blick darauf werfen.
Weshalb soll er sich nicht malen lassen, sagte Vincenzo achselzuckend. Auch er würde sich malen lassen, wenn er nicht mehr an eine *compagnia* gebunden sei.

Rocco schaute ihn prüfend an. So kurz hier, und schon genug von uns, spottete er.
Vincenzo schüttele den Kopf. Nein, das nicht. Aber ich würde selbstverständlich lieber meine eigenen Entwürfe machen und anderen dann sagen, wie sie die Haube einer Frau anzulegen haben oder die Beinkleider eines Mannes, anstatt umgekehrt.
Es kann ganz einfach nicht sein, daß man so rasch so reich wird, sagte Daniele kopfschüttelnd. Wir schuften uns ab, und er geht in Prunkgewändern einher wie ein Herzog. Ich frage mich wirklich, wie das zu erreichen ist.
Vermutlich unter anderem auch mit Billigware, sagte Rocco abfällig. Er hat schon früher mit Billigware gehandelt und tut es jetzt sicher auch wieder. Madonnen aus Ton, dem Dutzend nach, zweimal gebrannt und lasiert, und schon jubelt man überall, von England bis Portugal. Solche Sachen hat zuerst Luca della Robbia gemacht, und jetzt macht sie sein Neffe Andrea mit seinen Söhnen.
Du kannst die della Robbias aber nicht als Billigmacher abtun, protestierte Daniele. Sie haben wunderschöne Madonnen gemacht, Porträts und …
Und Tischdekorationen, Girlanden, alles hundertfach.
Aber sie arbeiteten immerhin auch für unseren Dom, warf ich ein. Sie haben Großplastiken gemacht.
Ja, das haben sie. Mit weißem Zuckerguß wie Figuren für die Kinder an Ostern, spottete Rocco.
Was willst du, sie sind billig, sagte Vincenzo lachend, unbeschreiblich billig, und Marmor ist sündhaft teuer. Ihren Ton haben sie vor der Haustür auf ihrem Landsitz, und von den Negativformen können sie so viele Abdrücke machen, wie sie wollen. Sie können sie mit anderen Motiven kombinieren, in Teile zerlegen, sie transportieren und an anderen Orten wieder aufbauen.

Und außerdem hat Luca uns *innocenti* unsterblich gemacht, sagte ich.
Wieso? fragte Daniele.
Nun, durch die Putten am Ospedale. Wer würde sich denn noch in fünfhundert Jahren an uns erinnern, wenn er uns nicht als diese kleinen Mumien bemitleiden könnte?
Es heißt übrigens, er verkauft auch Spiegel und Schachspiele, unterbrach mich Vincenzo.
Della Robbia? wunderte sich Daniele.
Nein, natürlich Lazzaro.
In welcher Haltung hat er sich denn porträtieren lassen? wollte Rocco nach einer Weile wissen.
Daniele setzte sich auf einen Stuhl, stützte den Kopf in die Hand und schaute mit blasierter Miene in die Ferne.
Wir lachten.
Ihr müßt euch dazu natürlich das schwarz-goldene Gewand vorstellen, und dann das Pferd und den Falken, sagte Daniele beleidigt. Er sitzt nicht einfach so herum.
Vincenzo lachte. Nein, nein, das haben wir auch nicht angenommen. Hat er etwa bereits ein Wappen, das er neben sich abbilden läßt?
Nein, weshalb sollte er? Er hat sich malen lassen, und das ist alles. Und im übrigen heißt es, daß er sich auch bald in eine Bank einkauft. Ich weiß nicht, ob es stimmt, es wird viel geredet.
Dann kann er ja Brigida heiraten, sagte Rocco auflachend. Vielleicht findet sich endlich jemand, der auch etwas mit ihrem Kopf anzufangen weiß.
Lazzaro, ausgerechnet Lazzaro heiratet eine *virago*, prustete Vincenzo los.
Hör auf! sagte ich verärgert. Sie ist keine.
Nein, nein, sie ist keine. Aber daß ihr ihr, nachdem sie eine Zeitlang nicht mehr malen wollte, jede zweite Nacht beibringt, wie

man die *prospettiva* einsetzt und wie man eine Grundierung macht, das pfeifen die Spatzen von den Dächern. Nun, da ihr Bräutigam tot ist, kann sie alles tun, was sie will.
Halte dich da raus! beschied Rocco kurz. Es ist nicht deine Nachtruhe, die du opferst.

Die Sache mit der verlorenen Liste erfuhren wir kurze Zeit später. Ein junger Mann aus einer vornehmen Familie verlor in der Stadt ein Blatt Papier. Ein Vorübergehender hob es auf und stellte fest, daß es sich um eine Liste von achtzehn Namen handelte, darunter auch die von Niccolo Machiavelli und anderen Adeligen. Die Liste wurde der Signoria übergeben, und daraufhin wurden alle, die aufgeführt waren, verhaftet und wegen ihres angeblichen Vergehens gefoltert. Sie wurden bezichtigt, mit den beiden Hauptverdächtigen Pietro Paolo Boscoli und Agostino Capponi eine Verschwörung gegen die Medici angezettelt zu haben, die soeben erst in die Stadt zurückgekehrt waren. Natürlich interessierten sich alle für die Namen auf der Liste, aber niemand wußte Genaueres.
Weshalb ist Lazzaro eigentlich neulich mitten in der Nacht zu uns gekommen? wollte Vincenzo wissen. Er hätte geradesogut am Tag kommen können, oder etwa nicht?
Laßt Lazzaro aus dem Spiel! wehrte Daniele ab. Er hat doch damit nichts zu tun! Er will Geld machen, sonst nichts.
Woher wollen wir das wissen? Stammen seine Goldflorin alle aus sauberer Quelle? Wieso ist er mit einem Male so reich? fragte Vincenzo, fand aber bei uns mit seinen Verdächtigungen keinen Anklang, zumal wir Vincenzo alle nicht sonderlich mochten.
Ob Lazzaro etwas mit der Liste der Verdächtigen und der ganzen Verschwörung zu tun hatte, ließ sich nie klären. Die beiden Hauptverdächtigen wurden auf jeden Fall später hingerichtet. Machiavelli, dem die neuen Machthaber alle Ämter genommen

hatten, wurde nach der Folterung aus der Stadt verwiesen und auf seinen Landsitz verbannt. Da ihm nichts nachgewiesen werden konnte, kam es später zum Freispruch.

Einmal mehr glich die Stadt einem gigantischen Ameisenhaufen, in dem jemand mutwillig herumgestochert hatte. Und Giuliano und seinem Neffen Lorenzo blieb nur die übliche Methode, mit solch einem Ameisenhaufen umzugehen: Sie lenkten das Volk ab und gaben ihm, was man ihm zu allen Zeiten gegeben hatte – sie ließen es feiern.

Und das Volk feierte und feierte und feierte.

Auch wir feierten. Und dabei geschah es zum erstenmal, daß Brigida mich in aller Öffentlichkeit küßte.

Alle Maler waren dazu aufgerufen, an den Festen teilzunehmen und ihre Ideen dazu beizusteuern: Unsere *compagnia* wollte einen Gauklerwagen bauen. Wir besorgten Holz und Leim und Nägel, um ein Gerüst zu zimmern, das wir auf dem Wagen aufstellen konnten, den wir mit bunten Tüchern und Kissen ausstatteten. Und dann machten wir uns Kostüme und malten uns gegenseitig an.

Daß Brigida dabei im Mittelpunkt stand, dürfte klar sein. Am Abend zuvor stritten wir darüber, wer von uns welche Stelle ihres Gesichts schminken dürfe.

Ich möchte die Stirn anmalen, sagte Daniele, und wir anderen schauten ihn verblüfft an, weil keiner sich vorstellen konnte, was an einer Stirn besonders dazu reizen sollte, sie anzumalen.

Rocco nahm den Mund für sich in Anspruch, wie wir es nicht anders erwartet hatten, und Vincenzo bestand auf den Augen, da er angeblich in der Kunst bewandert war, zu große Augen durch wenige Striche verkleinern zu können. Für mich blieben die Wangen, was ich nicht anders erwartet hatte. Immerhin, schlug Daniele vor, könne ich ja noch Korrekturen an den zu mageren

Schultern anbringen, und die Wangen zu gestalten sei ohnedies die höchste Kunst, da sie so geschminkt werden müßten, daß sie nahezu unbeweglich seien, glasiert, wie man dies nannte.
Als Brigida dann ihre Töpfchen, Dosen und Fläschchen herbeigebracht hatte und wir endlich mit unserer Arbeit beginnen konnten, bemerkten wir zu spät, daß es nicht so günstig gewesen war, Daniele die Stirn zu überlassen: Ständig behauptete er, daß ihm die Haare im Weg seien und er sie einmal so und dann wieder anders ordnen müsse, um ihre Kürze zu vertuschen, wobei sich der gekaufte Zopf mit seinen durchwobenen Goldfäden eher hinderlich denn nützlich erweise.
Schließlich mahnte Rocco und sagte, wenn wir in diesem Tempo weitermachten, sei das Fest vorüber. Und jetzt sei der Mund dran, und der sei am wichtigsten.
Weshalb? wollte Brigida wissen.
Weil man den Blick immer auf den wichtigsten Teil des Gesichts lenken muß, belehrte sie Rocco und strich zunächst mit den Fingerspitzen die Konturen nach. Um sich einzuleben in sein Werk, wie er ernsthaft erklärte.
Da Brigida keinerlei Erfahrung mit solcher Schönheitspflege hatte, nickte sie ergeben und ließ alles klaglos über sich ergehen. Auch als Vincenzo die Augenbrauen mehrmals falsch zog, so daß sie ihn irgendwann fragte, ob sie vielleicht als Arlecchino gehen solle, und selbst als wir uns nicht einigen konnten, zu welchem Aufgabenbereich das Kinn gehöre, zum Mund oder zur Wange, blieb sie geduldig auf ihrem harten Stuhl sitzen.
Schließlich schien alles so zu sein, wie wir es uns vorgestellt hatten, auch wenn Brigida im geheimen der Meinung gewesen sein dürfte, daß sie vielleicht doch besser eine Schminkmeisterin hätte engagieren sollen, da sie wegen der glasierten Wangen so gut wie nicht lachen durfte, was ihr keinesfalls gefiel.
Irgendwann spannten wir dann in voller Harmonie unsere Stute

vor den buntgeschmückten Wagen und bildeten uns ein, eine wunderbare Gauklertruppe darzustellen, obwohl keiner von uns irgendein Kunststück beherrschte, so daß wir nur mit Tamburin, Schellenrassel, Laute und Posaune musizierten. Lediglich Daniele führte seine Stelzen vor, ohne darin besonders perfekt zu sein. Als wir später zu Fuß singend durch die Straßen der Stadt zogen und *Palle! Palle!* riefen, nahm uns Brigida plötzlich der Reihe nach in den Arm, küßte jeden, und es schien ihr egal zu sein, daß von ihrer kunstvoll geschminkten Gesichtsmaske nichts mehr übriggeblieben war.
Es gibt ihn nicht mehr, sagte sie ausgelassen. Er ist weggeweht. Spürt ihr es?
Rocco packte sie und wirbelte mit ihr davon. Daniele nahm seine Stelzen unter den Arm, und wir alle liefen ihr hinterdrein.
Wer ist weggeweht?
Der Tod, sagte sie lachend. Es gibt ihn nicht mehr. Er hat sich verausgabt, in Prato. Es wird eine neue Zeit beginnen, wir werden wieder die Gedichte Lorenzos aufsagen, er wird unter uns sein, unter uns, die wir damals zu jung waren, um ihn wirklich zu erleben. *Panem et circenses*. Für immer. Und alle Angst wird verschwunden sein. Erinnerst du dich noch? fragte sie dann, plötzlich ernst werdend, und schaute mich an. Jetzt bin ich genauso, wie du es damals wolltest.

Und ob ich mich erinnerte.
Wir waren an jenem Sommertag mit unserem mehr als altersschwachen Boot auf den Fluß hinausgerudert. Irgendwann hatte sie mir das Ruder aus der Hand genommen und gesagt: Hör auf! Das Geräusch stört. Ich möchte den Fluß hören. Ich will wissen, was er sagt.
Den Fluß hören? fragte ich ratlos, und schaute auf das Wasser, das träge dahinfloß. Wie kann man einen Fluß hören?

Sie schüttelte den Kopf. Hörst du ihn? fragte sie und legte den Finger auf den Mund. Und dann: Hörst du sie nicht?
Wen?
Nun, sie zögerte, die Toten.
Ich setzte mich abrupt hoch, so daß das Boot gefährlich ins Schwanken kam. Was meinst du?
Nun, hast du dich nie gefragt, was mit ihnen geschieht, wenn man sie in den Fluß wirft? Da liegen sie doch dann alle auf dem Grund, bis ans Ende der Zeiten. Wenn nicht ganz, dann in Stücken. Der Arno, ein riesiges Grab für all die, denen man kein anderes Begräbnis gönnt.
Ich will daran nicht denken, sagte ich grob. Hör auf damit! Es paßt nicht zu diesem Tag.
Du mußt daran denken! sagte sie sanft. Es kann immer sein. Einmal habe ich zugeschaut, wie sie eine Leiche hineinwarfen, es war Nacht.
Und du hast niemandem Bescheid gesagt?
Sie zuckte mit den Achseln. Weshalb hätte ich sollen? Wem hätte es genutzt? Meine Mutter hätte mir nicht geglaubt, sie glaubt nie etwas, was sie nicht glauben will. Und mein Vater hätte nichts unternommen. Man rutscht nur selbst hinein, murmelte er einmal, als wieder einmal ein Mord geschehen war. Es ist besser, man sieht erst gar nicht hin, wenn man in dieser Stadt lebt.
Der Ausklang dieses Tages damals war anders als sonst. Ich nahm es ihr übel, daß sie etwas zerstört hatte; es hätte nicht sein müssen.
Man muß alle Gedanken haben dürfen, sagte sie ernst, als wir uns verabschiedeten. Alle.
Ich nickte, mehr störrisch als überzeugt. Und wußte zugleich, daß ich nie alle Gedanken haben wollte. Es gab Dinge, an die ich gar nicht erst denken wollte. Aber natürlich wollte ich nicht, daß Brigida mich für feige hielt. Und so sagte ich versöhnlich, weil

ich wollte, daß zwischen uns wieder alles war wie ein klarer See, daß ich der gleichen Meinung sei wie sie. Aber ich hatte den Eindruck, daß sie mich durchschaute. Während ich wollte, daß immer Sonne zwischen uns war, alles hell, nichts Schwarzes, Dunkles, ließ sie das Dunkle zu. Und hin und wieder hatte ich das Gefühl, daß sie in mancher Beziehung älter war als ich. Vielleicht hatte auch nur sie gespürt, daß die Zeit der Margeritenkränze vorbei war, und ich hatte es in meiner Naivität übersehen.

An unserem Gauklertag also, an dem wir lachend bis spät in die Nacht durch die hell erleuchteten Straßen tobten, schien es mir, als könne es in Zukunft nur noch solche Tage geben, als dürfe es nur sie geben. Und als seien jene wie der, als wir in diesem unterirdischen Gang in Prato um unser Leben gebangt hatten, für immer – wie mit unseren Malpinseln – gelöscht.
Und wenn ich an die Zukunft dachte – immer nur an eine Zukunft, die uns beide betraf –, war ich der Meinung, daß das Maß an Schrecken und Grausamkeit für immer und alle Zeiten abgegolten war und die Götter uns nun wohlgesinnt sein müßten. Ob Brigida eine ernsthafte Malerin werden und Anerkennung finden würde, oder ob sie irgendwann nur Bilder für ihre Enkelkinder malen und voller Wehmut von der Zeit berichten würde, in der sie gehofft hatte, aus dem Joch der Frauen auszubrechen, war natürlich ungewiß. Aber unabhängig davon war ich von der Gewißheit erfüllt, daß es nichts geben würde, was uns beide trennen konnte.
Später, als unser aller Wege in Richtungen liefen, die wir uns nicht hatten vorstellen können, dachte ich, daß es richtig gewesen war, jenen Tag in aller Übermütigkeit und Ausgelassenheit zu feiern. Und zu hoffen, daß es in Zukunft nur noch solche Tage geben würde.

Teil vier

Nardo

Nardo ist zurück!
Brigida stürmte bereits am frühen Morgen in unser Atelier und hielt uns einen Brief entgegen.
Vincenzo, der soeben minutenlang sein Modell auf einer abgebrochenen Säule in Pose gesetzt hatte, erschrak, so daß der kunstvoll drapierte Umhang des Modells zu Boden rutschte, worauf Vincenzo einen wilden sizilianischen Fluch ausstieß.
Entschuldigt! sagte Brigida mit dem schwachen Versuch, ein Lächeln auf ihr Gesicht zu zaubern. Entschuldigt wirklich! Ich dachte nur, es interessiert euch.
Ein Gedanke, der bei uns allen nur Verwunderung auslöste. Mit Nardo Cattaneo hatte über all die Jahre hinweg kaum einer von uns zu tun gehabt. Persönlich gesehen hatten ihn ohnehin nur Rocco und Lazzaro, und es gab Wichtigeres, als sich über die Eskapaden eines Mannes aufzuregen, der ein Leben führte, wie keiner von uns es sich je würde leisten können. Der Mann ohne Beruf, pflegte Brigidas Mutter meist höhnisch zu sagen, wenn von ihm die Rede war. Der Mann, der von seinen Zinsen lebt. Der Mann, den Gott und die Welt nicht interesssieren. Der Mann, der es sich leisten kann, alle Menschen zu verachten, die nicht mindestens ein dorisches Kapitell von einem ionischen oder korinthischen unterscheiden können.
Er schaut nur auf uns herab, weil es ein Bild von ihm zusammen mit Lorenzo il Magnifico gibt, nur deswegen, sagte Vincenzo. Dabei ist nicht einmal sicher, ob er es überhaupt ist, der dort dargestellt ist. Der letzte Satz bezog sich auf ein Bild, das Lorenzo inmitten seiner gelehrten Freunde zeigte, die wie die zwölf Jünger um ihn herumsaßen. Einer davon hätte Nardo sein können, aber vom Alter her war es eher unwahrscheinlich.

Wir wollen ihm zu Ehren ein Fest geben, sagte Brigida, von unserer geringen Begeisterung etwas gedämpft. Gleich heute abend.
Und er hat zugesagt? wollte Rocco wissen.
Bis jetzt noch nicht, sagte Brigida ausweichend, ich werde ihm die Einladung erst überbringen.
Etwa schriftlich? spottete Vincenzo, der inzwischen den Umhang erneut in Falten gelegt hatte.
Nein, natürlich nicht, sagte Brigida rasch. Ich bin auf dem Weg zu seinem Turm.
Kommt man da überhaupt hinein, wenn man nicht angemeldet ist? fragte Daniele.
Ich hoffe es, sagte Brigida steif und wandte sich zum Gehen.
Da keiner von uns je in diesen Turm gewesen war, wußten wir nur das, was man vom Hörensagen kannte: Der Turm war nur vom Fluß aus, aber auch da nur schwer zu erreichen, da man zunächst vor einer verschlossenen Mauerpforte stand, wenn man mit dem Boot anlegte. Falls diese Pforte offen war, mußte man erst über eine schmale Zugbrücke gehen, bevor man zu einer Haustür kam, einer Tür, die drei Meter über dem Boden lag und keinen Türklopfer hatte. Früher hatte der Turm einmal zu einer Befestigungsanlage gehört. Es gab über die ganze Höhe verteilt schmale Schießscharten, in denen jetzt allerdings Tauben nisteten, so daß kaum mehr Licht in das Innere des Turms fallen konnte. Das Obergeschoß gab allerdings einen wunderbaren Blick über die Hügel von Florenz frei.
Nardo hatte das Gebäude so gelassen, wie es früher war, auch wenn es nun vermutlich ein Haus mit sehr wenig Licht war. Es ist so verrückt wie der Mann, der angeblich von der Luft lebt, pflegte Brigidas Mutter abfällig zu sagen, vermutlich noch verrückter. Jeder normale Mensch hätte diesen Turm längst umbauen lassen, hätte ihn auf seine Bedürfnisse zugeschnitten, unten eine *bottega* eingebaut und die Zugbrücke durch eine Treppe ersetzen lassen.

Aber dieser Mensch hat ja wohl keine Bedürfnisse, und im übrigen ist er ohnehin die meiste Zeit des Jahres unterwegs.

Was auch diesmal zutraf: Nardo war soeben aus China zurückgekehrt.

Um drei Bahnen *drappo tartaro* einzukaufen, vermutlich für seine Mutter, höhnte Vincenzo. Man sollte so jemanden, der derart unnütz auf der Welt ist, auf den Mond verbannen und nicht nur nach Venedig.

Wir hörten den ganzen Vormittag über nichts mehr von der Einladung, und es waren auch keinerlei Geräusche zu vernehmen, die auf Festvorbereitungen für diesen Abend schließen ließen.

Habt ihr im Ernst geglaubt, dieser Mann läßt sich in ein Haus einladen, das derzeit von einer geldgierigen Alten und Mutter zweier Söhne regiert wird, die ihr Geld mit Menschenhandel und Wucher verdienen? Ein Mann, der das Geld haßt wie die Pest? fragte Rocco, als wir um die Mittagszeit am Fluß zusammensaßen und Fische brieten.

Wozu sollte er auch in dieses Haus kommen? meinte Vincenzo und schob seinem Modell einen Happen in den Mund. In ein Haus, in dem lediglich die Tochter fähig ist, ein vernünftiges Gespräch zu führen, während er nur die Kanzonen von Petrarca im Kopf hat und die Schriften eines Aristoteles und Platon?

Fest stand, Brigidas Mutter würde bis zum Abend wohl kaum passende Gesprächspartner für Nardo auftreiben können. Die Geschäftsfreunde ihres Mannes, weitgehend Männer aus dem Seidengewerbe, würden gewiß wenig Lust auf ein Treffen mit einem Mann haben, von dem man wußte, daß seine Familie zum Freundeskreis Lorenzos gehört hatte, eine Familie, in der die Kinder nicht Nachtgebete, sondern die Gedichte des »Prächtigen« auswendig lernten.

Am späten Nachmittag kam Sadona zu uns ins Atelier und teilte uns mit, daß es leider kein Fest geben könne, da Messer Cattaneo

verhindert sei. Dann griff sie in ihren Korb und überreichte mir einen Brief. Der ist für dich.
Für mich? fragte ich mehr als verblüfft. Von Messer Cattaneo?
Die anderen kamen zu mir herüber. Vincenzo nahm mir den Brief aus der Hand und drehte ihn um, dann lachte er. Das Fest findet nicht statt, aber du bekommst einen Brief von ihm. Komm, mach ihn auf! Er wird ja wohl kaum vergiftet sein, drängte er dann, nachdem ich den Brief wieder an mich genommen hatte und unschlüssig in der Hand hielt.
Ja, mach ihn auf! sagte Daniele erregt. Wir wollen sehen, was drin steht.
Ich setzte mich auf einen Schemel, wollte mit meinem Messer behutsam das Siegel lösen, aber Vincenzo nahm ihn mir unsanft aus der Hand. So brauchst du zwei Jahre dazu. Er riß den Bogen auseinander, entfaltete ungeduldig das Blatt, strich es glatt und schüttelte ungläubig den Kopf. Das kann ja wohl kaum sein, murmelte er dann kopfschüttelnd.
Was denn? Was ist? wollte Daniele wissen und stellte sich auf die Zehenspitzen.
Rocco entwand Vinzenzo den Brief, schaute kurz hinein, gab ihn mir und pfiff. Du bist eingeladen. Heute abend. Das ist es also, weshalb Messer Cattaneo verhindert ist.

Man könnte meinen, du seist eine Frau, sagte Daniele amüsiert, als ich am späten Nachmittag vor meiner Truhe stand und Stück um Stück meiner kargen Garderobe hochhielt und dann wieder zurücklegte.
Ich habe nichts zum Anziehen, sagte ich ratlos und fühlte mich dabei wirklich wie eine Frau. Ich habe mir kaum Kleidung gekauft, seit ich das Ospedale verlassen habe.
Daniele nahm meine Sachen wieder aus der Truhe, breitete sie geduldig auf dem Bett aus, hielt Beinkleider an mich, dann ein Ka-

misol, verwarf schließlich alles wieder und verschwand. Er ließ mich vor dem Spiegel zurück, der mir ein rasiertes Gesicht zeigte, allerdings mit zwei blutigen Blessuren, die ich mir in meiner Nervosität auf diese seltsame Einladung hin zugefügt hatte.
Als Daniele nach einigen Minuten zurückkam, hatte er eine Auswahl von Kleidungsstücken über dem Arm, die für eine ganze Familie gereicht hätte. Vincenzo meint, du solltest doch besser ein zweifarbiges Beinkleid nehmen, das sei vornehmer, sagte er eifrig und warf mir eine schwarz-goldene Hose zu.
Ich schleuderte sie auf mein Bett. Mit geliehenen zweifarbigen Beinkleidern war ich bereits in der Via nuova degli Spardai, sagte ich wütend, und dies ohne allzu großen Erfolg.
Daniele lachte. Aber diesen grandiosen *mazzocchio* aus Purpurstoff wirst du wohl kaum ausschlagen, schlug er dann vor und setzte sich spielerisch den Hut auf den Kopf. Damit kannst du in das Haus jedes Adeligen gehen.
Ich gehe nicht in das Haus eines Adeligen, sagte ich störrisch und begann wieder, in meiner eigenen Truhe zu wühlen. Und ich weiß ohnehin nicht, wieso ich in das Haus eines Mannes gehen soll, den ich nie zuvor gesehen habe.
Als ich schließlich angezogen in meiner Kammer stand, zupfte Daniele nervös an meiner Kleidung und sagte: Du mußt dich beeilen, wenn du nicht zu spät kommen willst. Ich mache das Boot schon los.
Ich verließ lustlos das Haus und hatte dabei ein Gefühl, als sei ich den gestrengen Blicken einer Mutter entronnen, die vom Gelingen des ersten Versuchs ihrer Tochter, einen Mann einzufangen, nicht allzusehr überzeugt war.
Das Boot war seit meiner letzten Reparatur schon einige Male benutzt worden, aber ganz offensichtlich war meine Mühe vergebens gewesen – es leckte bereits wieder, wenn auch an anderer Stelle, und Daniele war vom Wasserschöpfen bereits bis zu

den Rändern seines Wamses naß, als ich endlich einsteigen konnte.

Es wird schon gutgehen, beschwichtigte er mich, als er sah, wie ich das Leck beobachtete. Du kannst ihm ja sagen, daß Künstler keine reichen Leute sind und sich nicht ständig neue Boote leisten können.

Ich warf den Kopf zurück und stöhnte: Ich komme zu spät, trage schon wieder Kleider, die mir nicht gehören, und gebärde mich so, daß er annehmen muß, ich wolle mir in der ersten Minute meines Besuches ein Boot erbetteln. *Mamma mia*, er wird es gewiß bedauern, daß er mich eingeladen hat! Und dabei habe ich ohnehin keine Ahnung, warum er das tut.

Das wirst du ja jetzt bald erfahren, sagte Daniele, als ich abstieß, und winkte mir zu. Wir warten auf jeden Fall auf dich. So spät wird es ja nicht werden, oder?

Ich hob die Schultern. Und kam mir ein zweites Mal vor wie ein Mädchen, das den Fittichen ihrer Mutter entrinnen will und sich vor Ratschlägen nicht retten kann.

Es war bereits kurz vor Einbruch der Dämmerung, als sich mein Boot der Stelle näherte, von der aus man den Turm – es hieß, es sei früher einmal ein Mönch in ihm gefangengehalten worden – erblicken konnte. Die Spuren jener Explosion waren deutlich zu erkennen.

Ich hatte den ganzen Weg darüber nachgedacht, was ich über diesen Nardo wußte. Es war nicht allzuviel, und es setzte sich aus Bausteinen zusammen, von denen ich längst vergessen hatte, woher sie eigentlich stammten. Ich wußte, er machte sich nichts aus Frauen, aber ganz offensichtlich machte er sich auch nichts aus Männern: Er ging lieber mit seinem Falken allein auf die Jagd und nahm nie jemanden mit, wenn er mit seinem Pferd, einem schwarzen Rappen, von dem es hieß, daß er alle hinter sich ließ, durch die Wälder galoppierte. Er hielt sich eine Meute von Hunden, über die es ständig Beschwerden gab, weil sie Menschen anfielen und ganz offensichtlich nur ihm und sonst niemandem gehorchten. Manche behaupteten sogar, es sei ein Wolf in dieser Meute, der alles reiße, was ihm vor die Lefzen komme. In der Kirche sah man ihn nie, und einige munkelten, was sich in diesem Turm da im obersten Stockwerk abspiele, sei gewiß nicht für andere Augen und Ohren bestimmt. Aber was nun wirklich stimmte, wußte man natürlich nicht, möglicherweise entsprang alles nur dem Neid darauf, daß es Menschen gab, die sozusagen vom Nichtstun lebten und sich keinerlei Sorge machen mußten, was sich in ihren Suppentöpfen befand und ob es auch jeden Tag reichte.

Was mich betraf, so hatte ich all diese Gerüchte nie recht geglaubt. Mir war Nardo nie auf seinem schwarzen Rappen begegnet, und ob sich in seiner Meute ein Wolf befand, wußte ich ebenfalls nicht. Ich ruderte also mit aller Kraft in meinem lecken Boot voran, um möglichst trocken bei Nardos Turm anzukommen, und ich vermied es, mich gewagten Spekulationen auszusetzen. Es würde kommen, wie es kommen mußte.

Und doch überkam mich ein sehr seltsames Gefühl, als ich den Turm vor mir auftauchen sah: Mir war, als liege vor mir etwas, was mich seltsam erregte. Ich hatte plötzlich das Gefühl, daß das, was in den letzten Wochen geschehen war, den Schlußpunkt unter eine Lebensphase dargestellt hatte. Das dachte ich nicht nur im Hinblick auf meine Gesellenzeit als *lavorante*, die nun fast vorüber war, es war eher so, daß mich etwas ansprang, was ich nicht greifen konnte, von dem ich aber wußte, daß es existierte. Daniele sagte später, daß dies keinesfalls etwas Sonderbares sei, wenn man Dinge vorhersehe. Aber in diesem Augenblick hätte ich nicht sagen können, daß ich hier, bei Anbruch der Dämmerung, auf dem Weg zu einem Mann, den ich nicht kannte, etwas vorhersehe.

Zurückschauen hätte ich selbstverständlich können, auch wenn mein Wissen für diese Rückschau aus zweiter Hand stammte, da ich zu jung gewesen war, um die Zeit Lorenzo il Magnificos mitzuerleben. Da gab es diese sogenannte Platonische Akademie, die Cosimo der Alte 1459 zusammen mit einem Freund gegründet hatte, ein Ort, an dem sich die Gelehrten von Florenz zusammenfanden, um über Platons Philosophie zu diskutieren und jene kennenzulernen, die auf diesem Gebiet führend waren wie zum Beispiel Marsilio Ficino.

Junge Männer aus vornehmen Häusern besuchten diese Akademie jeden Tag voller Eifer, trafen sich in den Gärten, den sogenannten Lackmusgärten, und es war klar, daß sie sich ganz gewiß nicht über die neuesten Erfolge bei der Seidenraupenzucht unterhielten. Hier ging es um die Übersetzungen von Teilen der »Ilias« ins Latein, die ein Freund von Lorenzo mit noch nicht einmal achtzehn Jahren gemacht hatte, oder um die Übertragungen von Platon und Plotin durch Marsilio Ficino. Giovanni Pico della Mirandola gehörte ebenfalls zu dieser Gruppe von Männern, er sprach Griechisch, Latein, Arabisch, Hebräisch und Chaldäisch, und von Lorenzos Lehrer Cristoforo Landino hieß es, daß er die Schriften Dantes und Petrarcas besser kenne als irgendwer sonst. Und es hieß ebenfalls, daß Lorenzo den jungen Michelangelo zu sich an den Hof geholt habe, um ihn an den Sitzungen der Akademie teilnehmen zu lassen, auch wenn er ein ziemlich grober, unzugänglicher Mensch gewesen sei.

Als ich endlich reichlich verschwitzt und den Kopf voller Gedanken den schmalen Landesteg unterhalb des Turms erreichte, war ich froh, mein Boot verlassen zu dürfen. Ich vertäute es an einem Poller und trat durch eine schmale Pforte in der Mauer, die das Anwesen gegen den Fluß hin abschirmte. In einem winzigen Garten neben dem Turm mit einem Zitronenbaum und einer Feige, kaum ein paar Ellen breit und lang, arbeitete ein Gärtner, zu dem

ich freundlich hinübergrüßte. Der Mann richtete sich auf, wischte sich den Schweiß von der Stirn, schaute mich verblüfft an und kam mir dann rasch entgegen.
Entschuldigt, ich muß die Zeit vergessen haben. Ich fürchte, ich bin ein schrecklich nachlässiger Gastgeber, sagte er in der *volgare*, der toskanischen Umgangssprache.
Ich stand vor ihm, wir waren beide etwa gleich groß, aber jetzt wurde mir ganz eindeutig klar, daß er nicht zu Lorenzos Freunden gehört haben konnte: Nardo Cattaneo war kaum älter als ich. Da ich nicht wußte, wie ich antworten sollte, in Florentinisch oder in der Sprache des Volkes, entschied ich mich schließlich für letztere, was mir ein Gefühl der Sicherheit verlieh. Und außerdem das Gefühl, daß wir zusammengehörten, weil wir in derselben Sprache redeten.
Nardo wusch sich die Hände in einem Regenfaß neben dem Haus und führte mich dann in eine Loggia, die seitlich der Zugbrücke an den Turm angebaut war. Dann schaute er prüfend an sich hinunter. Stört es Euch sehr, wenn ich einfach so bleibe, wie ich bin? fragte er lächelnd. Auch wenn ich gewiß nicht zu Euch passe in diesem Aufzug. Aber diese ganze Umzieherei – es stiehlt einem immer soviel Zeit, das Kostbarste, was ein Mensch besitzt.
Ich schluckte. Die letzten Stunden vor meiner Truhe mit ihrem armseligen Inhalt und meine Bemühungen um korrekte Kleidung zogen vor meinem inneren Auge vorüber, und ich konnte nicht anders, ich mußte lachen.
Als er mich fragend anschaute, erzählte ich ihm alles. Aber der *mazzocchio* ist wunderbar, sagte er schmunzelnd, er gehört wirklich zur neuesten Mode. Und die Beinkleider natürlich auch.
Danach schien das Eis gebrochen. Wir setzten uns an den gedeckten Tisch in der Loggia, sein Diener, ein pockennarbiger Tatar, bediente uns schweigend.
Dann unterhielten wir uns. Über diese Stadt, über die Malerei,

über den Krieg, über die Medici. Und ob es mich glücklich mache, daß sie zurückgekehrt seien.
Wenn sie es nicht mit Feuer und mit Schwert getan hätten, wäre es mir lieber gewesen, sagte ich und erzählte von Prado.
Ich glaube kaum, daß dies die Absicht von Giovanni und Giuliano gewesen ist, meinte er, aber zu entschuldigen ist es selbstverständlich nicht.
Unser Essen bestand aus Gemüsesuppe, Lattich- und Endiviensalat, einer Pastete, indisch gewürztem Huhn, Fischen, gekochtem Hammelfleisch, Eierkuchen und Trauben, wobei ich später, als mich Daniele abfragte, wie üblich Schwierigkeiten hatte, die richtige Reihenfolge zu nennen, da mich alles andere an diesem Abend mehr interessierte als die Speisen. Lediglich der Greco-Wein blieb mir in exakter Erinnerung, da ich, wie ich auf dem Heimweg feststellte, viel zuviel von ihm getrunken hatte.
Und immer wieder fragte ich mich, was der Grund dieser Einladung war, zumal inzwischen die Dunkelheit hereingebrochen war und der Diener längst Kerzenhalter auf unseren Tisch gestellt und in die Halterungen an der Turmwand Fackeln gesteckt hatte.
Irgendwann kamen wir dann auf Lorenzo il Magnifico zu sprechen, und Nardo wollte wissen, was ich von ihm hielt.
Ich schüttelte den Kopf. Ich war zehn Jahre, als er starb, ich kann nicht sagen, daß ich ihn gekannt habe.
Ich habe ihn zwar gekannt, aber natürlich war ich zu jung für seine Akademie. Aber es war trotzdem so, als gehöre ich dazu.
Ich begann zu rechnen, er legte jedoch seine Hand auf meinen Arm. Falls Ihr jetzt nachrechnen wollt, erspart es Euch! In diesem Haus spielt die Zeit keine wichtige Rolle. Es gibt auch keine Uhren. Und wie alt Ihr seid, fügte er hinzu, interessiert niemanden.
Ein Satz, an den ich später nicht nur einmal denken mußte.
Es war meine Mutter, die so gern diese Akademie besucht hätte.

Aber natürlich durfte nicht sie, sondern nur ihr Zwillingsbruder dorthin gehen. Das war freilich kaum anders, als wenn sie es gewesen wäre: Jeden Abend wurde das, was er Wissenswertes von der Akademie mitbrachte, an sie weitergegeben.
Ihr habt schon damals hier gelebt, in diesem Turm?
Nur zeitweise, im Sommer. Wir drei, mein Großvater, meine Mutter und ich – der Zwillingsbruder meiner Mutter verunglückte früh –, lebten ein ziemlich ungewöhnliches Leben, eines, das nicht immer die volle Zustimmung der übrigen Bürger fand. Ich weiß nicht, was sie uns alles andichteten, Sodomie und Hexerei ganz gewiß.
Ist es wahr, daß Ihr als Agent gearbeitet habt, im Lande umhergereist und kostbare und vergessene Handschriften für Lorenzos große Bibliothek ausfindig gemacht habt? Und einmal sollt Ihr sogar auf einem Klosterabtritt Ovid- oder Tacitus-Handschriften als Latrinenpapier entdeckt und die kostbaren Texte den Mönchen für ein paar Kupfermünzen abgekauft haben.
Er lachte. Davon stimmt nur die Hälfte: Es war vor allem nicht zu Lorenzos Zeiten, sondern später, als ich bereits an der Universität in Bologna studierte.
Und Ihr kamt nie mit den Sbirren in Konflikt, mit der Inquisition?
Er lächelte. Es mag Euch irritieren, aber in dieser Stadt sind die meisten bestechlich. Und wer einen Namen hat und Einfluß im Großen Rat, den trifft so leicht kein Bann.
Euer Großvater, er hatte diesen Einfluß?
Er hatte ihn, sagte Nardo schlicht.
Allem Anschein nach war einiges, was Mona Orelli über Nardo gesagt hatte, vermutlich doch wahr.
Als wir beim Nachtisch angelangt waren, sah ich, wie sein Blick plötzlich auf meine Hände gerichtet war, die ich nervös verschränkt hielt.

Werdet Ihr noch erwartet, heute abend?
Ich schüttelte den Kopf, dachte aber an Danieles Verabschiedung. Nein, nicht unbedingt. Es ist nur mein Boot, das nicht mehr ganz in Ordnung ist.
Wir werden es uns später anschauen, sagte er sofort und gab dem Diener ein Zeichen mit der Hand. Der Mann nickte und verschwand im Haus.
Sie haben ihm einst die Zunge herausgerissen, er kann nicht mehr reden, erklärte er. Meine Jugend in diesem Turm war etwas sehr Kostbares, fuhr er nach einer Weile fort. Unser aller Leben war, wie gesagt, reichlich ungewöhnlich. Es gab keine *doctores puerorum* in unserem Haus; mein Großvater war nicht nur mein Lehrer, sondern auch der meiner Mutter und meines Onkels. Er nahm uns mit hinaus in die Wälder, in denen es kein Katheder, keinen Abakus und keine Arithmetik gab. Wir lernten die Natur kennen, die Tiere und die Pflanzen. Und vor allem die Sterne und den Lauf des Mondes und der Sonne, die Dinge, denen ich später verfallen bin. Ich kam nie mehr los davon und studierte dann auch diese Kunde von den Sternen, die bis jetzt mit der Astrologie verknüpft ist. Ich durfte stets das lernen, was ich lernen wollte, und kein *abbachista* schlug mich mit der Rute oder mit dem Riemen, wenn ich etwas nicht wußte. Und ich lernte ohnehin nur, wenn ich lernen wollte, nicht weil ich mußte. Wenn andere Kinder beim Schlafengehen von ihrer Mutter ein Nachtgebet vorgebetet bekamen, so sagte mir meine Mutter Lorenzos Kanzonen auf:

So kommt es, daß der holden Göttin Klage,
Mit ihrer Sehnsucht innerlich vereinet,
An jedes Frühlings sonnerfülltem Tage
In unserm Dufte immer neu erscheinet.

Nach seinem Tod war die Welt leer für uns, sagte er dann leise, schrecklich leer.

Vom Fluß herauf waren Stimmen zu hören. Nardo stand auf und schloß die kleine Pforte, durch die ich hereingekommen war.
Es ist wegen der Neugierigen, sagte er, wie ich fand, leicht verlegen. Wenn sie merken, daß ich Besuch habe, stehen sie schon bald da draußen und versuchen hereinzuschauen.
Dann schwiegen wir für eine Weile, bis die Nachtigallen wieder sangen, die ganz in der Nähe zu hören waren.
Und Ihr lebtet alle zusammen in diesem Turm und nicht in der Stadt?
Sein Blick kehrte vom Fluß zurück. Ja, aber nicht lange, dazu gab es nicht genügend Platz. Wir lebten den Sommer über an verschiedenen Orten in der Toskana, auch in jener Villa, die Ihr ausgemalt habt. Aber das übrige Jahr waren wir woanders.
Ich schaute ihn fragend an.
Es ist genau der Ort, an den ich Euch einladen möchte, sagte er dann lächelnd. Zumindest für einige Zeit.
Ich schaute ihn weiterhin an, spürte, wie das, was ich während meiner Herfahrt empfunden hatte, sich wieder in mir regte. Ich hatte den Eindruck, daß es näher kam, so daß ich es nun fast greifen konnte.
Venedig, sagte er schließlich und weidete sich an meinem Gesichtsausdruck.
Ich legte mein Mundtuch auf den Tisch und starrte ihn an. Ihr wollt, daß ich nach Venedig komme? fragte ich irritiert.
Ja. Das war der Zweck dieser Einladung. Könntet Ihr Euch vorstellen, eine Weile dort zu leben ?
In Venedig?
Ja, in Venedig. Ich stamme ja von dort. Ich weiß nicht, ob Ihr es gewußt habt. Er stand auf, ging zu einem Seil, das am anderen Ende der Loggia gespannt war, und nahm ein Stück Seidenstoff herunter, dessen Farben trotz der Nacht im Schein der Kerzen zu erahnen waren. Gefällt er Euch?

Er ist wunderschön, sagte ich zögernd und verwirrt zugleich, da ich mir kaum vorstellen konnte, daß er mir zu dieser Stunde ein Stück Seidenstoff schenken wollte.
Ihr sollt ihn nachher für Brigida mitnehmen, sagte er und klingelte dem Diener, um den Stoff einwickeln zu lassen. Wir haben uns heute morgen leider verpaßt. Er machte eine Pause. Aber Ihr könnt Euch gewiß auch vorstellen, daß ich nicht unbedingt davon angetan bin, mit dieser seltsamen Mona Orelli zu Tisch zu sitzen, wenn ihr Mann nicht anwesend ist. Und da diese Frau ohnehin nichts anderes in ihrem Kopf hat, als einen möglichst reichen Bräutigam für ihre Tochter zu finden, sind Gespräche mit ihr etwas mühsam – falls man das überhaupt Gespräche nennen kann.
Ich mußte lachen. Das sind sie gewiß.
Wenn ich den Lärm hier in Florenz nicht mehr ertrage, dann gehe ich nach Venedig, sagte er nach einer Weile. Ich sehne mich nach unserem Garten dort. Hier habe ich nichts weiter als diese winzige Ecke mit meiner Feige und dem Zitronenbaum.
In Venedig ein Garten? fragte ich verblüfft. Ich dachte, so etwas gibt es dort nicht.
Man sieht die Gärten nicht allzuoft, weil sie meist hinter Gittern verborgen sind. Und es sind auch nicht eben viele. Er wischte sich ein Erdklümpchen von seinen Beinkleidern und lachte dann. Aber es dürfte klar sein, daß ich Euch nicht wegen des Gartens nach Venedig einladen will. Ihr habt doch vor einiger Zeit in der Villa von Brigidas Vater gearbeitet, das stimmt doch?
Wir haben dort gemalt, Rocco, Daniele, Lazzaro und ich, korrigierte ich ihn.
Er machte eine abweisende Handbewegung. So groß ist der Auftrag nicht, den ich zu vergeben habe. Ich kann nur einen von Euch gebrauchen. Jemand, der sich mit der *prospettiva* auskennt, weil diese meiner Mutter wichtig ist.

Ich spürte, wie mir die Röte ins Gesicht stieg, und dachte an meine ständigen Tetraederversuche, über die sich die anderen oft lustig gemacht hatten. Rocco ist unser Meister, sagte ich daher unbehaglich, ich sehe mich auf diesem Gebiet noch immer in den Anfängen und bin alles andere als ein Ucello oder Masaccio.
Er lachte. Das erwarten wir auch nicht.
Ich schaute ihn fragend an. Wir?
Es ist eigentlich meine Mutter, die den Auftrag erteilt, erklärte er. Es geht um eine Kapelle, die sie ausgemalt haben möchte.
Ich atmete auf, mit Kapellen kannte ich mich aus. Bevor ich nach vertraglichen Vereinbarungen fragen konnte, wehrte er ab.
Nein, nein, kein Vertrag! Auch keine Vorgaben. Ihr malt, was Ihr wollt. Wir reden Euch gewiß nicht in Eure Arbeit hinein, Ihr seid der Künstler. Und es ist ohnehin alles Sache meiner Mutter.
Das ist mir so gut wie nie zu Ohren gekommen, sagte ich zögernd. Es gibt Auftraggeber, die sogar noch die Farben bis ins letzte Detail bestimmen wollen für ihr Bild, und selbst, wenn man es dann so macht, wie sie es wollten, gefällt es ihnen am Ende oft nicht.
Dann müßt Ihr es machen wie Michelangelo, sagte er schmunzelnd und erzählte die Geschichte von Michelangelo und dem unzufriedenen Auftraggeber, die bekannt war.
Ihr wollt also wirklich keinen Vertrag? fragte ich verunsichert.
Nein, wir wollen keinen Vertrag über ein Kunstwerk, das wir noch gar nicht kennen. Wir wollen uns überraschen lassen. Was Ihr an Honorar fordert, müßt Ihr meiner Mutter sagen. Ihr bekommt die Hälfte vorweg und die andere, wenn die Kapelle fertig ist. Und selbstverständlich müßt Ihr Euch auch alles zunächst einmal anschauen, ehe Ihr zusagen könnt.
Ich hatte inzwischen den Eindruck, einer von Bacchus' Kumpanen zu sein und zuviel von dem Wein getrunken zu haben. Das war eine Aufgabe, wie sie noch nie von mir verlangt worden war,

und ich konnte mir vorstellen, wie sie im Atelier darauf reagieren würden.
Ich frage mich nur, was er eigentlich will – dich oder deine Malerei, hätte Lazzaro vermutlich gesagt, wenn er noch bei uns gewesen wäre.
Und genau das sagte dann auch Vincenzo. Und noch manches andere Überflüssige dazu.

Die Alchimistin

Wir erreichten Venedig in der Dämmerung.

Nardo hatte mich gefragt, ob ich das letzte Stück lieber zu Pferde zurücklegen wolle oder mit dem Boot. Ich hatte mich für das Boot entschieden, weil ich es nicht erwarten konnte, in einer Gondel zu fahren.

Also ließen wir unsere Pferde in der Obhut eines Dieners, der sie am nächsten Tage in den Palazzo bringen sollte, und ich nahm zunächst einmal Abschied von meinem braven Hengst, den Nardo für mich in Florenz besorgt und der mich die ganzen Tage über zu meiner vollen Zufriedenheit getragen hatte.

Dann bestiegen wir die Gondel, ein Vorgang, der nicht ganz einfach zu bewerkstelligen war, da gerade Niedrigwasser herrschte und wir eine glitschige schräge Lände zu passieren hatten, um vom Kai zum Boot zu kommen.

Meine Lieblingsstunde, sagte Nardo und deutete zum Himmel, der nun in einem blaßrosa schimmernden Licht leuchtete, das mich an Rosenquarz erinnerte.

Ich lehnte mich in meinem Sitz zurück und ließ die Hand in das Wasser gleiten. Ich spürte es durch meine Finger rinnen und hatte das Gefühl, Welten von Florenz entfernt zu sein: Das Wasser roch anders als der Arno. Es roch nach Algen, nach Meer und nach etwas, was eine Sehnsucht in mir auslöste, die ich im Augenblick nicht benennen konnte. Ein leichter Fäulnisgeruch stieg in meine Nase, als wir in einen Seitenkanal abbogen und dann abermals in einen, der noch enger war. Der Geruch veränderte sich, als wir auf den Canal Grande stießen und schließlich an einen schmalen Palazzo heranfuhren, der einige Meter vom Kai zurücklag.

Der Gondoliere warf das Tau mit einem Schwung über den Pol-

ler, stemmte sich dann mit einem gewaltigen Sprung an das Ufer und reichte uns die Hand, da wegen des Niedrigwassers der Höhenunterschied vom Boot zum Landesteg ziemlich groß war.
Eine Stadt der Extreme, sagte Nardo und half mir beim Aussteigen. Mal *acqua alta*, das Hochwasser, mal das Gegenteil, was kaum besser ist zum Ein- und Aussteigen. Vor einigen Jahren war die Lagune zugefroren, und man konnte Eisschuh laufen.
Er entlohnte den Mann, dann gingen wir ein paar Schritte zu dem großen, verschnörkelten Eisentor, das Nardo mit einem Schlüssel, der an der Seite in einer Mauernische versteckt war, öffnete.
Der Garten, den wir betraten, schien für mich von der ersten Sekunde an ein verwunschener Zaubergarten mit Tausenden von Geheimnissen zu sein, der Palazzo war zunächst nicht in seiner ganzen Größe sichtbar, man sah lediglich den Teil einer mit Efeu bewachsenen Mauer, von Fackeln schwach beleuchtet, da das Licht des Tages noch nicht völlig erloschen war. Nach einigen Schritten öffnete sich der Garten zu einem Rund mit einem steinernen Wasserbecken, in dem ein marmorner Delphin eine hohe Fontäne emporsprühte. Ein kleiner Grashof war zu beiden Seiten mit Büschen umstanden, deren Blüten einen intensiven, fast lähmenden Geruch ausstrahlten. In der Nähe stieß ein Pfau einen schrillen Schrei aus.
Ich blieb stehen, atmete den Duft ein, der mich fast schwindlig machte, und schaute hinüber zu Nardo, der mich lächelnd gewähren ließ.
Laßt Euch Zeit, sagte er dann. Ich denke, man braucht sie.
Ich nickte und lauschte dabei auf die Klänge eines Instruments, vermutlich einer Harfe. Ich kannte die Melodie – es war ein altes Liebeslied, das meine Amme oft leise vor sich hin gesungen hatte, wenn sie einem ihrer Milchkinder die Brust gab.
Auch Venedig hat ein Anrecht darauf, als die schönste Stadt der

Welt zu gelten, sagte er dann lächelnd, nicht nur Florenz. Kommt! Wir ließen den Brunnen zur Linken liegen, umrundeten einen großen steinernen Sessel, der mir uralt erschien und nicht aus diesem Land sein konnte, stiegen einige Stufen hinab, so daß wir uns eigentlich fast auf der Wasserebene befinden mußten. Dann verließen wir diesen Teil des Gartens. Zwischen einer Libanonzeder und einer Deodorazeder kamen wir zu einem kleinen gepflasterten Platz, auf dem Obst zum Nachreifen in der Sonne ausgelegt war. Zur rechten Seite wölbte sich ein großer Rosenbogen, der in den Nutz- und Kräutergarten führte, geradeaus führte ein schmaler, geschlängelter Kiesweg zum hinteren Teil des Palazzo, wo ich hinter dichtem Gebüsch auf einer Wand Farbflecke sah, für die ich mir keine Verwendung vorstellen konnte.

Nardo bemerkte meinen Blick und sagte rasch, daß ich mir diesen Teil des Gartens für ein andermal aufheben solle, es sei zu spät für heute.

Er stieg vor mir eine schmale Außentreppe seitlich des Palazzo empor, die zu einer kleinen Empore führte. Dort winkte er mir zu und legte den Finger auf die Lippen. Ich folgte ihm und bemühte mich, leise zu sein.

Die Harfenklänge waren inzwischen in aller Deutlichkeit zu hören, so daß ich erwartete, im nächsten Augenblick die Spielerin zu sehen.

Aber das, was ich erblickte, als wir die Empore betraten, war keine Harfenistin. Ich sah ein Mädchen oder eine junge Frau, genau konnte ich es im Zwielicht nicht feststellen.

Die Frau tanzte.

Sie tanzte in einem Saal, von dem ich wußte, daß es die *sala* war, ein Raum etwa zehn *braccio* lang und fünf *braccio* breit. Sie bewegte sich zu den Klängen der Harfe, die sich in einem Nebenraum befinden mußte. Sie bewegte sich, als befinde sie sich auf einem Schiff, dessen Wellen sie nachzuahmen versuchte. Das Lied erzählte von einem Mädchen, das aufs Meer hinausfuhr, um dort ihren Liebsten zu treffen. Die Frau trug ein weitschwingendes Gewand aus fließender blauer Seide, dazu Tanzschuhe von der gleichen Farbe und einen Schal, der in der Luft zu schweben schien.

Ghita tanzt, flüsterte Nardo an meinem Ohr.

Eure Schwester?

Er lachte leise. Meine Mutter.

Eure Mutter? fragte ich so verblüfft, daß er die Fragezeichen des Unglaubens hören konnte.

Sie ist nicht mehr ganz so jung, wie sie wirkt, sagte er leise. Aus der Nähe werdet Ihr es sehen. Kommt, laßt uns gehen! Sie mag es nicht, wenn man sie beim Tanzen beobachtet.

Er stieg vor mir die schmale Treppe wieder hinunter. Die Melodie begleitete uns, bis wir durch den Haupteingang das Haus betraten.

Das Abendessen wurde in der *sala* eingenommen, die mir nun größer erschien, als ich sie zunächst eingeschätzt hatte. An den Wänden hingen mächtige Spiegel in kunstvollen Rahmen, dazwischen steckten in Wandhaltern Fackeln, deren Schein über den Tisch zuckte, auf dem zusätzlich große silberne Leuchter verteilt waren, im Kamin brannte ein üppiges Feuer.

Nardos Mutter saß am Kopfende des Tisches, der vor unseren Augen in den Raum getragen worden war. Der Sohn hatte an der gegenüberliegenden Seite Platz genommen.

Ghita trug offensichtlich eines der seidenen Gewänder, die Nardo aus China mitgebracht hatte, um den Hals eine Kette aus matt schimmernden, schwarzgrünen Perlen, deren sanfter Glanz an Pfauenfedern erinnerte.

Das Mahl wurde zelebriert, es fand nicht einfach statt. Nardos Mutter dirigierte das Ritual mit kaum sichtbaren Kopfbewegun-

gen, grazilen Bewegungen ihrer rechten oder linken Hand oder dem leichten Emporheben einer Augenbraue. Das Ganze lief ab, als sei es seit Jahrhunderten geübt und als verändere sich nie etwas daran: auf schneeweißem Linnen glänzte silbernes Tafelgeschirr, Teller, Näpfe und Gefäße, die die Gestalt der Tiere hatten, die als Grundlage des Gerichts dienten, das sie enthielten. Silberne Gabeln und Messer mit Elfenbeingriffen lagen an jedem Platz. Und alles lief so lautlos ab, als bedienten hier Geister und nicht drei leibhaftige Diener in phantasievoller Livree.
Die Mahlzeit begann seltsamerweise mit einer Konfitüre, die Nardo aus dem Orient mitgebracht hatte, dann folgte eine Eiersuppe mit Pfefferkörnern, Honig und ziemlich viel Safran. Und während eine Unzahl an Schüsseln mir zugereicht und an mir vorbeigereicht wurde, fragte ich mich, welche Menge Safran hier wohl verwendet worden war – schließlich wußte jedermann, daß man für ein Pfund dieses Gewürzes ein Pferd kaufen konnte.
Zum erstenmal in meinem Leben erfuhr ich, was es bedeutet, zu schlemmen: Wildpastete vom Hirsch, eine Goldbrasse im Bratmantel, gefüllte Poularde, ein Krebsgericht in leuchtendem Rot, das mir mehr als fremd erschien, Konkavelite, ein Gericht, dessen Namen mir niemand erklären konnte, Morcheln in Mandelmilch, Wachteln – alles landete auf meinem Teller, wobei die Reihenfolge vermutlich eine bestimmte Ordnung hatte, die sich mir nicht offenbarte und so verwirrend schien, daß ich später nicht mehr hätte sagen können, ob ich das eine vor dem anderen gegessen hatte oder danach.

Ich schlief schlecht in dieser ersten Nacht.
Ich lag in einem Bett unter einem elfenbeinfarbenen seidenen Baldachin, auf der bequemsten Matratze, auf der ich je gelegen hatte, aber ich wälzte mich von einer Seite auf die andere. Von einer Stunde zur nächsten. Ich lag in einer Kammer, die mir fremd

schien, obwohl ein Raum im Hause des Messer Orelli ebenfalls mit seidenen Wandbehängen ausgestattet war wie hier, doch handelte es sich in diesem Fall um orientalische Muster, Seidenstoffe, die ganz gewiß aus China stammten.

Dann glaubte ich ständig, irgendwelche Geräusche zu vernehmen: Mal schien es mir das Zischen von Wasser zu sein, mal ein Stampfen und Klopfen, dazwischen meinte ich, schräg unter meinem Fenster Stimmen zu hören.

Andere Geräusche vermißte ich, und ihr Fehlen machte mir angst. Weder gab es hier Rädergeräusche noch hörte man nächtliche Heimkehrer, die über Gebühr gezecht hatten. Das einzig Beruhigende war das Gleichmaß der Wellen, die in einem steten Rhythmus an das Kanalufer drifteten, sehr sanft.

Irgendwann im Morgengrauen, als der Kanal bereits wieder zum Leben erwachte und sich Fischer und Gondoliere unter meinem Fenster über irgend etwas stritten, was ich nicht verstand, da sie Venezianisch sprachen, mußte ich wohl eingeschlafen sein. Am Rande des Schlummers hörte ich wieder den schrillen Schrei des Pfaus, dem kurz darauf ein zweiter, schwächerer folgte.

Und dann am Vormittag der Schreck.

Nardo und ich hatten soeben gemeinsam unsere Morgenmahlzeit zu uns genommen – sie wurde in einem kleinen Zimmer neben der *sala* serviert und war gegenüber dem abendlichen Festessen eher karg –, als er erklärte, daß seine Mutter bereits auf mich warte.

Ich erhob mich rasch, fragte nach dem Weg zur Kapelle, da ich den Raum bei meinem kurzen abendlichen Rundgang durch den Palazzo, der nach dem üppigen Essen stattfand, nicht gesehen hatte.

Nardo schob seinen Teller zurück und sagte lächelnd und ohne alle Verlegenheit: Die Kapelle gibt es nicht mehr. Wußtet Ihr das nicht?

Ich schüttelte benommen den Kopf und starrte ihn an. Dabei sah ich mich bereits wieder auf meinem temperamentvollen Hengst nach Florenz zurückreiten, eine Enttäuschung, die offensichtlich von meinem Gesicht abzulesen war.
Nein, nein, niemand wird Euch zurückschicken, sagte er lachend. Meine Mutter wird Euch alles erklären.
Ich nahm mein Mundtuch, wischte mir langsam die Lippen ab und legte es dann wieder auf den Tisch zurück.
Ihr braucht keine Angst zu haben, sagte er nochmals, es ist alles in Ordnung. Sie wird Euch gleich alles sagen, sie erwartet uns im Garten.
Aber weshalb gibt es die Kapelle nicht mehr? fragte ich zögernd, während wir den Raum verließen.
Nardo zuckte mit den Achseln. Sie sagt, sie braucht sie nicht mehr. Ich habe sie übrigens auch nie gebraucht, aber das haben sie Euch gewiß schon im Haus des Messer Orelli erzählt.
Ich schwieg mich darüber aus, was sie mir in der Casa Orelli von ihm erzählt hatten, und daß er ein Verrückter sei mit den Launen eines reichen Mannes, dem es nie in seinem Leben an irgend etwas gefehlt habe, ein Mann, der noch nie in seinem Leben habe arbeiten müssen, erzählte ich wohl besser auch nicht.
Wir stiegen die breite Treppe hinunter, verließen das Haus und fanden Ghita unter einem großen Hut und mit einer Gartenschere in der Hand, wie sie soeben Hagebutten von verblühten Rosenstöcken abschnitt. Sie öffnete die Früchte mit einem Messer und ließ die Samen behutsam in eine Reihe von Töpfchen fallen, in denen Schildchen steckten.
Sie brauchen ihre Winterruhe, sagte sie und deutete zu einem kleinen Gewächshaus, das hinter dem Palazzo stand. Im Januar kann ich sie aussäen.
Ich schaute ihr zu, wie sie mit angestrengter Stirn die Töpfchen auf dem Tablett ordnete und in das Gewächshaus trug.

Sie keimen nicht alle, erklärte sie, bei manchen ist es mir noch nie gelungen, aber wenn sie austreiben, ist die Freude groß.
Wir verließen das Gewächshaus, Ghita ergriff einen Korb und schlenderte von Rosenstrauch zu Rosenstrauch, verglich die Blüten und schaute mich an. Ich frage mich, ob der Rotocker zu dem Pompejanischrot paßt, sagte sie dann grübelnd, und ob das Neapelgelb in dieser Farbsinfonie stört – ich möchte sie alle zusammen in einer Silberschale auf den Tisch stellen. Was meint Ihr dazu? Ihr seid der Künstler.
Ich hatte mir noch nie zuvor über die Farbzusammenstellung von Rosen in silbernen Schalen Gedanken gemacht und schüttelte ratlos den Kopf. Das Neapelgelb paßt nicht unbedingt zum Rotocker, sagte ich schließlich, mehr mutig als von Sachkenntnis geführt. Es ist gut deckend, wir verwenden es bei der Freskomalerei, aber genaugenommen paßt es – zumindest bei den Rosen – nur zu sich selbst. Ihr könnt es allenfalls zu Weißschattierungen verwenden.
Weißschattierungen? Sie runzelte die Stirn. Ihr seid nicht abergläubisch?
Manche Menschen haben nur weiße Blumen im Garten, sagte ich. Weshalb also keine Weißschattierungen bei Rosen.
Natürlich, gab sie zu, ich werde dafür sorgen, daß ich bei meinem nächsten Besuch aus Wien verschiedene Rosen in Weißschattierungen mitbringe. Ihr denkt doch sicher an das Chinesischweiß, sagte sie dann sinnend, nicht an das Bianco di San Giovanni?
Ja, das meine ich, erwiderte ich verlegen, da ich mich bereits hätte ohrfeigen können wegen meines Rats, den ich aus dem Nichts geholt hatte, und von diesem Bianco di San Giovanni hatte ich ohnehin nie zuvor gehört.
Gut. Sie legte die Rosenschere entschieden auf einen Tisch und nahm meinen Arm, was mich noch verlegener machte, da ich Berührungen mit Frauen nicht gewohnt war.

Wir gingen zu dem Springbrunnen und setzten uns auf den Steinrand. Ghita ließ ihre Hand in das Wasser gleiten und spritzte sich Wasser ins Gesicht.
Also, keine Kreuzigung, keine Grablegung, keine Kreuzabnahme, keine Verkündigung, keine Himmelfahrt. Und ganz gewiß keine Hölle, sagte sie dann energisch und schaute mich prüfend an. Versteht Ihr, was ich meine?
Ich schüttelte verwirrt den Kopf, der sich noch immer mit Weißschattierungen beschäftigte.
Ich möchte Bacchus, nichts weiter als Bacchus, erklärte sie. Habt Ihr schon einmal einen gemalt?
Bacchus, sagte ich und wußte im gleichen Augenblick, daß ich mein Hirn umsonst zermarterte, nie zuvor hatte jemand von mir einen Bacchus gefordert. Ihr meint Dionysos?
Bacchus oder Dionysos, es bleibt das gleiche, sagte sie freundlich und spritzte mit einer spielerischen Geste das Wasser nun in meine Richtung. Ihr könnt Euch in der Bibliothek nach alten Vorlagen umsehen, die ich aus Griechenland, vor allem aus Rhodos mitgebracht habe. Es gibt eine ganze Reihe von Büchern und alten Handschriften, in denen Abbildungen auftauchen. Denkt Euch Szenen aus!
Und wo, bitte, soll ich diesen Bacchus hinmalen? fragte ich mehr als irritiert.
Sie schaute mich verblüfft an. Hat Nardo Euch nichts davon erzählt?
Ich denke, die Kapelle existiert nicht mehr.
Nun, so wie sie ehemals war, ist sie weitgehend verschwunden, sagte sie. Ich habe sie umbauen lassen. In der früheren Rundung der Apsis steht jetzt ein Katheder. Hier soll gelehrt werden. Gelehrt im kleinen Stil, schränkte sie ein, als sie mein ratloses Gesicht sah. Mir schwebt mitnichten eine Platonische Akademie vor wie bei il Magnifico. Aber es gibt auch bei uns hier in der Stadt

genug junge Männer, die sich für Philosophie interessieren und die Lorenzo und seine Gärten noch immer vermissen. Männer, die sich mit Aristoteles beschäftigen, mit Epikur und mit Ovid. Sie klopfte heftig mit einem Ästchen auf den Brunnenrand und schaute mich prüfend an. Bei Euch in Florenz durfte ja nicht einmal mehr laut gesagt werden, daß Epikur nicht an die Unsterblichkeit der Seele glaubt, sagte sie dann, als sei ich der Urheber solcher Verbote. Bei uns darf man so etwas sagen. Und sei's nur hier bei uns im Lehrsaal oder in meinem Garten.
Aber inzwischen ist diese Engherzigkeit im Denken doch längst vorbei, beeilte ich mich zu sagen, in dem starken Drang, diese Stadt zu verteidigen, die die Last von Savonarolas Tyrannei abgeschüttelt hatte und sich wieder dem zuwandte, aus dem sie der *frate* vertrieben hatte: der Lust am Leben.
Sie schüttelte den Kopf. So etwas hält an, sagte sie nachdrücklich, vor allem bei den *fanciulli*.
Ich lächelte und sagte: Zu den Knaben gehöre ich schon lange nicht mehr.
Das ist mir klar, gab sie zu, aber diese Bereitschaft, sich zu unterwerfen, verliert sich nicht von einem Tag auf den anderen. Und wenn ich Euch einordnen soll, so scheint Ihr mir mehr ein Mensch des vergangenen Jahrhunderts zu sein als einer aus diesem.
Ich stand langsam auf, da ich sah, daß sie den Brunnenrand verließ und zu mir herüberkam. Und ich hörte im gleichen Augenblick die Sätze wieder, die Savonarola uns einst gepredigt hatte: »Begreife Florenz, was ich dir heute sage, begreife, daß Gott es mir eingegeben hat ... Tu, sage ich dir, vor allem zwei Dinge, die ich dir schon oft gesagt habe, nämlich jeder soll beichten und sich von den Sünden reinigen.«
Legt Euch bei Eurer Arbeit keinen Zwang auf! rief sie zurück, als sie mich mit ihrem Rosenkorb verließ. Ihr dürft Eurer Phantasie

freien Lauf lassen. Ein dionysisches Gelage mit Bacchantinnen und Mänaden wäre durchaus in meinem Sinn. Malt einfach die Freude und was Euch dazu einfällt! Und vor allen Dingen: Habt keine Scheu vor dem nackten menschlichen Körper! Die Leibfeindlichkeit des *frate* ist die größte Sünde wider den Schöpfungsakt, die er den Menschen hinterlassen hat, ein Irrtum, an den immer noch welche glauben.

Der Raum, den ich ausmalen sollte, war ein kühler Raum, aber Gott sei Dank nicht feucht. Er lag neben der *sala* und war nicht besonders groß, aber immerhin fanden in dieser ehemaligen Kapelle gut zwanzig Menschen oder gar mehr Platz.
Ich blieb mindestens eine halbe Stunde in dem Raum sitzen, hatte einen Skizzenblock auf meinen Knien und verteilte Figuren auf die Wände – im Kopf zunächst, wie ich dies immer zu tun pflege.
Zunächst jedoch spürte ich nichts als Unsicherheit. Niemand, der etwas anordnete, niemand, der mir sagte, was wohin gemalt werden solle, wer mit wem dargestellt werden müsse. Ich fühlte mich im luftleeren Raum, und nach einer Stunde des Nachdenkens war ich nahe daran, Nardos Mutter oder ihn zu bitten, mir genaue Anweisungen zu geben. Ghita kam für einen kurzen Augenblick an die Tür, winkte aber sofort ab, als ich mit meinem Skizzenblock zu ihr kommen wollte. Es ist Nardos Haus, eines Tages, sagte sie. Und er läßt Euch vollkommen freie Hand. Nardo aber hatte gesagt: Es ist Ghitas Kapelle. Ich fürchtete, meine Arbeit würde nicht ganz einfach werden. »Malt einfach die Freude« – ich hatte noch nie einen absurderen Auftrag bekommen als diesen. Bis jetzt hatte unsere *compagnia* nichts anderes dargestellt als das Elend dieser Welt und die Hoffnung auf das Jenseits. Für die Freude waren wir nie bezahlt worden.
Ich verbrachte den Vormittag in der Bibliothek, versuchte mir

vorzustellen, was Ghita unter diesen »Bildern der Freude« verstand, und geriet in meiner Phantasie gefährlich in die Nähe von Orgien. Ich fragte mich, ob sie wohl als Bacchantin dargestellt werden wolle und ob ich wirklich Mänaden malen solle. Ich fragte mich auch – dies tat ich noch immer ziemlich häufig –, was Savonarola dazu sagen würde, wenn ich nackte Körper malte. Ich, der bisher nie welche gemalt hatte. Im Grunde hatte ich weitgehend nur Stückwerk gemalt. Von Rocco begonnene Figuren, ohne ausgemalte Gesichter, Arme, Beine, die er mir zur Vollendung überließ. Und so hatte ich nie das Gefühl gehabt, es sei mein Bild gewesen, das eines Tages zur Tür hinausgetragen wurde.
Ich bewegte mich zwischen den Bücherregalen, die bis zur Dekke reichten, und wagte kaum zu berühren, was Savonarola einst verboten hatte. Hier fand ich sie alle wieder, die Autoren, deren Schriften er damals auf seinem *talamo* hatte verbrennen lassen: Dante, Boccaccio, Petrarca und viele andere, deren Namen ich inzwischen längst vergessen hatte. Ich suchte mir Abbildungen zusammen, von denen ich annahm, sie könnten Dionysos ähnlich sehen, und versuchte, mich dem ungewohnten Sujet auf den unterschiedlichsten Wegen zu nähern. Ich verbannte alle Marienbilder und gekreuzigten Christusfiguren aus meiner Vorstellung und machte die ersten Skizzen. Von Bacchus – oder dem, was ich für ihn hielt, wobei ich zugeben muß, daß ich in der gleichen Zeit gewiß drei Madonnen gezeichnet hätte. Ein Eingeständnis, das mich nicht unbedingt mit Hochgefühl erfüllte und meine alte Furcht vor einem Versagen wieder wie ein schwarzes Tuch über mich herabfallen ließ.
Als ich spürte, daß dieses schwarze Tuch dicker und schwerer wurde, entschloß ich mich, in die Stadt zu gehen und Farben zu kaufen, um mich aufzuheitern. Außerdem war ich neugierig auf die Serenissima, die ich bisher nur von Bildern und Erzählungen her kannte.

Nachdem ich mich von Gasse zu Gasse durch die engen Straßenzüge bis zum Markusplatz hindurchgefragt hatte und dort eher hilflos eine halbe Stunde lang von einer Ecke zur anderen geschickt worden war, ohne zu finden, was ich suchte, hatte ich das Gefühl, die Stadt sei zu groß für mich, zumindest an diesem Tag. Sie erdrückte mich mit ihren Geräuschen, ihren Gerüchen, ihren gigantischen Bauten, ihrer Schönheit. Ich war zu dieser Stunde ganz offensichtlich nicht bereit für sie. Also verschob ich das Kennenlernen auf einen späteren Zeitpunkt und flüchtete mich zurück in den Palazzo. Ohne Farbe, da ich nicht einmal den Laden fand, den die Dienerin mir genannt hatte.
Ich setzte mich also zunächst mit meinem Skizzenblock in diesen gewaltigen alten Steinsessel vor dem Haus und starrte auf den Canal Grande hinaus. Und stellte fest, daß mir nichts einfiel. Keine erheiternde Situation für einen Maler. Dann entschloß ich mich, den Garten zu erkunden, den ich bis jetzt kaum zur Hälfte kannte, vor allen Dingen hatte es mir jene farbige Wand angetan, die ich bei meinem Kommen hinter dichten Büschen erspäht hatte. Ich schlenderte die geschwungenen Kieswege entlang und kam dann in einen Teil, der mich an einen Friedhof für Steinplastiken erinnerte: geborstene moosbewachsene Säulen, vom Wasser halb ausgelaugte Gesichter aus Stein, deren Wangen man nur noch ahnen konnte, eine Lyra, an der der halbe Körper eines Amors hing, Putten, die sich mit müdem Blick an brüchige Mauern lehnten, ein Pferdekopf, dessen Feuer längst erloschen war.
Die farbige Wand gab auch jetzt ihr Geheimnis nicht preis: Zwar konnte ich die Büsche zum Teil zur Seite biegen, aber die Wand war starr und ließ sich nicht bewegen; vermutlich reagierte sie nur auf einen geheimen Knopfdruck.
Gegen Abend ging ich in die ehemalige Kapelle, legte den Skizzenblock zur Seite und setzte mich auf den Schemel, der mich an meinen vertrauten Schemel in Florenz erinnerte. Dann versuchte

ich ein zweites Mal den Raum in mich aufzunehmen, ihn zu »lernen« wie eine neue Sprache. Ich fertigte in meinem Kopf Skizzen an, verwarf sie und machte neue.

Irgendwann hatte ich genug von meinen Kopfgeburten, griff nochmals zu meinem Block und empfand plötzlich ein ungeheures Gefühl der Befreiung. Niemand, der von mir forderte, für fünf Librae Blaugrund zu malen oder für zehn Librae Musivgold, niemand, der mich in einen Vertrag zwang, niemand, der mir gebot, in einer bestimmten Zeit fertig zu sein. Und dann spürte ich sie plötzlich: Ich spürte, wie sich meine Haut dehnte, spannte, spürte, wie sie mir wuchsen, diese Flügel, die so ganz und gar ungewohnt für mich waren.

Und vermißte die Zwänge nicht mehr, die bisher alles geregelt hatten. Es erfüllte mich mit Wollust, frei im Weltraum zu schweben.

Hatte nicht Nardos Mutter mit aller Entschiedenheit gesagt, sie wolle keine Dispute, sie wolle fertige Sachen sehen und nicht entscheiden, ob diese Figur im Vordergrund stehe und jene im Hintergrund? Sie sei keiner der üblichen Auftraggeber, die am liebsten ihre Bilder selber malen würden und später, nachdem sie fertig seien, unentwegt an ihnen herumkritteln. Sie finde es zum Beispiel wunderbar, was Michelangelo gemacht habe, als eines Tages ein Niemand an der Nase seines Davids herumgemäkelt hatte: Michelangelo legte eine Leiter an seine Figur, steckte heimlich etwas Gipsstaub in seine Tasche und erweckte dann den Eindruck, als schabe er mit seinem Meißel an der beanstandeten Nase herum, während er den Staub herabrieseln ließ. Dann fragte er höflich, ob die Nase nun besser aussehe. Genauso habe er sich das vorgestellt, sagte der Nörgler mit erhobener Stimme, genauso sei es richtig und nicht anders. Sie mache keine solchen Winkelzüge, hatte Ghita gesagt, sie respektiere den Künstler.

Also entwarf ich zunächst einmal Skizzen von Bacchus.
Aber mir war von der ersten Sekunde an klar, daß ich mich schwer in diese Figur hineinversetzen konnte, da ich noch nie ein bacchantischer Mensch gewesen war und auch nie einer sein würde. Mich hatte man stets zum Trinken in der Runde zwingen müssen, und ich entsinne mich an keinerlei Besäufnis, bei dem ich nach Hause geschleppt werden mußte, ausgenommen jenes nach meinem Besuch in der Via nuova degli Spardai.
Ein Blatt um das andere füllte sich, ich zeichnete einen ganzen Skizzenblock voll mit Bacchusfiguren in allen möglichen Stellungen, und ich tat mir dabei keinen Zwang an.
Irgendwann, es mußte schon fast Mitternacht gewesen sein, legte ich den Rötelstift zur Seite und entschloß mich auszugehen. Eine Stadt bei Nacht hatte mich stets interessiert, auch wenn es in Florenz nicht immer angebracht schien, zur späten Stunde spazierenzugehen. Hier sei es gefahrlos, hatte Nardo gesagt: Keine Kutsche, kein Wagen, in den man rasch mit seiner Diebesbeute springen könnte. Wir haben nur den Kanal, unsere Lebensader, auf dem geboren, gelebt, geliebt, geheiratet und gestorben wird. Und jeder, der flieht, kann nur über das Wasser entfliehen, und das ist ziemlich mühsam.
Also ging ich durch die engen Gassen, Katzen strichen um meine Beine, eine Fledermaus huschte über mich hinweg, in der Ferne bellte ein Hund. Ich kam an einer Kirche vorbei, von deren Mauern der Putz halb abgeblättert war, die mich aber nahezu magisch anzog. Ich öffnete eine kleine Seitentür, entzündete eine der Opferkerzen, die in einer Schale lagen, warf meinen Obolus in ein kleines Kästchen und setzte mich dann in einen der hohen Chorstühle. An der Wand sah ich schemenhaft ein großes Marienbild, der Körper schon halb gelöscht, das Gesicht streng, starr, fast unfreundlich. Der Maler konnte seine Figur nicht sonderlich geliebt haben. Rechts unten war noch ein Stück Landschaft zu erken-

nen, ein Baumstrunk, ein paar Schafe mit nur noch rudimentären Köpfen: Das Bild wirkte, als sei es vom Hochwasser zerfressen. Im Schein der Kerze zuckte mein Schatten in Übergröße an den Wänden entlang, als sei er lebendig. Ich fragte mich, welche Bilder hier wohl ursprünglich gewesen sein mochten, und verließ fröstelnd die Kirche.

Ich ging zum Canal Grande und schaute auf das träg fließende Wasser, auf dem sich kaum noch ein Boot bewegte. Noch immer herrschte Niedrigwasser, und in einem der nahezu trockenen Seitenkanäle glaubte ich, beim Mondlicht Ratten zu sehen.

Als ich in den Morgenstunden zurückkehrte, schien mir dieses Haus wie in der Nacht zuvor kein schlafendes Haus zu sein. Wieder waren Geräusche zu hören, diesmal andere. Da es unwahrscheinlich war, daß es sich um Diebe handelte, schlich ich leise in meine Kammer hinauf und legte mich in mein Bett.

Am anderen Morgen erwachte ich mit dem Gefühl, verschlafen zu haben. Ich sprang auf, erledigte in aller Hetze meine Morgenwäsche, dann ging ich ohne ein Morgenessen in die ehemalige Kapelle.

Wieder war da dieses Gefühl, das ich nicht nur einmal in meinem Leben hatte: Es blieb am Abend stets ein Rest von Angst, am Morgen könne alles verschwunden sein, was ich am Tag zuvor geschaffen hatte. Ich weiß selbstverständlich, daß dieses Gefühl ein völlig unsinniges Gefühl ist, völlig an der Realität vorbei, wie Rocco immer sagte: Natürlich gab es die Leinwand noch, die Tafel oder die Wand, die man am Abend zuvor bemalt hatte. Aber nach jenem Erlebnis mit dem Erdbeben in der Villa des Messer Orelli waren diese Ängste verstärkt aufgetreten, und meine zerstörte Madonna, die ihre Arme hilfesuchend nach ihrem verlorenen Jesuskind in die Luft streckte, war mir für immer im Gedächtnis geblieben.

Doch natürlich war hier in dieser Kapelle, die keine mehr war, alles so, wie ich es zurückgelassen hatte, zumindest schien es mir nach meiner ersten flüchtigen Überprüfung der Fall zu sein. Erst beim zweiten Umherschauen entdeckte ich die Rose. Sie stand in einem hauchdünnen Glasgefäß, das zur Farbe der Blüte paßte, auf dem Boden in der Ecke und strömte einen betörenden Duft aus.

Ich näherte mich der Vase, zögernd wie ein Tier, das Gefahr wittert, zögerte, die Rose hochzuheben und an ihr zu riechen. Ich weiß nicht, weshalb ich mich so seltsam verhielt, aber irgendwie hatte ich das Gefühl, daß diese Rose mehr bedeuten sollte als einen freundlichen Morgengruß. Sie schien mir eine Morgengabe zu sein, ohne Anlaß, und ich hatte die vage Ahnung, daß sie in irgendeiner Form Gefahr bedeutete.

Also ließ ich die Vase stehen, stellte einen Farbkübel davor, so daß die Rose meinem Blick entzogen war. Als ich nach einiger Zeit merkte, daß sie mich trotz allem noch ablenkte, stellte ich sie neben die Tür. Und hoffte, daß damit ein guter Tag beginnen würde. Aber der Morgen verlief anders, als ich geglaubt hatte.

Nach zwei Stunden mußte ich feststellen, daß mein Skizzenblock noch immer nichts weiter vorzuweisen hatte als ein wirres Durcheinander von tanzenden Bockskörpern und wilden Mänaden, deren Gesichter alle auf die eine oder andere Weise die Züge von Nardos Mutter trugen. Ich legte den Block zur Seite und überlegte, ob ich Tetraeder malen solle wie immer in meinen fruchtlosen Zeiten.

Aber dann hatte ich plötzlich eine andere Idee. Ich trat an die Wand, auf der die Grundierung bereits getrocknet war, und begann in einer abgegrenzten Ecke, ohne Skizzen zu malen. Zunächst einen Brunnenrand, dann eine Bacchantin, die mit wehenden Haaren auf diesem Brunnenrand saß und einen Faun mit Wasser bespritzte. Ich malte das Wasser so, daß die Spritzer, die

den Faun benetzten, aussahen, als berge jeder eine Liebkosung in sich.
Ich starrte minutenlang auf dieses Bild, erschrak über das, was ich gemalt hatte, als stamme es nicht von mir. Und während ich so stand und fassungslos auf mein Werk starrte, öffnete sich die Tür.
Ich drehte mich hastig um, stolperte dabei über den Farbkübel und die Vase, die in tausend Splitter zersprang. Bevor ich etwas tun konnte, hatte die Dienerin den Farbkübel bereits wieder aufgestellt und die Splitter der Vase in einen Krug eingesammelt.
Ich soll Euch zum Morgenessen holen, sagte sie verlegen und blickte dabei auf die Rose, die am Boden lag.
Ich schaute ebenfalls auf die Rose, hob sie auf und gab sie ihr. Behalte sie! sagte ich grob. Sie stört.

Nach der Morgenmahlzeit, die ich allein in einem sonnendurchfluteten Balkonzimmer eingenommen hatte, kehrte ich an meine Arbeit zurück. Ich spürte bereits jetzt den Beginn des Sogs, der sich normalerweise erst dann einstellt, wenn ich beim Malen an einem ganz bestimmten Punkt angelangt bin, manchmal sogar erst kurz vor dem Ziel. Jetzt verspürte ich ihn bereits so früh, daß es mich verwirrte. Und mich fast nicht weitermalen ließ. Ich saß vor einem Bild, das noch keines war, starrte die Bacchantin an, die mir neckisch zulächelte und mir geradezu »aus dem Pinsel geflossen« war, wie Daniele immer zu sagen pflegte, wenn er mit einer Arbeit besonders rasch vorankam. Und ich erschrak, daß ich ein Gesicht gemalt hatte, ohne mir darüber im klaren gewesen zu sein, daß sonst Rocco dergleichen zustand.
Ich übertrug die Darstellung auf das hinterste Blatt des Skizzenblocks und löschte das Bild auf der Wand, damit niemand es sehen konnte.
Weshalb habt Ihr es gelöscht? fragte plötzlich eine Stimme hinter

mir. Ich zuckte zusammen, spürte, wie mir der Schweiß ausbrach, und brachte nur ein geflüstertes Bitte geht! heraus.
Und ich ahnte mehr, als daß ich es sah, daß Nardos Mutter so leise, wie sie gekommen war, auch wieder verschwand.

Am dritten Tag ging ich nach einem kurzen Besuch in der ehemaligen Kapelle bereits am frühen Morgen in die Stadt. Ich hatte mir vorgegaukelt, daß dies ganz normal sei. Man geht immer in die Stadt, wenn man mit seiner Arbeit nicht weiterkommt, jeder von uns tat dies. Ist die Stadt eine fremde Stadt, so kann sie Erlösung bringen, und wenn man Glück hat, setzt sie genau an der Stelle ein, die leer ist und der man entfliehen möchte. Zumindest erhofft man sich dies alles und noch viel mehr.
An diesem Morgen begegnete mir die Stadt anders als am ersten Tag – sie löste keine Angst mehr in mir aus. Ich ließ sie in mich einbrechen, lief ziellos umher, und da ich Venedig nicht kannte, war alles neu für mich. Ich setzte wahllos mit einem Boot über einen Kanal, kehrte ebenso wahllos mit dem nächsten Boot wieder zurück, ohne zu wissen, was ich auf der anderen Seite gesehen hatte und nun auf der diesseitigen sehen wollte. Ich besuchte Kirchen, ohne ihre Namen zu kennen, ließ mich von Frittura-Verkäufern überreden, ihre Ware zu kaufen, und sah auf einem großen Platz, dessen Namen ich nicht kannte, einer Männergruppe zu, die sich zu einer waghalsigen Pyramide aufstellte. Auf einem anderen Platz waren fahrende Sänger dabei, ein Theaterstück aufzuführen, zwischen den beiden Säulen der Piazetta baumelten zwei Gehenkte mit dem Kopf nach unten und auf dem Canal Grande hinterließ das prächtigste Schiff, das ich je gesehen hatte, der Bucintoro des Dogen, seine Spur.
Erst als die Dämmerung hereinbrach, kehrte ich langsam um, brachte Gasse um Gasse wieder hinter mich, diesmal bereits halbwegs sicher, als folgte ich dem Faden der Ariadne.

Und während ich das Tor zum Garten öffnete, war ich mir plötzlich ganz sicher, daß diese Wasserspritzer nicht nur völlig unbedeutende Wasserspritzer gewesen waren – es mußte alles so gewesen sein, wie ich es auf der Wand und dann auf meinem Skizzenblock festgehalten hatte.

Die Nächte waren anders als in Florenz.

Wenn ich sage erregender, so drückt dies nur wenig von meinen Gefühlen aus. Und doch war es so. Alles was hier geschah, schien mir wie unter einem durchsichtigen Moskitovorhang zu geschehen, real und zugleich doch auch irreal. Da gab es zum Beispiel diese seltsamen Geräusche bei Nacht, die ich nicht zuordnen konnte; wenn ich auf dem Balkon stand, schienen sie am deutlichsten zu sein. Dann gab es Gerüche, die auch nur bei Nacht auftraten. Manchmal hatte ich den Eindruck, daß es sich um Pferdemist handeln könne, aber die Pferde waren auf einer völlig anderen Seite des Palazzo untergebracht, so daß kaum ein Geruch auf die Seite dringen konnte, die dem Kanal zugewandt war. Außerdem gab es ganz offenbar Besucher, die nicht den normalen Eingang des Hauses benutzten, sondern einen anderen, mir unbekannten. Einmal beobachtete ich in der Dämmerung einen Mann in einem kleinen Boot, das an der Kanalseite anlegen wollte. Aber sobald er einen großen Korb, der sorgfältig zugedeckt war, herausgehoben hatte, wurde er von einem Diener umgelenkt, so daß ich nur annehmen konnte, das Boot lege nun in dem kleinen Seitenkanal an und der Besucher komme über den *androne*, den Hauptflur, in das Haus. Aber bei allem, was ich sah und hörte, aber nicht erklären konnte, verbot ich mir, danach zu fragen. Ich war Gast in diesem Haus und hatte zu malen, nichts sonst.

In der vierten Nacht überwog die Neugier.

Wieder hatte ich Geräusche vernommen, wieder glaubte ich das Zischen von Wasser zu hören, Stimmen drangen zu mir herauf

auf den winzigen Balkon, gedämpft, aber erregt. Und nun hatte ich zum erstenmal das Gefühl, daß ich diese Geräusche nicht länger ignorieren durfte, sie schienen mir Gefahr zu bedeuten, zumal nach dem Zischen nun plötzlich Rauch aufzog, der ganz langsam zu meinem Balkon heraufwaberte. Rötlicher Rauch. Ich versuchte herauszubekommen, nach was dieser Rauch roch, aber es gelang mir nicht. Zum einen schien es ein völlig normaler Holzkohlenrauch zu sein, zum anderen war er mit einem sehr exotischen Geruch vermengt, den ich nicht kannte.

Ich blieb eine Weile auf meinem Balkon stehen und hörte dann, wie tief unter mir ein Fenster geöffnet wurde. Jemand hustete. Dann hörte ich Ghitas besorgte Stimme, die irgendwas sagte, was ich nicht verstand, da sie es auf venezianisch sagte. Ich warf mir einen Umhang über die Schultern, ergriff meinen Kerzenleuchter und schlich die Treppe hinunter, die schwach mit einer Fackel erhellt war.

Ich kam in den *androne*, in dem eine halbverfallene Gondel in der Ecke lag, und blieb stehen, um die Richtung, aus der das Geräusch kam, genauer zu lokalisieren: Es war ganz eindeutig, daß es aus einem der Seitengänge kommen mußte, die ebenfalls notdürftig durch eine Fackel erhellt wurden.

Ich ging weiter, dann hörte ich plötzlich wieder die Stimmen: Nardos Stimme und die seiner Mutter. Ich zögerte und hatte bereits beschlossen, umzukehren, als vor mir eine Tür aufging und ich glaubte, meinen Namen zu hören.

Ich blieb stehen, dicker Rauch quoll zu mir heraus und brachte mich zum Husten. Dann tauchte wie in einem Spukschloß eine Hand aus diesem Rauch auf und jemand zog mich mit einem raschen Griff in den Raum.

Schaut Euch um, falls es Euch gelingt! sagte Nardo, den ich nicht sah, mit keinesfalls erregter, eher belustigter Stimme. Dann könnt Ihr uns helfen, wenn Ihr wollt.

Er soll gleich helfen, sagte Ghita, die ich ebenfalls nicht sehen konnte, und ich hatte den Eindruck, dieser Raum sei kein Raum, da er mir nicht durch Wände begrenzt schien. Er kann den Cucurbit für einen Augenblick halten, dann kommt alles ganz rasch wieder in Ordnung. Erschreckt nicht! Es geschieht Euch nichts. Ihr könnt mit der einen Hand das hier halten, sagte sie dann und schob mir ein flaschenähnliches Gebilde zwischen die Finger, und mit der anderen den Helm, er ist leicht.

Ich hielt fest, was sie mir in die Hände drückte, in blindem Vertrauen, auch wenn ich nie zuvor in meinem Leben etwas von einem Cucurbit gehört hatte.

Als der Rauch sich ganz langsam verzog und ich zumindest einige Konturen wahrnehmen konnte, sah ich einen rechteckigen Raum vor mir, nicht eben groß, aber vermutlich wirkte er nur deshalb so eng, weil sämtliche Wände mit Gestellen zugebaut waren, auf denen zahlreiche Apparaturen standen. Die eine Breitseite des Raumes nahmen Gebilde ein, die vermutlich als Öfen zu bezeichnen waren, zumindest spuckte der eine aus einem seiner vier Löcher jenen rötlichen Rauch aus, der bis zu meinem Balkon gedrungen war.

Irgendwann tauchte Nardo aus den Schwaden auf mit einem riesigen Blasebalg, das Gesicht eingeschwärzt, was seine Mutter mit dem launischen Kommentar versah: Als wolltest du einen Kaufmannszug überfallen.

Nardo nahm ein Tuch vom Haken, stellte sich vor einen kleinen Spiegel und versuchte, die Spuren eines ganz offensichtlich nicht geglückten Versuches zu beseitigen. Dabei murmelte er in einer Sprache, die ich nicht verstand, die aber auch nicht Venezianisch war, etwas vor sich hin, was Ghita zu einem Lachanfall brachte.

Nein, mein Lieber, das warst du! Ich wollte lediglich den schwarzen Raben in eine weiße Taube verwandeln, nicht jedoch unser

Labor in eine Räucherkammer. Der Athanor war unter deiner Aufsicht.
Ich stand neben den beiden, hielt nach wie vor diesen Cucurbit in den Händen, und da Ghita inzwischen mit anderen Dingen beschäftigt war, legte ich schließlich beides auf einen kleinen Tisch in der Mitte des Raumes, die einzige freie Stelle, die dafür zur Verfügung stand.
Die folgenden Minuten oder auch Stunden – die Zeit zerrann mir zwischen den Fingern – kamen mir wie ein Traum vor, von dem ich auch später, als ich irgendwann in der Morgenfrühe wieder in meinem Bett lag, nicht wußte, ob er Wirklichkeit gewesen war oder nicht. Ich hörte Begriffe, die ich nie zuvor gehört hatte: Alembicus, Balneum Marie, Pelikan, Rosenhut, Serpente, Retorte, Mohrenkopf, Kalzination, Sublimation, Putrefaktion, Koagulation. Das Wort, das am häufigsten benutzt wurde, war »Transmutationsprozeß«, eine Sache, die ganz offensichtlich nicht geglückt war und nun von neuem angegangen werden mußte.
Zunächst stand ich dem Geschehen ziemlich hilflos gegenüber, aber dann tat ich, was Ghita ziemlich bald mit aller Selbstverständlichkeit und auch mit Geduld von mir forderte: Achtet darauf, daß die Wasserkühlung bei dem Mohrenkopf am Helm im Gang bleibt! Füllt Wasser nach, wenn es in dem Kessel zu Ende geht! Stülpt den Rosenhut über die Pfanne, und beachtet das Feuer dabei! Die Kräuter für den Galeerenofen findet Ihr in meinem Gewürzbeet, man muß sie zerkleinern und dann für die Destillation herrichten. Mit diesem Zirkulationsgefäß können wir Vorgänge, die wochenlang dauern, beobachten. Und während sie erklärte und mir Anweisungen gab, stöpselte sie nebenher einen Korken in einen der Ballone, öffnete einen anderen, aus dem sofort Dampf in den Raum zischte, der sich auch nicht durch Hinundherwedeln vertreiben ließ und die Luft wieder nahezu un-

durchsichtig machte. Und zwischendrin nahm sie sich auch noch die Zeit, mich in die Grundzüge einer komplizierten und verschlüsselten Formelsprache einzuführen, die die einzelnen Abläufe dieses sogenannten Transmutationsprozesses erläuterte und streng geheim war.

Ich tat gehorsam, was sie forderte, und hatte zugleich das Gefühl, daß mein Leben von nun an nie mehr das gleiche sein würde wie zuvor. Ich trat ein in ein anderes Leben, ein Leben, wie ich es mir ganz gewiß manchmal in meinen Träumen gewünscht hatte, vielleicht ohne es recht zu wissen.

Und mit einem Male paßte auch alles zusammen, ich wußte plötzlich, wozu all diese Apparaturen in diesem Raum dienten: Ich war Zeuge des Versuchs, Gold zu machen, oder zumindest glaubte ich das in diesem Augenblick.

Hört man es oben? fragte Ghita nach einer Weile in aller Ruhe. Und wo zieht der Rauch hin?

Man hört es, man riecht es, man sieht es. Und der Rauch zieht auf den Kanal hinaus, sagte ich, sonst nichts. Jedes weitere Wort schien mir auch überflüssig, da ich noch immer Kolben hielt, Korken stöpselte und Geräte herbeitrug, auf die sie mit dem Finger deutete.

Dies alles, während Nardo in der Fensternische auf einer Bank saß und in aller Ruhe zeichnete und aufschrieb, was seine Mutter ihm nebenher diktierte.

Wir wollten Euch erst ein wenig später einweihen, sagte sie irgendwann, als der Dampf sich endgültig verzogen hatte und jeder den anderen wieder sehen konnte. Aber nun wißt Ihr es eben jetzt schon. Sie lachte und legte mir mit einer großen Zärtlichkeit die Hand auf die Schulter. Kennt Ihr Platon? fragte sie dann unvermittelt.

Nicht alle seine Schriften, sagte ich und überlegte, welche Bände ich gelesen hatte und welche nicht. Vor langer Zeit allerdings. Zusammen mit Rocco, wenn wir an Sonntagen im Ospedale Zeit dafür fanden.

Dann kennt Ihr auch »Das Gastmahl«?

Ich kannte »Das Gastmahl«, wußte aber keinesfalls, was dieses »Gastmahl« in diesem Augenblick mit dem zischenden Dampf zu tun hatte.

Wißt Ihr, da gibt es die Geschichte von dem Deckel, der zu einem Topf gehört – kennt Ihr sie?

Natürlich kannte ich die Geschichte, jeder kannte sie, der Platon auch nur bruchstückhaft gelesen hatte.

Sie drehte sich um, schaute ihrem Sohn über die Schulter. Platon hat nie gesagt, welche Hälften sich da eigentlich suchen. Es können zwei Männer sein, zwei Frauen, eine Frau und ein Mann. Nardo suchte einmal sehr intensiv nach dieser anderen Hälfte, aber er fand sie nicht. Inzwischen hat er es aufgegeben. Und nimmt mit mir vorlieb. Wie findet Ihr das?

Mein Arm war vom langen Halten eines Kolbens inzwischen nahezu lahm, in meinem Kopf schwirrten tausend Ängste. Sie waren in Venedig nicht eben zimperlich, wenn sie Hexen aufspürten, und dieses seltsame Geständnis schien mir eindeutig in eine Richtung zu weisen, die den Männern der Inquisition kaum gefallen konnte, weil sie mit dem Glauben der Kirche nicht im Einklang war. Und dazu hatten nicht nur der Papst, die Herrscher von Frankreich und England sowie die Stadt Nürnberg Gesetze erlassen, die die Alchimie verboten, sondern auch der Rat der Stadt von Venedig. Mir war klar, Ghita würde als Hexe verbrannt werden, wenn auch nur irgendwer von ihrem Treiben erführe. Bei San Toma hatten sie erst vor kurzem eine Frau verhaftet, die Zauberpulver zusammenbraute. Das Pulver wurde im Prozeß vorgeführt, die Frau kam in den Kerker, worüber sie noch froh sein konnte.

Ich bin keine, sagte sie lächelnd, als habe sie meine Gedanken

erraten. Vergeßt die Vorstellung, ich sei eine Hexe. Ich mache etwas anderes.
Es genügt, daß sie glauben, Ihr wärt eine Hexe.
Ich bin keine, wiederholte sie ruhig, und eigentlich müßtet Ihr selber draufkommen, um was es hier geht.
Ihr macht Gold, stieß ich hervor. Ihr macht Gold, nicht wahr?
Ja und nein, sagte sie fröhlich. Das heißt, unter anderem versuche ich es. Und natürlich weiß ich, was man im Haus Eures Gönners darüber redet. Über Nardo redet. Aber es war nicht Nardo, der damals in Florenz den halben Turm in die Luft sprengte. Ich war es. Aber es wäre nicht gut gewesen, wenn dies jemand erfahren hätte, also nahm mein Sohn es auf sich.
Nardo schien dem Gespräch nicht zuzuhören. Er schrieb weiterhin in ein dickes Buch, zeichnete und murmelte dabei vor sich hin.
Ich brauche Euch natürlich nicht zu sagen, daß Ihr den Mund halten sollt, sagte sie dann, als Nardo mit seinem Buch zu ihr kam und es ihr zeigte. Sie sind einfach zu dumm, um zu begreifen, was das hier alles bedeutet. Sie bestehen aus nichts als aus Angst. Ihr ganzes Leben haben sie Angst – diese so überaus klugen Männer.
Sie machte eine weitausholende Gebärde, die die gesamte Serenissima miteinbeziehen konnte oder auch die ganze Welt.
Und Eure Diener?
Wir haben einen Taubstummen, dem man die Zunge herausgeschnitten hat, und einen Sklaven, der sich für mich in Stücke hakken lassen würde, weil er weiß, daß man ihn woanders nur quälen würde mit seinen Pockennarben, die ihn häßlich wie die Nacht machen. Hier unten gibt es einen Raum für sie zum Schlafen, jeder hat seine Bettlade. Alle übrigen Diener schlafen nicht im Haus. Und bei Tag …
Bei Tag bist du eine geradezu schon verbissene Gärtnerin, die mit Wien korrespondiert oder mit weiß Gott wem, um die verrücktesten Pflanzen auszutauschen und zu züchten. Sie liefert sogar Sa-

men bis in den Orient, sagte Nardo mit einem kurzen Blick zu mir herüber.
Seine Mutter strich sich über die Haare, gähnte verstohlen hinter der Hand und warf dann einen prüfenden Blick über ihre Apparaturen – ein Kolben köchelte noch leise vor sich hin, warf ein gespenstisches Licht über den Raum, als Nardo die Fackeln und Kerzen löschte.
Nun, kann Euch Venedig gefallen? fragte Ghita leise, als wir gemeinsam die Treppe hinaufstiegen. Ich dachte mir immer, daß Ihr es vielleicht interessant finden würdet, mit mir zusammen den »Stein der Weisen« zu finden.
Ich konnte vor Müdigkeit nur noch stumm mit dem Kopf nikken, und ich war mir keinesfalls sicher, wie ich Venedig bis jetzt fand. Und ob sie mit dieser doppelzüngigen Frage überhaupt Venedig meinte. Ich stellte mir vor, was sie in Florenz im Atelier darüber sagen würden. Ein Gedanke, der mich mit Scham erfüllte, weil er mir klar machte, daß ich bis jetzt kaum mehr an unsere *compagnia* gedacht hatte – sie war Welten entfernt. Rocco, Daniele, Vincenzo: Es konnte nur so sein, daß ich sie nicht mehr brauchte. Ein Gedanke, der mich erschrecken ließ.
Doppelt erschrecken ließ, als ich dabei an Brigida dachte.

Am anderen Morgen schien alles vergessen, was in der Nacht geschehen war. Keiner erwähnte die Begegnung, es war, als wären wir alle acht Stunden im Bett gewesen und hätten den Schlaf der Gerechten geschlafen.
Nardos Mutter nahm mich mit in ihren Garten, zeigte mir die Samen, die sie in Kürze in den Orient schicken wollte, und welche Pflanzen für Wien vorgesehen waren. Sie erzählte mir von ihrer Reise nach dort, die sie vor kurzem gemacht hatte und bald wieder machen wolle. Allein, sagte sie stolz, ohne Nardo, nur mit den beiden Dienern.

Meine Arbeit ging zäh voran in den nächsten Tagen. Fast wünschte ich mir, morgens wieder eine Rose vorzufinden. Aber ich entdeckte keine. Ich hätte nicht einmal sagen können, worin meine Schwierigkeiten bestanden, sie waren da und ließen mich an meinen Fähigkeiten zweifeln. Ich war ein braver, folgsamer Maler gewesen bisher, hatte das vorgekaute Essen gegessen, mit dem mich Rocco gefüttert hatte, ich hatte wenig Skizzen gemacht, obwohl ich die Fähigkeiten dazu hatte: Ich konnte mit ziemlicher Geschwindigkeit Beine, Arme, Rücken, Bäuche und Brüste zeichnen, und ich hatte dieses Talent bereits des öfteren unter Beweis gestellt, wenn es galt, eine Situation draußen im Freien rasch festzuhalten. Einmal hatte ich sogar einen Raubüberfall skizziert, dessen Zeuge ich durch Zufall war, und ich konnte später den Sbirren damit wertvolle Hinweise geben.
Also durchstreifte ich wieder die Stadt, mit der gleichen Neugier und zugleich mit schlechtem Gewissen. Wieder setzte ich mich in jene finstere Kirche mit dem abblätternden Putz, die ich die Namenlose nannte, obwohl sie gewiß einen Namen besaß. Diesmal war es Tag, und ich hoffte, eines der Bilder könne mich inspirieren, obwohl ich kaum erwarten konnte, daß es hier »Bilder der Freude« gab, auf denen Bacchantinnen zu sehen waren.
Ich schlenderte durch die Stadt und versuchte, mir die einzelnen Stadtteile zu merken: San Polo, San Croce, Castello, Dorsoduro, Cannaregio – aber außer in San Marco mit dem Dom und dem Dogenpalast, den ich natürlich immer wieder fand, hatte ich nach wie vor Schwierigkeiten, mich in dem Gewirr von kleinen Gassen zurechtzufinden. Blitzartig nahm ich Bilder wahr, die nur kurz im Gedächtnis haftenblieben: ein Buchhändler auf der Rialtobrücke, der mit trotzigem Gesicht ganz offensichtlich verbotene Bücher unter dem Ladentisch verkaufte; ein Mann mit einem gelben Ring auf seinem Gewand, dem eine Gruppe von wilden Kindern Mose hinterherbrüllte, so daß ich vermutete, es handle sich

um einen Juden; eine alte Frau, die mit verkniffenem Gesicht ein Blatt Papier in *la bocca*, den geöffneten Mund, am Dogenpalast schob, wahrscheinlich eine Denunziation, von denen es angeblich Hunderte am Tag gab; ein Dieb, der gejagt wurde und sein Diebesgut in Windeseile in einen Eimer fallen ließ, der auf der Straße stand. Gesichter, die sich einprägten, für eine Sekunde vielleicht, und wieder verlorengingen.

Und während ich dies alles sah, jagten sich die Gedanken in meinem Kopf. Einer verdrängte den anderen, wollte besser sein als sein Vorgänger, und alle wollten mir einträufeln, daß ich fähig sei, ein grandioses Bacchusbild zu malen mit einer *prospettiva*, wie man sie bisher noch kaum gesehen hatte, wie sie vielleicht nur Giotto hatte malen können, schon zweihundert Jahre zuvor, oder Uccello oder Masaccio. Und in meiner schon wahnähnlichen Vermessenheit machte ich mir zum Vorwurf, daß ich jahrelang aus lauter Ängstlichkeit fast nur Tetraeder gemalt und Zeit verschwendet hatte.

Mir war klar, daß diese Gedankenflut einen Bilderteppich mit tausend Bildern darstellte, von denen ich keines wirklich wollte. Ich war noch immer vollgestopft mit Savonarolas trister Bildwelt, sah durch seine Brille, immer noch. Und je mehr ich strampelte, um mich von ihm zu befreien, um so mehr hatte ich das Gefühl, im Treibsand zu versinken, bei jedem Schritt ein wenig tiefer. Ich wollte das Beste geben, was in mir war, für diese Kapelle, die keine mehr war. Und auch wenn ich es mir nicht eingestand, ich wollte es für Nardos Mutter tun, nicht für Nardo, nicht für etwas so Vages wie »für die Kunst«. Jeder Maler denkt selbstverständlich, daß das Bild, an dem er soeben malt, sein bestes werden muß, eines, auf das er sein Leben lang zugelebt hat. Aber er spürt meist schon beim vorletzten Pinselstrich, daß es wiederum nur eines geworden ist, das auf der bisherigen Linie liegt, eines ist wie all die anderen, die er zuvor gemalt hat.

Am Ende meiner mühseligen Betrachtungen versuchte ich mir vorzustellen, was ich nun malen würde, jetzt sofort, aber ich machte mich eher mißmutig auf den Heimweg, ohne mehr zu wissen als zuvor. Noch nie hatte mich jemand so ins Weltall hinausgestoßen wie diese Frau, stets hatte man mir gesagt, was ich malen solle, ich hatte am Morgen meine Farben gekauft – Caput mortuum, Saturnrot, Terra di Siena, Sandaraca, Korkschwarz –, dann hatte ich mich wohlangeleitet an die Arbeit gesetzt.

Auf dem Rückweg spürte ich, wie ich mir gegenüber von Minute zu Minute ungnädiger wurde. Ich hatte nichts weiter als Zeit vergeudet, und die erhofften Inspirationen hingen irgendwo in den Wolken. Ich hatte sie nicht greifen können.

Ich zog mich nicht um an diesem Abend für das gemeinsame Mahl. Ich suchte Ghita im Haus, dann im Garten, um sie davon zu unterrichten, daß ich an meiner Arbeit bleiben wolle. Ich fand sie mit beiden Händen in einem Eimer mit Erde wühlend, die sie durcheinandermischte. Die ist für die Aussaatschalen in meinem Treibhaus, erklärte sie, ich hoffe auf einen warmen Winter, dann geht das Keimen ziemlich rasch. In drei Monaten hat man bereits richtige Pflänzchen. Ihr könnt Euch nicht vorstellen, wie spannend es ist, diese Rosenwinzlinge zum erstenmal blühen zu sehen. Die Pflanzen sind kaum einen halben Finger hoch, aber man kann trotzdem schon deutlich sehen, wie die Rosen einmal aussehen werden. Manchmal dauert es Jahre, bis sich ein Züchtungserfolg sehen läßt, aber es lohnt sich, zu warten.

Ich blieb neben ihr stehen, sah ihr zu, wie sie die Erde in die Schalen füllte und dann zur Seite stellte.

Sie sah zu mir auf und sagte dann lächelnd: Ihr fühlt Euch überfordert, stimmt es?

Ich schüttelte den Kopf, nickte und kam mir vor wie ein Schüler, der seine Aufgabe nicht gemacht hat. Ich weiß es nicht.

Habt Ihr bisher wirklich immer nur Auftragsarbeiten gemacht?

Alle machen Auftragsarbeiten. Man muß leben. Irgendwie. Ganz gleich, ob es einem gefällt oder nicht.
Ihr habt also bisher nie ein Bild gemalt, Euch zur Freude, wie das so schön heißt?
Nun, eigentlich male ich jedes Bild, das ich male, mir zur Freude. Aber dann bin ich gezwungen, meine Freude mit anderen zu teilen. Ich gebe das Bild in fremde Hände. Ich muß Abschied von ihm nehmen. Ich kann nicht einmal fordern, daß sie mich sehen lassen, wo es hängt. Ob es richtig hängt. Das richtige Licht hat, um voll zur Wirkung zu kommen, die rechte Nachbarschaft, den nötigen Abstand von anderen Bildern oder anderen Dingen.
Sie lockerte die Krume in einer Schale. Und was empfindet Ihr dann? Zum Beispiel, wenn es falsch hängt?
Trauer, abgrundtiefe Trauer. Ich kann es ja nicht mehr zurückholen, versteht Ihr? Ein Dichter, dessen Buch gedruckt wird, hat anschließend sein Buch in Händen. Er kann es streicheln, küssen, mitschleppen, neben seine Lagerstatt legen. Ein Maler schneidet ein Stück aus sich heraus und gibt es weg. Er weiß nicht, ob es ein halber Fuß ist, eine Hand, ein Ohr, er weiß nur, daß es ihm fehlt. Und er denkt an dieses Bild, stellt sich vor, wie es gehängt ist, weiß aber, er kann es nicht eine halbe Elle nach links oder nach rechts verschieben, weil es ihm nun mal nicht mehr gehört.
Sie träufelte Wasser in eine der Schalen und zog dann ihre ledernen Gartenhandschuhe aus. Kommt mit! Ich will Euch etwas zeigen.
Ich weiß zu wenig von Euch, sagte ich dann fast mit einem Anflug von Verzweiflung, als ich hinter ihr herlief. Ich weiß nicht, was Ihr mit diesen Bildern, die ich malen soll, vorhabt, versteht Ihr? Die vielen Bilder, die bei einem Sammler hängen, ich denke, er kann nicht jeden Tag mit jedem seiner Bilder Zwiesprache halten. Er wird vielleicht am Morgen einen Gang durch seine Bilder-

sammlung machen, aber er hat nicht die Zeit, sich jedem einzelnen Bild zu widmen, und ich bin sicher, wenn man ihn danach befragt, dann erinnert er sich bei manchen Bildern nicht einmal mehr an die Farben. Möglicherweise hat er auch überhaupt vergessen, daß er dieses Bild besitzt. Weil er zu viele Bilder hat oder weil er es nicht mehr liebt. Wenn man aber ein Bild nicht mehr liebt, hat man dann überhaupt noch ein Anrecht auf dieses Bild? Sollte man es nicht besser jemandem weitergeben, jemandem, der es noch lieben kann, für den es neu ist wie am Tag der Vollendung? Ich meine, wirklich mit aller Kraft lieben, nicht nur eine kleine Tändelei.

Ich hielt inne, starrte Ghita an und überlegte mir dabei, was ich soeben alles an sie hingeschwatzt hatte.

Sie betrachtete mich und nickte. Ich denke, ich verstehe Euch. Aber diese Bedingungslosigkeit der Liebe, die Ihr fordert, sie ist nicht so leicht zu haben, glaubt mir! Und bei Eurem Auftrag hier geht es nicht um Tafelbilder, sondern um das Ausmalen einer ehemaligen Kapelle. Ist das nicht etwas anderes?

Nein, sagte ich rasch, es ist nichts anderes. Die Bedingungslosigkeit ist die gleiche, was mich betrifft zumindest. Und sie darf von nichts gestört werden. Von nichts.

Wie meint Ihr das? fragte sie irritiert.

Ich überlegte kurz. Ich hätte gern eine Bettlade in der ehemaligen Kapelle, sagte ich dann stockend. Nur eine ganz einfache Pritsche wie in einer Mönchszelle. Dann bräuchte ich Schlafen und Arbeiten nicht zu trennen.

Weshalb solltet Ihr keine Pritsche haben , sagte sie langsam. Es ist noch sommerlich warm, ein Kohlenbecken braucht Ihr gewiß nicht.

Wir lachten, dann fragte ich, mutig geworden, ob ich auch das Essen dort einnehmen könne.

Sicher könnt Ihr dort auch essen. Ich lasse Euch die Speisen einfach vor die Türe stellen, dann werdet Ihr nicht gestört. Auch wenn mir das Vergnügen Eurer Gesellschaft dann den ganzen Tag über nicht mehr zuteil wird, fügte sie mit einem schwachen Lächeln hinzu und wandte sich zum Gehen. Was ich Euch zeigen wollte, zeig ich Euch später, sagte sie zögernd und schaute irgendwo in die Ferne. Es paßt jetzt nicht mehr.

Am Morgen nach diesem Gespräch konnte ich nur hoffen, daß ich Ghita nicht begegnete, damit sie sich nicht nach meinen dunklen Ringen unter den Augen erkundigen konnte – ich hatte diese Nacht so gut wie gar nicht geschlafen, nicht nur wegen der spartanischen Pritsche. Dabei hatte ich mir erhofft, daß sie mir helfen würde, einen Teil meiner Wirrnisse zu lösen. Ich hatte mich auf das karge Lager gelegt, die Augen geschlossen und versucht, Bilder in mir erstehen zu lassen.
Aber zunächst sah ich nur Schemen. Sie waberten durch den Raum, ließen sich nicht festmachen, waren hier und dort, als wüßten sie noch nicht, wo sie sich niederlassen sollten. Dann mußte ich für kurze Zeit eingeschlafen sein, erwachte jedoch wieder mit völlig verkrampften Gliedern, da die Pritsche eben eine Pritsche war. Irgendwann in der Nacht sah ich dann plötzlich ein Gesicht. Nicht das strenge, freudlose Gesicht der Madonna in jener armseligen Kirche, es war ein anderes. Und allmählich, als sich der Nebel in meinem Kopf lichtete, wurde mir klar, daß es Brigidas Gesicht war. Es gehörte zu einer Figur in einem wallenden blauen Mantel und schien mit Verachtung auf ein anderes Gesicht herabzublicken, ein Megärengesicht, das, wie ich bald erkannte, Ghitas Züge trug. Ich versuchte, die beiden Gesichter auszutauschen, obwohl mir klar war, daß zu Nardos Mutter kein Madonnenmantel passen würde, zu einer Frau, der es um eine neue Formel für ihre nächtliche Arbeit ging, mit der sie so rasch wie möglich ans Ziel ihrer Wünsche gelangen wollte: daß die

Transmutation gelingen und sie den Stein der Weisen finden möge.
Und so löschte ich Brigidas Gesicht in der Gewißheit, daß diese Madonna hier fehl am Platz war, ich konnte sie keinesfalls unter meinen Bacchantinnen und Megären gebrauchen.

Manchmal denke ich über diese Ghita nach.
Ich trage Mosaiksteinchen zusammen, die sich hier und da ergeben. Gestern zum Beispiel beim Apotheker, morgen vielleicht bei der Köchin, übermorgen beim Gärtner. Ich setze die Steinchen zusammen, versuche, mir ein Bild zu machen von ihr.
Heute zum Beispiel lieferte Nardo mir ein solches Mosaikteilchen im Garten, als ich in jenem mächtigen steinernen Sessel saß und Skizzen machte. Er kam zu mir, setzte sich für einen Augenblick neben mich und schaute mir zu. Dann lachte er. Das Bild des Fauns wird meine Mutter freuen, sagte er vergnügt.
Und weshalb?
Nun, er scheint meinem Vater ähnlich zu sehen, so wie man ihn mir geschildert hat.
Seid Ihr sicher, daß er so aussah? fragte ich etwas verlegen, da der Faun eher unsympathisch wirkte.
Sie hat ihn mir so beschrieben, sagte Nardo und lehnte sich zurück. Aber ich weiß nicht, ob sie sich genau an ihn erinnert. Es waren offenbar nur einige Tage, die sie zusammen waren.
Ich schaute ihn fragend an.
Nun, das ist ganz einfach: Dieser Mann war Alchimist wie mein Großvater und lebte auf Rhodos, wo ihn die beiden besuchten. Sie war fasziniert von diesem Mann und wollte ein Kind von ihm ... Und das bin ich, sagte er dann lachend, stand auf und ging weg.
Innerhalb weniger Tage wußte ich über Nardos Mutter soviel: Sie hat ihre Jugend bei diesem Vater verlebt, da ihre Mutter bei der

Geburt des Zwillingspaares gestorben war. Eine Amme blieb bei den Kindern, aber nur so lange, bis sie mir ihrem Vater auf Reisen gehen konnten.
Die drei durchstreiften die halbe Welt, blieben oft nur ein paar Tage an einem Ort. In Ägypten verunglückte der Bruder tödlich. Ghita und ihr Vater besuchten andere Alchimisten und kamen so auch nach Rhodos, wo Ghita Nardos Vater kennenlernte. Er war dreißig Jahre älter als sie, und vermutlich war von Anfang an klar, daß ihr Vater keine anderen Götter neben sich haben wollte. Ein Ehemann hätte nicht in ihr gemeinsames Leben gepaßt, auch wenn Nardos Vater nicht kurz nach der Heirat gestorben wäre. Also schleppten Ghita und ihr Vater den Kleinen durch die Länder, die sie bereisten, und es war fast so wie früher. Als sie dann halbwegs seßhaft wurden in diesem Palazzo in Venedig, richteten sie die Alchimistenküche ein, und bald war Ghita in diesem Fach nahezu so gut wie ihr Vater.
Ihr Leben änderte sich auch jetzt wenig. Nardo wuchs auf in dem Gefühl, er habe eine junge und wunderschöne Mutter und einen Großvater, der ihm zugleich Vater war, was ihn nicht störte. Als Ghitas Vater starb, war Nardo in dem Alter, in dem junge Männer aus reichem Haus auf Reisen gehen. Aber Nardo ging nicht auf Reisen. Er wohnte mit seiner Mutter zusammen, meist in Venedig, wo sie Feste feierten und Verbannten aus Florenz Unterkunft gewährten. Böse Zungen behaupteten, sie hätten auch sonst noch einiges zusammen getan, wofür es natürlich nie einen Beweis gab. Sie lebten stets so, daß niemand näher an sie herankam, und ihr Kontakt zur Kurie diente nur dazu, auf sie zählen zu können, falls es irgendwann einmal mit der Inquisition Schwierigkeiten geben sollte. Als der Buchdruck nach Venedig kam, gehörten die beiden zu denen, die sich für die Verbreitung der Druckkunst einsetzten. Zu den Buchhändlern auf der Rialtobrücke bestanden freundschaftliche Bindungen, und als

der Index in der Stadt zur Anwendung kam, schmuggelten sie verbotene Bücher, die aus Deutschland oder Basel kamen, in die Häuser jener Gelehrten, die sich um keine Verbote scherten. Zur verwandten Familie Orelli gab es dagegen kaum nähere Kontakte. Die florentinische Familie wurde nie eingeladen, und im Garten in Venedig hätte auch nie ein Maulbeerbaum Einzug gehalten. Was auch nur im entferntesten mit Geldverdienen zu tun hatte, wies Ghita von sich. Das Zwecklose war ihre Gottheit, nicht das Goldene Kalb. Das ist selbstverständlich alles machbar, hatte sich Brigidas Mutter einmal empört, als die Rede auf Nardo und seine Mutter kam. Wenn man mit einem goldenen Löffel im Mund geboren wird, braucht man sich natürlich nicht um Goldflorin zu kümmern.

Seit ich mein karges Lager in Reichweite meiner Arbeit habe, geht es mir besser. Ich brauche die Askese. Ich brauche sie wie die Luft zum Atmen und die Nahrung, die mein Körper fordert. Es ist, als sei nun alles pur, durch nichts gestört, die Arbeit bin ich, ich bin die Arbeit. Und es fließt alles in mich hinein, wird nicht gefiltert durch die Banalitäten dieser Welt. Ich trinke meinen Wein in sparsamen Portionen, ich esse wenig, bin am Rande des Fastens. Ich schlafe nicht länger als vier Stunden jede Nacht. Es gibt niemanden, der mich stört. Und ich frage mich inzwischen, wie ich in Florenz überhaupt jemals ein einziges Bild zustande gebracht habe. Aber ich frage nicht, wie es weitergehen wird, wenn die Arbeit hier vorüber ist und ich in ein lautes Atelier zurückkehren muß, in dem ständig irgend etwas geklärt werden muß und die Imagination gestört wird.
Neulich fragte mich Nardo, von dem ich nie weiß, ob er sich im Hause aufhält oder ob er gerade in Bologna an der Universität ist, behutsam, ob ich für später an einem Auftrag in Siena interessiert sei. Er fragte fast unterwürfig, so, als sei ich bereits wer, um

den man sich bemühen muß, was mich verlegen machte. Ich überlegte anschließend, ob ich vielleicht den Punkt nicht wahrgenommen habe, an dem man beginnt, sich um mich zu bemühen. Aber dann schalt ich mich töricht und hochmütig. Noch ist es viel zuwenig, was ich der Welt geboten habe. Noch werde ich jahrelang arbeiten müssen, bis ich soweit komme, daß meine Handschrift unverwechselbar ist und jeder weiß, dies ist eine Madonna von Ambrogio Innocenti. Oder auch: Dies ist ein Bacchus, den nur Ambrogio auf diese Art und Weise malen kann, unverkennbar seine Pinselführung.

Neulich – es war spät in der Nacht – klopfte es leise an meine Tür. Ich nahm das Geräusch erst richtig wahr, als es ein zweites Mal klopfte, weil ich gewöhnt war, daß jeder meinen Wunsch nach Einsamkeit bei der Arbeit respektierte.

Ich öffnete. Nardos Mutter stand vor der Tür, leicht verlegen in einem roten Überwurf über ihrem Nachtgewand, in der Hand einen Klappstuhl. Sie legte den Finger an den Mund, setzte sich mit ihrem Stuhl in die Ecke und gab mir mit einem Zeichen zu verstehen, daß ich weiterarbeiten solle.

Ich tat es, wenn auch mit inneren Sperren, Sperren, die ich nicht einmal exakt hätte beschreiben können. Plötzlich schossen mir die wildesten Gedanken durch den Kopf. Ich fühlte mich seltsam nackt, als entblöße ich meine Seele und halte sie feil wie die Kurtisanen ihren Körper in den Frauenhäusern dieser Stadt.

Ich versuchte also weiterzumalen, merkte aber, wie mein Pinsel stockte, sich vom Malgrund löste. Ich atmete langsam aus und ein, dann drehte ich mich um. Aber ich brauchte nichts zu sagen, Ghita hatte bereits ihren Klappstuhl unter dem Arm und wandte sich zum Gehen. Lautlos, sprachlos. Nach einigen Minuten schien es mir, als habe nie jemand den Raum betreten und als sei dieser Besuch nichts weiter gewesen als ein Traum.

Am nächsten Tag beim Morgenmahl, das ich diesmal ganz be-

wußt im Speisezimmer einnahm, versuchte ich, Ghita alles zu erklären. Aber sie wehrte ab: Versucht es erst gar nicht! Ich kenne den Unterschied.
Unterschied? Zwischen was?
Nun, zwischen einem Gemälde und einer Apparatur mit hundert Kolben. Ich mag es, wenn jemand zu mir ins Laboratorium kommt, und unterhalte mich gern, mit meinem Sohn zum Beispiel. Wenn ich ihm erkläre, was ich gerade tue, dann stellt er mir Fragen, und diese Fragen bringen mich möglicherweise weiter, falls ich gerade in eine Sackgasse geraten bin. Aber meine Welt ist nicht Eure Welt. Sie ist weniger ... Sie suchte nach einem passenden Wort und sagte dann zögernd: Nun, ich denke, sie ist weniger heilig. Deshalb kann ich nach einem solchen Besuch auch ohne weiteres gleich wieder weiterarbeiten. Was Ihr vermutlich heute nacht nicht konntet.
Ich hoffe, ich enttäusche Euch nicht, sagte ich langsam. Es war anders.
Wieso anders?
Es war, wie wenn Ihr nicht dagewesen wärt. Und dies schon eine Minute, nachdem Ihr den Raum verlassen hattet.
Sie lachte. Nicht sehr schmeichelhaft für mich, sagte sie dann. Eine Frau, die keinerlei Eindruck auf einen Mann macht, wie schändlich.
Ich war in diesem Augenblick kein Mann.
Kein Mann? Das müßt Ihr mir genauer erklären.
Ich fürchte, ich kann's nicht. Ich fühle mich ... als Gefäß, ein Gefäß ohne jegliches Geschlecht. So, als sei ich überhaupt kein Lebewesen, sondern eine Maschine, die funktioniert – wie die Maschinen von Leonardo da Vinci, die er ständig entwirft. Oder ein Topf, in den Dinge hineinfallen, die man nur noch herauszunehmen braucht.
Seht Ihr dabei Gott? fragte sie nach einer Weile leise.

Gott? Ob ich Gott sehe? Ich dachte nach, schüttelte den Kopf. Nein, ich sehe Gott nicht. Ich spüre ihn auch nicht in mir. Ich gehöre ihm nicht für diese Stunde, in der ich arbeite. Ich schaute auf ihre Hände, die, als gehörten sie ihr nicht, ohne die geringste Bewegung in ihrem Schoß ruhten. Es ist, als würde ich mich irgendwo im Weltraum befinden, und es interessiert mich dann nicht, ob ich je wieder in meinem ganzen Leben – das mir in diesen Sekunden nicht bewußt ist – auf diese Erde zurückkehren werde. Ich hielt inne und stellte meinen Becher auf den Tisch. Ich denke, das beschreibt es wohl am genauesten. Es ist vielleicht eine Art Trance, deren Quellen ich nicht kenne, aus denen sie gespeist wird.

Sie schob ihren Teller zur Seite und stand auf. Wie steht Ihr zu meinem Sohn? fragte sie dann so unvermittelt, daß ich zusammenzuckte.

Wie bitte?

Wie Ihr zu meinem Sohn steht? wiederholte sie freundlich.

Nun, ich, ich bin ihm unendlich dankbar, daß er mich hierhergebracht hat, daß ich hier unter diesen Bedingungen arbeiten darf, daß ich ...

Sie kam um den Tisch herum, lachte unbekümmert und legte mir eine Hand auf die Schulter. Es ist immer die gleiche Stelle, auf die sie ihre Hand legt, jetzt bereits zum dritten Mal, wenn ich mich recht erinnere.

Gebt Euch keine Mühe! Ich wollte es nur wissen.

Den gesamten Morgen über, als ich durch die Stadt ging, um mir einen neuen Skizzenblock und Pinsel zu kaufen, fragte ich mich, was sie eigentlich hatte wissen wollen. Was ihre Frage bedeutet haben mochte, und ob ich sie richtig beantwortet hatte. Ich sah Nardo nicht allzu häufig und wenn, war sie fast immer dabei. Ich hatte auch nicht den Eindruck, daß er ein spezielles Interesse an mir hatte, wie meine Freunde in Florenz bei meinem ersten Besuch vermutet hatten. Er beschäftigte sich mit den Sternen, dem Mond und der Sonne, auch wenn er sich für die eigentliche Astrologie nur am Rande interessierte. Der Lehre, ob die Sterne vernochten, einen direkten Einfluß auf die Menschen zu nehmen, schien er nicht unbedingt anzuhängen. Seine Studenten gingen zu ihm wegen seiner Philosophievorlesungen.

Am Abend dieses Tages kamen zum erstenmal, seit ich hier war, Gäste in den Palazzo. Es waren weitgehend junge Männer, denen ich mich unendlich unterlegen fühlte: Als das Gespräch auf Ficinos »Theologia Platonica« kam und dann auf Pico della Mirandolas Thesen, die ihm den Verdacht der Häresie einbrachten, blieb mir nichts anderes übrig, als mich in die stumme Betrachtung von Ghitas Garten zu flüchten, den ich noch immer nicht bis in den letzten Winkel erforscht hatte. Außer mir gab es nur noch einen anderen jungen Mann, der ebenfalls außerhalb dieser Gruppe stand: Er hatte den Fehler begangen, über die Preise von Getreide und Tuchen zu sprechen, die er kürzlich im Fondaco dei Tedeschi gekauft hatte, woraufhin ihn die anderen betrachteten, als komme er von einem anderen Stern. Es gelang Ghita nur mit Mühe, die peinliche Situation zu meistern, indem sie in die Hände klatschte, alle auf die Bänke um den Brunnen herum bat und vorschlug, dem Vortrag eines Lautenspielers zuzuhören.

Über den Stein der Weisen sprachen wir erst nach Wochen.
Ich war zwar einige Male eingeladen worden, bei Nacht in Ghitas Laboratorium zu kommen, aber ich hatte darauf verzichtet, weil ich jedesmal erfuhr, daß Nardo unterwegs sein würde. Ich erfuhr dies von einer Dienerin, und ich weiß nicht, welche Absicht sie damit verband, daß sie es mir, wie ich vermutete verbotenermaßen, zusteckte.

Wir sprachen darüber an einem Abend, als wir uns zufällig in der Stadt trafen. Ich saß am Quai, hatte den Skizzenblock auf den Knien und versuchte, das Gesicht eines Mannes festzuhalten, der mit ein paar Kumpanen schräg gegenüber auf einem Fischerboot einen Humpen Wein leerte. Die Männer waren bereits angetrunken, hatten vom Wein gerötete Gesichter, und ich dachte, genauso müßten Bacchus oder Dionysos aussehen.
So stelle ich ihn mir auch vor, sagte plötzlich eine leise Stimme neben mir. Er paßt in unser Bild.
Ich legte den Block zur Seite und fühlte mich unbehaglich und erfreut zugleich, als ich Ghita neben mir stehen sah.
Ich wollte Euch nicht stören, sagte sie sanft, ich sah Euch nur hier sitzen, und da wir sonst kaum Gelegenheit haben, miteinander zu reden, dachte ich, ich dürfe Euch wohl ansprechen.
Ich legte den Skizzenblock zur Seite und nahm einen Kieselstein in die Hand. Ihr stört mich nicht, sagte ich und warf den Stein so, daß er flach über die Wasserfläche schlitterte.
Sie lachte und wollte es nachmachen, aber ihr Stein versank bereits bei der ersten Berührung mit dem Wasser.
Ich wiederholte mein Kunststück, sagte dann: Dieser Stein gehorcht mir, Euch gehorcht der andere.
Welcher andere? fragte sie verblüfft.
Nun, der Stein der Weisen, oder etwa nicht?
Ich fürchte, er wird mir nie gehorchen, das heißt, ich werde ihn vermutlich gar nicht finden. Aber das macht nichts. Vielleicht möchte ich ihn auch nicht finden. Für mich war schon immer der Weg das Ziel.
Ihr wollt doch Gold machen, oder etwa nicht? Gold machen oder den Stein der Weisen finden oder gar das Elixier des Lebens?
Sie lachte leise vor sich hin und schüttelte den Kopf. Der Stein der Weisen interessiert mich nicht. Auch nicht das Elixier des Lebens. Wir werden es nie finden, und ich weiß auch nicht, ob es

überhaupt gut wäre, wenn wir es finden würden. Es gibt für mich kein Wozu bei dieser Arbeit, ich verrichte sie an sich. Ob Gold dabei herauskommt oder nicht, ist mir nicht wichtig, ich brauche es nicht. Und mein Vater war der gleichen Meinung.
Was wollt Ihr dann? fragte ich und spürte, wie meine Ängste ganz langsam wie ein Kartenhaus in sich zusammenfielen. Was dann, wenn nicht Gold und den Stein der Weisen? Dabei gingen mir alle Dinge durch den Kopf, die ich über derlei Versuche gehört hatte.
Sie stand auf, strich die Seide an ihrem Körper glatt, und mir fiel auf, daß sie offensichtlich überhaupt nur Seidengewänder trug.
Wenn die Zeit gekommen ist, werden wir darüber reden, sagte sie. Zuvor wollen wir alle fröhlich sein, Theater spielen und ein Fest feiern, wir brauchen es.

Die Vorbereitungen für dieses Fest begannen eine Woche später. Männer in Arbeitskleidung kamen in den Garten und bauten die Kulissen für ein Schäferspiel auf, Frauen schleppten dicke Stoffballen an und begannen, Kostüme zu nähen, Putzmacherinnen stellten skurrile Kopfbedeckungen zusammen – und über allem lag eine Heiterkeit, wie ich sie nie zuvor erlebt hatte. Die wenigen Feste im Hause Orelli waren stets von einer verbissenen Geschäftigkeit geprägt, die die rechte Vorfreude nie aufkommen ließ.
Von Tag zu Tag konnte man mehr vom Inhalt des Theaterstückes ahnen. Der Garten wurde in die Kulissen miteinbezogen, die Holzgestelle krochen an der Hauswand empor, wuchsen in die Höhe, Balkone entstanden, wo zuvor nur eine Efeuwand gewesen war.
Und des Nachts lebten wir unser seltsames Leben weiter im verborgenen; ich stattete der Alchimistenküche jetzt häufig Besuche ab. Meist waren wir zu dritt, aber es gab auch Nächte, in denen Ghita und ich für kurze Zeit allein arbeiteten.
Und es schien so, als sei sie darüber sehr erfreut. Ihr seid mein

Schüler, ich bin der Eure, sagte sie einmal. Gibt es etwas Schöneres zwischen Menschen, als wenn einer vom anderen lernen kann? Inzwischen ging es auch schon längst nicht mehr darum, wie man den schwarzen Raben in eine weiße Taube verwandeln könnte, inzwischen hatte Ghita den nächsten Schritt in aller Deutlichkeit vor mir offenbart: Es ging um diese Transmutation, die sie schon bei meiner ersten Anwesenheit im Laboratorium angesprochen hatte. Und ich gebe zu, daß mich dies noch immer mit ziemlicher Angst erfüllte. Und deshalb sprach ich auch mit ihr darüber.

Angst? Wovor?

Vor vielem, sagte ich vage.

Angst hat jeder Mensch, sagte sie und goß behutsam eine Flüssigkeit in eine Retorte, die sie dann gegen das Licht hielt.

Jemand wie ich bestimmt, sagte ich zögernd. Ich bin mit diesen Ängsten aufgewachsen. Mit der Angst, daß eines Tages vielleicht meine Mutter kommen und mich herausreißen könne aus der Gemeinschaft dieses Instituts – so sehr ich mir dies auch gleichzeitig wünschte. Mit der Angst, daß die Mitglieder der Arte della seta aus irgendeinem Grund plötzlich zu armen Leuten würden und kein Geld mehr für uns zur Verfügung hätten …

Sie lachte auf. Die Arte della seta? Darüber braucht Ihr Euch gewiß keine Sorgen zu machen! Die Seide hat nicht nur Eure Stadt reich gemacht, Lucca ebenfalls und Siena.

Nun, dann eben mit der Angst vor der Pest …

Da seid Ihr nicht allein mit Eurer Angst, sagte sie, vor der fürchtet sich alle Welt. Kommt, laßt uns schlafen gehen! Es ist schon spät in der Nacht.

Wir stiegen miteinander die Treppe hinauf. Sie ging den Gang zu ihren Räumen entlang, ich stieg weiter hinauf zu meiner Kammer, in der ich nur selten schlief, vor allem dann, wenn ich mich ausgelaugt fühlte von meiner Arbeit. Manchmal stellte ich mir

dann vor, sie würde mit mir in diese Kammer kommen, einen Gutenachtkuß auf meine Stirn drücken und die Decke über meine Schultern ziehen.
Versucht Euch in die Gedankenwelt der Transmutation einzuleben! rief sie mir nüchtern nach, ohne meine kindlichen Wünsche zu erraten. Macht Euch klar, um was es geht! Dann wird Euch auch die Angst verlassen.

Ich weiß nicht, wann der große Umschwung gekommen war.
Es mußte geschehen sein, ohne daß ich dessen gewahr wurde. Vermutlich auch, ohne daß Ghita es merkte. Oder auch nicht. Ich verstehe zu wenig von Frauen, um darüber eine verläßliche Aussage machen zu können.
Sie kam eines Nachts in die ehemalige Kapelle, einen losen Umhang über ihrem Nachtgewand, die Haare locker auf ihre Schultern fallend. Sie legte den Finger auf den Mund und flüsterte: Malt weiter, ich bin nicht hier!
Ich hatte den Kopf kaum gewendet, spürte aber ihre Anwesenheit und merkte, daß sich sofort alles veränderte. Ich war ein anderer, meine Ideen für dieses Bild waren andere. Ich fühlte ihre Nähe durch meinen groben Kittel hindurch, hatte das Gefühl, als sei sie plötzlich im Zentrum dieses Bildes, das ich gerade malte. Es war, als malte ich dieses Berggrün, das Plinius einst Chrysocolla genannt hatte, nun für sie, genauso wie das Gewand der Frau, das ich mit Drachenblut hatte malen wollen, einer Farbe, die ebenfalls schon in der Antike bekannt war und aus dem Harz des Drachenbaumes gewonnen wurde.
Nach einer Weile drehte ich mich um, sie stand zögernd auf, legte wiederum den Finger auf die Lippen und verließ den Raum, das Gesicht mir zugewandt wie ein ehrfürchtiger Lakai.
Ich merkte, wie mir der Schweiß ausbrach. Ich wischte den Pinsel ab und setzte mich auf meinen Schemel. Schließlich stand ich auf

und ging zu meiner Waschschüssel. Ich wusch mich flüchtig, schlüpfte in mein Nachtgewand und legte mich schlafen. Aber bereits nach wenigen Minuten wußte ich, daß ich nicht schlafen konnte. Also stand ich wieder auf, zog mich an und machte mich erneut an mein Wandbild. Ich malte die halbe Nacht hindurch und stieg auf die Leiter, um in einer völlig verkrampften Haltung auch die Decke zu einem Drittel miteinzubeziehen. Und wußte, daß ich am anderen Morgen vermutlich alles würde übermalen müssen – die ausschweifende Bacchantin, die ich gemalt hatte, überschäumend vor Freude, trug zu genau die Züge Ghitas.

Am nächsten Tag begannen die Näherinnen an mir Maß zu nehmen. Ob es mir recht sei nach dem Morgenmahl, hatte Ghita fragen lassen. Ich hatte zugestimmt, mehr verlegen als erbaut von der Idee, daß auch für mich ein Kostüm genäht werden solle. Alle bekommen Kostüme, auch der Gärtner, hatte Ghita gesagt, aber ich konnte mir nicht recht vorstellen, welches Kostüm für mich passend sein sollte, und die Näherinnen hatten lachend abgewinkt und gesagt, es sei für alle eine Überraschung.

Am Abend nach ihrem seltsamen nächtlichen Besuch fragte mich Ghita, ob ich Lust hätte, ihr heute bei ihrer Arbeit zu helfen. Sie bereite einen neuen Versuch vor und könne einen Helfer gut gebrauchen, Nardo sei gerade in Bologna.

Es war der erste Abend, an dem wir völlig allein waren in ihrem Laboratorium, auch ihre Vertrauten hatte sie weggeschickt. Ich stellte mich zunächst ungeschickt und ungelenk an wie immer, wenn ich mich in Lebensumständen wiederfand, die mir nicht vertraut waren. Aber nach und nach lebte ich mich ein in die Rolle, ein Nardo ebenbürtiger Gehilfe zu sein. Ich spürte, wie meine Unsicherheit sich verlor, reichte Ghita die gewünschten Gegenstände wie ein Adlatus seinem Meister: das Dampfrohr für die Serpente, das Ablaufrohr für die Luftkühlung der Retorte, die

Kühlschüssel für den Mohrenkopf. Und nachdem sie mir die Funktion der drei Öfen gezeigt hatte, konnte ich ihr auch hier zur Hand gehen: der Sandofen war für die langsam vor sich hinköchelnden Essenzen gedacht; der Galeerenofen, mit dem größere Mengen zur gleichen Zeit destilliert werden konnten, stand halb im Freien, da sich die Apparatur ziemlich stark erhitzte; den dritten Ofen konnte man für längere Zeit unbeaufsichtigt lassen – er hieß deshalb »Fauler Heintz« –, da das verbrauchte Holz sofort durch das über einen Schacht nachrutschende Brennmaterial ergänzt wurde.

Das gemeinsame Arbeiten erfüllte mich mit großem Glück: Für geraume Zeit war es so, als seien wir zwei Menschen, die gemeinsam den Ursprung der Welt ergründen wollten. Ghita summte dabei vor sich hin, einmal auch die Melodie jenes alten Liebesliedes, zu dem sie am ersten Abend getanzt hatte. Ich summte den Baß dazu, was sie ganz offensichtlich freute.

Als das Licht draußen schwächer wurde und langsam schwand, und als die Geräusche auf dem Kanal allmählich verstummten, schien sich in unserem Raum etwas zu verändern, auch wenn keiner von uns beiden sich anmerken ließ, daß er es spürte. Aber es lag eine Spannung in der Luft, die kaum gemildert werden konnte, auch nicht durch das leise beruhigende Köcheln eines Kräutersuds auf dem Sandofen.

Gestern habt Ihr mir Eure Farben vorgeführt, sagte sie und rührte in einer Flüssigkeit, die in einem Wasserbad hing, heute zeige ich Euch die meinen.

Ich schaute ihr zu, wie sie eine zweite Flüssigkeit in die andere rührte, worauf die Farben mit einem Male umschlugen: Das Zinnober wurde zu einem tiefen intensiven Indicum, während in dem Pelikan daneben Grüne Erden zu Rotem Ocker umschlug. Ich schaute ihr zu, als sei ich bei einem Magier zu Gast.

Ich weiß nicht genau, wie lange diese Farbspiele dauerten, sie

schienen mir inszeniert wie ein Theaterstück, und als die Flüssigkeiten irgendwann wieder ihre ursprüngliche Farbe annahmen, hatte ich das Gefühl, jetzt eigentlich in die Hände klatschen zu müssen.
Ghita trat ans Fenster, atmete tief ein, drehte sich aber nicht um. Habt Ihr eigentlich je mit Modellen gearbeitet? fragte sie dann.
Ich brauchte einige Zeit für meine Erwiderung, weil ich ahnte, was kommen würde. Lazzaro schon, ich nicht.
Weshalb nicht?
Ich hob die Schultern. Sie hätten mich abgelenkt.
Sie erregen Euch? wollte sie wissen.
Ich schaute zur Seite, dann auf den Boden. Nie zuvor hatte eine Frau in diesem Ton nach meinen geheimsten Empfindungen gefragt.
Ja. Wahrscheinlich, sagte ich zögernd.
Es ist eine ganz natürliche Sache. Auch wenn es fremd ist für Euch. Sie machte eine Pause, wandte sich um und rückte eine Flasche in eine andere Position. Es ist doch fremd für Euch?
Ich nickte, zögernd.
Ich habe Euch bereits viel zu lange beansprucht, sagte sie dann, geht schlafen! Die nächsten Transmutationsschritte besprechen wir morgen.
Ich ging in die ehemalige Kapelle und ließ mich ganz langsam auf mein Lager fallen.
Ich schloß die Augen. Und tat, was mir damals in dem Haus in der Via nuova degli Spardai nicht gelungen war.
Aber es waren nicht die Gedanken an Brigida, die mich bei diesem Tun begleiteten.

Seltsamerweise hatte ich mir nie überlegt, wie alt Ghita sein mochte. Ich tat es wahrscheinlich deswegen nicht, weil mir alles zeitlos zu sein schien, raumlos. Und unwichtig. Und das, was in den folgenden Tagen in ihrem Laboratorium bei unseren gemeinsamen Versuchen geschah, war nichts, was auch nur auf irgendeine Art und Weise greifbar gewesen wäre. Oder beschreibbar. Es lief einfach ab, fast wie eine Transmutation, und ich hätte nicht sagen können, wer von uns beiden es in Gang gesetzt hatte.

Aber etwas geschah, auch wenn es kein Gesicht hatte. Diese Zeremonie der Farben in ihrem Reich, das Studium der Farben in der ehemaligen Kapelle – es hatte miteinander zu tun. Ich nehme an, wir wußten das beide. Und es hatte nur mit uns beiden zu tun, Nardo betraf es nicht.

Äußerlich lief also alles so weiter wie bisher. Wenn ich nicht malte, ging ich in die Stadt, besorgte Farben oder Pinsel, ab und zu gab Ghita mir einen Auftrag für den Apotheker. Aber unser gemeinsames Refugium blieb der Palazzo – der Palazzo und der Garten, wobei ich nach wie vor den Teil des Gartens hinter der farbigen Wand nicht kannte. Wir werden uns alles anschauen, gemeinsam, pflegte sie zu sagen, sobald ich sie darauf ansprach, wenn es Zeit ist.

Wenn es mittags sehr heiß war, suchte ich oft Zuflucht in der Kühle der Bibliothek. Ich las nun all die Bücher, an die ich früher nie herangekommen war. Im Hause Orelli gab es keine Schriften des Aristoteles in der Bibliothek. Genaugenommen gab es überhaupt keine richtige Bibliothek, sondern lediglich einen schmalen Flur mit ein paar Brettern an der Wand, auf denen Bücher über die Seidenraupenzucht und das Bankwesen standen.

Auch in Ghitas Laboratorium fand ich Bücher, Bücher von spezieller Thematik, deren Lektüre sie mir nachhaltig empfahl.

Ich las, sooft es ging, vor allem die Bücher über die großen Alchimisten Albertus Magnus und Roger Bacon, die Schriften des Arabers Dschabir, der unter dem Pseudonym Geber bekannt war, und Abhandlungen über den »Dreimalgrößten« Hermes Trismegistos, dem legendären Urvater der Alchimie. Ich las im Buch ei-

nes Kabbalisten, das »Portae Lucis« hieß, wie die Zirkulation zwischen den oberen und den unteren Sefirot unterbrochen und damit die Einheit von Himmel und Erde zerstört wurde, und ich las vom »Grünen Löwen«, der zu den drei Dingen gehöre, die für die Meisterschaft genug sein sollten. In einem anderen Buch war vom Geheimnis der Adepten die Rede, vom siebten Schlüssel des Basilius Valentis und vom »Salz der Weisen«. »Gib Feuer zum Feuer, Mercurium zum Mercurio, und es ist dir genug.« Eine allegorische Darstellung des Salzes zeigte Jupiter in der Mitte einer Dreiergruppe, die auf das »Centrale Feuer« zeigt, das »geheime Salz der Natur«. Besonders interessierten mich Bücher über die Conjunctio, weil sie eine Fülle von Bildmaterial enthielten, so daß ich mir überlegte, ob Ghita möglicherweise auch an diese Art von Bildern gedacht hatte für ihre umgebaute Kapelle. Unter einem Bild, das zwei sich Liebende in einer kargen Berglandschaft zeigte, hieß es in einem Sol-und-Luna-Gedicht: »O Sol, du bist über allen Lichtern zu erkennen, so bedarfst du doch mein wie der Hahn die Hennen.«
Und dann fand ich eines Tages eine Handschrift, die ich kaum mehr aus der Hand legen konnte. Auf dem Titelblatt stand »Der brennende Salamander«. Das alchimistische Werk erklärte ausführlich das »Geistfeuer der Natur«, in dessen Zentrum der Salamander lebt, und wie das geistige Feuer sich verleiblicht und Gestalt angenommen hat. Mit eingebunden im gleichen Band war ein Traktat über die Androgynität, in den Ghita Zettel mit alchimistischen Zeichen gelegt hatte. Auf einem dieser Zettel stand: »Wir werden hinaufsteigen in die Ordnung der Ältesten, dann soll mir und dir eingegossen werden ein brennendes Licht.« Ich stellte mir viele Orte vor, wo dieses Licht sein konnte.

Das Fest war ein Fest, wie Ghita es aus Lorenzos Zeiten in Erinnerung hatte. Es sollte Anklänge an die Saturnalien zeigen und

fand eigentlich zur falschen Zeit statt: Die großen Dionysien waren im März, was Ghita jedoch nicht störte.
Im März war Nardo unterwegs, erklärte sie, und die Idee der Akademie und zum Umbau der Kapelle waren noch ganz verschwommen in meinem Kopf. Und im übrigen bin ich der Meinung, daß man die Feste so feiern soll, wie sie fallen: die *bautta*, Dreispitz, Maske und Cape, tragen die Venezianer ohnehin fast das ganze Jahr über. Und wir feiern jetzt das Fest des Priapus, des Gottes der Gärten und der Fruchtbarkeit.
Und so feierten wir ein Fest, wie ich es mir nie hätte träumen lassen. Der Garten war im Lauf der Wochen zu einer Kulisse umgestaltet worden, die in nichts mehr an den ursprünglichen Zustand erinnerte: Künstliche Grotten wurden aufgestellt, die in einem geheimnisvollen bläulichen Licht erstrahlten, Marmorbänke mit seidenen Kissen säumten die Wände des Palazzo und ein Glaskugelbaum, die Krone noch verhüllt, stand vor jenem verborgenen Teil des Gartens, den ich immer noch nicht kannte. Der winzige Balkon war Bestandteil eines Feenpalastes geworden, aus dem Mund einer Amazone ließ sich Wein zapfen, ein sprühender Brunnen sollte die erhitzten Gesichter mit wohlduftenden Essenzen netzen. Es muß ein Garten der Sinne werden, hatte Ghita erklärt und jedes Detail besonders begutachtet, damit es auch in die Gesamtanlage der Kulissen paßte. Schäferspiel, Gaukler- und Musikdarbietungen sowie Gartenszenen sollten gleichzeitig ablaufen und damit einmalig sein, so daß für die Teilnehmer des Festes die Qual der Wahl bestand, was Ghita offenbar genoß.
Sie selber sah ich während der ersten Stunde des Festes nicht, so sehr ich auch nach ihr Ausschau hielt. Das Kostüm, das sie für mich hatte nähen lassen, wurde mir erst kurz vor Beginn des Festes gezeigt: Es war ein Hermes-Kostüm, und ich war mehr als froh, daß sie mich nicht als Priapus hatte sehen wollen. Nardo trug ein prachtvolles Bacchus-Gewand. An seiner Seite waren

Waldnymphen und Satyrn. Herkules und Omphale sowie Apoll und Daphne schlenderten durch den Garten, Ariadne zog mit einem langen Faden in der Hand durch das Gewirr der Gäste, und ein Lyraspieler liebkoste abwechselnd einen Cupido und eine Bacchantin.

Und dann sah ich sie.
Das heißt, ich konnte nur ahnen, daß sie es war: ein schlanker Faun mit einer Efeukrone auf der Perücke und einer malachitgrünen Maske vor den Augen, den seidengewandeten Körper mit grünen Federn beklebt. Der Faun kam zu mir heran, umtänzelte mich zunächst spielerisch, ergriff meine Hand, entnahm seiner Tasche mit einem raschen Griff eine kleinen Phiole und tupfte dann einige Tropfen einer Essenz auf meine Fingerspitzen – dies alles ohne ein Wort zu sagen. Der Duft des Sommers kehrte noch einmal zurück, und ich hatte das Gefühl, als sei ich in ein fremdes Land versetzt, das einzig dazu diente, die Menschen zu erfreuen. Das Spiel ging weiter. Der Faun nahm mich bei der Hand und holte den Lyraspieler an seine Seite, Bacchantinnen liefen lachend auf uns zu und tanzten zum Klang des Instruments. Wir zogen zu diesem Glaskugelbaum, der nunmehr enthüllt war: Ein Amor schlug mit einem Metallstäbchen die Kugeln an, die einen sanften Harfenton von sich gaben und in ihren schillernden Farben zitterten. Das Licht der Fackeln zuckte über den Palazzo, auf dem Wasser tummelten sich in Booten kostümierte Cupidi, und auf einem etwas abseits gelegenen Platz fand ein Schachspiel mit lebendigen Figuren statt: Ghita hatte mich gebeten mitzuspielen, und wir hatten uns auf die Rolle des Turms geeinigt. Selbstverständlich war Nardo der König und Ghita die Dame. Das Spiel fand großen Gefallen, nicht zuletzt, weil die verlorenen Figuren eingelöst werden mußten: Zu jeder Seite der Spieler lagen Ketten und Ringe als Pfänder aufgehäuft.

Zu später Stunde – es hatte inzwischen ein Wetttrinken stattgefunden und ein Teil der Gäste lag in weinseliger Stimmung irgendwo am Boden oder badete unter Wachen in der Lagune – zupfte mich jener Seidenhändler am Arm, der sich zuvor bei den Gesprächen im Garten blamiert hatte und der sich nun mit Hartnäckigkeit an meine Fersen heftete, weil er den neusten Klatsch aus Florenz erfahren wollte oder an mir persönlich Interesse hatte.

Wißt Ihr eigentlich, was hinter jener farbigen Wand dort drüben ist? wollte er wissen und deutete zu den Büschen hinüber.

Ich wischte ein Stäubchen von meinem Hermes-Ärmel und schüttelte den Kopf.

Er schaute sich um und beugte sich dann zu mir herüber. Es heißt, daß es da allerlei seltsame Dinge gibt, flüsterte er dann, ein Labyrinth, ein Oktogon und eine magische Wand. Wer durch sie hindurchgeht, kehrt nie mehr zurück. Und man erzählt von einem wunderschönen Glaskugelbaum, der Zauberkräfte haben und die meiste Zeit unsichtbar sein soll. Habt Ihr ihn je gesehen?

Ich sagte: Er steht dort drüben, ist soeben enthüllt worden und ganz und gar ohne Geheimnis.

Es heißt auch, sie feiert dort hinter der Wand schwarze Messen, fügte er dann verschwörerisch hinzu und ließ mich dabei nicht aus den Augen.

Ich blieb abrupt stehen und starrte ihn an. Ihr müßt nicht recht bei Verstand sein, sagte ich dann schroff. Und ich hoffe nur, Ihr hütet Eure Zunge. Ihr wißt schon vor wem.

Er lachte. Die Inquisition? Die wird zum zahnlosen Tiger, wenn man Beziehungen hat und Bestechungsgelder bezahlen kann.

In der Nacht – ich war vor den letzten Gästen zu Bett gegangen – hörte ich noch zu später Stunde jemanden durch die Gänge tapsen und an irgendwelche Türen klopfen. Ich rührte mich nicht. Ghita konnte es nicht sein, da sie wußte, wo ich schlief, an weite-

ren Klatschgeschichten des Seidenhändlers hatte ich keinerlei Interesse und an seiner Person schon gleich gar nicht.
In meiner Phantasie jedoch stellte ich mir im Morgengrauen auf meinem Lager schwarze Messen vor, ohne freilich recht zu wissen, was dabei eigentlich geschah.

Und wieder mußte Nardo nach Bologna.
Oder wollte nach Bologna; mit mir sprach er darüber nicht. Wie ich überhaupt den Eindruck hatte, daß es zwischen ihm und mir zunehmend eine Barriere gab, die damals bei meinem Besuch im Turm in Florenz nicht existiert hatte. Und je öfter er abwesend war, um so seltsamer wurde das Klima zwischen seiner Mutter und mir. Ich spürte, wie allmählich Angst in mich hineinkroch, ohne zu wissen, weshalb. Manchmal fürchtete ich mich wie ein Kind im Dunkeln, manchmal hatte ich das Gefühl, ich müsse nun alle Eierschalen von mir abwerfen und mich so verhalten, wie sich vermutlich Lazzarro verhalten hätte oder Rocco.
Und dann kam der Nachmittag, an dem Ghita zu mir in die ehemalige Kapelle stürzte, so erregt, daß ich erschrak und dachte, es sei etwas Schlimmes geschehen. Sie nahm mich hastig bei der Hand, in der ich ausnahmsweise keinen Pinsel hielt, und zog mich aus dem Raum. Ihr müßt unbedingt mitkommen! Beeilt Euch! Wir rannten die Treppe hinunter, stürmten durch den *androne,* wo wir die beschädigte Gondel fast umwarfen, und standen dann im Garten. Ghita deutete erregt und glücklich wie ein Kind zum Himmel: Über die Lagune spannte sich ein Regenbogen. Ein vollkommener Regenbogen, nicht nur ein Bruchstück, das man sich in seiner Vorstellung zum Halbkreis ergänzen muß.
Habt Ihr je einen solch vollkommenen Regenbogen gesehen? fragte sie, schob ihren Arm durch den meinen, was sie bisher nie getan hatte, und zog mich an den Kai, so daß ich den Anfang und das Ende des Bogens sehen konnte.

Habt Ihr je so etwas gesehen? wiederholte sie, als ich nur schweigend neben ihr stand und zum Himmel emporschaute.
Ich nickte. Einmal, nur ein einziges Mal.
Und wo?
In Florenz, als ich noch im Ospedale war.
Und? Was habt Ihr getan, damals?
Ich sah sie verblüfft an. Was hätte ich tun sollen?
Nun, hinaufsteigen, sagte sie atemlos. Man steigt hinauf, wenn man Zeuge einer so ungewöhnlichen Himmelserscheinung wird, wißt Ihr das nicht ?
Ich lachte. Der Junge, der damals bei mir war, sagte dasselbe. Hinaufsteigen, jeder von einem Ende aus, und sich in der Mitte treffen. Dann hat man einen Wunsch frei.
Und? Habt Ihr's getan?
Nein, ich hatte damals wohl wenig Vertrauen, weder zu diesem Jungen noch in den Regenbogen. Und ich wollte dort oben auch niemanden treffen. Es ergab keinen Sinn.
Und, sie sah mich prüfend an, hättet Ihr zu mir Vertrauen?
Ich löste meinen Blick vom Himmel und schaute sie an. Zu Euch?
Nun, was ist so seltsam daran?
Ich zuckte mit den Achseln. Vermutlich nichts. Aber …
Aber?
Ich weiß nicht.
Ihr wollt da oben niemanden treffen noch habt Ihr einen Wunsch parat? fragte sie gespannt.
Ich löste meinen Arm aus dem ihren. Vielleicht hätte ich auch nichts weiter als Angst.
Nicht mehr herunterzukommen?
Ich dachte nach. Ja. Das wird es wohl sein. Oder Angst überhaupt.
Sie sah mich kurz an und kniff die Augen zusammen. Aber wäre es nicht bereits Lohn genug, dort oben gewesen zu sein? Einmal

in seinem Leben das Gefühl gehabt zu haben, dem Himmel nahe, ganz nahe gewesen zu sein und wieder zurück zu dürfen?
Der Regenbogen begann inzwischen an seinem einen Ende zu verlöschen. Das Orange blieb noch für eine winzige Zeitspanne stehen, dann kroch es in das Gelb hinüber, verblaßte und war verschwunden. Dann brach die Mitte des Bogens in sich zusammen, ließ die beiden Rudimente ungestützt am Himmel zurück, bis auch sie sich in den Wolken auflösten.
Wir standen nebeneinander und blickten weiterhin zum Himmel, obwohl es dort inzwischen nichts mehr zu sehen gab.
Ich halte Euch von Eurer Arbeit ab, sagte sie nach einer Weile. Entschuldigt! Dann verließ sie mich.
Ich blieb stehen, spürte, wie mir der Schweiß den Rücken hinunterlief, und wünschte, Nardo wäre wieder zurück. Und schützte uns voreinander. Seine Mutter und mich.
Erst als ich in die ehemalige Kapelle zurückging, fiel mir ein, weshalb sie dieser Regenbogen vermutlich so sehr erregt hatte: Zwar hatte sie Iris, Junos Botin, die die weiblichen Seelen in den Hades begleitet, nicht erwähnt, aber ich war ganz sicher, daß sie den Mythos kannte. Genauso wie Hermes die männlichen Seelen behütete, wenn sie sich vom Körper lösen wollten, bedeutete dies in der Alchimia die Sublimierung, ein Akt, bei dem die Regenbogenfarben entstanden wie ein Pfauenschwanz: der Regenbogen als Symbol für das Ziel der Alchimia.

Und wieder lag ich in der Nacht wach, spürte die Härte der Pritsche und fragte mich, weshalb ich eigentlich nicht mit ihr hatte auf diesen Regenbogen hinaufsteigen wollen, auch wenn das Ganze nur ein Phantasiegebilde gewesen war. Und ich wußte zugleich, daß keine Frage nötig war: Ich hatte gespürt – und dies nicht erst heute –, wie unsere Schritte im Laufe der Wochen immer rascher aufeinander zugegangen waren. Je mehr wir gemein-

sam erlebten, desto näher kamen wir uns, und manchmal fragte ich mich, ob da überhaupt noch ein meßbarer Abstand war. Ich spürte mit zunehmender Erregung, wie ich mich in den Windungen dieser Frau verlief, wie ich mich verzweifelt bemühte, Abstand zu ihr zu halten, und zugleich wußte, daß ich diesem Sog nicht mehr lange würde standhalten können. Irgendwer in Florenz hatte mir einmal erzählt, wie er sich einmal in einem Labyrinth verlaufen hatte und zwei Stunden damit verbrachte, den Ausgang wiederzufinden. Genauso fühlte ich mich. Ich hätte auch nicht beschreiben können, was mich mit dieser Geschwindigkeit zu ihr hinzog, so schnell, daß alles andere daneben verblaßte – und mir Brigida inzwischen so fern war wie der Mars. An manchen Tagen fragte ich mich sogar, was uns überhaupt verbunden hatte und weshalb ich sie lieber heute als morgen geheiratet hätte, wenn dies möglich gewesen wäre. Dann wieder schalt ich mich ein Ungeheuer, weil ich ihr Unerfahrenheit vorwarf, ich, der selbst kaum weiter gediehen war als sie. An anderen Tagen haßte ich Ghita, haßte sie bis in die Fingerspitzen, und wenn ich mich dann meinem Wandbild zuwandte, veränderte ich ihr Gesicht mit ein, zwei Pinselstrichen derart, daß sie zu einem höhnischen alten Weib wurde. Aber kaum grinste sie mich aus zahnlosem Mund an, konnte ich nicht schnell genug wieder ihre Schönheit hervorzaubern. Mein farbgetränkter Pinsel streichelte gewissermaßen ihre Haut, ich hätte sie am liebsten mit den Fingerspitzen berührt und meine Lippen auf ihren Mund gepreßt, auch wenn die Farbe noch nicht getrocknet war.
Auch in dieser Nacht, als ich auf meiner Pritsche lag und mich fragte, weshalb ich Ghita nicht auf den Regenbogen gefolgt war, machte mich meine Phantasielosigkeit ratlos wie schon so oft. Ratlos und unstet. Ich spürte, wie meine Beine unruhig zuckten, und setzte mich auf, starrte in die mondhelle Nacht hinaus, die durch ein Seitenfenster der ehemaligen Kapelle hereinleuchtete –

ein schmaler Streifen Licht, der sich bewegte, was mir rätselhaft blieb. Dann stand ich auf und schlüpfte in meinen leinenen Malerkittel, den ich kaum eine Stunde zuvor abgelegt hatte. Ich ging zu meinem Gemälde, nahm nahezu blind und ohne die Kerze anzuzünden einen Pinsel und begann zu malen. Durch nichts unterstützt als durch diesen schwankenden Lichtschimmer, der mich mehr irritierte, als er mir half. Wieder wußte ich nicht, was ich eigentlich malen wollte, wieder lauschte ich in mich hinein, versuchte zu erahnen, was ich darstellen wollte – und mich nicht getraute.

Aber dann mit einem Male, als sei ein Tau gerissen, mit dem ein Boot am Kai festgemacht war, malte ich drauflos. Ich spürte den Pinsel in meiner Hand, als führe ihn ein Zauberer, mache ihn leicht und körperlos.

Und während ich da stand und im Halbdunkel wie ein Besessener malte – irgendwann zündete ich wie in Trance zwei Kerzen an –, wirbelten die Gedanken durch meinen Kopf, und ich fragte mich, was wohl wäre, wenn Ghita auch nur einen Bruchteil dieser Gedanken wüßte. Wenn sie wüßte, daß ich nun das Gesicht des Fauns, den ich an diesem Abend gemalt hatte, in mein eigenes verwandelte, daß dieser Faun, daß ich die junge, trunkene Bacchantin mit den wehenden Haaren bestieg, der ich Ghitas Züge gegeben hatte, und, die Bocksfüße brutal um ihre Lenden geklammert, mit heftigen Stößen in sie eindrang, wieder und wieder ihren Widerstand bezwang, ihren Lustschrei im Ohr, vermischt mit dem meinen, unser Keuchen so laut, daß man es gewiß bis weit über die Lagune hören mußte.

Irgendwann, mir schienen Stunden oder gar Tage vergangen zu sein, blieb ich erschöpft zurück, als hätte ich einen hohen Berg erklommen. Ich wischte mir den Schweiß vom Gesicht, legte den Pinsel zur Seite, zündete eine dritte Kerze an, dann eine vierte. Dazu noch eine Öllampe. Und betrachtete mein Bild, als habe nicht ich es gemalt, sondern irgendein Gott, der die Maler liebt. Ich bestaunte den zurückgeworfenen Kopf meines Fauns, seinen weit aufgerissenen Mund, die Augen zu Schlitzen verengt, seine Lust durch nichts gebrochen. Ich glaubte, seinen Brunstschrei zu hören, halb Mensch, halb Tier.

Du bist gut, Ambrogio, hätte vermutlich Rocco gesagt, wenn er ehrlich gewesen wäre und dies hätte sehen können. Aber du bist sündig wie die Nacht, sündiger, als wir alle zusammen im Hause Orelli je waren. Aber du darfst es sein. Wie hatte er doch einst zu mir gesagt, als er wieder einmal meine Zaghaftigkeit belächelte? Ein Maler darf alles, er ist ein Künstler, und Künstler sind frei. Sie folgen ihren eigenen Gesetzen und sonst niemandem. Du hast es nicht nötig, auf die Krümel der Unbegabten zu warten, scher dich nicht drum, ob sie dich loben oder schelten! Es bedeutet nichts. Hol dir den Kuchen, der dir gehört!

Und ich hatte das Gefühl, daß ich nicht mehr warten wollte auf diese Krümel, die mich an die Krümel trockenen Brotes erinnerten, die Ghita jeden Morgen an ihre schwarzen Schwäne an der Bootslände verfütterte.

In der *sala* auf dem Boden.

Im Laboratorium.

In der alten Gondel.

In der ehemaligen Kapelle.

Ich kam auf viele Orte. Auf ihre Gemächer kam ich nicht. Ich hatte sie nie zuvor gesehen.

Meine Arbeit ging gut voran nach jener Nacht der Obsessionen. Ich wählte meine Farben mit einer Sicherheit, die ich nie zuvor gekannt hatte. Ich ließ Dionysos auf einem Wagen über das Dekkengewölbe dahinstürmen inmitten der Schar der Bacchantinnen, die Mänaden stoben hinter dem Wagen drein, gelenkt von Pria-

pus, dem Gott der Gärten und der Fruchtbarkeit. Wären ihre Lustschreie hörbar gewesen, man hätte sie hoch am Himmel über der Stadt vernehmen müssen.
Abends, wenn ich müde war und auf mein Lager fiel, bisweilen ohne die Kleider zu wechseln, schlief ich meist in der gleichen Sekunde ein. Dann erwachte ich wieder. Eine innere Uhr gab mir den Befehl, gegen Mitternacht aufzuwachen. Ich säuberte mich und stieg hinab in das Laboratorium. Mitunter auch allein. Im Haus des Messer Orelli hatten wir unsere Glasgefäße bisweilen selber geformt, Daniele kannte sich darin aus, da er für kurze Zeit bei einem Glasbläser gearbeitet hatte. Jetzt wies mich Ghita in diese Kunst ein, und schon bald war ich in der Lage, zumindest einfache Kolben und Retorten für sie herzustellen. Je weniger nach draußen dringt, sagte sie einmal, desto besser ist es. Inzwischen war ich vertraut mit ihren Versuchen. Ich wußte ziemlich genau, wann der nächste bevorstand, schlug vor, wie wir ihn gestalten, wie wir Schritt für Schritt vorgehen sollten. Miteinander. Es war wie eine Wippe: Mal war ich der Ratgebende, mal sie. Schüler und Lehrer in einem.

Und dann endlich die Transmutation. Nicht *das* Ziel der Alchimisten, aber eines davon. Ausgangspunkt war, daß es möglich sein müsse, unedle Metalle in edle verwandeln zu können, zum Beispiel Blei oder Quecksilber in Gold. Unter Mithilfe des Steins der Weisen, wobei es vor allem um die Läuterung des Adepten ging, um sein Eindringen in die höheren geistigen Welten, in erster Linie also nicht um die Veränderung des Stoffes. Der Stein der Weisen war wiederum das Endprodukt einer ganzen Reihe aufeinanderfolgender Schritte aus der Materia prima, Dinge, die ich im Laufe der Wochen erfahren hatte, ohne den Zusammenhang genau zu verstehen: 1. Die Verflüssigung der Materia prima in Merkurialwasser. 2. Das Resultat wird im Bauch der Erde vergraben, verfärbt sich dabei schwarz (das Symbolbild für den Raben) und fault. 3. Die Verfärbung geht zurück, der Rabe verwandelt sich in eine weiße Taube. 4. Die Materie wird mit Lacta philosophica gefüttert und verfärbt sich gelb. 5. Das Resultat verwandelt sich in Rot und wird 6. zum roten Drachen, wenn der Vorgang geglückt ist. Bei der 7. Stufe wird das Material in die feste Form zurückgeführt. Der Besitz des Steins der Weisen wird als »Magisterium« bezeichnet.

Wie dieser »Stein« aussehen sollte, dazu gab es verschiedene Aussagen: Bei den einen war er schwer und rubinfarben wie ein Granat, bei den anderen farblos und durchsichtig wie Kristall. Wieder andere wollten ihn weich wie Harz oder pulverförmig wie Safran oder schimmernd wie zerstoßenes Glas.

Alles, was Ghita mir zeigte, hatte verschiedene Ebenen, war Wissen hier auf der Erde und zugleich Einweihung in höhere Welten: Die Conjunctio war losgelöst von allem, was ich bisher gelernt hatte. Sie konnte bedeuten, daß der Drache nur dann zu töten war, wenn er gleichzeitig von Bruder und Schwester getötet wurde. An anderer Stelle hieß es, daß die Frau den Mann auflöse und dieser die Frau fest mache, was meinte, daß der Geist den Körper auflöst und weich macht und der Körper den Geist fixiert.

Ich gebe zu, daß ich große Schwierigkeiten hatte, all das zu glauben, was ich in jenen Tagen hörte und las. Und zugleich bereitete mir dieses Wissen keinerlei Schwierigkeiten, weil es mir schien, als habe ich alles von Anbeginn der Zeiten gewußt und Ghita habe es mir lediglich wieder ins Gedächtnis gerufen.

Weil es schon immer für uns bestimmt gewesen war.

Nach Tagen kam Nardo zurück.

Wir saßen zusammen am Tisch in der *sala,* und ich hatte das Gefühl, als sei Nardo unser Besuch, mit dem wir uns freundlich und höflich zu unterhalten hatten. Diesmal gab es keine unsichtbaren Fäden, die Nardo und seine Mutter umfingen – es gab nur einen, der Ghita und mich verband, zumindest aus meiner Sicht. Das ganze Essen über hatte ich das Gefühl, als stehe Höflichkeit im Vordergrund, nicht Herzlichkeit. Er erkundigte sich nach meiner Arbeit, und ich berichtete zögernd, während er nur nickte, aber keine Fragen stellte.

Er malt einen hinreißenden Dionysos, sagte Ghita lachend. Aber falls du erwartest, daß er dir ähnlich sehen soll, mußt du deinen Wunsch anmelden, bevor es zu spät ist.

Ich hatte nie die Absicht, in deinem Wandbild aufzutauchen und dort verewigt zu werden, sagte Nardo abweisend.

Meinem Wandbild? Ghita zog die Brauen empor. Was verstehst du darunter?

Nardo lachte. Nun, ich hatte bisher nicht den Eindruck, daß ich in die Planung dieser Kapelle miteinbezogen bin. Es wird stets deine Schöpfung, dein Lehrraum sein. Nicht der meine. Ich werde bei dir unterrichten, das ist alles.

Ghita legte die Gabel neben ihren Teller. Hattest du Ärger unterwegs? fragte sie dann behutsam.

Nardo schüttelte den Kopf. Weshalb meinst du?

Ich schob mein Mundtuch in den Ring. Ich möchte heute abend noch ein Stück weiterkommen, sagte ich hastig und stand auf. Ich male nicht gern bei Kerzenlicht.

Das Schweigen blieb im Raum, auch als ich die *sala* verlassen hatte.

Rocco brach in mein neues Leben ein, als sei ein Meteor vom Himmel gefallen.

Er stand unter der Tür der ehemaligen Kapelle, vom Staub der Straße bedeckt, das Gesicht ein einziges ungläubiges Staunen. Das also malst du?

Ich zuckte zusammen, schaute mich um.
Ich spürte seine Ablehnung, bevor er auch nur irgend etwas anderes sagte.
Später dachte ich über diese groteske Begegnung nach, die alles andere war als eine Begrüßung. Ich spürte seinen Zorn über die Entfernung von drei Ellen hinweg, und mir fiel nichts ein, was seinen Zorn hätte abwenden können. Und ich glaube fast, daß ich das auch nicht wollte.
Er trat nicht näher, blieb unter der Tür stehen, wie ein Diener, der sich nicht getraut einzutreten und auf seine Befehle wartet. Daß es nicht unbedingt eine Grablegung werden würde, war vorauszusehen, sagte er dann zögernd, aber das hier übersteigt meine Vorstellungskraft.
Es ist keine Kapelle mehr, es wird ein Lehrsaal, sagte ich spröde, ohne ihm die Hand zu geben, ohne ihn zu umarmen. Und bei euch – ich sagte ganz bewußt »bei euch«, nicht »bei uns« – malt Raffael Cupido und Venus an die Wand des Bades von Kardinal Giovanni de' Medici. Man sagt, es gebe einen Aufschrei aller gläubigen Christen.
Ich weiß, es wird ein Lehrsaal, sagte Rocco, ohne auf meinen Einwand zu antworten. Ich habe gehört, so etwas wie die Platonische Akademie früher in unserer Stadt. Stimmt das?
Ich legte meinen Pinsel zur Seite, begann, meine Farbe umzurühren, und hatte Mühe, meinen Ärger unter Kontrolle zu halten. Ganz recht, so etwas Ähnliches soll es werden.
Später, als ich mein ganz und gar unmögliches Verhalten überdachte, hatte ich den Eindruck, mich müsse der Teufel geritten haben. Ich nahm die Malarbeit wieder auf, Rocco stand weiterhin unter der Tür und schaute sich um, schweigend. Die Decke musterte er am längsten, was mich besonders ärgerte, da sie noch nicht so war, wie ich sie mir vorstellte. Er verhielt sich nicht anders wie ein Vater, der seinen Sohn dabei überrascht, wie er gera-

de den ihm zugewiesenen Weg verläßt. Er war über Jahre hinweg unser Meister gewesen, hatte uns angeleitet, Aufträge hereingeholt und unsere *compagnia* angeführt. Vermutlich hatte er angenommen, daß dies immer so bleiben würde. Aber nun fühlte ich mich erwachsen genug, um eigene Wege zu gehen.
Geben sie dir so viel Geld, daß du nicht einmal mehr fragen mußt, wieviel Azurit du verwenden darfst? spottete er dann, als er sah, was ich in meinem Schälchen anrührte.
Ja, das geben sie mir, sagte ich und spürte, wie mich ganz langsam die Lust überfiel, ihm meine Farbe, auch wenn es die teuerste war, ins Gesicht zu kippen.
Und dann der Überfall, abrupt und lautstark: Du hast unsere Briefe nicht beantwortet, du hast uns nicht geschrieben, als Leonello dich besuchen wollte, warst du nicht da – oder wolltest nicht da sein. Brigida stößt du zurück durch dein hartnäckiges Schweigen, fügte er dann hinzu und packte mich am Ärmel. Weshalb tust du das? Du wirfst unsere jahrelange Freundschaft über Bord, wegen …
Ich löste seine Hand von meinem Arm, schüttelte sie ab wie ein lästiges Insekt, obwohl ich mir schäbig dabei vorkam. Aber es war ganz einfach so, daß für ihn in diesem Augenblick kein Platz in diesem Raum war. Er störte.
Und du fragst nicht einmal, weshalb ich hier bin, sagte er dann brüsk.
Und weshalb bist du hier?
Er wischte sich mit der Hand über die Haare, zog ein Tuch aus dem Wams und säuberte die Stirn. Ich wollte dir von uns erzählen, sagte er leise, aber ich habe den Eindruck, daß dich das alles nicht mehr interessiert. Du spielst das Leben eines reichen Mannes und glaubst vermutlich, daß du selber eines Tages ebenso …
Ich arbeite, unterbrach ich ihn. Ich nehme an, du siehst es. Ich arbeite hart.

Er seufzte. Das sehe ich. Und dann nach einer Pause: Kommst du je wieder zu uns zurück?
Ich gab etwas von dem Farbbrei auf meine Palette. Weshalb sollte ich das nicht?
Du bist verändert, sagte Rocco mutlos. Ich hätte nie geglaubt, daß sich ein Mensch in so kurzer Zeit so verändern kann. Ist es wegen Nardo Cattaneo?
Wegen Nardo Cattaneo? Ich zog die Stirn in Falten, als hätte ich Mühe, mich auf den Namen zu besinnen.
Was soll das? fragte Rocco befremdet. Wir dachten damals alle, ihr würdet Freunde werden. Seid ihr es geworden?
Ich hob die Schultern. Ich weiß es nicht.
Wieso weißt du nicht, ob ihr Freunde seid? brauste Rocco auf. Wo ist er überhaupt?
Wer? Nardo?
Natürlich Nardo, wer sonst, sagte Rocco, und ich spürte, wie seine Stimme spitz wurde.
Ich weiß es nicht. Er ist oft in Bologna.
Rocco wischte sich wieder mit dem Tuch über sein Gesicht. Wir bringen übrigens Brigida das Malen bei, endlich richtig, sie ist sehr begabt.
Ach ja?
Sag mal, nimmst du vielleicht irgendwelche Zaubertränke? Aphrodisiaka? fragte er dann unvermittelt und mißtrauisch.
Als ich ihm die Antwort schuldig blieb, legte er mir erneut die Hand auf den Arm. Ich weiß, was ihr dort unten macht, sagte er dann hart und deutete vage in eine Richtung, die freilich die falsche war. Ich weiß es. Bist du dir eigentlich darüber im klaren, daß sie eine *strega* ist?
Ich wandte meinen Blick von meinem Bild und schaute ihn an. Lächelnd. Sie ist keine. Aber selbst wenn sie eine Hexe wäre und auf dem Besenstil daherkäme, würde es mich nicht stören. Ich

würde mitreiten. Und ich war mir ganz sicher, daß ich meinte, was ich sagte.
Rocco starrte mich an, als komme ich von einem anderen Stern. Dann wandte er sich langsam ab. Genau das dachte ich mir, sagte er tonlos Es mußte ja so kommen.
Als sich die Tür hinter ihm schloß, überflutete mich die Scham, so daß ich ihm am liebsten nachgerannt wäre. Ich hatte ihm nicht einmal einen Stuhl angeboten, einen Becher Wein. Es konnte wirklich nur der Teufel gewesen sein, der mich geritten hatte. Aber ich nahm natürlich an, daß er zurückkommen würde. Er würde niemals weggehen, ohne daß wir uns ausgesprochen hatten.

Am anderen Morgen brachte ein Junge einen Brief, mit dem sich Rocco verabschiedete. *Vielleicht hätte ich dir damals nicht meinen prächtigen* mazzocchio *leihen sollen,* stand an den Rand geschrieben.

Ambrogio, mein Freund,
ich wollte noch einmal kommen, aber ich mußte früher nach Mailand, als ich voraussehen konnte. Vielleicht ist es auch gut so, wenn wir dem verquälten Zusammensein von gestern nicht noch ein zweites hinzufügen.
Was mit Dir ist, was in Dir vorgeht, kann ich nur ahnen, und es kommt mir auch nicht zu, es in diesem Brief anzusprechen oder Dich gar zu rügen. Aber ich denke, es ist etwas, was Dich bis in die tiefsten Tiefen Deines bisherigen Lebens erschüttert, aufwühlt.
Und ich verstehe, daß Dich mein überraschendes Eintreffen dem Punkt nahebrachte, an dem ich nichts weiter mehr für Dich sein konnte als ein Störenfried. Sei's drum, ich habe es hingenommen. Ich möchte aber nicht von Dir weggehen, ohne wenigstens von all den Dingen berichtet zu haben, die ich mir vorgenommen hatte, Dir

zu erzählen. Von uns, vom Atelier, der bottega, *von allem, was uns über die ganze Zeit hinweg gemeinsam berührt hat. Von Brigida natürlich im besonderen.*
Zunächst die Unbilden, die es gegeben hat: Mona Orelli lebt nicht mehr. Sie hat einen merkwürdigen Tod erlitten, und wenn sie sich selbst dazu äußern könnte, so würde sie vermutlich sagen, daß es die gerechte Strafe Gottes war. Man hat sie gefunden kurz vor Rom, der heiligen Stadt, zu der sie aufgebrochen war, um sich dort vermutlich mit einem Liebhaber zu treffen; ein Brief in ihrem Beutel ließ darauf schließen. Ihre Kutsche stand am Wegrand, sie selber war offensichtlich gerade dabei gewesen, ihre Kleider zu wechseln, was nichts Besonderes gewesen wäre. Aber in ihrem Fall war es doch etwas Besonderes. Sie hatte gerade damit begonnen, ihre härenen, tristen grauen Gewänder – ihre »Savonarola-Gewänder«, wie sie sie immer bezeichnete – abzulegen, und hatte bereits eine Perücke mit Perlenschmuck auf dem Kopf, als sie der Schlagfluß ereilte. In der Kutsche fand man eine große Truhe, die gefüllt war mit kostbaren Seiden- und Damastkleidern, mit einer Vielzahl von Perücken, wertvollem Schmuck, Duftwässern, Pomaden, Salben und Essenzen, dazu mehreren breitzahnigen Elfenbeinkämmen, denen man eine geheimnisvolle Wirkung zuschreibt. Es scheint so, daß Mona Orelli nun, da sie nicht mehr jung war, ihr bisheriges Leben bereute, alles nachholen wollte, was sie glaubte, versäumt zu haben, oder daß sie das völlig Andere suchte und alles, was mit Savonarola zu tun hatte, abstreifen wollte wie die Schlange ihre Haut, so absurd dies auch klingen mag.
Bleibt also von uns zu berichten: Messer Orelli hat Brigida nach dem Tod der Mutter ihren sehnlichsten Wunsch erfüllt. Sie darf jetzt wirklich bei mir in die Lehre gehen. Das tut sie gewissenhaft, an manchen Tagen ist sie bereits vor uns im Atelier und arbeitet, wie es sich für einen garzone *gehört. Ich nehme sie hart heran und erspare ihr nichts. Sie hat ihren Reibstein, auf dem sie die Farben zerreibt,*

genauso wie Daniele dies früher gemacht hat. Es ist jetzt sehr harmonisch bei uns. Es gibt keine Staubmäuse mehr, was vor allem das Verdienst Sadonas ist, die sich inzwischen im Atelier heimisch fühlt und neulich sogar zum erstenmal beim Pinselbinden eingesetzt wurde.

Da Brigida sich sehr für die Porträtmalerei interessiert, stellte ich ihr vor kurzem als Aufgabe, einen Johannes-Kopf zu zeichnen. Es sollte eine Studie zu einer größeren Arbeit sein, und ich wollte ihr das Kohlezeichnen nahebringen. Als der Kopf fertig war, standen wir zu dritt davor und lachten: Er sah Dir geradezu lächerlich ähnlich. Ich ließ sie einen Jesus-Kopf zeichnen und es geschah das gleiche: dasselbe leidensvolle Antlitz, das Du hattest, wenn du die Posaune bliesest und wir uns alle die Ohren zuhielten. Als sie dann auch noch einem Marien-Bild Deine Gesichtszüge verlieh, sagte Daniele lachend, nun bliebe nur noch ein Teufels-Antlitz, und wir seien alle sehr gespannt, wem dies dann ähnlich sieht.

Brigida träumt bereits jetzt von der Zunft, in die sie einmal eintreten möchte. Sie kennt Malerinnen, die dies vor ihr getan haben, und sie verehrt vor allem Catarina Vigri und die Tochter von Paolo Uccello, in deren Sterbeurkunde sogar als Beruf pintoressa *eingetragen ist. Neulich äußerte sie die verwegene Idee, in Santa Maria nouva Körperstudien an Leichnamen machen zu wollen, wie dies von Leonardo da Vinci bekannt ist. Aber da nicht einmal ich als Meister bisher diesen Wunsch geäußert hatte, verzichtete sie darauf. Zunächst einmal, fügte sie dann hinzu.*

Leonello hat mit Unterstützung von Messer Orelli die bottega *erweitern dürfen. Es kam also endlich der Umbau zustande, den Mona Orelli nie wollte: Wir Maler haben jetzt eine Ecke, in der wir unsere Bilder ausstellen und verkaufen können, für die sich Leonello mit großer Begeisterung einsetzt. Und wenn er jetzt öfter als früher zu uns ins Atelier kommt, weil Mona Orelli nicht mehr aufpassen kann, daß wir nicht dem Müßiggang verfallen, so ist es vor allem Brigida,*

die ihn bald wieder hinauswirft, weil sie in aller Stille malen will, wie sie mit ernsthaftem Gesicht fordert.
Natürlich vermissen wir Dich alle sehr.
Neulich leckte wieder einmal unser Boot mitten im Fluß, so daß wir froh sein konnten, trocken das Ufer zu erreichen. Dabei stellten wir dann fest, daß wir alle linke Hände haben. Aber natürlich vermissen wir Dich nicht wegen Deiner geschickten Hände – ich nehme an, das weißt Du, auch ohne daß ich es Dir schreibe.
Wir warten also auf Dich, Dein Platz ist freigeblieben, obwohl uns Vincenzo verlassen hat. Er paßte nicht zu uns, so wenig wie Lazzaro, der auf der Leiter des Erfolgs noch immer höher steigt, zumindest was seine Einlagen bei der Bank betreffen, über die er neulich in aller Offenheit sprach, als ich ihn traf. Er nennt sich nun also wirklich Kunsthändler, obwohl er inzwischen mit allem und jedem handelt und Reisen in ferne Länder macht, um seine Lager stets wohlgefüllt zu haben.
Vincenzo war übrigens, was er uns bei seinem Einstieg verschwieg, früher Schandmaler gewesen. Ein Auftraggeber hatte uns darauf hingewiesen und gesagt, daß er kein Bild von einem Maler wolle, der Mörder, Falschmünzer, Betrüger und Diebe zur Abschreckung an Zunfthäuser, Stadttore und Bordelle gemalt habe; um eine Madonna zu malen, brauche man eine andere Einstellung.
Ich stelle mir also vor, daß Du eines Tages zurückkehren wirst, wenn Dein Auftrag in Venedig beendet ist. Falls es nicht so ist, werden wir es zu akzeptieren haben.
Leb wohl, Ambrogio! Irgendwann werden wir uns gewiß wiedersehen.
Für immer Dein Freund Rocco

Ich las den Brief, las ihn wieder und konnte nicht verhindern, daß mir dabei die Tränen über das Gesicht liefen. Ich schämte mich nachträglich wegen meines abweisenden Benehmens und meiner

Unfreundlichkeit. Ich spürte seine Nähe in diesem Brief, er kam mir entgegen, und ich ließ es wieder zu, auch wenn es mir jetzt noch schwerer fiel, zu begreifen, was in mir vorgegangen war, als er da unter der Tür stand und hier einbrach, hier, wo kein Raum mehr für ihn war: Sein Platz war besetzt, doppelt besetzt. Und ich hatte diese neue Konstellation störrisch verteidigt, obwohl er gar nicht versucht hatte, sich mir aufzudrängen. Ich hatte es vorbeugend getan, von tausend Ängsten gejagt, daß er mir etwas wegnehmen wollte, von dem er nicht wußte, was es mir bedeutete. Nun ärgerte mich, daß er Ghita nicht einmal gesehen hatte. Ich war mir im unklaren, weshalb es mich ärgerte. Ich hatte die beiden bekannt machen wollen und doch Ängste gehabt, daß Rocco unser Zusammensein vielleicht nicht gutheißen würde, daß er Einwände haben würde, die mich zutiefst verletzt hätten. Ich hatte zwischen uns eine Mauer wachsen lassen, in Sekundenschnelle, und da war keine Tür, die ich für ihn hatte öffnen wollen. Er mußte draußen bleiben.

Ghita fragte mich nicht nach meinem Besuch, obwohl sie natürlich von ihm erfahren hatte. Wir taten so, als habe das Ganze nicht stattgefunden. Und sicher wäre es töricht gewesen, lange über diesen Besuch zu reden. Wir waren unserer so sicher, daß niemand hätte zwischen uns treten können, wir wollten in unserer gemeinsamen Muschelschale bleiben, ungestört.
Sehenden Auges bewegten wir uns weiter unaufhaltsam auf den Abgrund zu, den wir ahnten. Und wollten.

Natale verlief nicht besonders feierlich, was Nardo ganz offensichtlich seltsam fand. Früher seien junge Leute eingeladen worden, erzählte er mir, man habe getanzt und gesungen.
Diesmal hatten wir uns zwar alle besonders festlich gekleidet und es gab ein Weihnachtsessen auf festlich gedeckter Tafel, aber da-

mit war dem christlichen Fest Genüge getan. Der Rest war nicht christlich, er war heidnisch, ein Brauch aus antiker Zeit, mit dem die Laren einst um Segen für Haus und Hof und alle, die darin wohnten, angerufen wurden: Ein riesiger Baumstumpf wurde in den Kamin gelegt – der Bauer, der ihn brachte, äußerte sich grimmig über dieses heidnische Tun –, und als der Klotz hell in Flammen stand, sprühten Ghita und Nardo Wein aus dem Mund in das Feuer. Eine Zeremonie, die normalerweise nur der Hausherr ausführte, aber ich hatte den Eindruck, daß Ghita dieses Heidnische besonders genoß. Und daß sie das gleiche Recht hatte wie der Hausherr.

Und dann stoben wir der Sonne entgegen, mitten hinein in die kochende Glut.

Der brennende Salamander

Es war das Oktogon, in dem es geschah.

Das Oktogon, ein achteckiges Gebäude am Ende des hohen Buchsbaumlabyrinths, das sich hinter der geheimnisvollen farbigen Wand erstreckte, von wo es angeblich keine Rückkehr mehr geben sollte. Seine Außenwand bestand aus lasierten Ziegeln in den Farben, die Ghita besonders liebte: Malachit, Ultramarin und vor allem Azurit.

Es war ein seltsam erregender Augenblick, als sie mich bat, auf einen der Quader in der farbigen Wand zu drücken, worauf sich ein Tor träge in Bewegung setzte und den Weg freigab. Sie drückte mir das Ende einer Schnur in die Hand, die hinter dem Tor aufgerollt war, und schob mich voraus.

Alles schien mir in diesem Augenblick doppelt zu geschehen: Jemand drückt auf eine ganz bestimmte Stelle, ein Tor tut sich auf, er geht durch dieses Tor an einen Ort, den er nie zuvor gesehen hat – ein völlig normaler Vorgang, ohne jedes Geheimnis. Und zugleich ein völlig anderer Vorgang, prall gefüllt mit Geheimnissen, die auf mich einstürmten, mich schwindeln machten, für immer aus dem Gleis zu werfen schienen: Das Oktogon am Ende des Labyrinths war kein Raum wie irgendein anderer, das Labyrinth kein normaler Irrgarten, wie er bisweilen in einem Park zu finden war, die Schnur keine normale Schnur, sondern ein Ariadnefaden, auf dem Weg zu einem unbekannten Zentrum – alles war vom ersten Schritt an getränkt mit den Geheimnissen der Alchimie.

Gleich am Eingang des Labyrinths war in einer Nische eine große Tafel zu sehen, die den Weg zum Stein der Weisen zeigte. Die sieben Stufen der Transmutation waren dargestellt, das Schlußbild zeigte einen Mann, der den Schwefel, und eine Frau, die das Quecksilber symbolisierte. Die beiden gaben sich die Hände.

Eine andere Nische war den Symbolen der frühesten Zeit der Alchimie vorbehalten, dann folgte ein doppelköpfiger Drache, der aus einem Brunnen stieg und einen roten Odem ausspie. Aus den fünf platonischen Elementarkörpern hatte ein Nürnberger Goldschmied ein geometrisches Gebilde in Kupfer treiben lassen, das nun an einer Stange im Winde baumelte. An der Speiche eines Rads hing eine Windtafel mit bizarren Zeichnungen aus einem alten Manuskript. Am Eingang zu dem Oktogon schließlich stand die Nachbildung der Tabula Smaragdina, des Testaments des Hermes Trismegistos, des Urvaters der Alchimie, das in der Cheopspyramide gefunden worden sein soll.
Ghita ließ mich meinen Weg finden, wartete geduldig, bis ich gelesen hatte, was mich interessierte, wobei ich keineswegs die Ruhe hatte, alles aufzunehmen. Doch war mir klar, daß das Oktogon das Ziel unserer Reise sein würde.

Ich hatte nie Anlaß gehabt, darüber nachzudenken, was Menschen miteinander reden, wenn sie beieinander gelegen haben, ich meine, unmittelbar danach. Ich hatte nicht einmal gewußt, ob sie überhaupt miteinander reden. Ob sie das, was hinter ihnen liegt, nicht so einschätzen, daß man nicht darüber reden will. Oder soll. Es einfach im Weltall verklingen lassen, als habe es nicht stattgefunden.
Jetzt, da Ghita und ich in zwei schwingenden Schiffshängematten lagen, die zwischen den Baumstämmen gespannt waren, und miteinander Wein tranken, aus einem Becher, wie ich mir das immer gewünscht hatte, nahm ich an, daß wir beide wohl zu denen gehörten, die nicht darüber reden wollen. Zumindest nicht in diesem Augenblick.
Und dann geschah etwas, was wir beide nicht erwartet hatten: Am nachtschwarzen klaren Himmel erschien ein Sternschnuppenregen. Nardo hatte uns bereits seit Tagen darauf hingewiesen,

daß ein solcher kommen werde, daß es aber natürlich ungewiß sei, wann. Die Meteoriten schossen in großer Geschwindigkeit von Nordwesten her über den Himmel, fielen dann in einem weiten Bogen herab und verloschen irgendwo.
Schenkst du mir einen, falls du einen auffängst? fragte Ghita leise.
Ich schenke Euch in jedem Fall einen, egal, ob ich ihn auffange oder nicht.
Und welchen?
Den, der soeben neben dem Campanile von I Frari niederging. Habt Ihr ihn gesehen?
Ja, sagte sie, ich habe ihn gesehen. Er war silbrig weiß mit einem bläulichen Schimmer, wie der Mond.
Dann war Stille zwischen uns.
Es schien, als seien alle Geräusche verlöscht, alles stumm – fast stumm: Nur an dem leichten Schaben der dicken Schnur um den rissigen Eukalyptusstamm konnte ich ahnen, daß Ghita von Zeit zu Zeit ihre Matte leicht bewegte.
Irgendwann tastete sich ihre Hand zu der meinen herüber, wir hielten uns an den Händen, bewegten uns sanft in den Matten, bemüht, im Gleichklang zu bleiben. Es war wie Kinderwiegen. Und wir schauten den Sternschnuppen zu, die noch immer fielen, in Abständen. Es könne zwei Stunden dauern oder gar länger, hatte Nardo gesagt.
Ich werde es nie glauben, sagte ich irgendwann, und schaute zu ihr hinüber. Ich konnte die Konturen ihres Gesichts erkennen, wenn auch nicht in aller Deutlichkeit. Ich wollte nicht reden, aber ich tat es, fast wie unter Zwang.
Ich setzte mich auf und stellte die Füße auf den Boden.
Ich weiß nicht, ob ich es glauben soll, sagte ich zögernd mehr zu mir selbst als zu ihr. Vielleicht gibt es mich nicht mehr. Vielleicht gab es mich nie zuvor. Vielleicht ist alles nur Traum.
Sie lachte leise. Du meinst, daß du dir mich ausgesucht hast?

Ich zögerte. Wahrscheinlich.

Ich merkte, daß sie sich ebenfalls aufsetzte und mit den Füßen auf dem Boden stand. Dann wurde die Stille durchbrochen: Schräg unter uns, zwei Stufen tiefer, war ein leise platschendes Geräusch zu hören, ein Fisch mußte in dem Springbrunnen hochgesprungen sein. Einer der beiden Pfaue stieß einen schrillen Schrei aus, und in der Ferne bellte ein Hund.

Hast du dir eigentlich nie überlegt, weshalb man dich hierher geholt hat? fragte sie dann zögernd. Ich meine, was der Grund hätte sein können?

Der Grund? Ich drehte mich zu ihr, ihr Gesicht lag nun halb im Nachtschatten der breiten Eukalyptuskrone. Ich denke, Nardo hat die Kapelle von Messer Orelli gesehen, an der ich mitgearbeitet habe, oder etwa nicht?

Wieder lachte sie leise. Nardo hat diese Kapelle nie gesehen – ich meine, nachdem du sie ausgemalt hast.

Ich schüttelte ungläubig den Kopf. Nardo hat meine Bilder nie gesehen? Wieso hat er mich dann eingeladen? Er kannte mich doch nicht.

Sie erhob sich aus der Hängematte, kniete sich neben mir nieder. Dann fuhr sie mit einem Finger über mein Gesicht, ließ ihn für einen Augenblick auf meinen Lippen ruhen. Er nicht, sagte sie. Aber ich.

Ihr kanntet mich? Woher denn? fragte ich mehr als verblüfft.

Das ist eine lange Geschichte, erwiderte sie und streckte sich wieder in ihrer Matte aus. Sie ist nicht nur lang, sie ist ungewöhnlich dazu. Und ich bin nicht einmal sicher, ob du sie mir überhaupt glaubst.

Kann ich sie hören? fragte ich zögernd und zugleich mit einer Spur von Unbehagen.

Sie seufzte. Ja, du kannst sie hören, auch wenn ich nicht weiß, ob es gut ist. Ob es heute, in dieser Nacht, gut ist, sagte sie, und

mich beschlich plötzlich das Gefühl, daß sie recht haben könnte.
Vereinzelte Sternschnuppen rasten noch immer über den Himmel, und mir fiel ein, daß ich mir nicht ein einziges Mal etwas gewünscht hatte.
Sie versuchte, in der schwankenden Matte einen Halt zu finden, seufzte wieder. Als ich dich zum erstenmal sah, warst du noch sehr jung. Du warst ein Kind und gingst an jenem Tag in Savonarolas Zug mit, an jenem Palmsonntag, an dem es achttausend gewesen sein sollen: achttausend Kinder, die nicht wußten, um was es eigentlich ging.
Ich wollte sie unterbrechen, doch sie hob abwehrend die Hand. Ein paar Reihen vor dir ging ein Mädchen, das offensichtlich noch jünger war als du und genau wie du bereit war, diesem *frate* alles zu geben, was an Kraft in ihr steckte, um das Kreuz zu tragen, das an diesem Tag alle trugen. Als sie kurz vor dem Zusammenbrechen stand und ihr Kreuz nicht mehr tragen konnte, gingst du zu ihr und nahmst es ihr ab. Deine Hände färbten sich dabei rot. Zunächst dachte ich, es sei Blut. Ich stand an der Straße wie die übrigen Erwachsenen und erwog bereits, zu dir zu gehen und dich von diesen beiden Kreuzen, die du nun zu tragen hattest, zu befreien. Aber dann wurde mir klar, daß das Rot kein Blut war, es war Farbe.
Ich schüttelte ungläubig den Kopf. Das, das kann nicht wahr sein!
Es ist so, sagte sie leicht amüsiert. Weshalb sollte ich lügen?
Und dann? Habt Ihr mich wieder gesehen?
Ja, später. Viel später. Ich sah dich in einer Nacht, als ich am Arno spazierenging. Ich sah dich in einem alten Fischerboot auf den Arno hinausfahren, und ich nahm zunächst an, du wolltest dich ins Wasser stürzen. Aber dann sah ich, wie du die Posaune an die Lippen gesetzt hast. Und ich erschrak. Ich erschrak sogar gewaltig. Ich sah dich da stehen, hochaufgerichtet wie den Engel Ga-

briel, blieb wie erstarrt am Ufer stehen und konnte den Blick nicht von dir lösen. Und natürlich dachte ich an Bilder vom Jüngsten Gericht, an das ich ja nicht glaube.
Wieder war Stille, eine noch größere als zuvor, falls es so etwas gab. Ich hatte Mühe zu verarbeiten, was sie mir erzählte.
Aber wo liegt der Sinn dieser … Beobachtungen? fragte ich dann, ohne auch nur irgend etwas zu begreifen. Woher wußtet Ihr überhaupt von mir? Man stellt sich nicht an die Straße, um einem Zug zuzuschauen, zu dem die ganze Stadt unterwegs ist, nur weil man sich für einen einzigen Menschen interessiert, den man nicht kennt.
Und wieder lachte sie, diesmal freilich zögernd. Ich kannte dich ja.
Ich fiel vor Verblüffung nahezu aus der Hängematte. Ihr kanntet mich? Woher?
Von deinen Seidenraupen.
Ich reckte meinen Kopf in ihre Richtung, obwohl ich inzwischen wußte, daß ich ihr Gesicht nicht klar erkennen würde. Von den Seidenraupen? Da war ich kaum älter als … als … Ich weiß nicht mehr, wie alt ich da war.
Ich weiß es ebenfalls nicht mehr. Ich erinnere mich nicht an Jahreszahlen und Lebensjahre. Ich weiß nur, daß ich eines Tages durch ein geöffnetes Fenster in diese Halle schaute. Und dich dabei entdeckte, wie du mit deinen Raupen beschäftigt warst. Du hast gerade – sie zögerte –, du hast gerade einen Käfig verschlossen und …
Und woher kanntet Ihr die Halle? unterbrach ich sie erregt.
Nun, sie gehörte uns. Zumindest zum Teil, weil mein Vater und mein Großvater am Besitz der Orellis beteiligt waren. Und als ich damals unseren Turm zur Hälfte in die Luft gejagt hatte, suchte ich einen geeigneten Raum, wo ich weiterarbeiten konnte.

Und was war dann?
Nun, du wolltest die Halle verlassen, aber dann bliebst du stehen und stelltest den Käfig ab. Zunächst wußte ich nicht, was dieser Käfig überhaupt sollte, er sah aus wie ein Käfig, um Krammetsvögel zu fangen. Aber dann hast du etwas sehr Seltsames getan, du hast ... also du hast mit Raupen, die in diesem Käfig waren, geredet. Mit Raupen, die bereits in ihren Kokons eingesponnen waren, also gar keine Raupen mehr waren. Und dann wurde mir ganz langsam klar, was das alles bedeutete. Als du ... Ghita sprach langsamer und langsamer und verstummte schließlich.
Ihr habt gehört, wie ich mit den Raupen geredet habe?
Ja, sagte sie schlicht.
Und was habt Ihr gehört? fragte ich und wunderte mich über meine feste Stimme.
Ich hörte, wie du ihre Namen sagtest.
Welche? bohrte ich weiter, als sei ich einer der Inquisitoren, der endlich wieder einmal ein Opfer gefunden hat. Ich spürte ihr Unbehagen, aber ließ nicht locker.
Langhorn oder so ähnlich, Breitgesicht – die anderen habe ich nicht behalten.
Es gab keine anderen, und die beiden sind falsch, stieß ich grob hervor. Ihr müßt Euch vor Lachen geschüttelt haben, sagte ich dann und spürte, wie meine Stimme kurz vor dem Umkippen war.
Weshalb hätte ich lachen sollen? fragte sie rasch und versuchte, mich zu berühren. Weshalb hätte ich dies tun sollen?
Weil es töricht war, was ich tat, flüsterte ich. Schmetterlinge, die nicht fliegen können und ohnehin nach der Begattung sterben, retten zu wollen! In einem Käfig! Und ihnen dazu auch noch Namen zu geben! Ich fühlte, wie mir die Röte ins Gesicht stieg. Die Scham überrollte mich schlimmer, als wenn Ghita mich in jenen Knabentagen bei unseren verbotenen Spielen auf dem Dachboden überrascht hätte.

Ambrogio, sagte sie beunruhigt, hör zu! Du hast mit diesen Raupen geredet, als seien sie Menschen. Du hast ihnen erzählt, daß sie Geschöpfe Gottes seien und daß du sie mit ins Ospedale nehmen würdest, weil du nicht bei ihrem Tod zusehen und nicht Mörder an diesen hilflosen Geschöpfen werden wolltest. Und dann hast du den Käfig genommen und die Halle verlassen wie David, der in den Kampf gegen Goliath zieht. Ich habe dich bewundert, glaub mir das! Ich habe dich so bewundert wie noch nie einen Menschen zuvor.
Ich ballte meine Hände zu Fäusten und schüttelte den Kopf. Wieso sollte ich dies glauben? Sie hieß Kurzhorn, nicht Langhorn, und die andere war Schmutzgesicht, und die dritte, o Gott, die dritte ...
Ja, sicher hieß sie Kurzhorn. Entschuldige! sagte sie hastig. Ich habe das vergessen. Es liegt alles so lange zurück.
Sie hatte recht, es lag lange zurück. Ich erinnerte mich nur noch vage an diesen Tag, an dem Kurzhorn und die anderen in ihren seidenen Hüllen den kläglichen Tod im kochenden Wasser finden sollten, und wie töricht dies alles gewesen war, weil die zwei Wochen später am Arno ausgeschlüpften Schmetterlinge nicht fliegen konnten und ohnedies bald sterben mußten.
Es war töricht, preßte ich hervor. Kindisch, töricht, unsinnig und ganz und gar überflüssig.
Nein, das war es nicht, verteidigte sie mich. Es war nicht töricht, ich fand es schön, daß du ihnen vor ihrem Tod zumindest noch die Begattung gegönnt hast.
Ich lachte auf. Glaubt Ihr im Ernst, daß das diese Tiere irgendwie wahrgenommen haben? Wenn Ihr das glaubt, müßt Ihr törichter sein, als ich es damals war.
Und weshalb bist du plötzlich so sicher, daß sie weder Lust noch Schmerz empfanden? fragte sie heftig.
Genau das habe ich mich damals auch gefragt, räumte ich ein.

Und wurde deswegen verspottet. Im Ospedale gab's kaum jemanden, der mich nicht verspottete, als herauskam, was ich da getan hatte.
Ich habe dich nicht verspottet, sagte sie und griff nach meiner Hand. Ich habe dich dafür geliebt.
Wofür? Wollt Ihr wirklich sagen, daß mich diese absurde Begebenheit nach Venedig brachte? Die Rettung von Kurzhorn, Schmutzgesicht und einer Raupe, an deren Namen wir uns beide nicht mehr erinnern? Nicht meine gutgemachte Arbeit hat mich hierher geführt, sondern nichts als Sentimentalität? fragte ich stockend und fühlte, wie in diesem Augenblick mein ganzes Weltgefüge ins Wanken geriet. Ich war so stolz auf diese Bilder in der Kapelle gewesen, sagte ich dann seufzend, ich hielt sie für gut. Diese *prospettiva* ...
Deine Arbeit ist gut, sagte sie beschwörend. Aber es waren eben nicht diese Bilder, die mich dafür sorgen ließen, daß du eines Tages hier sein würdest. Du warst es, der Mensch Ambrogio Innocenti. Ich habe dich ausgewählt. Nicht du mich.
Ich ließ mich zurücksinken, schwankend zwischen Ratlosigkeit und Zorn. Ich hatte das Gefühl, daß ich soeben etwas verlor, was mich zuvor zutiefst beglückt hatte – ich fühlte mich nicht mehr der Sonne nahe, ich flog ihr nicht mehr entgegen.
Der Salamander brannte nicht mehr.
Sie schaute mich irritiert an. Was stört dich daran, daß ein Mensch von einem anderen so fasziniert ist, daß er Himmel und Hölle nicht fürchtet, um zu ihm zu kommen? Unabhängig von Zeit und Raum? Unabhängig von allem, was für die übrigen zählt – Geld, Alter, Ansehen.
Ich brachte meine Hängematte in wilde Schwingungen, so daß ich fast aus ihr herausgeschleudert wurde. Es wird nie eine Zukunft für uns geben, sagte ich dann hilflos und zornig zugleich, nie. Und das wißt Ihr so gut wie ich. Es gelingt mir nicht einmal,

zu diesem Du überzugehen, von dem Ihr offenbar so angetan seid, seit wir uns so nahe waren.

Zukunft! Sie lachte auf. Was ist das, Zukunft? Es bedeutet, daß eines Tages etwas vorüber sein wird, was jetzt ist. Aber weshalb soll ich darüber traurig sein, daß dies so ist? Das andere hat doch stattgefunden, nur das zählt. Sie hielt meine Hängematte mit einem harten Ruck an. Hast du nie Horaz gelesen? Sein *Carpe diem*?

Ich habe ihn gelesen, aber ich ... Ich verstehe Euch trotzdem nicht.

Hätte ich dir das alles nicht sagen dürfen?

Ich schwieg so lange, bis sie meine Hand nahm und sie zärtlich streichelte.

Begreifst du nicht, sagte sie dann, daß es das Schönste auf der Welt sein muß, wenn man um seiner selbst geliebt wird? Kein Mitleid, weil du ein *gettatelli* bist, keine Bewunderung für diese Arbeit in der Kapelle, die dir eines Tages Ruhm einbringen wird. Ich wollte dich. Und ich wußte, daß wir beide einander etwas geben können, was keiner von uns zuvor je besaß.

Und was ist es, was ich Euch gebe? Meinen Samen? Weil Euch zur Zeit kein anderer Mann dafür zur Verfügung steht? fragte ich brüsk.

Sie ließ sich zurücksinken. Mach es nicht kaputt! murmelte sie nach einer Weile. Zerstör es nicht willkürlich!

Dann sagt mir, was es ist, was ich Euch gebe! drängte ich.

Du gibst mir das, wonach ich mich immer sehne, was ich aber nie haben werde.

Und was ist das?

Sie zögerte. Ich hörte ihren Atem, der mühsam ging. Du bist in einer ganz bestimmten Art und Weise – fromm, verstehst du das?

Ich mußte lachen und konnte mich kaum mehr fassen. Ihr habt Euch, sagte ich dann unter wildem Lachen, Ihr habt Euch in mei-

nen Glauben verliebt. Einen Glauben, den ich nicht besitze. Mein Gott, Ihr liebt etwas, was es überhaupt nicht gibt! Was ich weder heute habe noch je gehabt habe, noch haben werde.
Ihr habt es. Ihr wißt es nur nicht. Sie stand auf und reichte mir die Hand.
Ich finde allein zurück, sagte ich störrisch.
Ihr findet nicht zurück, erwiderte sie. Ein Besucher, der sich einmal verbotenerweise hier in das Labyrinth herein gewagt hat, bemühte sich stundenlang, bis er schließlich um Hilfe rufen mußte, da er glaubte, für immer eingeschlossen zu sein. Bei Nacht benutze selbst ich den Ariadnefaden.
Ich weiß nicht mehr, wie lange ich sie warten ließ. Dann stolperte ich hinter ihr drein, ohne ihre Hand zu berühren. Ich schaute öfter zum Himmel als auf den Weg – aber der Sternschnuppenregen hatte inzwischen aufgehört.
Und während des gesamten Wegs durch das Labyrinth murmelte ich die Namen meiner Raupen vor mich hin, wobei mir endlich auch der fehlende wieder einfiel: Schmutzgesicht, Kurzhorn, Falschauge. Ich murmelte sie vor mich hin, zunächst leise, und dann, als ich vor mir Ghitas leises Schluchzen vernahm, so laut, daß man meine Stimme bestimmt bis zum Canal Orfano hören konnte: Schmutzgesicht, Kurzhorn, Falschauge. Kurzhorn, Schmutzgesicht, Falschauge.
Und ich wußte, daß nie wieder etwas so sein würde wie zuvor.

Heimkehr

Ghita ist nach Wien gereist. Der Satz fiel beim Morgenessen.

Ich blickte von meinem Teller hoch, legte mein Mundtuch zur Seite. Dann wiederholte ich den Satz als Frage, in der Hoffnung, ich hätte falsch gehört.

Sie trifft sich dort einige Male im Jahr mit Freunden, um ihre neuesten Blumenzüchtungen vorzustellen, sagte Nardo freundlich. Hat sie Euch nicht davon erzählt?

Ich hatte das Gefühl, ich müsse schreien. Oder hochspringen. Oder ihm zeigen, wo wir gelegen hatten, in jener Nacht. Das kann nicht sein, murmelte ich schließlich und nahm mein Mundtuch wieder zur Hand, um mir die Lippen abzuwischen. Das kann nicht sein. Sie hat die Wandbilder in der umgebauten Kapelle noch gar nicht gesehen, nicht den Dionysos, nicht den Zeus, den Hermes – ich hielt inne, weil mir in dieser Sekunde keine weitere Götterfigur einfiel, die ich hätte vorbringen können.

Sie hat alles gesehen, sagte Nardo sanft.

Wann?

In der Nacht.

In welcher Nacht? Ich spürte, wie meine Stimme hoch und spitz wurde. Wann soll das gewesen sein?

Ich denke, gestern nacht, sagte er zögernd, aber ich bin mir nicht sicher.

Das kann nicht sein, widersprach ich, gestern nacht … Ich brach hilflos mitten im Satz ab. Und hätte gern geschrien: Gestern nacht war die wunderbarste Nacht meines Lebens. Und wir haben sie miteinander verbracht.

Sie hat gesagt, daß Ihr in Eurer Kammer unter dem Dach völlig übermüdet im Malerkittel eingeschlafen wart. Eure Decke sei heruntergerutscht, und sie habe Euch zugedeckt. Dann sei sie in die

ehemalige Kapelle hinuntergegangen, habe sich auf den Schemel gesetzt und Euer Werk bewundert. Mehr als ein Stunde lang, hat sie gesagt.
Ich spürte, wie mir der Schweiß ausbrach. Dann sprang ich auf. Ich muß an meine Arbeit, sagte ich hastig. Ich möchte heute fertig werden.
Nardo legte seine Hand auf meinen Arm und hielt mich zurück. Wir hatten uns schon vor längerem überlegt, ob Ihr nicht vielleicht gerne im Torre in Florenz das Erdgeschoß haben wolltet, als *bottega,* und oben unter dem Dach könntet Ihr Euer Atelier einrichten, im ehemaligen Laboratorium. Und wenn Ihr wollt, könnt Ihr selbstverständlich dort auch fortfahren mit Euren Experimenten. Ihr müßt ja nicht gleich den halben Turm in die Luft sprengen wie meine Mutter, fügte er lächelnd hinzu.
Ich starrte ihn verblüfft an. Wer hat sich das überlegt?
Nun, es ist Ghitas Vorschlag. Ihr wärt frei, die Miete würde nicht allzu hoch sein, und Ihr wärt Euer eigener Herr.
Ich muß darüber nachdenken, sagte ich verstört. Ich weiß nicht, ob es gut ist.
Ob es gut ist? Weshalb sollte es nicht gut sein?
Ich weiß es nicht. Ich weiß es wirklich nicht.
Ihr wärt ungestört. Ich komme selten nach Florenz, und meine Mutter war seit Jahren nicht mehr dort, weil sie nicht an den zerstörten Turm erinnert werden möchte. Uns genügen die Kammern im ersten Stock.
Ich nickte, dann sagte ich, daß ich es überschlafen wolle. Wir können dann auf der Rückreise endgültig darüber reden.
Nardo schüttelte bedauernd den Kopf. Es wird keine gemeinsame Rückreise geben, Ihr müßt allein reisen. Ich fahre nach Bologna, meine Vorlesungen beginnen bald, ich muß mich noch vorbereiten. Ihr könnt Euch einer Gruppe von Kaufleuten anschließen, wenn Ihr wollt. Ich kümmere mich darum.

Ich ging in die Kapelle, die nun schon lang keine mehr war, nahm meinen Pinsel, den größten, den ich besaß, tauchte ihn grob in einen Topf mit roter Farbe und hätte am liebsten den ganzen Farbtopf an die Wand geklatscht oder die gesamte Kapelle neu übermalt – mit Teufelsfratzen, mit dem Jüngsten Gericht, mit einer Grablegung und all den Themen, die Ghita haßte.
Sie mußte also, nachdem sich das Tor zum Labyrinth hinter uns geschlossen hatte und jeder sich zum Schlafen legen wollte, in die ehemalige Kapelle gegangen sein. Während ich den Rest der Nacht ausnahmsweise nicht auf meiner kargen Pritsche verbrachte, sondern, in Gedanken noch meilenweit entfernt von allem Irdischen, in meiner Kammer, hatte sie überprüft, ob ihr Geld auch sinnvoll angelegt war. Ob ihr Auftrag ausgeführt war, auch ohne daß sie die Unzen Azurit nachgezählt und mich in ein Korsett aus Vorschriften gepreßt hatte.
Woher weißt du, daß es so war? quälte mich eine Gegenstimme. Weshalb kann es nicht anders gewesen sein?
Wie anders?
Ist es eine Abwertung dieses Liebesaktes, wenn sie anschließend dein Werk bewundert hat? Gehört das nicht zusammen? Ein Höhepunkt zum anderen?
Sie hätte das gemeinsam mit mir tun sollen, begehrte ich trotzig auf.
Und dich dann loben? Stundenlang? Neben dir stehend?
Weshalb nicht? Zumindest hätte sie eine Nachricht hinterlassen, hätte sich verabschieden können, hätte …
Aber noch bevor ich eine weitere Forderung aussprach, erinnerte ich mich an einen Ausspruch, den Ghita einmal geäußert hatte: Abschiede sind Heuchelei. Man sagt immer das Falsche. Und erst wenn der andere weg ist, fällt einem das Richtige ein.
Ich legte meinen Pinsel auf ein Tuch und wischte ihn gewissen-

haft ab. Dann ging ich in die Stadt. Und nahm Abschied von Venedig. Ein Abschied, den ich aus dem Augenblick heraus angesetzt hatte; er hätte noch nicht sein müssen.
Ich hastete in jene alte, dem Verfall preisgegebene Kirche mit dem abblätternden Putz an den Wänden und stellte fest, daß die Farben inzwischen noch stärker verwittert waren. Irgendwer mußte sich mittlerweile für die kleinen geschwärzten Silberschildchen an den Bänken interessiert und einen Teil von ihnen weggenommen haben. Ich kniete nieder, wußte nicht, wozu ich kniete, beten konnte ich nicht – ich grübelte lediglich vor mich hin.
Ich stellte mir vor, wie mein Leben weitergehen solle. Es war mir natürlich immer klar gewesen, daß Venedig nur ein Zwischenhalt sein würde, nicht der Ort, an dem ich für immer leben wollte. Die Fäden, die ich in den vergangenen Wochen zu diesem Palazzo und seinen Bewohnern gesponnnen hatte, waren immer brüchig gewesen, nie so fest, wie ich es gerne gehabt hätte. Ich hatte auch stets vermieden, über diese Brüchigkeit nachzudenken, ich hatte gelebt, als habe es kein Zuvor gegeben, als sei nichts gültig gewesen außer der Gegenwart. Und *sie* hatte es ja wohl auch so gesehen.
Ich hatte versäumt, über Nardo nachzudenken, weil er nicht mehr wichtig gewesen war für mich. War er deswegen verletzt, so hatte ich es nicht wahrhaben wollen. Vielleicht hatte er mehr erwartet, als ich zu geben bereit gewesen war. Ich hatte mich kopfüber in diese verrückte Liebe gestürzt, ohne nach links oder rechts zu schauen.
Eine kurze Zeit lang überlegte ich, ob ich Ghita nachreiten solle nach Wien. Wie wäre es, wenn ich plötzlich in den Saal der Blumenzüchter hineinkäme, mich still in die hintere Reihe setzte und nichts tat, außer zu warten. Ich spielte mit dieser Idee, dachte mir Sätze aus, die ich sagen würde, die sie antworten würde. Dann wußte ich, daß es falsch wäre. Vermutlich war es genau so richtig,

wie sie es entschieden hatte: Es konnte keinen Höhepunkt mehr geben nach jenem Höhepunkt, seine Einmaligkeit wäre sonst dahingeschmolzen wie der Schnee in der Sonne.
Und diese Freundschaft zu Nardo, falls es überhaupt eine Freundschaft gewesen war, hatte nie die Chance gehabt, mehr zu werden. Ich hatte den Abstand immer gespürt, von Anfang an, er hatte sich nie verändert. Auch dann nicht, als wir in manchen Nächten zu dritt nach dem Stein der Weisen suchten. Und für mich war die Vorstellung, daß ich mit Mutter und Sohn die gleiche Nähe haben könnte, undenkbar und grotesk: Das, was zwischen Ghita und mir geschehen war, war nicht aus Zufall geschehen. Es war auch nicht aus dem Ruder gelaufen. Sie hatte es mit Bedacht gewählt.
Für den Rest des Tages gingen Nardo und ich uns aus dem Weg. Es war nichts einfacher als dies. Das mittägliche Mahl nahm Nardo des öfteren außerhalb des Hauses ein, und am Abend sagte die Dienerin, seien Freunde von der Universität gekommen und hätten ihn in die Stadt entführt. Freunde von der Universität. Ich fragte mich, welche, da er bisher nicht eben oft welche in den Palazzo gebracht hatte.
Ich ging zurück an meine Arbeit und erledigte all die Dinge, für die ich mir eigentlich hatte Zeit lassen wollen. Ich erledigte sie mit einer Nachlässigkeit, für die ich mich schämte.
Natürlich konnte Nardo nicht wissen, daß dies mein letzter Abend war, vielleicht wäre er sonst zu Hause geblieben. Vielleicht wären wir miteinander in eine Schenke gegangen, obwohl Nardo nicht der Mann war, mit dem man in Tavernen saß. Man traf sich in der *sala*. Oder in diesem wunderschönen Garten. Oder am Brunnen.

Als die Nacht hereinbrach, ging ich noch einmal in das Laboratorium, das mir seltsam verwaist erschien: Im Alkemor köchelte eine blaugrüne Flüssigkeit vor sich hin, es war jene, die drei Wochen benötigte, um das gewünschte Ergebnis zu zeitigen. In einem Tiegel war Blei, das vermutlich für eine Reinheitsprüfung diente, beides Arbeiten, die die zwei Diener überwachen sollten, die im Haus schliefen. Ich warf den Kopf in den Nacken und wehrte mich nicht gegen ein lautes Lachen: Blei war sowohl die unterste Stufe der Transmutation als auch das Symbol für die Unreife der Seele: Die Erlösung meiner Seele würde noch warten müssen.

Beim Hinausgehen entdeckte ich auf dem Tisch ein kleines Fläschchen, das mir vertraut erschien. Ghita hatte es kürzlich von einem Besuch in der Stadt für mich mitgebracht. Ich nahm es in die Hand, entdeckte ein schmales Schildchen mit meinem Namen, aber keinem Gruß. Ich zögerte einen Augenblick, dann steckte ich es ein, um es später nicht eben sorgfältig in meinen Schnappsack zu packen.

Später verließ ich das Haus und fuhr, ohne lang zu überlegen, mit einem Boot zu jenem Ort hinaus, den ich bisher immer gemieden hatte, weil er mir unheimlich erschien: eine Strecke zwischen den Inseln, die die Venezianer Canal Orfano nannten, da sie dort ihre zum Tod Verurteilten in den Fluten versenkten. Ich umkreiste die Stelle, an der das Fischen verboten war, mit immer rascheren Ruderschlägen. Dann blies ich meine Posaune, und zwar so wild wie nie zuvor. Es war spät in der Nacht, und ich hoffte, daß niemand es hören würde.

Als ich das Gefühl hatte, meinen letzten Atem hinausgeblasen zu haben, versenkte ich das Instrument. Auch dies ein Akt des Augenblicks, den ich später bereuen sollte. Aber zu dieser Stunde schien es mir richtig, was ich tat. Ich beobachtete im Mondlicht, wie die Posaune unterging, beobachtete den Vorgang kühl, als sei dieses Stück Metall ein Insekt, das ich unter einem Vergrößerungsglas sezierte, um zu sehen, woher die Töne stammten. Ich sah, wie sich das Mundstück, das schwerer war, schräg nach unten neigte, sah den Wirbel, der für einen Augenblick entstand, als sich die Posaune offenbar nicht entscheiden konnte, in welche Richtung sie sinken sollte – dann verschwand sie gurgelnd in den Fluten.

Ich verließ den Palazzo im Morgengrauen.

Ich schloß das Tor und legte den Schlüssel hinter einen Mauerstein, wie ich es immer getan hatte. Aus dem Stall holte ich das Pferd, das ein Teil der Bezahlung für meine Arbeit sein sollte, wie dies Nardo bereits vor Wochen bestimmt hatte. Ich konnte nicht verhindern, daß meine Augen feucht wurden, als ich auf diesem Pferd in die enge Gasse einbog, in der Männer soeben den Müll aus den Häusern in den Kanal warfen. Nebel hing über dem Wasser, irgendwo auf dem Canal Grande hörte man die Ruderschläge einer Gondel. Noch schlief die Stadt. Die Luft roch nach Meer.

Und ich wußte nicht, wohin das Pendel ausschlagen würde, noch war ich nicht sicher, ob ich in Schwermut versinken oder ob mich Euphorie übermannen würde. Es dauerte ganze fünf Wegmeilen, bis mich die Euphorie ergriff: Als die Sonne über den Horizont kroch, überkam mich mit einem Male ein unbändiges Glücksgefühl. Ich sah plötzlich tausend Bilder in meinem Kopf aufsteigen, die ich malen würde. Bilder, für die ich keinen Tetraeder als Hilfskonstruktion mehr nötig hatte – die *prospettiva* trug ich nun endgültig in mir, ich konnte zu jeder Zeit über sie verfügen, sie gehörte mir. Ich nahm sie mit aus Venedig als Geschenk.

Ich erinnerte mich an die Geschichte von jenem chinesischen Maler, der vom Kaiser den Auftrag bekommt, einen Hahn zu malen. Der Maler malt, malt Tag und Nacht, malt Monate und Jahre. Er malt nichts anderes als Hähne. Hähne, hundertfach, tausendfach. Und jedesmal, wenn der Kaiser seinen Beauftragten schickt, um nachfragen zu lassen, wie weit die Arbeit gediehen sei, sieht dieser, wie das Innere des Malerhauses langsam zuwächst mit Hähnen. Hähne an den Wänden, Hähne auf den Tischen, auf den Bänken, auf dem Bett. Eines Tages gibt es nicht einmal mehr ein Stück Boden, das frei ist. Schließlich kommt der Kaiser selber, sieht kopfschüttelnd und zornig zugleich die Abertausende von Hähnen und fragt, weshalb er angesichts der Vielzahl von Hähnen nicht endlich seinen Hahn bekomme. Der Maler begrüßt den Kaiser untertänig, setzt sich auf den Boden, nimmt ein Blatt Papier und malt einen Hahn, in kürzester Zeit. Das ist Euer Hahn, sagt er dann stolz und demütig zugleich. Jetzt könnt Ihr ihn endlich haben.

Gegen die Mittagszeit dachte ich kurz an das Haus des Messer Orelli und daß dort nun ein neuer Maler einziehen würde, vermutlich. Ich dachte an Leonello, Daniele, an Rocco und Brigida. Aber ich fühlte noch immer nichts als die Ferne, die zwischen uns lag. Fast so, als hätten wir uns nie gekannt. Oder so, als habe sich ein Meeresarm zwischen uns gedrängt. Unwiderruflich. Ich spürte Trauer in mir aufsteigen, schob sie beiseite und spielte die Möglichkeiten durch, wie es weitergehen könnte: Rocco heiratet Brigida; ich wußte, es ging nicht. Daniele heiratet Brigida; dies ging noch weniger. Ich heirate Brigida – ich blieb ratlos.

Ich wollte malen. Nichts als das.

Und ich konnte mir nicht vorstellen, dabei eine Frau zu haben, Kinder zu haben, ein Haus zu haben, nicht mal einen Garten. Auch wenn er so schön sein würde wie Ghitas Garten.

Und dann die hundert Bilder dazwischen, zwischen Rocco und Atelier, der *bottega* – ich fragte mich, wie wir uns geliebt hatten. War es lautlos geschehen? Wie unter dem weichen Tuch des Laudanum? Hatte ich geschrien, hatte sie geschrien, hatten wir gemeinsam geschrien, als wir der Sonne zuflogen? Oder taten wir es stumm, vielleicht nur von Stöhnen durchbrochen?

Ich spürte ihre Hände auf meinem Gesicht, ihre Finger, die brennende Spuren auf meinem Körper hinterließen, ihre Lippen auf meiner verunstalteten Brust – alle Narbenwülste getilgt für immer und alle Zeiten.

Ich hatte mir den Weg in Etappen eingeteilt. Ich wollte Florenz in drei Tagen erreichen, dann blieb noch ein Tag bis zur Jahreswende, der Tag, an dem ich umziehen wollte in den Turm. Ich hatte mir ausgerechnet, daß das Pferd an einem Tag rund dreißig Meilen hinter sich bringen konnte – und ich hatte nicht vor, mein soeben erhaltenes kostbares Geschenk über Gebühr zu schinden. Es hieß, daß päpstliche Eilboten in der Ebene sogar bis zu fünfundsiebzig Meilen an einem Tag bewältigen konnten. Also hatte ich zwei Übernachtungen eingeplant, falls das Wetter nicht umschlug, was man zu dieser Jahreszeit, zu der ohnehin nur reiste, wer unbedingt mußte, nie wissen konnte.
Ich hatte für die erste Etappe die Route am Meer entlang gewählt, bereute dies jedoch bereits nach kurzer Zeit, da die unzähligen Mündungsläufe des Po den Weg mehr als beschwerlich machten. Ich ritt allein und ich genoß dies. Ich hatte darauf verzichtet, mit einem Kaufmannszug mitzureiten, weil ich dann vom Reiserhythmus der Kaufleute abhängig gewesen wäre, ganz abgesehen davon, daß es ohnehin zu dieser Zeit nicht mehr viele Warenzüge gab. Ich hatte mich auch entschieden, waffenlos zu reiten. Eine Zeitlang begleitete ich einen Uhrmacher, der nach Rom wollte, um dort Geschäfte zu machen. Er ritt auf einem Maultier, das er bereits mit seinem Pferd ausgetauscht hatte, weil er den Apennin an einer steileren Stelle überqueren wollte als ich und Maultiere dafür besser geeignet waren. Wir unterhielten uns über Wegelagerer, die es zahlreich und überall gab, aber er lachte und sagte: Bei mir finden sie nichts, ich trage kaum Wertsachen bei mir, wenn ich unterwegs bin. Mein Geld ist auf der Bank in Venedig gut aufgehoben, und wenn ich welches in Rom brauche, steht es mir dort

ganz schnell zur Verfügung. Er erzählte mir von der Reparatur von Schlaguhren, die schon seit zwei Jahrhunderten in allen möglichen Klöstern benutzt wurden und von einem Horologium mit Zifferblatt, das er vor kurzem angefertigt hatte. Von ihm erfuhr ich auch, daß sich um die Mitgliedschaft der Uhrmacher, die nicht sehr zahlreich waren, die Zünfte der Schmiede und Schlosser gestritten hatten, bis sie bei den letzteren ihre Heimat fanden.

In der Dämmerung dieses ersten Tages beschloß ich, mich frühzeitig auf Herbergsuche zu machen, weil die Möglichkeit, ein gutes Quartier zu bekommen, mit jeder Abendstunde abnahm. Aber die erste Herberge, die ich aufsuchte, hatte weder einen Stall noch Hafer für mein Pferd. Die zweite hatte zwar einen Stall und Futter für mein Reittier, dafür war in einem Achterbett nur noch ein Schlafplatz in der Mitte frei. Mein Bettnachbar, der überdies einen Platz für zwei einnahm, wäre jedoch ein wenig vertrauenswürdiger Mann gewesen. Also ritt ich weiter.

Die Wälder, durch die ich kam, waren menschenleer, weder ein Bauer noch ein Jäger, noch eine Messekarawane begegneten mir, die ich hätte fragen können, wo es eine Herberge gab. Inzwischen war ein leichter Nebel hochgestiegen, später begann es zu regnen. Zunächst schwach, dann immer stärker, so daß ich bedauerte, nicht den Platz im Bett neben dem dicken Mann genommen zu haben. Und dann, wie ein aus der Nacht emporsteigender Schemen, tauchte plötzlich ein Gebäude vor mir auf, ein langes Gebäude. Als ich näher kam, sah ich, daß es eine Gruppe von Häusern war, die sich um einen Hof in der Mitte scharten. Eine Kirche kam in Sicht, abseits davon Ställe. Zunächst wußte ich mich vor Glück kaum zu fassen, aber dann stellte ich fest, daß der Ort unbewohnt war. Ich betrat die Kirche und setzte mich in eine Bank, deren Namensschilder niemand mehr interessierte, die hohen Fenster vom Kot der Tauben getrübt wie Spiegel, die zur Blindheit verdammt sind. Der Marmor des Altars gilbte und zeig-

te Risse. Durch das zerstörte Dach streckte ein Olivenbaum, schwarz wie verbrannt, seine Äste ins Kirchenschiff. In einem Ast war ein großes Loch, in dem die Maden hausten. Erst kommt die Feuchtigkeit, hatte Rocco einmal gesagt, als wir einen alten Baum in Augenschein nahmen, dann kommen die Pilze, später die Insekten und dann kommt vielleicht ein Specht, der die Insekten frißt.
Und dann?
Dann stirbt der Baum – wie ein Mensch.
Ich durchsuchte die Gebäude nach einer Schlafstelle und entdeckte Mönchszellen. An den Decken hingen Fledermäuse, die erschreckt hochflatterten. Es handelte sich also um ein ehemaliges Kloster, das aus irgendwelchen Gründen verlassen worden war, ich vermutete wegen der Pest oder der Malaria.
Ich führte mein Pferd in einen Stall und fand ein Bündel Stroh und etwas Hafer in der Krippe. Dann ging ich in die Küche und entfachte mit dem Holz, das es reichlich gab, ein Feuer. Ich füllte den Topf, den ich mit mir trug, mit Wasser aus meinem Lederschlauch, warf eine Handvoll getrocknete Pilze in das Wasser und etwas getrocknetes Fleisch, das aus Ghitas Küche stammte. Außerdem hatte ich Nüsse, Brot, Käse und Äpfel in meinem Schnappsack. Den Wasserschlauch hatte ich unterwegs an einem Brunnen, an dem ein Schöpfgefäß hing, füllen können, so daß ich an diesem Abend weder zu dursten noch zu hungern brauchte. Später fand ich in einer Scheuer getrocknetes Farnkraut, mit dem die Mönche vermutlich die Schlafsäcke gestopft hatten. Ich breitete sie vor dem Ofen aus und deckte mich mit meinem Mantel zu.
In der Nacht hörte ich die Wölfe heulen, es mußte ein ganzes Rudel gewesen sein. Irgendwann wurde ihr Heulen von dem hartnäckigen Rufen eines Käuzchens abgelöst und dem trockenen Husten eines Fuchses. Ich habe nie Schafe gezählt, um einschlafen zu können, ich habe statt dessen Dinge memoriert, die ich

behalten wollte. Diesmal waren es die sieben Stufen der Transmutation: Kalzination, Sublimation, Solution, Putrefaktion, Destillation, Koagulation und Tinktur.
In der Morgendämmerung, als ich erwachte, Hände und Füße steif vor Kälte, war ich mir plötzlich sicher, daß unser Liebesakt lautlos gewesen sein mußte. Zumindest schien es mir in diesem Augenblick so. Auch wenn es mich in gewissem Sinn enttäuschte, daß unsere Schreie sich nicht zu einem spitzen Dom vereinigt hatten.
Der Herd war noch warm, so daß ich, bevor ich losritt, noch den lauwarmen Rest der Suppe essen konnte. Im Stall begrüßte mich mein Pferd mit Wiehern, was mich mit Glück erfüllte, da es mich an unsere Stute erinnerte.

Der zweite Tag verlief angenehmer als der erste: Der Regen hatte aufgehört, die Sonne schien, wenn auch durch Dunst verdeckt. Am Nachmittag, unweit Ravenna, verließ ich den Weg, der am Meer entlang geführt hatte, und wandte mich dem Landesinneren zu. In Forli kaufte ich mir bei einem Täfler eine Holztafel, auf die bereits der Rahmen geklebt war. Farben hatte ich dabei, ich konnte also zu jeder Zeit mit dem Malen beginnen. Am ersten Abend wollte ich nämlich meine neue Bleibe dadurch einweihen, daß ich ein Bild zu malen begann, das sich in meinem Kopf bereits formte: Es sollte ein Azuritbild werden, ein wilder Garten mit der magischen Wand. Und das Oktogon.
An diesem Abend hatte ich mehr Glück als am Vortag: Ich fand an den Abhängen des Apennin eine passende Herberge. Zwar hatte die Latrine nur wenige Plätze, so daß ich es vorzog, mein Wasser an einem Baum abzuschlagen und für meine Notdurft den Stall zu benutzen, aber das Bett in der Schlafkammer war ein Bett für vier Personen und an diesem Abend glücklicherweise nur mit zweien belegt. Mein Pferd wurde gut versorgt. Das Essen war

karg, aber halbwegs genießbar. Und daß das Bett klamm war, ertrug ich mit Geduld.

Der brennende Salamander.
Ich durchlebe diese Nacht noch einmal. Ich sehe unsere Liebe, als sei sie mit rötlichen Goldfarben auf weißen Grund gemalt. Ich sehe unsere Körper glühen wie im Feuer, ich spüre einen Atem, der für mich in dieser Nacht zum heiligen Odem wird, ich empfinde ihn als etwas, was nicht mit den Worten der Sterblichen benannt werden kann. Ich bin Bacchus und Pan zugleich, umklammere einen weiblichen Körper, schlürfe ihn in mich hinein wie eine Auster. Ich spüre die Fingerspitze Gottvaters auf mich gerichtet, wie auf Michelangelos Deckengemälde in der Sixtina. Und ich fühle mich dieses Fingerzeigs würdig. Auch wenn dies Gotteslästerung sein mag.

Am anderen Morgen dann der Aufstieg zum Paß. Es hatte in der Nacht wieder geregnet, der Weg war glitschig, an manchen Stellen kaum breiter als fünf Ellen. Tief unter mir konnte ich eine Frau sehen, die auf einer Rinderhaut saß und von zwei Männern unter großen Mühen den Weg hinuntergezerrt wurde.
Und ich reite, reite, reite.
Ich spüre mich nicht. Manchmal erkundige ich mich nach dem Weg, reite weiter, ohne ihn wahrzunehmen, stelle dann irgendwann fest, daß es der falsche gewesen sein muß, weil nichts von dem, was mir beschrieben wurde, auftaucht. Manchmal reite ich wider besseres Wissen im gestreckten Galopp mit verhängten Zügeln, als wolle ich mir diese Frau aus dem Leib herausreiten. Aber ich weiß genau, daß sie sich in mir festgekrallt hat, daß ich sie nie mehr loswerde. Vermutlich nicht loswerden will. Wie ein Fisch, der sich von der Angel gerissen hat, aber den Haken in seinem Maul für alle Ewigkeit behält.

Je näher ich Florenz komme, um so mehr steigt meine Erregung. Überall in den Orten wurde gefeiert, einmal sah ich, wie junge Männer einer Frau mit Zither, Viola, Laute und Gitarre ein Ständchen brachten. Kinder liefen Ball spielend durch die Gassen, eine Frau reichte mir einen Becher mit Wein, wollte mich zum Mitfeiern bei einer Hochzeit überreden. Als ich erklärte, daß ich nach Florenz unterwegs sei, lachte sie und sagte, daß sie dann verstehe, daß ich es eilig habe. Trinkt Euch durch die Toskana, hatte der Uhrmacher gesagt, durch das Mugello, dort findet Ihr den besten Wein. Und dann just im Mugello – von Florenz war noch nichts am Horizont zu sehen – das Pech mit meinem Pferd: Es hatte ein Hufeisen verloren, ohne daß ich es sofort gemerkt hätte. Es war klar, daß ich an diesem Abend nicht mehr weiter kam, zumal ich mich zu allem Überfluß auch noch verirrte. Ich stand irgendwo in der Wildnis und fand erst nach langem Suchen entlang eines Flußbetts einen Ort, der Rufina hieß und mich angenehm überraschte: Ich konnte bei einem freundlichen Wirt in einem einladenden Gasthof sowohl übernachten wie auch vorzüglich essen: Die Dienerin trug mir zunächst eine Schüssel Gemüsesuppe mit Hammelfleisch auf, dann ein gebackenes Huhn mit gedünsteten Äpfeln, später einen Eierkuchen und dies alles auf einer sauberen Tischdecke, was ganz gewiß nicht selbstverständlich war. Der Rotwein schmeckte prall nach Sommer, und ich mußte irgendwann mit dem Trinken innehalten, um die Treppe in meine Schlafkammer noch zu finden, in der das Bett an diesem Abend nur für mich allein bereitet war. Auch mein Pferd war gut untergebracht und bekam Hafer und Stroh in einem trockenen Stall, allerdings zunächst kein Hufeisen, denn der Hufschmied des Dorfes war am Vortag von einem Pferd getreten worden und lag bös an der Hüfte verletzt im Bett. Ich durfte also froh sein, wenn ich am nächsten Tag nach Florenz kam, vielleicht gerade noch rechtzeitig zum Neujahr, dabei war meine Heimatstadt nur noch wenige Meilen entfernt.

Und noch einmal die Nacht des brennenden Salamanders.
Ghita steigt in mir auf, überflutet mich, dringt in alle meine Poren, ich kann sie riechen, schmecken, fühlen, hören, als sei alles erst gestern geschehen. Und ich frage mich, auf was wir uns eigentlich geliebt hatten. Unsere Schlafstätte war keine Bettlade, es mußte eine überdimensionale *pila* gewesen sein, die Ghita mit Kissen ausgepolstert hatte. Kissen aus Seide. Unzählige Kissen, die sie in das Oktogon gebracht hat. Sie hat es allein gemacht, ohne ihre Dienerin. Sie hat ganz gewiß niemanden eingeweiht. Sie wird die Kissen angeordnet haben, je nach Farbe von hier nach dort und von dort nach hier verschoben, auch wenn sie sicher sein durfte, daß man diese Farben in der Nacht nur ahnen würde. Ich aber sehe die Farben vor mir: Ich sehe ihr geliebtes Azzurro, sie wird es für die Ränder genommen haben, als Begrenzung, nach der Mitte zu dann das Violett aus Lackmus, dann das Karmesin aus Cochenille, wie die Töne des Regenbogens, und schließlich das Gelb aus Gelbholz. Und ins Zentrum gerückt gewiß diesen Goldton, der rötlich schimmert.
Mir ist ganz klar, daß irgendwo im Raum auch Musik gewesen sein muß. Und ich spüre plötzlich, wie sich irgend etwas in mir löst, etwas, das sich, seit ich Venedig verlassen habe, wie ein eisernes Band um meine Brust gelegt hat.

Ich verließ mitten in der Nacht mein Lager, holte Ghitas Fläschchen, das ich bisher mehr als nachlässig und lieblos in meinem Schnappsack aufbewahrt hatte, und schob es behutsam in einen kleinen Lederbeutel, den Rocco mir einmal geschenkt hatte, als wir noch im Ospedale lebten. Einer unserer Mitschüler hatte einen solchen Beutel von einem Mädchen für ihre Liebesbriefe bekommen, und da Rocco der Meinung war, daß auch für mich einmal der Tag kommen werde, an dem ich ein Liebespfand aufbewahren wolle, hatte er mir zu meinem Namenstag solch einen

Lederbeutel geschenkt. Der sah inzwischen, obwohl er nicht benutzt wurde, vom langen Herumtragen schon recht schäbig aus. Zunächst kam ich mir lächerlich vor mit diesem unbequemen Lederbeutel auf meiner Brust, aber dann hatte ich ziemlich bald das Gefühl, daß das Fläschchen in ihm dort hingehöre.

Bei Pontassieve mündete der Flußlauf, dem ich folgte, in den Arno. Ich ließ meine Hand ins Wasser gleiten, spürte es durch meine Finger rinnen. Ich bildete mir ein, daß ich den Geruch des Arno von allen anderen Flüssen dieser Welt unterscheiden könnte, obwohl ich diese Flüsse nicht kannte. Der Arno war sanft, er hatte keine tödlichen Wirbel wie ich dies von anderen Flüssen wußte, er murmelte, er säuselte.

Ich überlegte mir kurz, ob ich mir den Luxus gönnen sollte, ein Schiff zu besteigen, aber es war anzunehmen, daß zu dieser Stunde und an diesem Tag kaum mehr Lastboote unterwegs waren – der Fluß war bereits voll mit kleinen Kähnen, aus denen Lachen zu mir drang und vor allem Musik: Gitarren, Flöten, Lauten, Krummhörner.

Ich überlegte mir, wie wohl Rocco, Daniele und Brigida diesen Abend verbringen würden, falls es Brigida überhaupt erlaubt war, zusammen mit den Malern Silvester zu feiern.

Und ich eilte der Zeit voraus.

Sah mich in meinem Turm, sah mich bereits in meiner *bottega,* die es noch gar nicht gab und von der ich nicht wußte, ob ich sie überhaupt wollte.

Aber trotzdem bevölkerte ich den schmalen Streifen zwischen Haus und Ufer schon mit Stühlen. Die Zugbrücke sollte stets heruntergelassen bleiben, ich sah mich in heißen Sommernächten mit meinen Freunden am kühlenden Wasser sitzen und Wein schlürfen. Wir schauten den Fischerbooten zu und waren stolz

auf das neue Boot, das ich mir gekauft hatte. Und ich war ganz sicher, daß alles so sein würde, wie ich es mir nie zu wünschen getraut hätte.
Für einen Augenblick, beim Abschied von jenem freundlichen Ort Rufina, in dem ich mich so wohl gefühlt hatte, hatte ich mein Leben vor mir gesehen. Es war alles offen.
Ich konnte jeden Tag damit beginnen, es zu leben.

Die Musik dieser Nacht mußte aus vertröpfelnden Tönen bestanden haben.
Es konnte eine Harfe gewesen sein.
Keine Melodie, nur einzelne Töne.
Vielleicht die Tropfen von Ghitas Brunnen, in Musik gegossen.
Glastropfen.
In Azurit.

Pinxit

Ich erreichte Florenz, als die Dämmerung nahte.
Der Sonnenuntergang erhellte den Horizont nur noch spärlich, aber die Kuppel des Doms war noch in ein gleißendes Licht getaucht, das wie gesponnenes rötliches Gold aufleuchtete.
Die Vorbereitungen für den Jahreswechsel waren bereits im Gange, es würde nur noch Stunden dauern, bis die Glocken ihn ankündigten: Vor dem Battistero standen Sbirren und Ordnungshüter, um die Leute, die mit ihren Weihrauchkrügchen das neugesegnete Weihwasser aus der Taufkirche holten, zu geleiten, damit sie unbelästigt nach Hause kamen. Andere trugen noch rasch *focolari*, an denen man sich wärmen konnte, von einem Haus zum anderen, füllten die Öllampen auf oder steckten die Fackeln in die Ringe an den Häuserwänden.
Mein Pferd wurde nun, nachdem es ein neues Hufeisen hatte, recht lebendig. Ich mußte seiner Wildheit mit harter Hand Einhalt gebieten und quälte mich zwischen Ochsenkarren und Planwagen hindurch. Musikanten zogen in Gruppen durch die Stadt, Fahnenträger schwenkten ihre Banner durch die Luft. Als ich beinahe einen Invaliden übersehen hätte, der sich ohne Beine auf einem Holzbrett mit Rollen mühsam voranbewegte, stieg ich ab und führte mein Pferd am Zügel, um niemanden zu belästigen.
Ich bog in die Gasse ein, die zum Turm führte, den ich bereits »meinen« *torre* nannte, und ich hatte plötzlich das Gefühl, als seien die Dinge des Lebens neu verteilt worden und ich hätte endlich an der richtigen Stelle die Hand gehoben. Für einen kurzen Augenblick stand ich am Arno und schaute auf das Treiben auf dem Fluß hinunter. In einem der Boote saßen fröhliche junge Leute, das Boot war voll besetzt, aber auch wenn noch ein Platz frei gewesen wäre, ich hätte mich nicht dorthin gesehnt.

Ich zwang mich zur Langsamkeit, als ich mich dem *torre* näherte, als sei er eine Festung, die mit Bedacht genommen werden mußte. Ich stellte zunächst in aller Ruhe mein Pferd in den Stall hinter dem Gebäude, so, als hätte ich dies mein Leben lang getan. Ich rieb es trocken, gab ihm Wasser, frisches Stroh und Hafer. Ich flüsterte ihm zärtlich ins Ohr, daß wir nun jeden Morgen in aller Frühe über die Hügel reiten würden. Dann nahm ich den Schlüssel zum Turm aus einer Mauerritze unterhalb der Dachsparren des Stalls, der vierten von links, wie Nardo es erklärt hatte. Ich wog den Schlüssel in der Hand, als hätte ich soeben den Stein der Weisen gefunden. Ich holte die Malutensilien aus meiner Satteltasche, legte alles in einen Korb und ließ die Zugbrücke herunter. Ihr Quietschen hörte ich wie ein sakrales Geräusch. Als ich über sie schritt, hatte ich das Gefühl, nach langer Fahrt endlich wieder in meine Burg zurückzukehren. Ich öffnete die Tür mit den dicken Bolzen.
Und ich betrat den Turm.
Ich atmete das Haus ein! Es roch gut. Es war kalt, aber nicht feucht, nicht modrig. Und ich hatte das Gefühl, als gehöre es mir, mir allein. Als hätte ich nun alle Macht, die Welt auszuschließen, solange ich wollte.
Das Erdgeschoß, das ich später vielleicht einmal zu meiner *bottega* machen würde, sparte ich zunächst einmal von der Besichtigung aus. Noch hatte ich keine Lust, meine Gedanken an diese andere Seite meines Berufs zu verschwenden, an den Mammon.
Ich stieg die Treppe hinauf, sehr bedächtig.
Die Kerze, die ich in einem Ständer auf dem Boden gefunden und angezündet hatte, beleuchtete eine schmale Holztreppe mit ausgetretenen, knarrenden Stufen. Dann folgte ein Stockwerk mit zwei Türen, die zu Nardos und Ghitas Räumen führten. Im dritten Stock ist Eure Schlafkammer, hatte Nardo gesagt, einen Teil der Bibliothek haben wir nach der Explosion im Laboratorium

dort untergebracht, Bücher werden Euch gewiß nicht stören. Aber im Augenblick interessierte mich keine Schlafkammer und nicht einmal eine Bibliothek – in dieser Stunde wollte ich wissen, wo ich in Zukunft arbeiten würde.
Ich stieg also weiter die Treppe empor bis zum vierten Stock. Die Kerze flackerte, ließ die rauhe Oberfläche der weißgetünchten Wände überdeutlich hervortreten. Vor der Tür zu meinem künftigen Atelier vergaß ich alle Bedächtigkeit: Ich öffnete sie mit einem raschen Ruck. Die letzten Spuren des Abendlichts erhellten den Raum, ließen alles sichtbar werden, was ich bereits von Venedig her kannte: einen großen Ofen in der Mitte des Raumes für die Transmutation, einen kleineren Brennofen, den Mohrenkopf mit der Wasserkühlung am Helm, Retorten, Serpenten aus Kupfer, Pelikane, Alembicus, Rosenhüte und in einer Ecke einen gigantischen Destillationsapparat, wie ich ihn noch nie gesehen hatte.

Und dann, mit einem Male, das Licht.
Ein Licht, das bisher in meiner Erinnerung gefehlt hatte. Ich war plötzlich ganz sicher, daß es ein Licht gegeben hat in jener Nacht, und nun war mir auch seine Quelle bewußt: Es war der Feuerschein, den die drei Öfen im Laboratorium des Palazzo gespendet hatten. Ihr Widerschein mußte sich im Fenster gespiegelt haben, war direkt in das Innere des Oktogons gefallen, und ich konnte mir nicht vorstellen, daß dies ein Zufall war; bestimmt hatte Ghitas Vater dies einst so geplant und berechnet. Orangefarbenes Licht, nicht grell, eher sanft, mit einer Spur Gelb an den Rändern.

Ich schloß die Tür hinter mir, drehte mich um die eigene Achse, nahm den Raum mit allen Poren in mich auf. Dann ging ich an das Fenster, öffnete es und schaute hinunter auf die Stadt. Die Kuppel des Doms glänzte noch schwach, ein schmales durchlö-

chertes Lichtband nur, das sich zur Spitze hinaufzog. Der Fluß war inzwischen hell beleuchtet von Fackeln, es mußten Hunderte von Booten sein, die sich auf der Stelle zu bewegen schienen. Alles war laut, ausgelassen, fröhlich.
Aber ich fühlte keine Sehnsucht nach solcher Fröhlichkeit in dieser Stunde, ich vermißte sie nicht. Und es war mir gleichgültig, ob soeben ein neues Jahr begann, ein neues Jahrzehnt oder ein neues Jahrhundert. Es gab keine Uhr in diesem Raum, und ich war dankbar dafür. Nicht einmal die Sonnenuhr im Hof wollte ich in Zukunft benutzen. Ich hatte vor, ein zeitloses Leben zu führen – wie ich es in Venedig getan hatte.
Ich nahm die Holztafel aus meinem Gepäck, und da es keine Staffelei gab, lehnte ich sie an einen Rosenhut, legte eine Zange davor, damit sie nicht weggleiten konnte. Dann nahm ich meine Farben aus dem Korb, die ich in dem Gasthof in Rufina bereits gemahlen hatte, und füllte sie behutsam in die Muschelschälchen. Ich rührte das Bindemittel in die Farbpigmente, ein Vorgang, der mich auch jetzt wieder zu innerer Ruhe brachte, eine Beschäftigung, alt und neu zugleich. Ich empfand mich wie in einem irrealen Raum, in dem die Zeit verloren schien, als habe es nie eine gegeben.
Als alles bereit war für meine Arbeit, holte ich mir einen Schemel, setzte mich vor die leere Tafel und legte Palette und Pinsel bereit. Ich fühlte, wie das Bild, das ich zu malen gedachte, ganz langsam in mich hineinkroch. Wie es sich heranbewegte wie eine Meereswelle, sehr sanft, die Flut noch in weiter Ferne. Ich spürte einzelne Bildelemente in meinem Kopf schemenhaft wachsen, zunächst so, als lösten sie sich aus dichtem Nebel. Figuren standen plötzlich neben mir und warteten wie bei einem Theaterspiel auf ihren Einsatz, den ich ihnen zu geben hatte. Noch konnte ich die Gesamtkomposition des Bildes nicht deutlich erkennen, noch war nicht einmal das Thema klar, das ich wählen würde, lediglich

die Richtung deutete sich an, zaghaft. Aber eines wußte ich auf jeden Fall: Dieses Bild würde ich malen »mir zur Freude«. Niemand hatte es bestellt, niemand gewünscht, niemand würde mir dreinreden oder die Unzen Aquamarin oder Silber angeben die ich dafür verwenden durfte. Und niemand würde mir sagen, wieviel Zeit ich für dieses Bild zur Verfügung hatte.
Ich weiß nicht, wie lange ich so saß, reglos, ohne auch nur einen einzigen Muskel zu bewegen. Ich verharrte noch in dieser Starre, als der Lärm auf dem Fluß drunten gewaltiger wurde und ich durchs geöffnete Fenster Stimmen hörte, die mir vertraut schienen: Ich beugte mich hinaus und sah vier Stockwerke tiefer ein Boot, in dem ich Brigida, Rocco und Daniele zu erkennen glaubte. Rocco spielte die *giga,* Brigida die Viola da gamba, Daniele den Dudelsack. Ihr Lachen drang zu mir herauf, zunächst in aller Deutlichkeit, dann ging es unter in Glockengeläut und dem Lärm eines Feuerwerks. Raketen zischten an meinem Fenster vorüber: Das neue Jahr mußte angebrochen sein.
Für einen winzigen Augenblick, als ich die Instrumente hörte, hatte ich Sehnsucht nach meiner Posaune, stellte mir vor, was es mir bedeuten würde, sie jetzt zu blasen. Dann fiel der Wunsch wie ein Kartenhaus in sich zusammen, und ich schloß das Fenster. Ich verweigerte mich zu dieser Stunde dem neuen Jahr und tat etwas ganz und gar anderes: Ich stieg mit Ghita auf den Regenbogen. Ich lief ihr entgegen, wir trafen uns in der Mitte, tanzten dort. Einen Regenbogentanz, der alles vergessen ließ, was uns getrennt hatte nach jener Nacht.
Dann nahm ich das Fläschchen, das sie mir gegeben hatte, aus dem Lederbeutel auf meiner Brust und hob es ins Licht der Kerze. Das Blau des Azurits schien zu leuchten, als sei im Innern des Fläschchens eine Flamme entzündet worden. Ich hatte das Gefühl, als verdopple sich plötzlich das Gewicht des Gefäßes, als wiege es so schwer wie Blei. Und obwohl mir in aller Deutlich-

keit klar war, daß es sich nicht um ein Elixier handeln konnte, empfand ich es so. Ich wußte, im Fläschchen befanden sich nur ein paar Farbpigmente, die mit irgendeinem Bindemittel angerührt waren. Aber in dieser Sekunde gewannen sie für mich eine Bedeutung, die jenseits aller Vernunft angesiedelt war.

Und während ich dastand, noch unschlüssig, welches Bild dies werden sollte von all den vielen Bildern, die immer heftiger in meinen Kopf drängten, hörte ich plötzlich ihre Stimme. Es mußten Worte sein, die in jener Nacht des brennenden Salamanders gefallen waren, hinter der magischen Wand, wo wir uns vereinigten. Es waren nur Bruchstücke, die ich hörte, Satzfetzen, die sich auf das Elixier bezogen, das nur jeder für sich selber finden könne und gewiß nicht auf dem Weg der Destillation.

Ich nahm den Pinsel in die Hand, tauchte ihn in die blaue Farbe und setzte mich auf den Schemel. Und malte in die rechte untere Ecke der leeren Holztafel bedächtig und mit einem sehr sorgfältigen Strich das erste *pinxit* meines Lebens. Dahinter setzte ich meinen Namen.

Und ich war ganz sicher, daß Ghita in ein gewaltiges Lachen ausbrechen würde, falls sie je von dieser leeren Holztafel, dem noch nicht geborenen Bild und der vorweggenommenen Unterschrift erfahren würde.

Danksagung

Mein Dank gilt all jenen, die sich meiner Fragen annahmen und mir geholfen haben, mich in Wort und Tat der Materie zu nähern. Besonders danke ich Lucia Sandri und Paola Senesi vom Istituto degli Innocenti, Florenz, in deren Archiv ich die Akten der *innocenti* des 15. und 16. Jahrhunderts einsehen konnte, sowie die Amulette der in die *pila* gelegten Kinder noch vorfand. Franco Bourlot, dem Direktor des Hotel Ville sull'Arno, sei Dank für die Freundlichkeit, in jenem Teil des Hotels gewohnt haben zu dürfen, in dem im 15. Jahrhundert eine Gruppe von Malern ihre *bottega* hatten; dem Museo della Seta di Como und seinem Direktor Diego Masciadri danke ich für die Erlaubnis, zur Geschichte der Seidenraupen Fotos zu machen, und Bruna Lai und Carlotta Bianchi für freundliche Auskünfte; Umberto gebührt Dank für die kenntnisreiche Führung durch die Fattoria di Petrognano zum Thema Vin santo und Olivenanbau; Rossane Pesci und Mauro Pinzani vom Ufficio Turismo und der Bibliothek der Comune die Rufina danke ich für ihr Material und ihre Auskünfte über den Weinbau des Chianti und den Besitzern der Casa Settemerli, Florenz, für die Gespräche über die alte Fattoria, die heute noch einen Eindruck des Damals zu vermitteln vermag;
und *last not least* sei meinem Mann gedankt, der alle Schauplätze des Romans mit mir aufgesucht und Hitze und Mühsal im heißen Florentiner Sommer und in der Toskana geduldig ertragen hat.

Die Vignette vor den einzelnen Kapiteln zeigt die *pila* von einem Reliquiar aus Blei in der Nähe des Hauptaltars der Kirche des Ospedale degli innocenti, aufgestellt am Tag der Einweihung, am 11. April 1451.

Knaur Taschenbücher von Ingeborg Bayer

Das schwarze Pergament

Auf der Frankfurter Buchmesse 1497 entdeckt Bela, die Tochter des Kölner Buchdruckers Winterhalter, eine 300 Jahre alte Handschrift aus Kreuzfahrertagen. Sie enthält die Erlebnisse einer Frau namens Bathseba. Immer stärker gerät Bela in den Bann der Vergangenheit und läßt sich auf ein für ihre Zeit ungeheures Wagnis ein.

Die Spur des Kometen

Laura Hagemann gehört im Wintersemester des Jahres 1900 zu den wenigen weiblichen Studienanfängern der Heidelberger Universität. Was theoretisch durchaus dem Stand der Emanzipation zu Beginn dieses Jahrhunderts entspricht, sieht jedoch in der Realität für die Berliner Ärztin kurz vor Ausbruch des Ersten Weltkriegs alles andere als rosig aus.

Knaur Taschenbücher von Ingeborg Bayer

In den Gärten von Monserrate

Ein idyllisches Landhaus unweit von Lissabon und die wechselvollen Geschicke Deutschlands von 1817 bis 1871 bilden den Hintergrund für die vielfältige Lebensgeschichte von Lena, die aus einem freudlosen Pfarrhaus kommt, durch eine mäßige Ehe geht und erst spät zu erfüllter Ruhe gelangt.

Stadt der tausend Augen

Venedig im 17. Jahrhundert – ein vielschichtiges Historiengemälde, dessen Atmosphäre und Lebendigkeit sowohl erstaunen als auch erschrecken. Die einfühlsame Sprache, der dramatische Zugriff und der engagierte Umgang mit brisanten Themen prägen einen Roman, dessen Facettenreichtum das Damals transparent macht, aber auch die Brücke zum Heute schlägt.